平安中期和歌文学攷

武田早苗［著］
Sanae TAKEDA

武蔵野書院

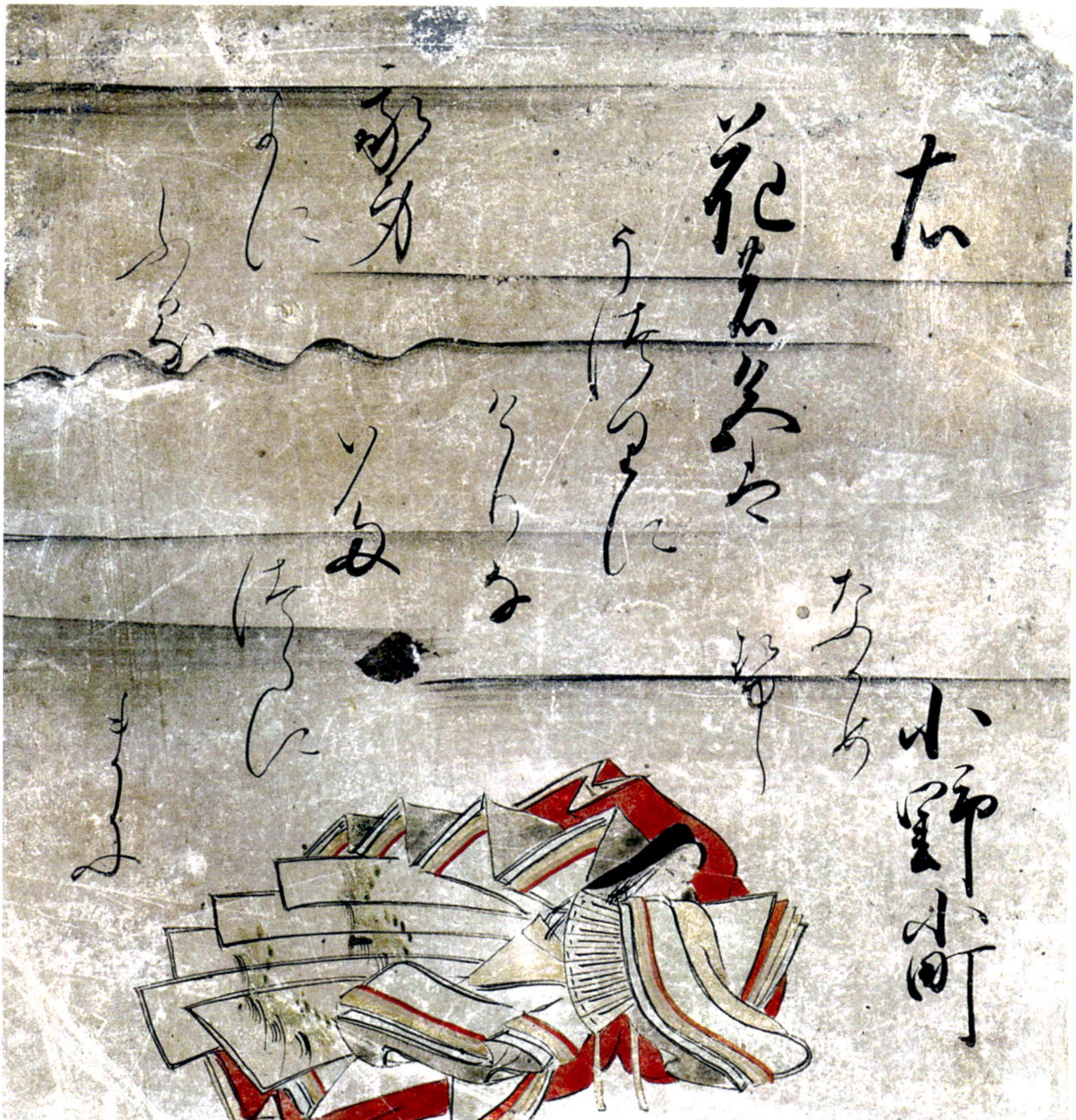

三十六歌仙絵より小野小町（架蔵）

目　次

凡　例

一、本書内で用いた古典本文の大方は、左記による（一部注内に提示した）。ただし、漢字・仮名・濁点など表記については改めたものがある。引用本文の下方括弧内には、作品名の略称・該当頁数・部立・歌番号などを適宜記した。私家集の本文については、主に『新編国歌大観』を用いたが、Ⅰ・Ⅱなど系統番号を付したものは、『新編私家集大成CD-ROM版』によっている。また、『和泉式部集』あるいは、『家集』という呼称は、和泉式部の家集の総称として用い、括弧内には、正集・続集という通例に従って記した。

＊『新編国歌大観』（角川書店）（CD-ROM版　日本文学Web図書館　古典ライブラリー）

＊『新編私家集大成CD―ROM版』（日本文学Web図書館　古典ライブラリー）

＊新編日本古典文学全集20〜25『源氏物語一〜六』　阿部秋生・秋山虔・今井源衛・鈴木日出男校注・訳（小学館　一九九四年〜一九九八年）

＊新編日本古典文学全集13『蜻蛉日記』木村正中校注・訳（小学館　一九九五年）

＊新編日本古典文学全集31〜33『栄花物語（1〜3）』　山中裕・秋山虔・池田尚隆・福永武彦校注・訳（小学館　一九九五〜一九九八年）

＊新編日本古典文学全集34『大鏡』　橘健二・加藤静子校注・訳（小学館　一九九六年）

＊新編日本古典文学全集40『無名草子』　久保木哲夫校注・訳（小学館　一九九九年）

＊新編日本古典文学全集42『催馬楽』　臼田甚五郎校注・訳（小学館　二〇〇〇年）

＊角川ソフィア文庫　近藤みゆき訳注『和泉式部日記　現代語訳付き』（角川書店　二〇〇三年）

右書引用本文の下方括弧内に、家集内部の歌群名や歌番号、あるいは、日記中での詠者、頁数など必要事項を適宜添えた。

＊『御堂関白記』『小右記』『権記』『左経記』（東京大学史料編纂所フルテキストデータベース）

＊中世王朝物語全集2『海人の刈藻』妹尾好信校訂・訳注（笠間書院　一九九五年）

＊中世王朝物語全集11『雫ににごる・住吉物語』室城秀之・桑原博史校訂・訳注（笠間書院　一九九五年）

一、本書の基となった既発表論文については、なるべく原態を優先し、誤植や字句などの訂正に留めた。脱稿後に気付いたこと、訂正したいこと、内容的な補遺などがある場合には、〔付記〕に述べた。また、脱稿後に発表された諸氏の御論考で拙稿に関わると考えられるものについては、賛否によらず〔関連論考〕として記した。いずれも各論の注の後に掲出した。

以上

第一部　和泉式部攷

第一章 『和泉式部日記』考

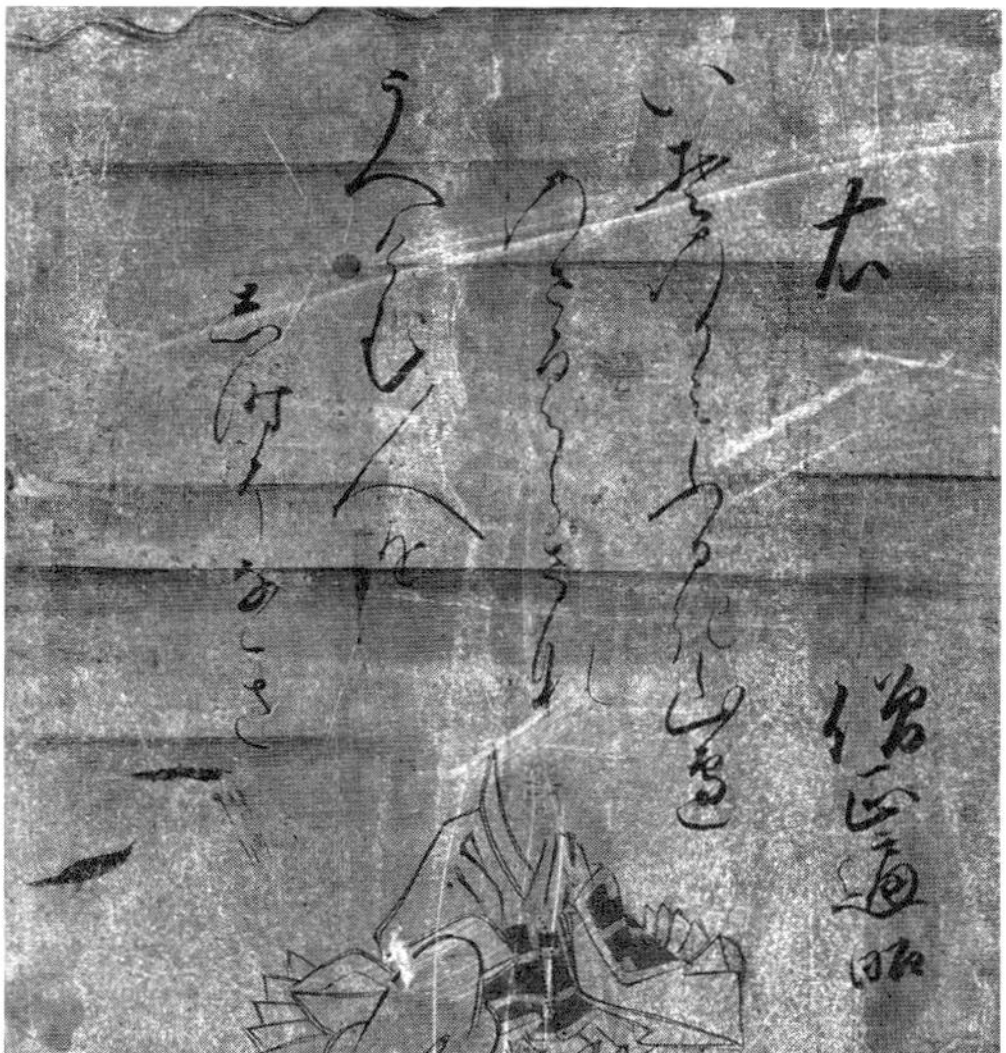

(一)『和泉式部日記』冒頭部試論

はじめに

『和泉式部日記』(以下『日記』)の冒頭歌、

薫る香によそふるよりは時鳥聞かばや同じ声やしたると(日記・一・女／正集・二二六)

は、「宮」の使いで小舎人童が持ってきた橘の花を見た「女」が古歌、

五月待つ花橘の香をかげば昔の人の袖の香ぞする(古今・夏・一三九・讀人不知)

を想起し「昔の人の」と口ずさんだところで、小舎人童が「宮」への返事を催促して詠じられたものとされている。この和歌について、『和泉式部集全釈』[1](以下『全釈』)が提示した解釈は次のようなものであった。

橘の薫りに、亡き人をむなしくしのびますよりは、いっそ直接お目にかかりまして、亡き宮と御兄弟に当たられますあなたが、弾正の宮さまと同じお声かどうか、うかがって見たいと思ひますの。

冒頭歌下句の「聞かばや同じ声やしたると」を、「故宮」と「宮」の声が同じか否かを問いつつ、実際は、「宮」の声をお聞きしたいと「女」が誘っていると解されたのである。これは『全講和泉式部日記』[2]によっても支持された。さらに、一歩踏み込んで「直接お目にかかりたい」という積極的な誘いを読み取るものも含めると、この『全釈』が

提示した解釈の方向は、『和泉式部日記』[3]だけではなく、この和歌が入集した『千載和歌集』[4]を含め、多くの注釈書で、現在も肯定的に受け止められている。

しかしながら『日記』を読み進めて行くと、冒頭で提示されているこの大胆な歌を詠じた「女」と、このあと描かれる「女」との間に生じる違和感をどうしても拭うことができないのである。

この和歌を詠ずる直前、「女」は「ことばにて聞こえさせんもかたはらいたく」、「はかなきことをも」と思っている。つまり、「女」は和歌という手段によってこそ返事が許されると考えたのである。ここからはとうてい大胆な誘いの和歌を詠みかけようとする積極的な意思を読み取ることはできない。[5]また、この後、「女」と「宮」が初めて逢瀬を持つ直前の文のやり取りの中で、「宮」が「あはれなる御物語聞こえさせに、暮にはいかが」と問うたのに対し、「女」は、

なぐさむと聞けば語らまほしけれど身の憂きことぞ言ふかひもなき（日記・六・女）

生ひたる蘆にて、かひなくや。（日記・一三頁）

と返している。もちろん、ここで「さあどうぞ」と応じてしまえば、『日記』自体が成り立たないことにもなりかねないが、「声が聞きたい」と「女」自らが積極的に誘ったとするならば、断りの理由に「故宮」への追慕に泣き濡れているとするのはやや不自然な感を免れない。拒絶ではなく、「語らまほしけれど」、語り合いたい気持ちはあるがと応じているところが、いかにも冒頭歌を詠じた「女」らしいという見方も成り立ち得るものの、逢瀬を持った後も、

「あやしかりける身の有様かな、故宮のさばかりのたまはせしものを」とかなしくて、

思ひ乱るるほどに……（日記・一五頁）

と、「故宮」を引き合いに出しつつ、心情を吐露している。このあたりの「女」の描かれ方からすると、「女」が積極的に誘いの和歌を詠じたと断ずることにためらいと同時に違和感を覚えるのである。

冒頭歌に対する返しとして、「宮」は

同じ枝に鳴きつつをりし時鳥声は変はらぬものと知らずや（日記・二・宮）

と詠じており、「鳴きつつをりし」と過去を持ち出して「故宮」を暗示していることは、動かし難い。しかし、それと、「女」の和歌とを同一レベルで論じてよいものだろうか。つまり、「宮」の歌の「同じ枝」が「故宮」の存在をかなり明確に意味しているがために、「女」の歌がこの「宮」の歌に引きずられる形で、理解されているということはないだろうか。

この和歌に付いては、その曖昧性から既に様々な御論がある。[6] 本稿では先学の驥尾に付しつつ、一旦この『日記』冒頭歌を和泉式部という人物と切り離し、一首の和歌としていかに解釈できるかという点から考えてみたい。

一 「同じ声」の意味するもの

『日記』冒頭歌が、「宮の声を聞きたい」と解される理由の一つは、「同じ声」という表現によるところが大きいようである。この「同じ声」について『全釈』は、『夜の寝覚』を例としてあげて、「同母を意味する「同じ腹」などの言ひ方があって、それらからの影響であらう」、「兄弟関係にある事をも、又あらはしてゐると解すべきである」とされ、また、小松登美氏[7]も「平安時代「同じ……」で兄弟を示す事が多い。ここも、「同じ声」で、帥宮と弾正宮ときょうだいである点を暗示した」とされた。これに対し、『全釈』の解釈に疑問を呈された、森重敏氏[8]は、はたして「おなじこゑ」を「し」てゐるか、試みに帥宮の声を聞いてみたい、の意ではない。…（中略）…たとひ違ったところはあっても、「おなじ」方を主にして「おなじ」と聞きなしたいといふのである。

とされて、

あなた（帥宮）の声において故宮の「むかし」の声を聞いた気になって故宮を偲びたい、といふのである。

と、あくまで「故宮」の声を聞きたいと望んでいるのだとの解釈を示されたものの、「同じ」については、

同母関係であることを「おなじ」でいったものであることはむしろ当然……。

であると、『全釈』と同方向の見解を示された。しかし、「同じ」という表現が兄弟を示している例として、森氏があげられたのは『源氏物語』『蜻蛉日記』の散文部分の例である。文脈によっては「同じ」が同母兄弟を意味する場合があるのは当然だが、和歌一首単独でそれは可能だろうか。普通「同じ」は、「（AとBが）等しい」という単純な意味しか持ち得ないのではないか。『日記』が特殊な状況であることを否定することはできないが、突然贈られた折り枝に対する返し歌の「同じ」に、そこまで託せるかどうかをまず検証しなければならない。そこで試みに、「同じ声」を検索[9]してみると次のようになる。

☆勅撰集

禖子内親王、賀茂のいつきと聞こえける時、女房にて侍けるを、年経て後三条院の御時、斎院にはべりける人のもとに昔を思ひ出でて、祭りのかへさの日、かむだちにつかは

しける　　皇后宮美作

聞かばやなそのかみ山の時鳥ありし昔の同じ声かと（後拾遺・夏・一八三）

（題しらず）　　安倍忠顕

思ひ寝の夢のただぢの時鳥さめても同じ声を聞かばや（続千載・雑上・一七〇三）

時鳥をよめる　　刑部卿頼輔

年を経て同じ声なる時鳥聞かまほしさもかはらざりけり（風雅・夏・三一七）

☆私家集

同じ屏風に、二月の帰る雁

里とほみ雲路すぎゆく雁がねも同じたびとてかへる声する（清正・八）

雁の声を聞きて

行き帰り飛ぶ雁がねはちぢの秋に同じ声せよ君に聞かせむ（能宣Ⅰ・一二二）

又の日、時鳥たづねに行くを聞きて、しのびてものいひし人

ここにても聞けかし同じ忍びねを山時鳥声もかはらじ（定頼Ⅱ・二七二）

晩喚子鳥　句題百首

日数ゆくたびのとまやはかはれども同じ声する呼子鳥かな（教長・一五九）

遠き所へまかり侍りしに、浦近く留りて侍りしに、波の音

物あはれに聞こえしかば

さまざまにおもふ寝覚の浦風に同じ声なる浪の音かな（経正・九七）

法勝寺十首会、時鳥を

年を経て同じ声なる時鳥聞かまほしさもかはらざりけり（頼輔・一九）

（時鳥）

人ごとにとひてきかばや時鳥同じ声をばいかが聞きなす（慈円Ⅰ・九〇九）

（暮）

まつかぜはいづくも同じ声なるをたかつの宮の秋の夕暮（慈円Ⅰ・三七六五）

だらにほん

のりのしをよるひるいのるとをのいも同じ声にもちかひけるかな（有房・四七〇）

時時物申しわたりし女のもとより、ねざめに時鳥をききて

かくなんおぼえつるとて

もろともにことかたらひしあかつきの同じ声なる時鳥かな（隆房・六七六）

時鳥

何ごともありしにはあらずかはる世に同じ声なる時鳥かな（宗尊Ⅳ・九六三）

☆定数歌

（時鳥）

われぞ聞くそのかみ山の時鳥昔もいまも同じ声とは（洞院百解・一一九）

擣衣　　　　　　　　　　　　実空

うつ人は千里のやどにかはれども同じ声なるあさのさごろも（弘長百・三一六）

（逢不逢恋）

まてといひし契はかはるいつはりに同じ声なる入あひの鐘（嘉元百・一一七〇）

☆私撰集

（山びこ）

なげきあまり我よばふとも山びこの同じ声にはたれかこたへむ（新六帖・五五七）

☆歌合

四百六十番　左　　　　　　　　帥

忍音を聞かばや夜半の時鳥去年もまたれし同じ声かと（建百合・九一九）

右　勝　　　　　　　　　　　小宰相

年経たる誰がおも影のとまるらん鏡の山にふれる白雪（建百合・九二〇）

左本歌云、聞かばやなそのかみ山の時鳥ありし昔の同じ声かと、腰の句末の七字同じうへ、ねと声とは、はばかるべくぞ侍らん、右鏡の山にふれる白雪は、しらぬ翁の面影も、げにあはれにぞみえ侍らん

☆日記

あはれいまは　かくいふかひも……君をみで　ながきよすがら　なく虫の　同じ声にや　たへざらんと……

（蜻蛉日記・一三六）

『日記』に先行する例は少ないが、以上の和歌の用例から、「同じ声」が時鳥とともに詠み込まれていることが多いのに気付かされる。つまり、時鳥の「同じ声」を詠じるのはそれほど特殊なものではないということである。そしてさらに注目すべきは、これらの用例の「同じ声」が、以前と変わらないか否かを問う場合に用いられているのがほとんどであるということだ。とするならば、『日記』中の「同じ声」もこれらと同一線上で考えてみる必要があろう。

これを確認したところで、次に、その「同じ声」か否かを尋ねられている時鳥について考えてみよう。

二　時鳥と「同じ声」

時鳥が『万葉集』では集中随一の歌数を誇る鳥であり、『古今集』夏部では三四首中二八首に見える鳥であることは、既によく知られたことであるが、その詠法は多岐にわたっている。いみじくも、竹尾正子氏[10]が「「ほととぎす」という鳥が、いかに当時の人々の生活に浸透していたかを示すものにほかならない」と述べられたごとくである。そのため時鳥の詠みぶりを分類するのは難しいが、先学の御論[11]をもとに、時鳥の鳴き声を詠んだ歌を中心として大まかに纏めてみると、『万葉集』歌は、

①四、五月に鳴き、その声が待たれ、賞美される鳥
②昔（死者）を恋しく思って鳴く鳥
③懐旧の情を催させる鳥
④恋情（物思い）をかきたてる鳥

⑤恋人を恋うて鳴く鳥
⑥鳴き声を恋人に聞かせたいと思う鳥
⑦様々な所で鳴く多情な鳥
⑧人間の心を伝えてくれる鳥

などと整理できそうである。

『古今集』の時鳥においてもほぼこれの範囲内にあると言い得るが、四月は忍び音で鳴き、五月の到来と共に初音を響かせる夏の鳥と限定するのは、『古今集』により、強固に打ち出されたものであった。

また、時鳥の異名「しでのたをさ」は、

（題知らず）　藤原敏行朝臣

いくばくの田をつくればか時鳥しでのたをさを朝な朝なよぶ（古今・誹諧・一〇一三）

に見えるのが現存の早い例であるが、「しでのたをさ」に「死出」の意が掛けられていると断定するには至らない。死と時鳥が結び付いている確実な例としては『拾遺集』哀傷部に所収された伊勢の歌、

うみ奉りたりけるみこの亡くなりてのまたの年、時鳥を聞きて　伊勢

しでの山こえてきつらん時鳥こひしき人の上語らなむ（拾遺・哀傷・一三〇七）

が代表的である。この場合の時鳥は、冥途とこの世を繋ぐ鳥と解される。滝沢貞夫氏[12]は、時鳥には「黄泉の人の嘆きの声とする漢詩の観念」があったといい、後藤祥子氏[13]も「死者の生まれ変わりそのものとも受けとめられた節がある」とされるが、現存和歌中でそれを詠んだものを寡聞にして知らない。渡辺秀夫氏[14]が中国文学における「ほととぎ

す」について「古くより蜀の望帝の魂が化して子規となったという幽奇な伝説（蜀魂・杜宇化鳥説話）もある」と述べられつつも、「尋常でない、境界的なイメージをもつ点では、わずかに共通するものもあるが、和歌との直接的な関わりは希薄である」と結論付けられたごとくである。死者との関係でいえば、伊勢の歌に見られるように、あの世にいる人の様子を語ってくれる存在であるか、次のように、恋しい故人に思いを伝えてくれるものであるからだ。

やよやまて山時鳥ことづてむ我世中にすみわびぬとよ（古今・夏・一五二・三国町）

なき人の宿にかよはば時鳥かけてねにのみなくとつげなむ（古今・哀傷・八五五・讀人不知）

和歌中では時鳥はあくまで伝言役にすぎないのだ。しかも、その伝言役を担った時鳥が死者と「同じ声」で鳴くと詠まれた例には辿り着けなかった。つまり、当時の和歌中において時鳥はあの世を想起させるものではあるものの、あくまで使者役であったといい得るのである。とするならば、『日記』中の「同じ声」を「故宮」のものとする考え方、換言すれば、「故宮」が姿を変え、時鳥としてやって来て生前と「同じ声」で鳴くかどうかを問うたとすること、すなわち「故宮」の声を聞きたいと詠んだと解することにはいささか無理があろう。

時鳥の鳴き声に「宮の声をお聞きしたい」との意を読み取る『全釈』的解釈が成り立つには、先の⑤にあたる「妻恋いをして鳴いている鳥」として解する可能性が残る。大洋和俊氏は、[15]

ますらをの……山びこの　あひとよむまで　ほととぎす　妻ごひすらし　さよなかになく

（万葉・巻十・一九四一／一九三七）

たびにして　妻ごひすらし　ほととぎす　かむなび山に　さよふけてなく（万葉・巻十・一九四二／一九三八）

を例に、「恋のイメージがほととぎすに色濃く反映しており、…（中略）…ほととぎすと恋と夜のイメージは万葉以前の、更に古い時にその始原を求めることが可能である」とされている。確かに時鳥が恋愛的気分を醸し出す場合があることは否定できないが、当該歌に当てはめてみると、「故宮」には生前恋人を恋うて鳴いていた時鳥のイメージがあり、今また「宮」が時鳥として鳴いているという想定が成り立ってはじめて「同じ声」かどうかが問われ得るということになる。つまり、恋する人は時鳥として鳴くことが半ば常識でなければならないのである。しかし、先にもあげたように、時鳥は恋人を恋うて鳴くだけでなく、恋情を掻き立てたり、恋しい人への思いを取り持ったりと、その担わされる意味は一つに絞り込めないのが実情で、それほど固定的なイメージを持つ鳥ではない。むしろ、詞書などにより提示された場がその意味を規定していることが多いのである。そこで、当該歌を含む場面に戻してみても、時鳥の担う役割を限定し得る要素はない。唯一あるのは橘の枝に対する答えとしての時鳥をどのように解釈するかということのみである。とするならば、やはり和歌一首に詠み込まれた時鳥が担い得る他の可能性をさらに模索する必要があろう。

そこで、さらに当該歌の時鳥が前掲のいずれの項目に該当するかをみてみよう。前述したように「同じ声」が以前と同じか否かを問うていると解されることからすると、結論だけを述べれば、③に該当すると目される。そして、ここで思い起こされるのは、「香よりも声で故宮を偲びたいとの作意。弟宮に興味を移したいの意はとらない」とされて「宮」への誘いを読み取らない解釈、

昔の人の袖の香を蘇えらせる、という花橘をいただきましたが、その香に関わらせて故宮を偲ぶよりも、その橘にゆかりの時鳥の声を聞きたいものです。昔と同じ声をしている（ことで故宮を偲べる）かと。

を提示された松野陽一氏[16]のそれであり、森田兼吉氏[17]が「多少大胆ではあるが形の上では儀礼の枠をはみださぬように

仕立てられている」として表向きは、

ほととぎすが、亡きあの方と聞いたあの頃と変わらぬ声で鳴いているか聞いてみたい――それによってあの方をお偲びしたい。

とされた解釈である。森田氏の「亡きあの方と聞いたあの頃と変わらぬ声」まで読み取れるかは多少疑問だが、少なくとも『日記』冒頭歌は、懐旧の情を催させる橘の花の香で昔を偲ぶよりも、昔と同じ声で鳴く時鳥の声で「故宮」を偲びたいの意と解し得るのである。換言すれば、橘の花が昔と変わらない香を匂わせているのに対し、同じく懐旧の情を催させる時鳥の声が昔と同じかどうかを確かめたいの意である。つまり、「宮」が花橘の香で懐かしむならば、「女」は、時鳥の声で「故宮」を偲ぶということであり、花橘の折り枝に対する返礼として、挨拶の範囲を越えたものではないといえよう。

三　『和泉式部日記』歌の「同じ枝に」が意味するもの

以上のように、当該歌一首を見るかぎり、『全釈』が提示した解釈を肯定することは難しいことが確認できた。次に、再度、これを『日記』中に戻して検討してみよう。なぜなら前掲の森田氏は、表向きの意では『全釈』を否定しながら、結局はこの歌に二重性をみて、真意としては『全釈』的な解釈を支持されたからである。そこで、この歌に二重性を読み得るか否かということになるが、ここでは、当該歌と贈答の形をなしている「宮」が詠じた歌、

同じ枝になきつつをりし時鳥声は変はらぬものと知らずや（日記・二・宮／正集・二二七）

を手がかりに考察を進めてみたい。

この歌を『全釈』は

　それは、わたしは故宮とは同腹の兄弟で、始終一緒に暮してゐたのですもの、「聞かばや」なんてよそよそしい事は言はないで、故宮と同じ声だと知って下さい。——万事、故宮と同じに思って下さい。

と解している。「始終一緒に暮してゐた」まで読む必要があるかは疑問だが、前述したように、「鳴きつつをりし」と直接体験を表わす過去の助動詞「し」があることから、「故宮」が兄である事実を匂わせていることは確かなようである。しかしながら「同じ枝」「変はらぬ」が「女」の歌の意味するところを直接引き継いだだけだとすると「宮」の歌は単なる鸚鵡返しとなり、誘い掛けに対して尻込みをしているようで、答歌としてはよいできばえとは言い難い。前述したように「女」が「昔と同じ声で時鳥が鳴くかどうかを聞きたい」と言ったとするならば、むしろその「同じ」を、「故宮」と同じ兄弟だとずらして[18]応じたところにこの歌の眼目があるのではないか。

　そしてそう解釈できる可能性を示唆する表現が、当該歌の直後に見出せるのである。それは、

　もて来たれば、をかしと見れど、つねはとて御返り聞こえさせず。（日記・一一頁）

と、「女」が「宮」の返歌を目にして「をかし」[19]と評していることである。「をかし」は、『日記』中では普通「折を過ぐしたまはぬををかしと思ふ」や、「はかなきことなれど、おぼし忘れでのたまふもをかし」などとその対象を明示して用いられており、「女」の期待に外れない「宮」の行為などを賞賛している場合が多い。しかし、ここでは「をかし」の対象は、明らかにされていない。「女」の側から発せられた「をかし」に、その対象が明らかに示されないのは、これが実は『日記』中唯一の例である。とするならば、このことを、もう少し重く見る必要があるのではないか。つまり、返歌をしたこと、そのタイミングはもちろん、その和歌自体のできばえをも含め、「宮」を総合的な

意味で「をかし」と評していると解することができるからだ。換言すれば、行動や、タイミングだけではなく、和歌自体についても評価の対象となっているということであり、それはとりもなおさず、「宮」の返歌自体が「をかし」と評価されるほどのできばえであったということにもなろう。このことは、「宮」の和歌が、期待どおりに留るものではなく、「女」の詠をうまく利用しながら、期待値以上であったことをも物語っている。和泉式部が歌人として優れているという先入観は、「宮」の方がイニシアチブを執るとは考えられないという固定観念を生み出してしまっているが、『日記』中唯一、行動やタイミングという限定を付けずに「女」が「宮」について「をかし」と評価したことからして、少なくとも「女」がそう評するだけの要素の一つに、この和歌のできをも数え入れることができそうである。

もちろん和泉式部が「宮」との恋愛の開始をまったく望んでいなかったと断定するつもりはないし、したたかな計算の上に立ち、誘惑の気持ちを内包させつつ、挨拶めかした歌を詠じた可能性をまったく否定することはできない。いみじくも後藤氏が[20]「歌に盛られた真心に嘘はないけれども、あくまでも立て前としては現実とは別次元という約束なのである。それを表にたてて、挑発ととられかねない女からの贈歌の責任を和泉は軽減させようとしている」と述べられたごとくである。つまり、歌を贈る直前に「女」の「はかなきことをも」という言が付されたのは、散文の手紙で返事をするのがためらわれたことの裏返しでもある。同時に、和歌を詠みかけるという行為が持つ意味も、また和歌であるから許される要素があることも「女」は十分承知していたこととなる。だからこそ想像はいくらでも膨らみ、『全釈』的な解釈が長年肯定的に受け止められてきたのでもあろう。しかしながら、「女」の、ひいては和泉式部の真意がどうであったにせよ、縷々述べてきたように『日記』本文にはその手掛かりとなるものは描かれてはいない。二重性を読み取る解釈は、以上のごとく考えると、あくまでも「宮」の歌の意味するところにより支えられてきたのであり、「宮」の歌の読みが「女」の歌に逆照射されて理解されていた要素が多分にあったと考えられる。「女」が積極的に誘いかけの和歌を詠じたのではないという理解は、単に一読者として可能なだけではない。『日記』中から、「宮」自身そう考えていた節が見出せるのである。冒頭の二首に続き、『日記』では次のような和歌が記される。

賜はせそめては、また、

うち出でてもありにしものをなかなかに苦しきまでも嘆く今日かな（日記・三・宮／日記・一一頁）

ここで「宮」が「うち出でてもありにしものを」と詠じたことは、重大である。なぜなら、最初の花橘の枝だけでは、「うち出で」とするわけにはいかないからだ。折り枝は「いかが見給ふ」の言葉どおり、あくまで「女」の出方を試すものであった。それをどう読み取るかはむしろ「女」の側に委ねられたのである。「女」は自分に対する求愛の気持ちを読み取ってもよいのだが、それはあくまで選択肢の一つでしかない。恋人を亡くした女性への慰め、兄の恋人に対する弔問として片付けられても、「宮」としては仕方がない程度のものでもあった。ところが、「女」が歌を返し、それに「宮」が返歌をしたことで事情は一変したと見なければならない。なぜなら、通説のように、「同じ枝に」を「女」からの誘いに「あなたのおっしゃるように同じですよ」と応じた消極的な歌と位置付けてしまうと、この「うち出で」という表現は意味をなさないからだ。「同じ枝に」と詠じたことが、「宮」の恋心が明らかな形で「女」に告げられたものと解しなければ、「うち出で」以前に「宮」の明らかな告白にあたるものは存在しなくなってしまう。

つまり、「うち出で」は、橘の枝を贈るという暗示的な行動を指すのでも、また「女」からの誘いに応じて鸚鵡返しに「同じですよ」と答えたことを意味するのでもない。「宮」が明白な形で、しかも積極的に恋心を「女」に告白したことを表わしているのであり、それを前提としなければ「うち出で」とは表現できない。そしてこのことを最も良く理解していたのは、他でもない、「うち出ででもありにしものを」と詠じた「宮」自身ということになる。

現実的に見れば、和歌的力量や、身分差があったことは否めない。しかし、『日記』の中の「宮」と「女」はあくまでも対等な〝男〟と〝女〟として歌をやりとりしている。和歌による応答の機微、これこそがこの『日記』の魅力である。そして、その一方を支えているのは、紛れもなく「宮」であることを、再確認しなければならないであろう。

おわりに

最後に『日記』の冒頭場面を整理してみよう。

「女」が庭を眺めているところに「宮」からの花橘を持って小舎人童がやって来た。「いかが見給ふ」という伝言もあり、「女」は「宮」の自分への関心を察知しながらも、「宮」は「あだあだしくもまだ聞こえ給はぬ」ことから挨拶の和歌ぐらい返しても良いだろうと思い、「香よりも時鳥の声で昔を偲びたい」という歌を贈る。すると、「宮」は「時鳥」の「同じ声」という部分に着目し、あえて「同じ」の意味をずらして用いて、「兄と声も（気持ちも）変わらない」と、今度はさらに大胆に明らかな誘いかけをしたのである。そこで「女」はこの歌を「をかし」と見ながらも、常に返しをするのはと思い、再度歌を贈ることは慎んだ。

このように考えると、本稿冒頭で述べた「女」に対する違和感は払拭され、この後に続く「女」と連続性をもって『日記』を読むことができる。

かくて、しばしばのたまはする、御返りもときどき聞こえさす。（日記・一二頁）

しばしば文をよこす積極的な「宮」に対し、つれづれのあまり、思慮深くない「女」は、時々は返事をしてしまう。最初から返歌をしたことは、少々はすっぱな行為であったかもしれないし、亡き恋人の弟と和歌をやりとりすることで、世間の非難を浴びることは必至であったかもしれない。軽率さは否めないが、しかしあくまで当時の女性が求愛を受けた場合の常道から大きく外れないようにと、「女」は意識していると想像されるのである。

そして、和歌の贈答を繰り返し、

思ひがけぬほどに忍びてとおぼして、昼より御心設けして（日記・二〇頁）

とあるように、昼からの綿密な計画の元に実行に移された「宮」の強引な初来訪により、逢瀬をもってしまった「女」。実際がどうであったにせよ、少なくとも『日記』を無心に辿ると、このように読むことがしぜんなのではあるまいか。そしてここから、この恋愛があくまで「宮」主導で始まったものとして書かれているという結論に行き着く。さらに、花橘の折り枝がきっかけではあるものの、「女」が恋に落ちていくのを決定付けたのは、「宮」の歌の「同じ枝に……」が時宜に適ったよいできばえであったことだとも読み得ることとなる。さらに穿った見方をすれば、贈答歌に支えられた『日記』の世界を担う相手として、和歌による応答の機微を共有できる人として、「宮」がこの時点で既に決定的な存在になったと言い得るのかもしれない。

以上のごとく考えると、冒頭における二首の意味は重い。

注

1　佐伯梅友・村上治・小松登美『和泉式部集全釈 正集篇』（東寶書房　一九五九年／笠間書院　二〇一二年）。以下『全釈』からの引用はすべてこれによる。

2　円地文子・鈴木一雄著『全講和泉式部日記』（一九六五年／増補改訂　至文堂　一九八三年）

3　清水文雄校注　岩波文庫『和泉式部日記』（岩波書店　一九四一年／改版　一九八一年）、鈴木一雄訳・注　全対訳日本古典新書『和泉式部日記』（創英社　一九七六年）、川瀬一馬校注・現代語訳　講談社文庫『和泉式部日記』（講談社　一九七七年）、小松登美全訳注　講談社学術文庫『和泉式部日記（上）』（講談社　一九八〇年）、野村精一校注　新潮日本古典集成『和泉式部日記　和泉式部集』（新潮社　一九八一年）、平田喜信校注『和泉式部日記』（新典社　一九八六年）、藤岡忠美校注・訳　新編日本古典文学全集『和泉式部日記』（小学館　一九四四年）、由良琢郎『和泉式部日記全釈』（明治書院　一九九四年）、中島尚「和泉式部日記注稿2」（「千葉大学教育学部研究紀要」40　一九九二年四月）など多数。

4　上条彰次校注　和泉古典叢書8『千載和歌集』（和泉書院　一九九四年）、久保田淳校注『千載和歌集』（岩波書店　一九八六年）

5　尾崎知光『和泉式部日記考注』（文京書院　一九五四年／増訂版東宝書房　一九五七年）に、「帥宮に挑発するやうなあだあだしいはかないものでは勿論ない」とする見解がある。

6　西村英子「和泉式部日記『かほる香に』の和歌をめぐって」（「高知女子大国文」12　一九七六年七月）、神津幸穂「『和泉式部日記』贈答歌の実際」（「国語・国文と国語教育」2　一九八五年三月）、川嶋美香「和泉式部歌「薫る香

に」考」（『昭和学院国語国文』29　一九九六年三月）

7　小松登美全訳注　講談社学術文庫『和泉式部日記（上）』（講談社　一九八〇年）

8　森重敏『八代集撰入和泉式部和歌抄稿』（和泉書院　一九八九年）

9　検索には「日本文学Ｗｅｂ図書館」を用い、重複する用例は除いた。

10　竹尾正子「万葉集におけるホトトギス」（『福岡教育大学紀要』25　一九七六年二月）

11　堀川祐子「古今和歌集の夏の歌について――「万葉集」のほととぎすの歌との比較から見る季節感――」（『日本文学ノート』3　一九六八年二月）、杉山重行「時鳥」（『国文学』一九七六年六月）、立川義彦「ぬしさだまらぬ恋（『国語国文』一九七八年六月）、吉田いづみ「和歌の世界におけるほととぎすの鳴き声について」（『高知女子大国文』14　一九七八年七月）、渋谷栄一「花散里」（『源氏物語研究』7　一九七九年一二月）、久保昭雄「「時すぎにけり」考」（『尚絅大学研究紀要』3　一九八〇年二月）、工藤重矩「古今集一四八「唐紅のふりいでてぞ鳴く」の解釈」（『文学・語学』103　一九八四年一〇月）、岩松空一「万葉集の〝霍公鳥〟の正体」（『園田学園女子大学論文集』21　一九八五年三月）、樋口秀次郎「万葉集と鳥」（『群馬女子短期大学紀要』18　一九九一年一一月）。この他にも多数の論がある。

12　滝沢貞夫担当『和歌大辞典』「ほととぎす」の項（明治書院　一九八六年）

13　後藤祥子「王朝和歌の心」（『王朝和歌を学ぶ人のために』世界思想社　一九九七年）

14　渡辺秀夫『詩歌の森』（大修館書店　一九九五年）。なお、中国における「杜鵑」の定着については植木久行「ほととぎすのうた　杜鵑と郭公をめぐって」（『比較文学年誌』15　一九七九年）がある。

15　大洋和俊「喩としての歌ことば表現」（『國學院雑誌』一九八七年一二月）

16　松野陽一・片野達郎校注　新日本古典文学大系10『千載和歌集』（岩波書店　一九九三年）

17　森田兼吉「『和泉式部日記』をよむために(三)」(『和泉式部日記論攷　第二』笠間書院　一九八八年)
18　注13の御論で、後藤祥子氏も当該歌の「同じ」を「ずらし」と評されている。
19　前橋均「和泉式部日記「をかし」をめぐって」(「日本語と日本文学」7　一九八七年六月)、小野美智子「『和泉式部日記』における「をかし」の考察」(「平安文学研究」76　一九八六年一二月)
20　注13に同じ。

〔付記〕
○「時鳥」詠の用例については、「古典文学Ｗｅｂ図書館」を用いて再検索し、重複は避け、掲出順も入れ替えたため、若干初出とは異なっている場合もある。だが、意味するところに大きな相違はない。私家集については『新編私家集大成』の本文を用いた。
○本稿で扱った問題は、本書第一部第一章(二)でも論じている。ご参照いただきたい。

〔関連論考〕
◎時鳥詠についての論考
後藤幸良「古代の夏の季節感――和歌集夏部のホトトギス詠を手がかりに」(「相模女子大学紀要(人文・社会)」70Ａ　二〇〇七年三月／『平安朝物語の形成』笠間書院　二〇〇八年)
高桑枝実子「ホトトギスと死者追慕の歌――万葉歌から中古哀傷歌へ」(「国語と国文学」二〇〇八年一二月)
孫瑋「『万葉集』における「ホトトギス歌」と「杜鵑詩」との比較研究――取合せの景物を中心として」(「学芸古典文学」7　二〇一四年三月)

鈴木浩一「上代のホトトギスはカッコウか」（「研究と資料」73　二〇一五年七月）
◎『日記』冒頭部の解釈についての論考
金井利浩「もう一つの和泉式部日記――始発部はいかに語られていたのか」（「中央大学国文」42　一九九九年三月）
山本淳子「研究手帳『和泉式部日記』冒頭歌「薫る香に」と古今集歌」（「いずみ通信」36　二〇〇六年四月）
藤岡忠美「研究手帳『和泉式部日記』冒頭歌の解釈――新説をめぐって」（「いずみ通信」37　二〇〇八年九月）
近藤みゆき「『和泉式部日記』の「はじまり」をどう読むか――「薫る香に」の解釈と「女」の心が描く世界――」「日記文学研究誌」14　二〇一三年一〇月）
小谷野純一「《昔の香》よりは《今の声》が――『和泉式部日記』始発部分の贈答歌の解をめぐって」（「日記文学研究誌」15　二〇一三年一〇月）
◎『和泉式部日記』関連の主な書籍
中嶋尚『和泉式部日記全注釈』（笠間書院　二〇〇二年）
近藤みゆき『和泉式部日記：現代語訳付き』（角川書店　二〇〇三年）
岩佐美代子『和泉式部日記注釈：三条西家本』（笠間書院　二〇一三年）
岡田貴憲『『和泉式部日記』を越えて』（勉誠出版　二〇一五年）
岡田貴憲・松本裕喜『和泉式部日記／和泉式部物語』本文集成（勉誠出版　二〇一七年）

(二)「女」が恋心を意識した時

はじめに

『和泉式部日記』(以下『日記』)の冒頭部については、後藤祥子[1]氏の御論考の驥尾に付し、本書第一部第一章(一)で述べた。その後、金井利浩[2]氏を初めとして、近藤みゆき[3]氏、川村裕子[4]氏、山本淳子[5]氏、藤岡忠美[6]氏、圷美奈子[7]氏により、詳細な検討が重ねられてきた。さらに日記文学会第五十九回大会シンポジウムにおいて、近藤みゆき[8]氏が、「薫る香に」の和歌を取り上げて先行文献の精緻な比較検討を行い、ご高説を展開された。そこで本節では、近藤氏の整理を踏まえつつも、当日同席して述べたことに従い、『日記』冒頭部における贈答から、「宮」と「女」とが初めて逢瀬を持った後、「待たましも」の和歌が詠まれたあたりまでについて、「女」の描かれ方からその気持ちの変化を辿ってみたい。

一　とまどう「女」

周知のことだが、為尊親王が亡くなった翌年の四月、「女」が築地の上の青やかな草を眺めているところから、この『日記』は書き出される。少々迂遠だが、粗筋を辿りながら進めよう。

『日記』では「故宮」と称される為尊親王に仕えていた小舎人童は、現在は弟の帥宮敦道親王の許にいる。その命を受けた小舎人童が、「女」を訪れて橘の花を差し出す。すると「女」は、「昔の人の」と「言はれ」る。「言はれ」の「れ」は、自明のごとく自発の助動詞であり、思わず知らず口ずさんだことを表している。すなわち、橘の花の連想で、あの著名な古歌「五月待つ花橘の香をかげば昔の人の袖の香ぞする」（古今・夏・一三九）が想起され、しぜんと「女」はその一節を口ずさむ。あるいは、そう反応するであろうと企んだ「宮」により、口ずさむように仕向けられたのかもしれないが。

するとと小舎人童が、「さらば参りなん。いかが聞こえさすべき」（日記・一〇頁）と「宮」への返事を催促する。これにより「女」は、「なにかは、あだあだしくもまだ聞こえ給はぬを、はかなきことをも」（日記・一〇頁）と心中で言い訳をしながら、

薫る香によそふるよりは時鳥聞かばや同じ声やしたると（日記・一・宮）

の一首を返歌としてしたためた。女性の側から和歌を返すことは、軽率な行為であると承知しているものの、高貴な方からの、古歌を匂わせる贈り物に、歌人としては和歌以外に返礼の手段はない。

この「薫る香に」の和歌について、詳細は本書第一部第一章㈠に委ねる。が、少々付け加えるならば、近藤氏、山本氏が「薫る香に」歌の踏まえる和歌を一首、限定的に見出そうとしていることについてはいささか疑問がある。㈠にも述べたように、時鳥にはさまざまな詠み方がある。さらに、「橘の花」には、誰でもが想起する「五月待つ」歌があるのに対し、それに匹敵するような著名な時鳥詠があるかといえば、それもまた疑問である。現に依拠したと指摘された和歌が、近藤氏と山本氏とで相違しているのもそのことを端的に表している。

とすれば、「同じ声」と詠んだ「女」側の意図としては、時鳥の一般的な習性、つまり、懐旧の情を意味するもの

という程度に留めるべきであろう。「女」の境地は、かの『伊勢物語』の「月やあらぬ春や昔の春ならぬわが身ひとつはもとの身にして」（伊勢物語・五）にも通じるもので、あくまで為尊親王と聞いた時鳥と同じ声かどうかというものであったのだ。

もちろん、為尊親王の声という解釈がまったくできないわけではない。いや、むしろ、「宮」は、「聞かばや同じ声やしたると」を「故宮の声が聞きたい」と解してみせ、それを受ける格好で、「故宮の声が聞きたいのならば、われわれ二人は兄弟なので、同じ声ですよ」と応じたのである。図解すると、次のようになる。

「女」　時鳥は「同じ声」で鳴くでしょうか、聞いてみたい。
　　　　時鳥の「声」を聞きたい
　　　　　　＝
「宮」　故宮の「声」を聞きたい
　　　　　　⇑
　　　　兄弟だから
　　　　　　⇑
　　　「同じ枝に鳴きつつをりし」

むろん、「女」が「故宮」の声を聞きたいと受け取られるのを承知で、時鳥を持ち出した可能性もまったく否定はできない。実際がどうであったか、特に「女」、ひいては和泉式部自身の心中がどのようなものであったかは当然ながら誰にも分からない。

一方、「薫る香に」の和歌を手にした「宮」は、

同じ枝になきつつをりし時鳥声は変はらぬものと知らずや（日記・二・宮）

という和歌を再度小舎人童に託す。その折、「かかること、ゆめ人に言ふな。すきがましきやうなり」（日記・一一頁）と口止めをする。小舎人童が「宮」の和歌を読むはずもない。この口止めは、兄宮の恋人であった「女」に花橘の枝を贈った直後に、今度は和歌を贈るという行為に対して発せられたものだ。言い換えれば、和歌がどのような内容であったにしろ、「女」に贈れば、「すきがまし」との非難を浴びる可能性があることを意味してもいる。だからであろうか、「女」はこれを「をかし」[9]と評するものの返歌はしていない。

「をかし」についても㈠で触れたが、この歌を「女」がこう評したのは、「宮」が歌意を大胆にずらして求愛の歌にうまく仕立てたことも一つの要因であったのだろう。おそらくそれは、「女」の予想を超えたできばえだった。だからこそ「をかし」と評したのである。

さらに「宮」は、

うち出でてもありにしものをなかなかに苦しきまでも嘆く今日かな（日記・三・宮）

という和歌を「女」に贈る。当歌は、「はっきり気持ちをあらわさないでも（生きて）いたのに。（なまじかうち明けたばかりに）かえって苦しいくらい思い嘆く今日（の私）です」と現代語訳できる。とすれば、「女」への求愛は、橘の枝の贈り物ではなく、「同じ枝に」の和歌を贈った折ということになる。これに対し、「女」は、「もともと心深からぬ人にて、ならはぬつれづれのわりなくおぼゆるに、はかなきことも目とどまりて」（日記・一〇頁）、すなわち浅薄さ故にと言い訳めいた言辞の後に、次のように返歌する。

今日のまの心にかへて思ひやれながめつつのみ過ぐす心を（日記・四・女）

こうして二人の間では贈答が繰り返される。ただし、それは「かくて、しばしばのたまはする御返りも、時々聞こえさす。つれづれもすこしなぐさむ心地して過ぐす」（日記・一二頁）とあるように、積極的な「宮」に対し、とまどい、ためらいながらも生来の軽薄さゆえに、ずるずると応対を重ねてしまう「女」という図式の中で行われている。

また御文がもたらされる。「宮」は、

語らはばなぐさむこともありやせん言ふかひなくは思はざらなん（日記・五・宮）

と、お会いして語り合い慰めあいたいと詠うだけでなく、「あはれなる御物語聞こえさせに、暮にはいかが」（日記・一二頁）とたたみ掛ける。「女」は、

なぐさむと聞けば語らまほしけれど身の憂きことぞ言ふかひもなき（日記・六・女）

と詠い、「生ひたる蘆にて、かひなくや」（日記・一三頁）と、やんわりと断りの意思を示す。

だが、「宮」には、この贈答を交わす目的が別にあった。すなわち、「女」の所在確認だ。「女」が自邸にいることを確認した「宮」は、「思ひかけぬほどに忍びてとおぼして、昼より御心まうけ」（日記・一三頁）して、「あやしき御車」を用意させて、「女」の許へと赴く。「女」は困るものの、「昼も御返り聞こえ」たので居留守をつかうわけにもいかず、「ものばかり聞こえん」（日記・一三頁）と思って、西の妻戸に円座を出して、お相手をする。だが結局、強引な「宮」は「やをらすべり入」（日記・一四頁）るのである。

ここまでを見ても、かなり強引に、下心をもって用意周到に近付いて来た「宮」と、高貴な、しかも「故宮」の弟から声を掛けられたために、躊躇いながらも応対せざるをえない「女」という構図が浮かび上がる。繰り返すようだが、実際がどうであったか、またそれぞれの心中がどうであったかは分からない。しかし、『日記』の記述からは、このように解釈できるのである。

「宮」の強引な行動により、初めて逢瀬を持った二人は、後朝の文を交わす。「宮」が、

恋と言へば世のつねのとや思ふらん今朝の心はたぐひだになし（日記・九・宮）

と詠じたのに対し、「女」は、

世のつねのこととも更に思ほえずはじめてものを思ふ朝は（日記・一〇・女）

と応じる。一見、恋愛上手な「女」が、かまととぶって応じたようにも見える。だが、求愛時とは態度を一転させ、女性側が殊勝な返歌をするのは、後朝の贈答においては定石である。かの『蜻蛉日記』でも、初の逢瀬後には、「思ふことおほゐのかはのゆふぐれは心にもあらずなかれこそすれ」（蜻蛉日記・一二）と、返してもいる。歌人である「女」は、後朝の文の作法どおりに「はじめてものを思ふ朝」と返したに過ぎないのだ。なぜなら、この歌の直後に、「と聞こえても」（日記・一五頁）と記されているからだ。つまり、作法どおりに返しはしたものの、「女」には「故宮」を追慕する気持ちがいまだ強い。「世のつねの」歌は「女」にとってみれば本心ではない。「あやしかりける身のありさまかな、故宮のさばかりのたまはせしものを」（日記・一五頁）と、出来した事態に、むしろ「故宮」を思い涙して心乱れているのが本意なのだから。

二　「女」の恋心

初の逢瀬後、悲しい気持ちで思い乱れていると、そこに、あの童がやって来る。今夜は訪問がかなわぬことを口頭で伝えに来たのであろう。二日連続の訪れがないことは、「女」も分かっていたには違いないが、せめて「御文やあらん」（日記・一五頁）と期待する。だが、文がないと分かると、「女」には「心憂し」という気持ちが起こる。そし

て、そのように感じた心を「すきずきしや」（日記・一五頁）と評すのだ。まさにここで、「女」は、自分の心が「宮」へと傾き始めていることを自覚したに違いない。すなわち、一方で「故宮」を追慕しながらも、一方で自らが「宮」に対して抱いている感情に気づいたのである。だからこそ、「女」は、

待たましもかばかりこそはあらましか思ひもかけぬ今日の夕暮（日記・一一・女）

と詠うのだ。当歌については、難解であることや[10]、待っていたのは文であることなど[11]がすでに論じられているものの、二人の交際における当歌の持つ重要性については、ほとんど触れられてこなかった。だが、この歌は、「女」が「宮」との恋愛に一歩踏み出そうという決意を秘めたものであり、二人の恋愛において、ターニングポイントとも言える重要な意味を担っているのだ。

なぜなら、もしここで、「女」が文や訪問がないことをなじる歌を贈ったら、「宮」の立場はない。逆に、「女」が嫋嫋たる思いを詠じたら、それはそれでこの後「宮」は訪れにくい。そうかと言って、「女」が伝言に無反応であれば、やはり「宮」は心中穏やかではいられなかったであろう。そのいずれの危惧をも払拭したのが、「待たましも」の歌である。「女」が別の歌を詠じていたら、二人の恋愛はこれ以上進展することがなかったかもしれない。詰問調の歌でも、また落胆し涙にくれる恨み節でもないからこそ、「宮」は「げにいとほしうも」（日記・一六頁）と「女」の歌を快く受け止めたのである。もちろん、「待たましも」歌により、実際は「女」が待っていたことは十分理解できただろうから。しかし、「女」はあくまで待ってはいなかったというのが前提なのだ。

だからこそ、この歌により、「宮」は一転優位に立ち、

ひたぶるに待つとも言はばやすらはで行くべきものを君が家路に（日記・一二・宮）

と詠む。まるで訪問しようと思っていたにもかかわらず、「女」の一首のせいでその機会を失したかのような口ぶりの歌を。さらに、「おろかにや、と思ふこそ苦しけれ」（日記・一六頁）とわざわざ付言までして。

一方、訪れなかった口実を「宮」に与えた「女」はふたたび、

かかれどもおぼつかなくも思ほえずこれも昔の縁こそあるらめ（日記・一三・女）

と、二人の仲が確かなものだと詠う。それればかりでなく、「なぐさめずは、つゆ」（日記・一七頁）と、これまでになく積極的に「宮」を誘う。しかし、「宮」にも事情があったのであろう、訪れがないまま、とうとう四月尽日となる。

そこでさらに「女」は、

時鳥世にかくれたる忍び音をいつかは聞かん今日も過ぎなば（日記・一四・女）

と詠いやる。時鳥を持ち出したのは、単に五月の初音を意識したばかりではないであろう。求愛時に「宮」が「声は変わらぬ」と詠んだ、それをいつ聞かせてくれるのか、早くお聞きしたいという意味合いも込められているに違いない。「女」がかなり積極的になっていることが分かる。それも、「待たましも」と詠じた時点で、「女」の気持ちに変化が生じていたためだ。新しい恋が自身の心に芽生えたことをはっきりと自覚した「女」は、その後急速に「宮」への思いを募らせていく。

おわりに

『和泉式部日記』の冒頭部を読み、年下の「宮」を妖艶に誘っている「女」と解釈することに違和感を持ったのは、随分以前のことであった。そこで、時鳥の詠まれ方を端緒として、㈠の稿を成した。だが、それでも、「女」が「待

たましも」歌以後積極的になり、「宮」に自分から歌を贈るのはなぜか、やはり分からずにいた。しかも、二度目の訪れがないまま五月になると、「宮」の思いを確かめるように物詣まで実行する。もちろん、『日記』がすべてを描いているとは限らない。だが、『日記』冒頭部では、「故宮」への追慕を盾に「宮」の求愛をためらっていた「女」が、なぜ突如として積極的になったのか読み解けなかったのだ。しかし、この「待たましも」歌周辺を注意して眺めたことで、疑問は解消した。文があるだろうという期待を持ち、それが打ち砕かれた折、はじめて「女」は「宮」に対する我が思いを自覚したのだ。そしてこの時、「女」は「宮」との恋に踏み出す決意をしたのであろう。「待たましも」歌には、「女」の強がりと切なさがにじみ出ている。

和泉式部を愛欲の歌人などと称することには必ずしも賛同するものではない。だが、「待たましも」のような歌を詠む、あるいは詠めた和泉式部という歌人がそう評されてしまうのは仕方のないことなのかもしれない。

注

1 後藤祥子「王朝和歌のこころ」(『王朝和歌を学ぶ人のために』世界思想社 一九九七年)
2 金井利浩「もう一つの和泉式部日記——始発部はいかに語られていたのか」(「中央大学国文」42 一九九九年三月)
3 近藤みゆき『和泉式部日記』(角川ソフィア文庫 二〇〇三年)。以下、近藤氏の御論は特に断らない限り、すべてこれによる。
4 川村裕子『ビギナーズ・クラシックス 和泉式部日記』(角川学芸出版 二〇〇七年)
5 山本淳子「研究手帳『和泉式部日記』冒頭歌「薫る香に」と古今集歌」(「いずみ通信」36 二〇〇六年四月)。山本氏の御論は以下すべてこれによる。

6　藤岡忠美「研究手帳『和泉式部日記』冒頭歌の解釈——新説をめぐって」(「いずみ通信」37　二〇〇八年九月)

7　圷美奈子『王朝文学論——古典作品の新しい解釈——』(新典社　二〇〇九年)

8　近藤みゆき「『和泉式部日記』の「はじまり」をどう読むか——「薫る香に」の解釈と「女」の心が描く世界——」「日記文学研究誌」14　二〇一二年一〇月)

9　前橋均「和泉式部日記の「をかし」をめぐって」(「日本語と日本文学」7　一九八七年六月)、小野美智子「『和泉式部日記』における「をかし」の考察」(「平安文学研究」76　一九八六年一二月)、沢田正子「和泉式部日記のをかし」(「静岡英和女学院短期大学紀要」29　一九九七年二月)。

10　森田兼吉「和泉式部日記〝またましも〟の歌考——日記・正集・千載集の関係——」(「国語と国文学」一九六七年一一月／『和泉式部日記論攷』笠間書院　一九七七年)、西森奈保子「和泉式部日記「またましも」の和歌をめぐって」(「高知女子大国文」14　一九七八年七月)

11　川村裕子「和泉式部日記の文と夕暮——「待たましも」の歌をめぐって」(『論集　日記文学の地平』新典社　二〇〇〇年／『王朝文学の光芒』笠間書院　二〇一五年)

〔関連論考〕
高木和子『女から詠む歌——源氏物語の贈答歌』(青簡舎　二〇〇八年)
渡辺開紀「『和泉式部日記』の反実仮想——「待たましも」の和歌の解釈を中心に」(「國學院大學大学院平安文学研究」7　二〇一七年三月)

㈢　「女」の境遇

はじめに

和泉式部と呼ばれる女性は、高貴な宮様兄弟を手玉に取った魔性の女、あるいは恋多き多情な女性と、長い間受け止められてきた。もちろん、生存中の和泉式部が男性達の注目を大いに集めていたことを否定するものではない。しかしながら、『和泉式部日記』（以下『日記』）に描かれた時期、「女」すなわち和泉式部がどのような境遇にあったかについては、あまり積極的には論じられてはこなかった。そこで、本節では拙著[1]の訂正も含め、この点について検討を加えてみたい。

一　為尊親王と「歩き」

最初に『日記』での恋を誘引した為尊親王との交際について確認することから始めたい。為尊親王と和泉式部との恋を論じる際に必ず引用されるのが、『栄花物語』「鳥辺野」巻のつぎの記事である。

①弾正宮うちはへ御夜歩きの恐ろしさを、世の人やすからず、あいなきことなりと、さかしらに聞えさせつる、今年はおほかたいと騒がしう、いつぞやの心地して、道大路のいみじきに、ものどもを見過ぐしつつあさましか

りつる御歩きのしるしにや、いみじうわづらはせたまひて、うせたまひぬ。このほどは新中納言、和泉式部などに思しつきて、あさましきまでおはしましつる御心ばへを、憂きものに思しつれど、上はあはれに思し嘆きて、四十九日のほどに尼になりたまひぬ。（栄花・三五六頁）

ここでは、世人の忠告を無視して大路に横たわる死者達を蔑ろにし、夜歩きをする為尊親王の異様さが描かれている。これを和泉式部への情熱と重ねて読むことも可能ではあるが、それは和泉式部のみに向いていた訳ではない。新中納言の閲歴が不明なので多くの場合無視された格好になってはいるが、この記述によるかぎりでは、新中納言も通い所の一つであったはずだ。

『栄花物語』の「見果てぬ夢」巻にはつぎのような記述もみえる。

②弾正宮いみじう色めかしうおはしまして、知る知らぬ分かぬ御心なり。世の中の騒がしきころ、夜夜中分かぬ御歩きもいと後ろめたげなり。（栄花・一九三頁）

こちらでも夜歩きについて触れられている。「色めかしうおはしま」す為尊親王は、「知る知らぬ分かぬ御心」を持っており、「夜夜中」と出歩いていたという。だが、相手の具体的な名は挙げられてはいない。

双方の記事に共通しているのは、「歩き」という語である。いずれも弾正宮（為尊親王）による夜間の外出について述べられていて、それを非難している。①では和泉式部の名が新中納言とともにみえるが、それはあくまで「このほど」、つまり亡くなる前を意味しているのであり、その時期に二人の女性と関係があったことを示しているにすぎない。とすれば、この二つの記事は、為尊親王の「歩き」を語ることに主眼があったということになる。

しかしながら、この『栄花物語』側が提示する読みを、偏向して理解させる要素が、『日記』の側にあるようだ。

『日記』では「女」と「宮」とが初めて逢瀬をもった後、後朝の贈答は交わされるものの、夕暮れには文遣いの童が来たのみで、再度の来訪はない。そこで「女」が「待たましも」歌を贈る。それを受け取った「宮」について、次のように描かれる。

御覧じて、「げにいとほしうも」とおぼせど、かかる御歩き更にせさせ給はず。北の方も、例の人の仲のやうにこそおはしまさねど、夜ごとに出でんもあやしとおぼしめすべし。故宮の果てまでそしられさせ給ひしも、これによりてぞかしとおぼしつつむも、ねんごろにはおぼされぬなめりかし。（日記・一六頁）

「女」からの歌を見て「いとほしうも」と思いながらも、結局「宮」が出掛けることはなかった。ここで注意したいのは、太線を付した「これによりてぞかし」である。この箇所についてはこれまで、「この女ゆえであった」[2]「あの女と親しくなさったからだ」[3]などと訳されてきた。しかも多くの場合、前掲の『栄花物語』①を補注などに掲出している。つまり、和泉式部すなわち「女」のもとに通ったことにより為尊親王は亡くなり、さらには世間の非難を受けていると解釈されているのだ。しかし、この段階で「女」のせいで為尊親王が亡くなったと喧伝されていたのならば、帥宮の方からわざわざ声を掛けるだろうか。また、それほど問題のある「女」について、この後、乳母が「召してこそ使はせたまはめ」（日記・二四頁）などと進言するだろうか。

そこで「これ」が何を指示しているかを周囲の記述に求めてみると、その直前の「夜ごとに出でん」に辿り着く。「宮」の心中思惟を「北の方も」からとして「例の人の仲のやうにこそおはしまさねど」を説明的挿入とみるか、「夜ごとに」からとするか、いまその判断はおくが、いずれにしろ、「故宮の果てまでそしられさせ給ひしも、これによりてぞかし」の「これ」は、その直前にある二重傍線部「夜ごとに出でん」を指していると見ることができる。このように解釈すれば、先の『栄花物語』①②の記事内容とも照応する。つまり、為尊親王の夜間外出は衆目の知るところであり、それを非難する雰囲気も生前からあった。ところが、行状を改めずにそれを続け、病を得て亡くなったので、非難の声が公然とあがり、拡大したのだと。それゆえ、もともと「かかる御歩き」をしていなかった「宮」は、「夜ごとに出でん」ことをためらったのだ。このように考えると、この後に行われる乳母の進言についても容易に理解できそうだ。

そこで乳母の発言を詳細にみてみよう。

「(1)出でさせ給ふはいづちぞ。このこと人々申すなるは。(2)なにのやうごとなき際にもあらず。使はせ給はんとおぼしめさん限りは、召してこそ使はせ給はめ。(3)かろがろしき御歩きは、いと見苦しきことなり。(4)そがなかにも、人々あまた来かよふ所なり。便なきことも出でまうできなん。(5)すべてよくもあらぬことは、右近尉なにがしがしはじむることなり。故宮をも、これこそ率て歩きたてまつりしか。よる夜中と歩かせ給ひては、よきことやはある。かかる御供に歩かむ人は、大殿にも申さん。(6)世の中は、今日明日とも知らず変はりぬべかめるを、殿のおぼしおきつることもあるを、世の中御覧じはつるまでは、かかる御歩きなくてこそおはしまさめ」

（日記・二四頁）

まず(1)で、「どこに行くのか」と語り出し、「女」の許にであろうと察知している乳母は、(2)で「女」の身分に問題はないのだから召せばよいと進言する。その理由は、(3)にあるように「かろがろしき御歩き」が見苦しいからである。このことは(5)でさらに繰り返される。「故宮」を連れ歩いた右近尉を非難するだけでなく、その代行をする者がいれば大殿に言い付けると周囲を脅している。最後に(6)で、政治情勢が不安定だから外出を控えるよう「宮」に懇請する。乳母の言には「歩く」の語が五度使用されているように、諌言の大半は夜間の外出についてである。しかも「女」について触れた(4)では、その行状に言及してはいない。このことは何を意味するのだろうか。

(4)で語られるのは、複数の人々が通っている所であることから、何か事件が起こったら困るという危惧である。通常は、実際に起こった花山院と藤原伊周とに関わる一件を彷彿とさせるものと理解されている。つまり、「女」がいるのは、複数の男性が通い所としている邸だと述べているのだ。言い換えれば、複数の女性達が同居している場所に「女」がいるということになる。『日記』中にも「人々方々に住むところなりければ」(日記・二九頁)という記述が見えており、これを裏付ける。「人々」、つまり複数の女性を、和泉式部の姉妹と見る立場もあるが、いかがであろうか。次節では別の観点からこのことを考えてみたい。

二　和泉式部と勘当

再度『日記』開始以前に時間を戻してみたい。『日記』で語られる敦道親王との交際前に周知のごとく、和泉式部には為尊親王との一件があった。その恋が敦道親王の時ほど情熱的ではなかった[4]としても、交際自体をまったく否定することはやはりできない。そしてすでに指摘[5]があるように、これらの恋のどこかの時点で、和泉式部は父親から勘当されたとみるべきであろう。勘当については、『和泉式部集』のつぎの詞書などから証し立てられている。

正月七日、親のかうじなりしほどに、若菜やるとて

こまごまにおふとは聞けど無きなをばいづらは今日も人のつみける(正集・二五一)

返し、親

無きなぞといふ人もなし君が身に生いのみつむと聞くぞ苦しき（正集・二五二）

心にもあらずあやしき事いできて、例すむ所もさりて嘆くを、親もいみじう嘆くと聞きていひやる、かみの文字は世のふることとなり

いにしへや物思ふ人をもどきけん報いばかりの心地こそすれ（正集・四三三）

二五一番の詞書中に「親のかうじ」とある。また、四三三番にも「心にもあらずあやしき事いできて、例すむ所もさりて」とみえる。この詞書は、四三三番歌から始まる十二首の連作に付されたもので、その中にも「例すむ所」を去ったことが詠われてもいて、いずれも勘当と関連していると理解できる。

では、勘当されたことを首肯するとして、その時期について和泉式部の人生に照らして考えてみると、やはり為尊親王との一件の折というのがもっとも相応しい。というのも、家集には次のような一首も見えるからである。

親はらからなど、同じ所、にはかにほかほかになりて後、たふときことするにいひやる

その中にありしにもあらずなれる身を知らばや何の罪の報いと（正集・七一七）

ここからは、親と姉妹は同居していながら、和泉式部のみが他所に住んでいる時期があったことが分かる。姉妹の中には出仕した人物や、夫の下向に同行した者もいる。彼女たちが親元にいた頃とすれば、和泉式部も比較的若い時期と想定できよう。とはいうものの、上限は、橘道貞との婚姻よりも後であろう。何故ならこの結婚には、父の意向が大きく働いたと考えられるからである。勘当をし、「無き名ぞといふ人もなし」（正集・二五二）とまで詠った娘を、

父親主導で能吏であった道貞と結婚させたというのにはやや違和感も覚える。和泉式部の方も、勘当された親に「若菜」を贈る心遣いもみせていることからして、結婚前のごく若い頃とするのには疑問が残る。一方、下限は寛弘七年(一〇一〇)以前に求められる。この年、父雅致が越前守として下向しているからだ。大江雅致の生年は不明だが、越前守に任命された頃、当時にあってはすでに高齢に属していたと推定され、任期満了後に勘当したとも考え難い。とすれば、橘道貞との結婚後から、為尊親王、敦道親王との交際時期を経て、寛弘六年に彰子のもとへと出仕するまでの間ということになる。だが、『日記』内には屋移りをした記事はない。敦道親王との死別後には彰子の許へ出仕もしている。これらを勘案すれば、やはり勘当の原因は為尊親王との交際の折に求めるのがごくしぜんであろう。

このように考えると、前節で触れた『日記』中の「人々方々に住むところなりければ」が大きな意味を持ってくる。つまり、『日記』で描かれている時期、和泉式部は為尊親王との一件により勘当中であり、親元を離れ、寄寓の身であったと考えられるからだ。

しかしながら、この勘当をほとんど考慮せずに、『日記』を読み解いている場合が散見される。もちろん他作説、つまり『和泉式部物語』とする立場からすれば、和泉式部の人生を直接的に反映させて読解することは言語道断ということにはなろう。しかし、『日記』が和泉式部という女性の体験を下敷きにして書かれているとなれば、彼女の人生に目を向ける必要はあるだろう。一方、自作説を支持する立場をとり、一部では勘当について触れていても、それを「女」の状況と連動させて『日記』全体を読み解いたものを寡聞にして知らない。

為尊親王との関係は、病によって中断し、宮はそのまま薨去する。和泉式部は表立って喪に服する状況にはないが、『日記』冒頭にも見えるように、追憶の日々を過ごしていたに違いない。とすれば、長保五年の時点で父親が勘当を解いていたとも考えられない。このように考えると、『日記』中に見える「人々方々に住むところなりければ」は、親元ではなく、もちろん姉妹との同居でもないということになる。

三　「人」の意味するもの

『日記』に描かれている時期、和泉式部、すなわち「女」が勘当中の身であったとすると、「宮」の行動を別の角度から解釈することが可能となる。

乳母の諫言により来訪を取り止め、その後ようやく訪れた月夜に「宮」は「女」を外に連れ出そうとする。次の場面に注目してみよう。

かろうじておはしまして、

「あさましく心よりほかにおぼつかなくなりぬるを、おろかになおぼしそ。御あやまちとなん思ふ。かく参り来ること便悪しと思ふ人々あまたあるやうに聞けば、いとほしくなん。おほかたもつつましきうちにいとどほど経ぬる」

とまめやかに御物語りし給ひて、

「いざ給へ。今宵ばかり人も見ぬ所あり。心のどかにものなども聞こえん」

とて車をさし寄せて、ただ乗せに乗せ給へば、我にもあらで乗りぬ。「人もこそ聞け」と思ふ思ふ行けば、いたう夜更けにければ知る人もなし。やおら人もなき廊にさし寄せて、降りさせ給ひぬ。月もいと明かければ、

「降りね」

と強いてのたまへば、あさましきやうにて降りぬ。

「さりや、人もなき所ぞかし。今よりはかやうにてを聞こえん。人などのある折にやと思へばつつましう」

など物語りあはれにし給ひて、明けぬれば、車寄せて乗せ給ひて、

「御送りにも参るべけれど、あかくなりぬべければ。ほかにありと人の見んもあいなくなん」

とて、とどまらせ給ひぬ。（日記・二五頁）

「女」のもとへやって来た「宮」は、自身が通うことを迷惑だと思っている人々が多数いると聞いていると述べる。この「人々」の正体については、「女」のもとに通う他の男性達とするのが通説である。さらに、その直後にある「いとほしくなん」についても、「当惑しているのです[6]」「困ってしまってね[7]」「私もつらくて[8]」「それも工合が悪いのでね[9]」などと、「宮」が自身のことを「いとほしくなん」と評していると訳され、だから遠慮して訪れが間遠になったと語ったと理解されている。換言すれば、「女」のもとへ通う他の複数の男性たちは、「宮」が「女」のもとに通うことを知りながら（もちろんその正体までは知らずとも）、「宮」のことを邪魔だと感じ、「宮」もそれによって来訪を遠慮していたということになってしまう。このような解釈には疑問を感じずにはいられない。

そこで、これらを解く鍵を当時の「女」、すなわち和泉式部の境遇に求めると分かりやすい。つまり、先に述べたように、「女」は、複数の女性達が住む邸に仮寓しており、そのため、「宮」が通うことを、おそらくは「宮」とは知らずに男が通うことを、迷惑がる人々（通っている男性だけでなく、それを待っている女性達）が、存在するのである。だからこそ「宮」は「女」を「いとほし」と思うのだ。つまり、「宮」が足繁く通えば、仮寓の身である「女」は周囲から迷惑がられるに違いない。「女」の立場を思って発せられた「いとほし」と解したい。そして、そのような「女」

の立場を慮った「宮」が来訪を遠慮し、間遠になったのだと語ることは、筋も通る。もちろん、頻繁に訪れなかった「宮」が口実として使ったものであったとしても。

如上のように解釈できるならば、その前に発せられる「御あやまちとなん思ふ」も、「女」の仮寓を非難したものと解釈できるし、「宮」が様々な危険を冒してまでも「女」を連れ出そうとしたこともしぜんと理解できる。「女」を車に乗せる直前に「宮」は、「今宵ばかり人も見ぬ所あり。心のどかにものなども聞こえん」（日記・二六頁）と述べ、到着直後にも、「さりや、人もなき所ぞかし。今よりはかやうにて聞えん。人などのある折にやと思へばつつましう」（日記・二六頁）と語る。恋人たちが「人」から見えないところ、「人」がいないところを探すのは当たり前としても、「人」がいると遠慮である、言い換えれば、「女」のもとに他の男がいたら遠慮だと解するのは、やはり合点がいかない。ここも、「女」と同居する他の女性のもとに男性が来ていると思うからこそ、気が気でないと述べていると解したい。

あわせて、次の場面についても考えてみたい。

九月廿日あまりばかりの有明の月に、御目覚まして「いみじう久しうもなりにけるかな。あはれ、この月は見るらんかし。人やあらん」とおぼせど、例の童ばかりを御供にておはしまして、門を叩かせ給ふに……。

（日記・四二頁）

これ以前、「宮」は門前にある車を目にし、「女」への不信感を募らせていた。そのため訪れが間遠になっていたのだ。しかしこの晩は、美しい有明月に誘われるように、訪れようと考える。その折にも「宮」は「人やあらん」と思っていて、当該箇所も「それとも誰か男性が来ているのだろうか[10]」「誰か通って来ているかもしれない[11]」などと訳されている。先にも述べたように、これ以前、「宮」が「女」に対して不信感を持ったことが語られているので、「人やあらん」を他の男性について述べたものとみることになんら疑義はもたれてこなかった。だが、ここは単なる推量にとどまらず、「見るらんかし」と念を押している。つまり、月を見ていると確信にも似た思いを持っているのだ。しかも、ここでの月は単なる天体としてのそれではない。「宮」が「女」を外に連れ出した折に二人で眺めたものである。二人の思い出の「月」をきっと眺めているだろうと思うからこそ、訪れようとするのである。ところが、「人やあらん」を「女」の許に通う男と解するならば、「女」は他の男と一緒に月を眺めているかもしれないと推測したことになる。だからこそ、「思ぼせど」と逆接で続くのだとも考えられよう。しかしながら、他の男と、月を眺めている「女」のもとに「宮」が行ったらどうなるか。それこそ乳母が危惧したような一件が出来してしまう。そのようなことが起こる可能性を想定しつつも、危険を冒してまで「宮」が来訪を決意するだろうか。やはり「宮」は、思い出の「月」を同じ思いで「女」も眺めていると確信めいたものがあったからこそ出掛けたに違いない。とすれば、当該箇所の「人」は、「女」と同じ邸にいる女性の許へ通う男と考えるべきであろう。

ここでまた、時間を『日記』前半部に戻してみたい。そもそも「女」の行状を疑っていながら交際が開始したのならば、最初に門が開けられなかった次の場面でも「宮」はもう少し怒っても良いのではないだろうか。

宮、例の忍びておはしまいたり。女、「さしもやは」と思ふうちに、日頃の行ひにこうじて、うちまどろみたるほどに、門を叩くに、聞きつくる人もなし。聞こしめすことどもあれば、「人のあるにや」とおぼしめして、やをら帰らせ給ひて、つとめて、

あけざりし槇の戸口に立ちながらつらき心のためしとぞ見し（日記・二一・宮）

憂きはこれにやと思ふも、あはれになん」とあり。「よべおはしましけるなめりかし。心もなく寝にけるものかな」と思ふ。御返し、

いかでかは槇の戸口をさしながらつらき心のありなしを見ん（日記・二二・女）

推しはからせ給めるこそ、見せたらば」とあり。今宵もおはしまさまほしけれど、かかる御歩きを人々も制し聞こゆるうちに、内大臣殿、春宮などの聞こしめさんことも軽々しうおぼしつつむほどに、いとはるかなり。

（日記・二〇頁）

いつものようにこっそりと訪れた「宮」は、「聞こしめすことども」があったので、「人のあるにや」と思い、「やをら」帰宅している。来訪に気付かなかった様子の「女」に対し、「宮」は怨言めいた和歌を贈るものの、一方では「今宵もおはしまさまほし」と思うのである。ここも従来は、「女」の男性関係を加味して解釈されている。だが、本当にそうならば、「女」の返歌ぐらいで今宵も出掛けたいと思うだろうか。「聞こしめすことども」が他の男性との関係であればなおさら、もう少し疑いの目を向けても良いのではないだろうか。つまりここではすでに「女」が仮寓であるという状況を聞いており、他の女性の許に通う男が来ていたと推測したからこそ、「やをら」帰ったのだ。だからこそ、結局実現はしなかったものの、「宮」は今宵も来訪をと願うのである。

そして、以降間遠になるのは、「御歩きを人々も制」したからであり、「内大臣殿、春宮など」に対し慮ったからだけでなく、「女」の周囲への配慮という思いもあったからに他ならない。

『日記』の後半部には、様々な経緯で疑念を持った「宮」が、「女」に他の男がいないことを確信することはあっても、その噂が世間的に払拭されたという記述はない。つまり、従来、「女」の多情さは『日記』開始前から世間的に

周知のことであり、それは最後まで変わらないという前提に立って読み解かれてきた。換言すれば、多情であり、自身の兄を死に追いやったと評判の高い「女」に帥宮は橘の花を贈ったということになる。そして、もしそうであるならば、「宮」は当初から分かっているこの身持ちの悪い「女」の噂に苦悩する必要などなかったのではあるまいか。

おわりに

親から勘当されるに至った為尊親王との交際は、宮の病悩、そして薨去により幕切れを迎える。和泉式部にとっては思いもかけない終焉であり、心中を整理しきれずにいたはずの長保五年、敦道親王から花橘の枝が届けられる。それは、親元を離れて寄寓する邸にであった。その邸には複数の女性達がいて、複数の男性達が通い所としていた。このような状況の中で、和泉式部は敦道親王との交際を始めることとなった。『日記』では「女」の置かれた状況をかならずしも明らかにしていないし、声を掛けてくる男性が複数いたことは否定できない。噂や周囲の注進も含め、「宮」が多少なりとも「女」に疑念をもったことも確かにあった。しかし、身持ちの悪い女であることを承知の上で、この「女」にわざわざ声を掛けたのならば、もう少し「宮」の対応も違っていたのではないか。『日記』冒頭から終始「宮」が心配しているのは、世間の目である。花橘の枝を贈り、「女」からの和歌に返歌した折、小舎人童に口止めをするのも、「すきがましきやうなり」（日記・一二頁）と思われることを憂慮しているからである。

一方で「宮」は、初めての逢瀬の折に、「かろがろしき御歩きすべき身にてもあらず」（日記・一四頁）と述べて「女」の許にすべり込んでいる。これは口実だと従来は考えられてきた。もちろんそれは間違いではないであろう。しかしながら、この後にも「宮」が「夜ごとに出でんもあやしとおぼしめすべし」（日記・一六頁）と北の方の意向を気にしたり、外出を「うひうひしうのみおぼされ」（日記・一七頁）ていたりするのは、やはり夜出歩くことに対して抵抗感があったからに違いない。これは、「あだあだしくもまだ聞えたまはぬ」（日記・一〇頁）と、『日記』が始まってすぐの「女」の心中思惟で示された「宮」の人物像とも合致する。

和泉式部という女性に対して従来もたれてきた多情というレッテルは、『日記』の「女」にも投影して読み解かれてきた。しかし、和泉式部に付けられた多情の根拠を辿ると、藤原道長が「浮かれ女」（正集・二二五）と揶揄した言に辿り着くに過ぎない。それとセットで引用される「かたらふ人おほかりなどいはれける女」（正集・七九七）が娘の小式部内侍を評したものである可能性については、本書第一部第二章㈤で論じている。道長がいつの時点で「浮かれ女」と揶揄したかは断定できないが、おそらくは彰子の許へ出仕していた折と推測される。とすれば、道貞との結婚後二人の親王と浮名を流した女性に向けられたものとして理解しても、そう不思議ではない。この時点でそれ以上の男性関係を想定するならば、この後、家臣であった藤原保昌との結婚に道長が関与したことも考え直さねばならないからである。

繰り返すようだが、和泉式部が多くの男性達から声を掛けられたことを否定するつもりはない。『日記』中でも七夕の折に、「好き事どもする人のもとより七夕、彦星といふことどもあまたあれど、目もたたず」（日記・三五頁）と「女」に声を掛ける複数の男性がいたことは記されている。後半部でも、「よからぬ人々文をこせ、また自らも立ちさまよふ」（日記・六〇頁）ということもあったという。『日記』では描かれないが、源雅通との交際も否定はできないし、敦道親王の喪に服している頃にも藤原道綱が声を掛けてもいる（正集・二三四〜二三九）。しかしながら、多数の誘いがあったことと、その誘いに何時でものっていたこととはまた別ではないだろうか。そして何より、和泉式部という女性が本当にふしだらであったとしても、この『日記』を読むにあたって、それを大前提とすることにやはり違和感を覚えるのだ。『日記』がどのように書かれているのか、そしてその中で整合性はあるのかないのか。この解明が依然なされてはいないからだ。そこで、一旦「女」が多情であるという大前提を外して、『日記』を読み解いてみたというのが本稿の趣旨でもある。もちろん、多情さは否定し、勘当のみを斟酌して解釈するということに対する批判もあるだろう。だが、それは甘んじて受けることとして、この『日記』に対する分かりにくさを解決する手段として、従来とは異なる立場から考察を加えてみた。これによりまた違った『日記』の世界がみえてくるのではないだろうか。そのような思いからの小さな試みである。

注

1　『和泉式部 人と文学（日本の作家100人）』（勉誠出版　二〇〇六年）。
2　近藤みゆき『和泉式部日記　現代語訳付き』（角川書店　二〇〇三年）
3　岩佐美代子『和泉式部日記［三条西家本］注釈』（笠間書院　二〇一三年）
4　藤岡忠美「和泉式部伝の修正――為尊親王をめぐって――」（「文学」44-11　一九七六年一一月／『平安朝和歌　読解と試論』風間書房　二〇〇三年）
5　和泉式部が勘当されたことについては、古くは与謝野晶子『和泉式部全集（日本古典全集）』（日本古典全集刊行会　一九二七年）に見え、以後多数論じられているが、円地文子・鈴木一雄『全講和泉式部日記改訂版』（至文堂　一九八三年）で肯定的に受け止められた後、通説となっている。
6　円地文子・鈴木一雄『全講和泉式部日記改訂版』（至文堂　一九八三年）

7　中嶋尚『和泉式部日記全注釈』（笠間書院　二〇〇二年）
8　注2に同じ。
9　注3に同じ。
10　注2に同じ。
11　注3に同じ。

〔関連論考〕
福家俊幸「『和泉式部日記』の人間関係——政治という視座から——」（『国語と国文学』二〇一八年五月）

(四)「宮」の和歌の特性

はじめに

『和泉式部日記』（以下『日記』）における「女」と「宮」の和歌贈答の共感性や達成度については既に、木村正中氏[1]を初め先学諸氏により詳細に論じられてきた。もちろん『日記』中の和歌は贈答を前提として詠じられた場合がほとんどであり、その表現や語句が、近似の傾向を示すことは至極当然のことでもある。しかし、この前提条件を割り引いても両者の和歌表現や歌言葉は、他に類例を見出すのが難しいほど、高い緊密性を持ち合せている。小町谷照彦氏[2]は、「和泉式部は、帥宮との贈答歌をひたすら自己の大系に即して作品として秩序立てしているのであり、帥宮の歌をも和泉式部がすべて詠作したとしても、作品の世界の性格は少しも変わらない、と言ってもよい」、「和泉式部日記の作中詠は、むしろすべてが和泉式部の詠作と考えた方が理解しやすい面がある」などと述べられ、「和泉式部と帥宮の歌は趣向や用語が近似し、贈答の対応は緊密であること。従って、さほど両者を区別する必要もない」と結論付けられたほどである。

例えば、この『日記』中の和歌中には、「今日」「今」などという現在の時を表す語が全三三例見出される。

［表Ⅰ］

今	三〇・＊四五・＊五〇・八六・八八・＊八九・一一〇・＊一三六
今ひとたび	六一
今日	＊三・四・一一・一四・＊一五・＊一九・＊二三・二五・＊三七・＊五三・＊九九・一一六・＊一一七・＊一二
今朝	＊九・＊三三・＊七三・七八・八二・＊八四・＊一〇二・＊一〇八
今宵	一八・一三三

（＊印は「宮」の和歌に付した）

だが、両者間の使用頻度に差異はほとんど認められない。この表現に付いては、すでに平田喜信氏が[3]『日記』だけでなく、『和泉式部続集』中の所謂「日次歌群」にも集中的に現れることを御指摘になり、「偶然の一致とは考えられない要素を含み持っている」として、「日次歌群で学んだ方法を式部は『日記』執筆の際、積極的にとり入れたのではないかという可能性」を御提示になった。つまり、『日記』中の「女」と「宮」の和歌表現が近似しているだけでなく、『日記』歌と『和泉式部集』中の詠とにも類似の傾向を見出すことができるのである。

これは、和泉式部に特徴的な和歌表現として岸本良子氏[4]によって指摘された同音の繰り返し表現、所謂「重語表現」についても同様で、『日記』中の和歌には「女」、「宮」を問わず、重語表現を見ることができる。

このように、『日記』の和歌贈答が和泉式部自身によって詠じられたものと大変近いところに位置していること、換言すると、和泉式部歌の特徴として指摘されている表現が、『日記』中の「女」の歌だけでなく、「宮」の和歌にも見出されることに付いては、先学諸氏が既にご指摘のとおりである。

ところで、この『日記』が誰によって書かれたものかという所謂自他作の問題がかつて大きく取り上げられたことがあった。現在も定説は確立されてはおらず、いまだ今井卓爾氏[5]をはじめとする他作説も根強いが、趨勢は和泉式部の自作とする方向に傾きつつあるように思われる。また『日記』自体の自他作論争とは別に、「女」と「宮」の和歌があまりに近似していることから、「宮」の和歌を帥宮敦道親王の自作とすることに疑問を提示された川瀬一馬氏[6]をはじめとした御論もある。これに対しては、大橋清秀[7]・森田兼吉[8]・清水文雄[9]各氏が、『和泉式部集』との関連で、帥宮敦道親王の自詠の存在について肯定的な立場から論じておられる。その根拠の一つを挙げてみると、たとえば『和泉式部集』の、所謂B歌群[10]中に存する『日記』との共有歌の詞書には、贈答の相手が帥宮であることを記したものがある。

石山にこもりたるを、久しうおともし給はで、帥宮

関こえてけふぞとふとや人はしる思ひたえせぬ心づかひと（正集・二二一）

帥宮、橘の枝をたまはりたりし

かをる香をよそふるよりは時鳥聞かばや同じ声やしたると（正集・二二六）

このB歌群は、詞書中に人名が詳細に記される傾向があり、比較的和泉式部自身に近い歌群であることは、平田喜信[11]氏によっても指摘され、現在も肯定的に受け止められている。そこに「帥宮」と記されていることは、敦道親王の和歌の存在を論じる時に、確かに見逃すことのできない部分であろうと思われる。さらに注目に値するのは、同じくB歌群中に、『日記』歌に近接して位置している、次の詞書である。

十月ばかり、帥宮より、いかにつれづれにとのたまへれば
花見にとくらししときは春の日ぞいとかくながき心地やはせし（正集・一二三二）

平田喜信氏[12]が『日記』中の二人の恋を「つれづれなぐさむ恋」と評されたように、「つれづれ」という語はこの『日記』の基調をなす重要な語であることは先学諸氏により繰り返し論じられてきた。つまりこの詞書の世界は現存『日記』の世界と相通じるものがあり、『日記』に綴られている「宮」と「女」との贈答が、より広汎な贈答歌に支えられた世界を背後に持っていたことを想定させ得るのである。そしてこれらからすると、『日記』が一方の人物によって独断的に創り出された世界とするには無理があるように思われる。もちろん、これだけでは帥宮敦道親王歌の存在の確証にはなり得ず、前掲の諸先学も『日記』中のすべての「宮」歌を敦道親王自詠とされたわけではなく、その一部に可能性があることを論じられているに過ぎない。しかしながら、可能性が少しでもあるならば、贈答歌としての分析が丹念にし尽くされた感のある現在、一旦その贈答歌としての枠を取り払い、『日記』歌を「宮」の歌、「女」の歌として考察することも必要ではないだろうか。そこで本稿では、試みに「宮」の和歌に焦点をあて、検討を加えてみることとした。

一　「宮」の和歌の表現

「宮」の和歌表現を探るにあたり、小松登美氏[13]のご論稿が、大きな示唆を与えてくれる。氏は、『和泉式部集』白河歌群中の一首が、

いづれの宮にかおはしけむ、白河院まろもろともにおはし

　　て、かくかきて家守にとらせておはしぬ

　我がなは花盗す人とたたばたてただ一枝はをりてかへらむ（正集・九八）

『公任集』では同状況で人名を明記していることから、

　　帥宮花見にしら川におはして

　我が名は花盗す人とたたばたてただ一枝はをりてかへらん（公任・二九）

和歌の作者を帥宮敦道親王であるとする。さらに、歌中の「花盗す人」という表現に注目、「平安時代の上流貴人としては明らかに異色の、一種のどぎつさと言うか、偽悪趣味とでも呼ぶべきものがあり、その異色ある用法は、宮の個性の一面を反映していると見るべきであろう」と述べられた。その上で、次の二例を挙げられた。

《用例1》

……しばしありて御文あり。

「今朝は鳥の音におどろかされて、にくかりつれば殺しつ」とのたまはせて、鳥の羽に御文をつけて、

　殺してもなほあかぬかなにはとりの折ふし知らぬ今朝の一声（日記・三三・宮）

御返し

　いかにとは我こそ思へ朝な朝な鳴き聞かせつる鳥のつらさは[14]（日記・三四・女）

と思ひたまふるも、にくからぬにや」とあり。（日記・二八頁）

《用例2》

「今朝したり顔におぼしたりつるも、いとねたし。この童殺してばやとまでなむ。

　朝日影さして消ゆべき霜なれどうちとけがたき空の気色ぞ（日記・八七・宮）

とあれば、「殺させたまふべかなるこそ」とて、

　君は来ずたまたま見ゆる童をばいけとも今は言はじと思ふか（日記・八八・女）

と聞こえさせたれば、笑はせたまひて、

　ことわりや今は殺さじこの童忍びのつまの言ふことにより（日記・八九・宮）

手枕の袖は忘れたまひにけるなめりかし」とあれば、（日記・五六頁）

さらに小松氏は、『日記』中の「宮」歌に用いられている「殺す」という語が「和歌用語として稀だと言う以上に、その用法において極めて個性的である」ことから、「花盗す人」とに共通性をご指摘になり、『日記』中の「帥宮歌が、宮自身の作である可能性を更に強めた」と結論付けられた。「花盗す人」も「殺す」も、漢詩文に端を発した表現ではあるが、これらを和歌中の語として使用することは、やはり大変稀なことであると言えよう。

ところで、このような「宮」の和歌表現、小松氏の言葉を借りるならば、「偽悪趣味」的な表現は、この他にも指摘することができそうに思われる。例えば、

　時雨にも露にもあてで寝たる夜をあやしくぬるる手枕の袖（日記・七七・宮）

　寝ぬる夜の月はみるやとけさはしもおきゐてまてどとふ人もなし（日記・八四・宮）

　寝ぬる夜のねざめの夢にならひてぞふしみの里を今朝はおきける（日記・一〇八・宮）

　うつつとも思はざらなん寝ぬる夜の夢に見えつるうきことぞそは（日記・一三四・宮）

この四首に用いられている「寝たる夜」「寝ぬる夜」の表現である。『日記』中に存する総和歌数は「女」「宮」とも

にほぼ同数だが、この四首はすべて「宮」の和歌で、「女」の歌にこの表現は見出せない。しかも、これらは単に「眠った夜」を意味するのではなく、「二人が共寝をしている夜」「逢瀬を持った夜」を意味している。[15] もちろん贈答歌中で、女性の側から、逢瀬の有無を露骨に表現することは男性からの和歌に比べ少ないであろうことが想像されるが、ここで注目すべきなのは、これらの「宮」の和歌が、時間を異にして詠じられている点である。つまり「宮」はこのどぎつい、露骨な表現を、異なった場面でも繰り返し用いているのである。前掲の「殺す」も、和歌中で二度、手紙中にも一度見出すことができた。そこで、この点を手掛かりにしてもう少し、「宮」の和歌を通覧してみよう。

おほかたにさみだるるとやおもふらん君こひわたる今日のながめを（日記・二三・宮）
ふればよのいとどうさのみしらるるに今日のながめに水まさらなん（日記・二五・女）
まつ山に波たかしとは見てしかど今日のながめはただならぬかな（日記・三七・宮）
神無月よにふりにたる時雨とや今日のながめはわかずふるらん（日記・九九・宮）

これらは名詞「ながめ」を用いた和歌だが、いずれも「長雨」が掛けられ、「今日のながめ」という成語として用いられており、四首中三首が「宮」の和歌である。それぞれ五月、六月、十月に詠われたものとして『日記』中に記されているが、これらも同じ状況のものではないにもかかわらず、表現技法が似通っている。小町谷氏も「ながめ」についで取り上げておられるが、そこでは心情表現として、動詞「ながむ」と、名詞の「ながめ」全十四例を同一線上で分析され、「女」の歌も「宮」の歌も七首ずつであることから「式部と宮との詠歌は同質であることが、ここにも見られるのである」と述べられた。「今日」という現在時表現と「ながめ」という恋歌、特に女歌に多い表現とが重なり、しかも特別異なった表現でもない為、見逃されてしまっている。だが、前掲のごとく「今日のながめ」という表現は、「宮」の和歌に三度も使用されている。これに対し、唯一、「女」の和歌に使用された例は、二三番歌に対する返しの歌を書いた紙の裏側に記されて「宮」に贈られたものであり、「女」が「今日のながめ」を詠み込んだのは二三番歌を意識したからにほかならない。つまり、「宮」が、五月雨であろうと、時雨であろうと、長雨を名詞「眺め」と掛詞で三首に詠み込んだ姿勢とは一線を画すことができるのだ。そして、この「今日のながめ」からも「宮」が時間を異にしても、同一の表現を繰り返し用いる傾向にあることを読み取ってもよいように思われる。

また「つま」という万葉語の使用も、「宮」の和歌に限って使われている。

われもさぞおもひやりつる雨のおとをさせるつまなき宿はいかにと（日記・二八・宮）

つまこふとおきあかしつるしもなれば（日記・八三・宮）

ことわりやいまはころさじこの童しのびのつまのいふことにより（日記・八九・宮）

「つま」は、もともとは男性の側からも、女性の側からも夫婦や恋人を互いに呼び合う語として使用されるものであり、「宮」の二八番歌「させるつまなき宿」は、しっかりとした夫のいない家の意で、夫を指す語として「つま」が用いられたが、他の二首は男の立場から「女」を「つま」と詠じ、二八番歌と八三・八九番歌では、「つま」の意味するところが異なっている。だが、いずれもこの語が使用されたのは「宮」の和歌に限られている。三首目の「しのびのつま」に付いては、「宮」の心の内部での「女」の位置付けと関連づけて論じられているが、現在問題にしている点とは直接関連がないので、省略に従いたい。

ところで、「宮」歌に見出せた類似の傾向は表現面ばかりではない。たとえば、発想面でも、次の四首に類似の傾向を見出すことができる。

こひといへばよのつねのとや思ふらん／今朝の心はたぐひだになし（日記・九・宮）

おほかたにさみだるるとや思ふらん／君こひわたる今日のながめを（日記・二三・宮）

神無月よにふりにたる時雨とや／今日のながめはわかずふるらん（日記・九九・宮）

神世よりふりはてにける雪なれば／今日はことにもめづらしきかな（日記・一二五・宮）

いずれも上句で表面的にはごく当たり前に見える物を例示し、下句で実は通常とはこれほどに異なっていると詠み、この下句での逆転が一首の眼目ともなっている。特に、最初の二首は「とや思ふらん」を三句の句切れの部分に置き、表現のパターンも類似している。

次の二首も、歌の構造が大変よく似ている。

おほ水のきしつきたるにくらぶれどふかきこころはわれぞまされる（日記・二九・宮）

あさ露のおくる思ひにくらぶればただにかへらんよひはまされり（日記・三二・宮）

いずれも、一、二句で比較の対象を挙げ、三句目に「くらぶれば」「くらぶれど」を置き、四句目でそれよりも増さっているものを詠い、結句に「まされる」もしくは「まされり」を位置させている。もちろんこれは二つの事柄を比べて詠じる際に、他の歌人も比較的よく用いる詠みぶりということができるが、一度用いた表現パターンを『日記』という限られた時間で繰り返し用いるという点ではこれも記憶にとめておかなくてはならないであろう。

このような目で、さらに二人が詠み合いをした「手枕の袖」についてもみてみよう。

時雨にも露にもあてで寝たるよをあやしくぬるる手枕の袖（日記・七七・宮）

今朝のまにいまはけぬらむ夢ばかりぬるとみえつる手枕の袖（日記・七八・女）

夢ばかりなみだにぬるとみつらめどふしぞわづらふ手枕の袖（日記・七九・宮）
露むすぶみちのまにまに朝ぼらけぬれてぞきつる手枕の袖（日記・八〇・宮）
道芝の露におきゐる人により我が手枕の袖もかわかず（日記・八一・女）
手枕の袖にも露はおきてけり今朝うちみれば白妙にして（日記・八二・女）
人しれず心にかけてしのぶるを忘るとや思ふ手枕の袖（日記・九〇・女）
ものいはでやみなましかばかけてだに思ひ出でましや手枕の袖（日記・九一・宮）

歌数的には「女」「宮」それぞれに四首ずつだが、「宮」の和歌はこの「手枕の袖」をすべて結句に位置させている点が注意される。

また、接続助詞「ど」も、「女」の和歌三首に対し、「宮」の和歌では、八首に見られる。

なぐさむときけばかたらまほしけれど身のうきことぞいふかひもなき（日記・六・女）
ひと夜みし月ぞと思へばながむれど心もゆかずめはそらにして（日記・三六・女）
ふけぬらんと思ふものからねられねどなかなかなれば月はしもみず（日記・九三・女）
おほ水のきしつきたるにくらぶれど深き心はわれぞまされる（日記・二九・宮）
まつ山に波たかしとは見てしかど今日のながめはただならぬかな（日記・三七・宮）
人はいさわれは忘れずほどふれど秋の夕暮れありしあふこと（日記・五二・宮）
ゆめばかりなみだにぬるとみつらめどふしぞわづらふ手枕の袖（日記・七九・宮）
寝ぬる夜の月はみるやと今朝はしもおきゐてまてどとふ人もなし（日記・八四・宮）

あさ日影さしてきゆべきしもなれどうちとけがたき空の気色ぞ（日記・八七・宮）

そよやそよなどて山べをみざりけん今朝はくゆれどなにのかひなし（日記・一〇二・宮）

あふみぢは神のいさめにさはらねどのりの筵にをればたたぬぞ（日記・一三八・宮）

名詞＋助詞「を」を歌末表現として用いている例を見てみよう。

今日のまの心にかへて思ひやれながめつつのみすぐす心を（日記・四・女）

おほかたにさみだるるとや思ふらん君こひわたる今日のながめを（日記・二三・宮）

わがごとく思ひはいづや山の端の月にかけつつなげく心を（三五・宮）

よしやよしいまはうらみじ磯にいでてこぎはなれ行くあまのを舟を（日記・四五・宮）

関こえて今日ぞとふとや人はしる思ひたえせぬ心づかひを（日記・五三・宮）

「女」の和歌は一首であるのに対し、「宮」の和歌が、四首となっている。この点なども、詠み癖との関連で考えたくなる。

次に、「さ」という副詞が詠み込まれた歌に注目してみたい。和泉式部の和歌が独詠歌的性格を有していることは、後藤祥子氏が論じられ[16]、つとに有名な点であるが、この独詠歌的性格、つまり一首が一首として存立可能であるか否かという点でも、「女」と「宮」の歌においては相違が認められるようである。

たとえば、「さ」が用いられた「女」の和歌四首は、

我ならぬ人もさぞみん長月の有明の月にしかじあはれは（日記・六七・女）

かづらきの神もさこそは思ふらめくめぢにわたすはしたなきまで（日記・九五・女）

わが上は千鳥もつげじおほ鳥の羽にもしもはさやはおきける（日記・九七・女）

しかばかりちぎりしものをさだめなきさはよのつねに思ひなせとや（日記・一三三・女）

すべて贈歌である。そしていずれも副詞「さ」の指し示す内容は破線を付したように、歌の内部に求められる。

「宮」の歌の場合も、歌の内部で説明が可能なものもある。

うちすてて旅ゆく人はさもあらばあれまたなきものと君し思はば（日記・七六・宮）

おこなひのしるしもあらばかづらぎのはしたなしとてさてやみなむ（日記・九六・宮）

また、

（よもすがらなにごとをかは思ひつるまどうつ雨の音を聞きつつ）（日記・二七・女）

我もさぞ思ひやりつる雨の音をさせるつまなき宿はいかにと（日記・二八・宮）

「さ」が、贈歌の「なにごとをかはおもひつる」を指すのか、和歌中の「させるつまなきやどはいかにと」を指すのか、解釈が分かれているものもある。

だが、これらとは異なる次の三組に注目したい。

秋のうちはくちはてぬべしことわりの時雨にたれか袖はからまし（日記・六五・女）

秋のうちはくちけるものを人もさはわが袖とのみ思ひけるかな（日記・六九・宮）

いまのまに君きまさなん恋しとてなもあるものを我ゆかんやは（日記・一一〇・女）

君はさは名のたつことを思ひけり人からかかるこころとぞ見る（日記・一一一・宮）

なぐさむる君もありとはおもへども猶ゆふぐれは物ぞ悲しき（日記・一一八・女）

夕暮れはたれもさのみぞ思ほゆるまづいふ君ぞ人にまされる（日記・一一九・宮）

「宮」が返歌をするに際し、「女」の和歌中の表現を直接指し示す時に、この「さ」を用いているのである。しかも「さ」は、「女」自身を暗示する「人」「君」などとともに詠み込まれており、「女」の歌なしには「宮」の和歌が存立できにくいことが分かる。もちろん、贈答歌が会話的性格を持つことは周知のことであるが、しかしここでも「宮」が「さ」という副詞を、繰り返し用いて、「女」の和歌表現を指していることは、やはり一種の癖とも言えるのではないだろうか。

以上、主に「女」の和歌に少なく、「宮」の和歌に比較的多く見出される用例を挙げてみた。いずれも表現としては特殊なものではないが、「宮」の和歌には、出来事を直截に表現し、しかも類似表現や、類似の構成を繰り返し用いる傾向があったと想定してよいのではないだろうか。

そしてこのような傾向は、和歌以外の部分にも見ることができそうである。例えば、次のように、

《用例3》

「あが君や」とて、しばし上らせたまひて、出させたまふとて、……（日記・三二頁）

「あが君や、寝ざめとか。「もの思ふ時は」とぞ。おろかに、……」（日記・三六頁）

「あが君や、あらましごとさらにさらに聞こえじ。人やりならぬ、ものわびし」（日記・七七頁）

「宮」は「女」に向かって会話や手紙文中で繰り返し「あが君や」と呼び掛けている。和歌中の表現と他の部分を同一線上で論じるのはやや危うさもあるが、「宮」が同一表現を繰り返し用いた姿勢を、このようなところにも見出すことができるのは、やはりまったくの偶然とは思われない。

二　「女」の和歌の表現

ここでは、「女」の方に集中して見出せる表現について少々眺めてみよう。

神尾暢子氏[17]が、和泉式部歌の主題を構成する歌語として措定された「身」という語に注目したい。氏も説かれたように、この語は和泉の自己認識を述べる上で大変重要な語ということができる。「宮」の和歌では、二首を数えるに過ぎず、

なにせむに身をさへすてんと思ふらんあめの下には君のみやふる（日記・二六・宮）

思ひきや七夕つめに身をなしてあまの河原をながむべしとは（日記・四七・宮）

前者は返歌の相手である「女」の身を意味し、後者は自身が「七夕つめの身になって」の意で用いられている。これらに対し、「女」の和歌の場合は、

なぐさむと聞けば語らまほしけれど身のうきことぞいふかひもなき（日記・六・女）

夜とともにぬるとは袖をおもふ身ものどかに夢をみるよひぞなき（日記・八・女）

しのぶらんものともしらでおのがただ身をしる雨と思ひけるかな（日記・二四・女）

ながむらん空をだにみず七夕のいまるばかりの我が身と思へば（日記・四八・女）

（ただ今も消えぬべき露のわが身ぞあやふく……　／日記・四四頁）

そのより我が身のうへはしられねばすずろにあらぬたびねをぞする（日記・一〇九・女）

初雪といづれの冬もみるままにめづらしげなき身のみふりつつ（日記・一二六・女）

「我が」という限定がない場合でも、すべて詠者である「女」自身を意味しており、その「身」はいつでも「憂き身」であり、憂愁に彩られていることが容易に察せられる。前掲の「宮」歌中の「身」の用い方とはその深刻度を異にしているのである。つまり『日記』中の「女」の歌には、和泉式部という歌人の家集中の和歌の側から指摘された自己規定のあり方と共通する姿勢を観察することができるのである。そして、その自己認識は、「つれづれ」「はかなし」という語で評される『日記』の基調と連動するものであり、当然「宮」の姿勢とも相通じるものでありながら、歌中の「身」という語の用い方では両者の間にはやはり相違を認めざるをえない。

おわりに

『日記』中の「宮」の歌は七十首余り見られるが、すべてを帥宮敦道親王の自作としてひとしなみに扱うことには、やはり疑問もあろう。また、『日記』中の和歌が、たとえある個性を持った一人物により詠じられたと読み得るとしても、帥宮敦道親王の自作であることを裏付ける確証にはならないし、逆に、(和泉式部自身を含めた)作者による人物造形の一端と考えることも可能であろう。しかも『日記』の世界は緊密な贈答により支えられていることから、贈答歌としての考察も忘れてはならない点である。もちろん、従来論じられてきた「女」と「宮」の和歌の類似性、緊密性を否定するものではない。だが、細部に目を向けると、今述べてきたように、『日記』中の「宮」の歌、「女」の歌には、それぞれに特徴的な表現などを見出すことも可能であろうと思われる。そこで、本稿では敢えて「宮」の和歌を中心に据えて、「女」の歌との相違という観点から論じてみた次第である。

注

1　木村正中「和泉式部日記の和歌」（「へいあんぶんがく」2　一九六八年九月／『中古文学論集4』おうふう　二〇〇二年）

2　小町谷照彦「和泉式部日記の贈答歌の達成」（『論集和泉式部』笠間書院　一九八八年／『王朝文学の歌ことば表現』若草書房　一九九七年）。以下、氏の御論はすべてこれによる。

3　平田喜信「和泉式部日記と続集日次詠歌群」（『和歌と中世文学』東京教育大学中世文学談話会　一九七七年三月／『平安中期和歌考論』新典社　一九九三年）

4　岸本良子「和泉式部の歌について――重語表現を中心に――」（「学大国文」14　一九七一年三月）

5　今井卓爾『平安朝日記の研究』（啓文社　一九三五年）、鈴木知太郎『和泉式部日記』（古典文庫　一九四八年）など、先学による多数の御論稿がある。

6　川瀬一馬「和泉式部日記は藤原俊成の作」（「青山学院女子短大紀要」2　一九五三年九月）・『和泉式部日記』（講談社　一九五六年／一九七七年）など。

7　大橋清秀『和泉式部日記の研究』（初音書房　一九六一年）など。

8　森田兼吉「和泉式部日記の帥宮の歌について」（「平安文学研究」28　一九六二年六月／『和泉式部日記論攷』笠間書院　一九七七年）など。

9　清水文雄「和泉式部日記成立に関する小考――いはゆる「原歌集」をめぐって――」（「国文学攷」28　一九六二年五月／『和泉式部研究』笠間書院　一九八七年）

10　『和泉式部集』の歌群分けについては、清水文雄「和泉式部正集の成立」（「国文学攷」1　一九三四年一〇月／『和泉式部研究』笠間書院　一九八七年）・「和泉式部続集に収録されたいはゆる「帥宮挽歌群」について」（「国語と国文学」一九六四年五月／『和泉式部研究』笠間書院 一九八七年）、小西恵子「和泉式部集考」（「お茶の水女子大国文」11 一九五九年七月）などがあり、これに対する批判も提出されているが、いまは便宜的に清水文雄氏の歌群分けを用いた。

11 平田喜信「和泉式部集の一考察──集内の重出現象をめぐって──」（「和歌文学研究」23 一九六八年六月／『平安中期和歌考論』新典社 一九九三年）

12 平田喜信「女流日記文学における『和泉式部日記』の位置」（『和泉式部日記・紫式部日記』女流日記文学講座 勉誠社 一九九一年／『平安中期和歌考論』新典社 一九九三年）

13 小松登美「和泉式部正集白河歌群帥宮歌をめぐって その二」（「跡見学園短期大学紀要」27 一九九一年一月／『和泉式部の研究──日記・家集を中心に』笠間書院 一九九五年）

14 寛元本系統の『日記』では「つらさは」の部分を「殺せば」とする本文もある。しかし、「女」歌がこの表現を用いたとしても、それは、「宮」歌の影響によるものと考え、特に取り上げなかった。

15 この「寝ぬる夜」については、安藤重和「和泉式部日記における暗示表現──「秋の夜の月」「寝ぬる夜」など──」（『後藤重郎先生古稀記念国語国文学論集』和泉書院 一九九一年）が、「共寝」を意味するのではない旨、論じておられる。筆者は立場を異にしており、本来ならばきちんと論ずべきだが、結論だけを提示しておく。

16 後藤祥子「独詠歌論」（「国文目白」7 一九六八年三月）

17 神尾暢子「歌人和泉の自己認識」（『論集和泉式部』笠間書院 一九八八年／『王朝文学の表現形成』新典社 一九九五年）

第二章　『和泉式部集』考

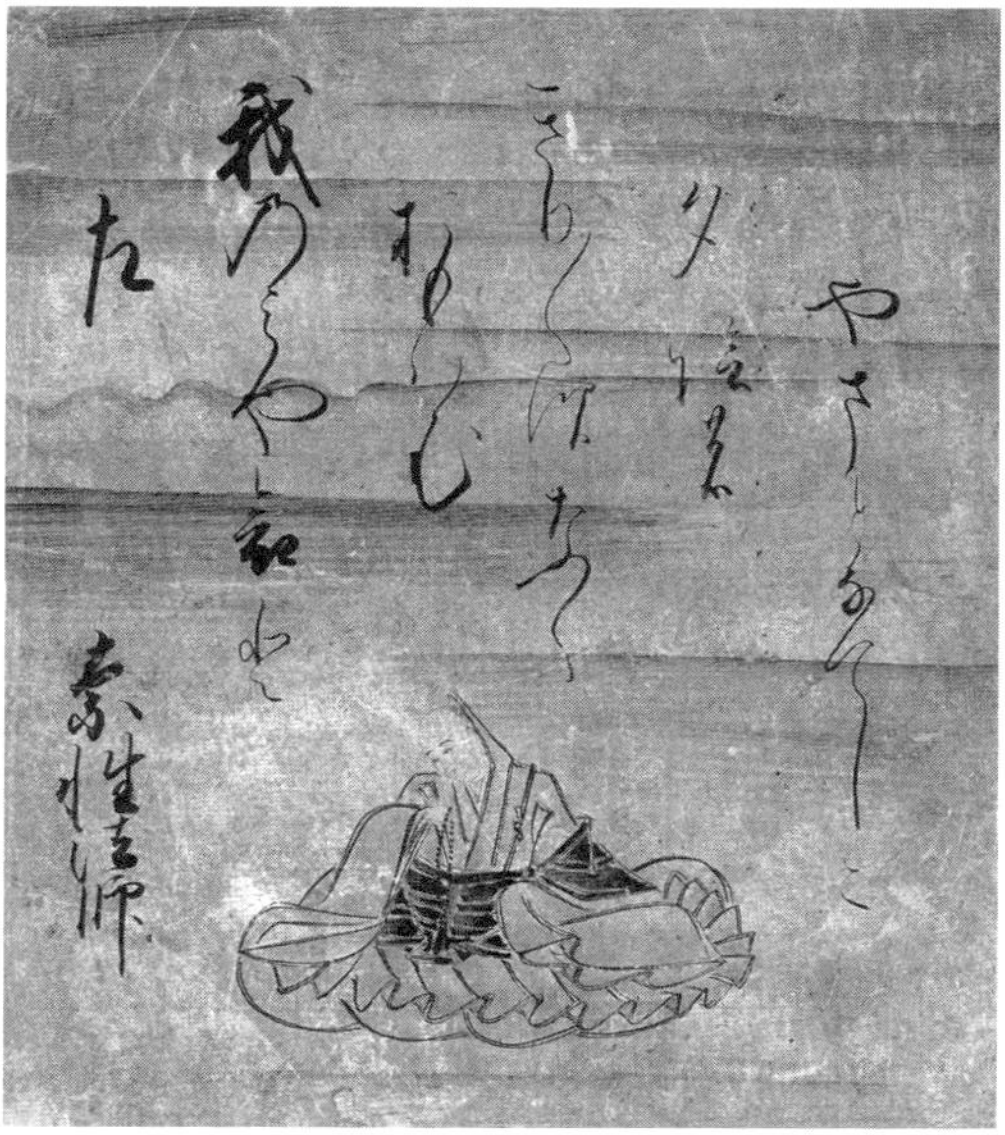

(一) 和泉式部百首「恋」歌群

はじめに

『和泉式部集』の冒頭には百首歌と目される九七首の和歌が現存している。これを島田良二氏[1]は、初期百首中の重之百首の流れに属するものとされ、ついで平田喜信氏[2]が「比較的短期間に一気に詠み出され」、「和泉式部自身によって構想された百首」と位置付け、先行百首や『毎月集』からの影響などについて論じられた。これを受けた久保木寿子氏[3]は、島田・平田両氏が言及されることの少なかった「恋」に属している十八首について詳論され、「四季の部とはやや異なった構想」を持っていると述べられた。確かに、先行百首と和泉式部百首の間に従来指摘されているような影響関係は、「恋」の部には認め難い。しかし、和泉式部がこの和歌群を百首歌として構想したのであれば、なぜ「恋」のみを別個の構想下においたのか疑問が残る。そこで本稿では和泉式部百首「恋」と先行百首との関連について再考し、いささかの私見を述べてみたい。

一　部立名と歌語

久保木氏は前掲論文中で、「影響関係が屢々指摘されてきた初期の諸百首歌の春から冬に至る各部の歌は、おおむね暦日に添った素材で構成され共通する要素が多く、和泉式部の四季の部も、それらの傾向を踏襲しているといってよい。しかし、恋の部に関して言えば、諸々の百首歌には、共通して採り上げられる特定の歌材は無い」と述べられた。だが、実際に自然の景物が存在する四季部と異なり、恋題が未分化であったこの時代、恋歌に受け継がれるべき「歌材」と呼ばれるものがあると考えるのはいささか無理があるのではないだろうか。すでに平田氏は「恋」中の「あま」について言及されており、その他にも新たに「舟」に関する語が指摘[4]できるが、これらとても恋歌固有の「歌材」であるとは言い難い。そこでここでは取り敢えず語彙に注目し、論を進めることとしよう。

先行百首の「恋」中で語彙的に注目したいのは『海人手古良集』（以下「師氏」とする）のもので、「あはぬ恋」「あひての恋」またこれにつづく「わかれ」の部のほとんどの歌に、地名が詠み込まれている。これは四季の部には見られず、固有の歌材がないこれらの部に見られるのは、何らかの形でまとまりを持たせようとした作者の構成意図を読み取ることができる。これをさらに周到な形で受け継いでいるのが、千穎百首で、四季の部に「春・夏・秋・冬」が、「恋」「離」「怨」の部では「恋」「わかれ」「うらみ」の語がそのほとんどの歌に見えている。「恋」の部であるからには「恋」もしくは「恋ふ」「恋し」などが詠み込まれていることは取り立てて言うべきことではないように思われるが、「思」「恋」の語を抜き出してみると、百首歌のそれぞれの作者が、その部立名を意識していることが分かる。

左は「恋」の部に「恋」「思」がそれぞれ何首に詠み込まれているかを示したものである。好忠・順・恵慶・千穎らが「恋」という語を詠み込んでいるのに対し、重之女はなるべくそれを詠み込まず、むしろ「思」という語を用いて表現しようとしていることが窺える。これらから初期百首では四季部のみでなく「恋」という部類名をも意識していたことが裏付けられる。[5] 同時に、四季の部にも恋歌が多数採り入れられている和泉式部百首でも「恋」の部と四季の部とを区別する意識をもっていたであろうことが充分予測できる。

百首歌作者名	「思」の語を含む和歌数	「恋」の語を含む和歌数
好忠	2／10	8／10
恵慶	0／10	6／10
順	0／8	2／8
重之	2／10	1／10
重之女	9／19	3／19
師氏	0／19	1／19
千頴	0／12	12／12
和泉式部	3／18	6／18

＊分母は「恋」部の総歌数
＊「恋」には「恋し」「恋ふ」などを含む

二　和泉式部百首の「恋」部と四季部との弁別意識

では和泉式部百首の「恋」の部と四季の部の恋歌との弁別意識は奈辺に求められるのであろうか。これを考える上では、平田氏が言及された「せこ」なる語が示唆を与えてくれる。「せこ」は女性が親しい男性を呼ぶときに用いられる語である。これが詠み込まれている『毎月集』、順百首・重之百首にある四首も、またこれらの影響を受けたであろう和泉式部百首に見られる四首も恋歌的である。ここで何故恋歌といわず、恋歌的としたかというと、これら八首は四季や沓冠に部類されており、「恋」の部には属していないからである。『毎月集』や先行百首中にある「せこ」の語を和泉式部が四季の部に採り込んだのは単なる偶然ではなく、むしろ先例を意識したためであったのではないだろうか。つまり、和泉式部は百首歌中で「せこ」を使用する際、『毎月集』、順・重之百首に見出せる「せこ」が「恋」に属していないことを受け、春・夏・秋・冬とそれぞれ季節の中で詠み分けようとしたのであろう。「恋」にはない「せこ」の四首が、四季に一首ずつ配されていることも、このような推測を可能にしている。

　ところで、以前『後拾遺集』の恋部と三代集のそれを比較検討し、『後拾遺集』恋部の恋歌には季節の素材がほとんど詠み込まれていないこと、また配列も季節の推移を取り込んでいないことを論じたことがあったが[6]、先の「せこ」の例からも推察されるようにこの先縦として初期百首があげられるのではないだろうか。千穎百首の「恋」には十二首中五首に季節を表わす語やその景物が見られるが、好忠・恵慶・順・重之・重之女にはほとんど見られない。特に恵慶の場合は、沓冠をも四季と恋に分類し、そこでも同傾向を示しており、「恋」には季節の素材を詠み込んだ和歌を入れないという意識が確かに存在していたことが窺える。和泉百首「恋」の場合も例外ではなく、公任詠とされる一首に「霞」の語はあるが、それ以外では季節の素材は使用されていない。四季の部に多数の「恋歌」を持つ和泉百首もこれらの点、つまり季節の素材を詠み込むか否かを「恋」と四季部の恋歌との弁別規範の一つとしていたのであろう。このように考えるならば、季節の推移に従い一年三百六十首で構成されている『毎月集』からの影響が恋の部に見られないことも当然のことであり、一見「やや異なった構想」を持っているかのような「恋」部も、実は四季の部と連動していることが分かる。

おわりに

和泉式部百首は、先行の初期百首歌から、四季の部と「恋」部における恋歌区分の大原則を継承していており、先行百首からの「恋」部への影響がこの点に見出せるのである。さらに、初期百首と『後拾遺集』の四季部・恋部の恋歌分類の方法がこれと類似していることをも指摘しておきたい。

注

1　島田良二「初期百首歌の形態について——好忠百首を中心に」（『平安文学研究』31　一九六三年一二月／『平安前期私家集の研究』桜楓社　一九六八年）

2　平田喜信「和泉式部百首の成立」（『大妻国文』1　一九七〇年三月／『平安中期和歌考論』新典社　一九九三年）。平田氏の御論はすべてこれによる。

3　久保木寿子「和泉式部百首恋歌群の考察」（『国文学研究』69　一九七九年一〇月）。久保木氏の御論はすべてこれによる。また本稿では、直接ふれ得なかったが、和泉式部百首「恋」と四季部の恋歌の主題の相違について論じたものに、渦巻（小林）恵「中古女百首の性格」（『都留文科大学国文学論考』22　一九八六年三月）もある。

4　百首歌中の「恋」には、好忠「ふな人」・恵慶「行舟」（沓冠・恋「もがり舟」がある）・師氏「釣舟」「舟」二例・千穎「つりぶね」・重之女「つり舟」「舟」・和泉式部「舟」が、それぞれに見える。

5　賀茂保憲女集の部立語に対する意識については、三田村雅子氏が「賀茂保憲女集の位相——〈鳥〉の表象・歌から序へ——」（『和歌文学新論』明治書院　一九八二年）でふれておられる。

6　「恋歌中の季節について」（東京家政学院中学校・高等学校紀要「ばら」23　一九八五年三月／『後拾遺和歌集攷』青簡舎　二〇一九年）・「後拾遺集の排列法――「時の推移」をめぐって――」（「小論」4　一九八六年三月／『後拾遺和歌集攷』青簡舎　二〇一九年）

〔関連論考〕

渦巻（小林）恵「「和泉式部百首」考――恋部を中心に」（「日本語と日本文学」8　一九八八年一月）
林マリア「初期百首における恋歌――好忠・和泉式部・重之女を中心に」（「武蔵野女子大学紀要」31-1　一九九六年三月）
古賀侊夫「和泉式部百首歌の構成と展開――恋十九首歌群について」（「解釈」47-3　二〇〇一年四月）
鈴木宏子「和泉式部百首覚書――春歌二十首を読む――」（「千葉大学教育学部研究紀要」50　二〇〇二年二月／『王朝和歌の想像力　古今集と源氏物語』笠間書院　二〇一二年）・「和泉式部百首恋十八首について」（「国語と国文学」79-5　二〇〇二年五月／『王朝和歌の想像力　古今集と源氏物語』笠間書院　二〇一二年）
久保木寿子『和泉式部百首全釈』（風間書房　二〇〇四年）
小柴良子「『和泉式部集』「和泉式部百首」の一考察――恋十八首を中心に」（『工藤進思郎先生退職記念論文・随想集』二〇〇九年七月）

(二)「佐野の舟橋」詠

はじめに

『和泉式部集』の中に次のような一首がある。

土門の所にきたる客人に、しのびてとらせし
ありけりと佐野の舟橋みつるよりもの憂くなりぬ与謝のわたりは（正集・四六一）

和泉式部の家集は、通常二種が用いられており、便宜的に「正集」「続集」と区別されたり、一括して『和泉式部集』と呼ばれたりしている。この歌は、「正集」にあり、前後は丹後下向に関連した歌が並んでいる。掲出歌も、「与謝のわたり」とあるように、丹後下向前に詠じられたもので、寛仁四年（一〇二〇）の作であろう。というのは、和泉式部の再婚した夫・藤原保昌が、この年丹後守となっているからだ。これに伴い、妻である和泉式部にも任国下向の話が持ち上がる。結局、和泉式部が丹後に赴いたことはよく知られているが、実は、一時期、下向するか否か迷っていたらしい。これは、『定頼集』の次の一首からも窺える。

式部、保昌が妻になりて、丹後になりたるに、下りやせまし、
いかがせましといふと聞きてやり給ひける

行きゆかず聞かまほしきをいづかたにふみさだむらんあしうらの山（定頼・七二）

藤原公任の男・定頼は、和泉式部の動向に興味津々であったようだ。だが、それは定頼一個人の好奇心とばかりは言い難い。当時、世間では和泉式部が下向するか否かが話題を集めており、その身の処し方が注目されていたことの表れでもあろう。

では、なぜ、和泉式部は下向をためらっていたのか。下向の理由は一つだけとは限らないし、すべてを明らかにすることは不可能だが、この点に当該歌を解釈する糸口がありそうなので、少しこだわってみたい。すでに、躊躇の理由の一つに、娘である小式部内侍の身を案じていたことが挙げられている。確かに、次のような一首もある。

大輔命婦に、とまる人よく教へよとて

別れ行く心を思へ我が身をも人のうへをも知る人ぞ知る（正集・四五九）

「とまる人」は小式部内侍とされる。大輔命婦は、同僚の女房で、和泉式部の父・大江雅致と同氏の、大江景理の妻でもある。「くれぐれも娘をよろしくと頼む」という、和泉式部の親心がにじんだ一首となっている。娘の小式部内侍を心配する和泉式部の親心を否定することはできないが、理由はこれだけだろうか。

一　「佐野の舟橋」を詠んだ訳

そこで、新見を提示されたのが、久保木寿子氏である。久保木氏は、下向を躊躇していたのは、当時「秘かに想いを寄せる人」[1]がいたからではないかとの見方を示された。そしてその根拠として、冒頭に掲出した一首を挙げ、土門の所にやって来た「客人」を、忍ぶ恋の相手と解した。「与謝のわたり」、つまり夫のいる丹後に行くのは「もの憂く」なったと訴える相手が、忍びの仲である人とは、いかにも恋多き女性と言われる和泉式部らしくもある。

ところで、恋人の存在と、丹後国下向の躊躇とを直接結びつけて論じたのは久保木氏がはじめてだが、詞書中の「客人」が和泉式部の恋人であろうという解釈は、実は以前からなされていた[2]。そして、それらのほとんどが、次の歌、

人のもとにつかはしける　　源等朝臣
東路の佐野の舟橋かけてのみ思ひわたるをしる人のなさ（後撰・恋二・六一九）

との関係を指摘する。「東路の佐野の舟橋」という序詞により、「かけ（架け・掛け）」を導いたこの歌は、長年思い続けている自分の心を誰も分かってくれないと、もう一方の当事者である想い人自身に訴えたものだ。この源等の一首をいわば引き歌的な手法でふまえたのが、掲出歌であると解釈されてきた。たしかに、「客人」が忍びの恋の相手であるならば、想いを残しながら夫とともに地方へ下らざるを得ない状況にある和泉式部と源等歌とは、心情的に相通じるところもあり、また、前掲した、定頼の不躾な質問がなされた経緯を理解できそうではある。

だが、疑問は残る。一つには、「佐野の舟橋」は、諸氏も注しているように、上野国の歌枕であるからだ。なぜ丹後下向を詠じるのにあたり、上野国の歌枕を持ち出さなければならなかったのか。もちろん、歌枕が詠み込まれているからといって、必ずしもそれが地名としての意味だけを歌中で担っているとは限らない。実はこの当時、一般に知られていない珍しい地名や、言葉としての面白さを持つ歌枕に関心が高まっていた。『枕草子』の類聚章段にあげられた地名にも、掛詞的な面白さに拠ったと理解される例も多い[3]。また、和泉式部のおじにあたる平祐挙も、新奇な名所歌の流行を担った一人でもある[4]。だが、そうだとしても、訳もなく、一首に二つの地名を詠み込むのも、あまり上

手な詠いぶりとは言い難いし、あえて上野国の歌枕である「佐野の舟橋」を持ち出した理由とはなり得ない。しかも、源等歌はさほど著名であったとも思われないし、同じような思いを詠んだ先行歌は他にもあったであろう。そのためか、寺田透氏は、「佐野は方角からいうと道貞が赴任した陸奥への路次に当る上野にもあるし、（自分が第二の夫の任地であるため）下向しようとしている土地丹後にもある」と解し、「佐野の舟橋は、式部にとっては道貞思慕の暗喩だったと言えるのだ」[5]と結論付けた。ここには誤解もある。丹後に佐野という地名はないからだ。しかし、この折に、寺田氏が挙げた次の歌との関連については、検討の余地がありそうである。この一首は、和泉式部自身の詠で、『続集』に見える。

和泉といふ所へ行きたる男の許より、佐野の浦といふところなむ、

ここにありけりと聞きたりや、といひたるに

いつみてかつげずはしらん東路と聞きこそわたれ佐野の舟橋（続集・三五〇）

詞書にある「和泉といふ所へ行きたる男」とは、前夫橘道貞とおぼしい。長保元年（九九九）、和泉国の守となった橘道貞は、ほどなく単身、任国和泉へと下った。すると、そこには、上野国の歌枕として著名な「佐野の浦」と同名の地があり、都にいる歌人の妻、和泉式部へと知らせてきた。これに対し、任国和泉を「何時見てか」に掛けて、「佐野の舟橋」を詠じたのがこの一首である。歌詠みの妻が関心を持ちそうな、任地の話題を書き送った夫と、それに対し、お礼の歌を贈る妻。一見すると、たしかに、「まだ仲のよかった夫婦の様子がうかがわれる」[6]ようでもある。夫婦仲の問題は、後に述べるとして、この歌の詞書にある「ありけり」と歌中の「佐野の舟橋」に注目したい。まさしくこれは、冒頭部に掲出した和歌の「ありけりと佐野の舟橋」という上句に合致するからだ。ここから一つの推測

が成り立つ。つまり、この「いつみてか」の歌と道貞の手紙の文言が踏まえられ、その時の心情と比べて詠じられたのが、冒頭の掲出歌ではなかろうか、と。そうであるならば、二カ所の地名が詠み込まれているのも納得されるし、また『後撰集』歌を介在させなくとも理解できる。

二　「いつみてか」詠の意味するもの

ところで、前述のごとくに、冒頭部の掲出歌を橘道貞との関連で論じようという試みは、寺田透氏によってもなされていた。だが、すでに以下のような反論も篠塚純子氏によりなされている。「もしそうだとしても、それでは、何故、461のような歌を自分の恋人に与えなければならなかったのか、私には理解し難い。土門の所へたずねてきた客人が道貞その人であるなら話は別だが、そのようなことはまずあるまいと思われる」[7]と。たしかに掲出歌が橘道貞に贈られたのなら、すべて解決しそうではあるが、それはあり得ない。というのは、橘道貞は、掲出歌が詠じられる前の、長和五年（一〇一六）に没しているからだ。『左経記』の同年四月十六日にはたしかに「今暁陸奥前司道貞死去」とある。寺田氏は、掲出歌の詠歌時にまだ道貞が生存していると勘違いされている。

もちろん、道貞が何の注釈も付けずに理解できる唯一の人であることはたしかだが、道貞とのやり取りを知ってさえれば、第三者でも十分に理解できるだろう。とすれば、「客人」が道貞その人でなくとも、当該歌が「いつみてか」詠を踏まえて詠じられる可能性は存在する。「客人」という表現自体、『和泉式部集』中には数える程度で、恋愛関係とすると少しよそよそしい感じを受ける。一方、掲出歌をしたためた文に、この歌のみが記されていたという確証はないし、あるいは、贈られた相手は道貞とのやり取りを以前から知っていた人物かもしれない。現に道貞が陸奥国の

守として下向した折、和泉式部が贈った、未練を漂わせた、

陸奥国の守にて立つを聞きて

もろともに立たましものを陸奥の衣の関をよそに聞くかな（正集・八三八）

は、人口に膾炙したらしい。さすがに『和泉式部集』では次の一首も所収しながらも、その事情をあいまいにしか記さないが、『公任集』には、

道貞が陸奥国に下るに妻の式部がやりける歌を聞き給ひて

いまさらに霞隔つるしらかはの関をばしゐては訪ぬべしやは（公任・五〇九）

とある。和泉式部が夫に贈ったはずの和歌が、衆目の知るところであったのは明らかだ。息子定頼だけでなく、その親の公任からも高い関心を寄せられたのが和泉式部である。もちろんそれはこの親子に限ったものではない。波瀾にとんだ人生を送る和泉式部の一挙手一投足は、つねに世間の注目を集めていた。とすれば、現在では、あまり注目されない「いつみてか」詠が、その詠歌事情とともに、当時は広く知られていた可能性も否定はできない。つまり、掲出歌は道貞の和泉赴任の折の一首を引き合いに出し、その折の心情と比較されて詠じたものだということになる。

だが、こう解釈しても、もう一つの疑問は解決しない。先の篠塚氏的な疑問である。道貞の生死に関わらず、相手に道貞への思慕と理解されかねない点である。道貞への思慕を想起させて丹後下向を詠った理由をどこに求めればいいのだろうか。そこで、再度、「佐野の舟橋」が道貞への思慕と結びつくという解釈に立ち戻ってみよう。すると、道貞思慕とは、先に引用したように、和泉守当時、二人の夫婦仲が良好であったという前提に基づいたものであることに気付く。たしかに、この後も二人の関係は続く。実質夫婦の体をなしていたか否かは別として、和泉式部が敦道

親王の東三条院南院に入ってからも、世間的には、道貞の妻であったことは、『公任集』に、

花をも名をもときこえたまへりける御返りにつけて、道貞妻のきこえける
折る人のそれなるからにあぢきなくみし山里の花の香ぞする（公任・三三二）

とあることからも明らかだ。だが、夫婦関係の長さをもって、二人の関係が当初からつねに良好であった証拠とはなり得ない。次のような一首もある。

また、和泉守道貞が妻の下る日、わが下る同じ日なりければ
なかなかにおのが船出のたびしもぞ昨日の淵を瀬とも知りぬる（正集・二五八）

和泉式部がこの時どこに行こうとしていたか不明だが、道貞は妻として、別の女性を任国和泉に伴っている。前述のように、これがただちに夫婦の離縁となったわけではないが、少なくとも良好だった証拠にもなり得ない。しかも和泉式部は、夫の任地、和泉に下った形跡はない。[8]とすれば、「佐野の舟橋」を、道貞思慕と直結させなくともよいのではないだろうか。実は、和泉国ばかりでなく、和泉式部には、地方住みの経験が丹後国以前にはない。父雅致は、長年、朱雀天皇の皇女・昌子内親王の許に近仕していたし、道貞との関係も、和泉守の次、陸奥国の守となった頃には、完全に破綻していた。大和守であった保昌と再婚した当初も、大和へと下った形跡は窺えない。大和守当時、保昌は左馬頭もかねており、都と国との往来はしばしばで、和泉式部が任国へと赴く必要もなかったのだろう。つまり、和泉式部にとって、下向が現実の問題として自身の身にふりかかったのは、丹後の件で二度目ということになる。当時の都の女性達に、地方住みへの抵抗感が根強かったことはよく知られている。和泉式部が丹後下向をためらった背景にも、これがなかったとは言い難い。とすれば、「いつみてか」詠は、和泉式部にとって、道貞思慕とい

うよりは、はじめての地方住みの可能性を意味していたのではないだろうか。

おわりに

以上から、掲出歌とそれを取り巻く状況を次のように解釈してみたい。当時、和泉式部は夫保昌の任地、丹後国への下向をためらっていた。小式部内侍についての心配もあっただろうが、はじめての地方住みに気乗りがしなかったことも一因だろう。理由は他にもあったかもしれない。その逡巡は、衆人の知るところでもあり、下向の有無を直接尋ねる定頼のような人物までもがいた。そのような状況下、和泉式部は自身の事情に通じた人物に現在の心境を吐露した文をしたため、こっそりと渡す。そこには、下向を厭う心情が一首の歌とともに記されていた。昔、前夫で和泉守だった道貞に、「佐野の浦」が和泉国にも「ありけり」などという誘い文句で、任国への下向を促されたことがあった。その手紙を見た時も、下向するのは嫌だったが、その時以上に、丹後へ下るのは気が重いと。

注

1　久保木寿子『実存を見つめる和泉式部』（新典社　二〇〇〇年）

2　佐伯梅友・村上治・小松登美『和泉式部集全釈』（東寶書房　一九五九年）、上村悦子『王朝女流作家の研究』（笠間書院　一九七五年）・『和泉式部の歌入門』（笠間書院　一九九四年）、篠塚純子『和泉式部　いのちの歌』（至文堂　一九七六年）、増田繁夫『冥き途　評伝和泉式部』（世界思想社　一九八七年）など。

3　西山秀人「『枕草子』地名類聚章段の背景」（「上田女子短大紀要」17　一九九四年三月）

4 福田智子「平祐挙の歌――一条朝和歌の一側面――」(「和歌文学研究」75 一九九七年一二月/『平安中期私家集論――歌人・伝本・表現――』勉誠出版 二〇〇七年)
5 寺田透『和泉式部』(筑摩書房 一九七一年)
6 増田繁夫『冥き途 評伝和泉式部』(世界思想社 一九八七年)
7 篠塚純子『和泉式部 いのちの歌』(至文堂 一九七六年)
8 後藤祥子「和泉式部は和泉へ行ったか」(『和歌文学の伝統』角川書店 一九九七年)

(三)『和泉式部続集』五十首和歌をめぐって

はじめに

『和泉式部続集』の中に、「五十首和歌」と呼び慣わされている現存四十六首の歌群が見出せる。これらを、清水文雄氏[1]が、帥宮挽歌群の一部と位置づけて以来、現在までこの五十首和歌は帥宮挽歌群という枠の中で理解されてきた。もちろん、「君なくていくかいくかと思ふ間に」(続集・一一九)などという一首を含むこの五十首和歌が、帥宮との死別と無関係に詠じられたとは到底考えられない。が、所謂帥宮挽歌群と称されている歌々が帥宮の四十九日の法要準備からほぼ一周忌までの身辺雑詠であるのに対し、五十首和歌は意図的に整然と構成され、一つの纏まりのある世界を現出している。もともとは、「昼偲ぶ、夕べの眺め、宵の想ひ、夜中の寝覚、暁の恋」の五題のもとに十首ずつ詠まれたものであったのだろう。題は、一昼夜を時の流れに沿って五分割した語と、恋慕の情を意味する五つの語とが一つずつ組み合わされ、構成されている。帥宮との死別が連作を構想する基底にあったことからすれば、帥宮への尽きない想いを連想させる「偲ぶ、眺め、想ひ、寝覚、恋」を題としたのはしごく当然でもあろう。だが、それらがなぜ時を意味する語と組み合わせられたかについては疑問も残る。

一方、夙に鈴木一雄氏[2]によって報告されているように、伝行成筆の切れでは、帥宮挽歌は見出されるものの、五十首和歌のみが認められない。これは、五十首和歌が挽歌群中の他の詠歌とは伝存のありようが異なっていることを示している。

このように、内在的、外在的な要因、いずれにしても、五十首和歌は、帥宮への追悼を日常的に詠んだ他の詠草とはやや異なる傾向を示す。とすれば、これらからいったん切り離して再検討する必要があるのではないだろうか。

この歌群については、「定数歌制作の意図が先行し、それに添って詠作されたのではあるまい」[3]とする見解や、「連作構成の仕方はややルーズ」[4]という見方もあったが、現在では平田喜信氏[5]の御論により、和泉式部自身によって五十首として構成され、連作という意識のもとで詠み出されたと理解されるようになった。本節でも、このような見通しを継承し、五十首和歌と『和泉式部日記』（以下『日記』）との表現の比較を通して、両者の関係について私見を述べてみたい。

一　『和泉式部日記』と五十首和歌の等質性

五十首和歌と称される連作自体について考察を加えるに先立ち、平田喜信氏がご指摘になった、『日記』との表現の等質性について考えてみたい。すでに両者に共通して見出せる「もの思ふ」、「ぬるとは袖」という言い回しについては、平田喜信氏[6]が繰り返し論じている。詳細はそれらに譲るが、ここでも簡単に整理しておくと、和泉式部は「もの思ふ」我という自己認識に固執した歌人であり、それはまさに「生得のポーズ」であったという。

ここでは、「もの思ふ人」という語句そのものを、歌中に詠み込んでいる例についてのみを取り上げる。「もの思ふ人」は、初期に詠まれたとおぼしき百首歌や「巌の中に住まばかは」という古歌の一音ずつを歌頭に置いた歌群の中にすでに見えている。

またねどももの思ふ人はおのづから山時鳥まづぞ聞きつる（続集・百首・一一二）

いにしへやもの思ふ人をもどきけんむくいばかりの心ちこそすれ（続集・「巌の中に」・四三三）

さらに、『和泉式部続集』巻末の日次詠歌群の中にも一首見出せる。

時鳥ふるさぬこゑをいつしかともの思ふ人ぞきくべかりける（続集・日次詠・五〇七）

これらからしても、和泉式部が自己を客体視し、「もの思ふ人」として表出してみせる方法を早くから獲得していたさまを窺い知ることができる。そしてここで注意されるのは、それがもっとも頻繁に表れるのが五十首和歌においてであることだ。次のように、三首もの和歌が見出せる。

宵ごとにもの思ふ人の涙こそちぢのくさばのつゆとおくらめ（続集・五十首・一三三）

おきゐつつもの思ふ人の宵の間にぬるとは袖のことにぞ有りける（続集・五十首・一三九）

夢にてもみるべきものをまれにてももの思ふ人のいをねましかば（続集・五十首・一四四）

さらにこの言い回しは次のように『日記』中にも見出せる。

よとともにもの思ふ人はよるとてもうちとけてめのあふ時もなし（日記・一七・女）

『日記』に登場する「女」が自己を客観的に詠出する際に用いており、その用い方は、前掲の五十首和歌の場合と酷似する。この「もの思ふ人」が、『日記』中の「女」の和歌を含め、家集中で繰り返し用いられていることは、和泉式部の一種の詠み癖としてくれぐれも注意する必要があるだろう。

さらにもう一例、平田氏が指摘された、「ぬるとは袖」、つまり、「夜寝ることは、私にとっては袖が濡れることだ」

という掛詞を用いた表現について見ておきたい。この特殊な言い回しは、『日記』と家集の和歌に、合計三首見出せる。

はかなくてわすれぬめるは夢なれやぬるとは袖を思ふなりけり（正集・五六一）

おきゐつつものおもふ人の宵の間にぬるとは袖のことにぞ有りける（正集・五十首・一三九）

よとともにぬるとは袖を思ふ身ものどかに夢を見る宵ぞなき（日記・一七・女）

恋歌の中でしばしば詠われる袖が濡れることを、掛詞を用いて独特の言い回しとして完成させたのが「ぬるとは袖」であったと言い得よう。げんにこれを用いた歌人は和泉式部以外に見られない。和泉式部詠のみに三例が見出せることからすれば、偶然の産物とは考えにくく、彼女がこの言い回しを意識的に用いていたことは明らかだろう。しかも、三首中の二首が、五十首和歌、『日記』に存し、前者では帥宮を、後者では為尊を、それぞれ悼み泣き濡れる姿を表出していることの意味は大きい。

この他、五十首和歌と『日記』、双方に見出せる用例として、森田兼吉氏にご指摘がある[7]「風の前なる」が挙げられる。

いとへどもきえぬ身ぞうきうらやまし風の前なるよひのともし火（続集・五十首・一三四）

日をへつつ我なに事をおもはまし風の前なるこのはなりせば（続集・日次詠・六三七）

その夜の時雨、つねよりも木々の木の葉残りありげもなく聞こゆるに、目をさまして、「風の前なる」などひとりごちて……。（日記・六二頁）

「風の前なる」は、五十首和歌の他に日次詠歌群中にも見え、『日記』では地の文で引き歌として用いられていた。森田氏は、これらが日次詠歌群と『日記』とに見られることを重視され、両者の成立がかなり近接している証左とされたのだが、ここでは、それが五十首和歌にも見出せることを確認しておくに留めたい。

平田氏、森田氏のご指摘に導かれながら、五十首和歌、『日記』に共通する表現について簡単に眺めてきたが、詳細に両者を比較してみると、以下のごとく、他にも類似する表現が指摘できる。

①「まどろまで」

まどろまであかしはつるをぬる人の夢に哀とみるもあらなん（続集・五十首・一四六）

まどろまであかすとおもへばみじか夜もいかにくるしき物とかはしる（続集・四〇五）

まどろまであかしつるにもいましこそ野辺にやどれる露もおくらめ（続集・日次詠・五八六）

まどろまであはれいく夜になりぬらんただ雁が音を聞くわざにして（日記・六六・女）

まどろまで雲井のかりのねをきくはこころづからのわざにぞありける（日記・七一・宮）

まどろまでひと夜ながめし月みるとおきながらしもあかしがほなる（日記・八五・女）

伊藤博氏[8]が「まどろまで」を『日記』の特性を示す語の一つであると指摘されているように、『日記』中では、「宮」の和歌一首を含み三首に「まどろまで」が用いられている。「宮」の歌は五首贈答中の一首であることからすれば、「女」の詠があればこそ、この詠い出しが初めて可能であったとも言えよう。これを『和泉式部集』で探してみると、三首もの「まどろまで」詠が見られるばかりでなく、いずれも「まどろまであかし」「まどろまであかす」と二句目までもほぼ同様の表現となっており、緊密度は高い。しかも、そのうちの二首は、日次詠歌群、五十首和歌内に位置している。『日記』の特性を示す語が、日次詠、五十首和歌双方に見出されることからしても、両歌群と『日記』との近さが確認できる。また、和泉式部に先立って「まどろまで」が用いられたのは次のわずかに一首のみである。

秋の夜をまどろまでのみあかす身はゆめぢとのみもたのまざりけり（是則・四〇）

当歌では二句目に「まどろまで」とある。初句に置かれた和歌はいまのところ見られない。これに対し、和泉式部自身の詠に限っても家集、『日記』で合計五首の「まどろまで」詠が存在する。いずれも初句に置いていることからすれば、「まどろまで」という歌句自体のみならず、これを詠い出しに用いることも含めて、和泉式部独自の詠法の一つと考えてよいであろう。

②「あはれいくか（よ）に成りぬらん」

君をみであはれいくかになりぬらん涙のたまはかずもしられず（続集・五十首・一一四）

まどろまであはれいく夜になりぬらんただ雁が音を聞くわざにして（日記・六六・女）

五十首和歌中の一一四番歌では帥宮との死別を、『日記』中では訪れがないのを、それぞれ嘆いて、逢えない晩が幾夜積もっただろうかと詠んだもので、二首の表現は、「か」と「よ」との違いはあるものの二・三句がほぼ同じである。詳細に見れば、初句の末尾にある打ち消しの「で」までもが共通している。しかしながら詠い出しも下句もまったく異なっており、一一四番歌と『日記』歌とはかなり近似した表現を持ってはいるものの、別個の世界を形成しており、それぞれ独立した一首であることが確認できる。とするならば、この二首を、『和泉式部集』によくある重出歌として片づける訳にはいかず、これもまた、和泉式部の詠い癖と認めても良さそうだ。

③「…のまの…にかへて」

今のまのいのちにかへてけふのごとあすのゆふべをなげかずもがな（続集・五十首・一二二）

今日のまの心にかへて思ひやれながめつつのみ過ぐす心を（日記・四・女）

これらは、「…のまの…にかへて」という構造が類似しているもので、「今」と「けふ」、「いのち」と「心」と、それぞれ間に挿入される語は似て非なるものではあるが、今この時を大事にしたいという切なる願いが底流にあることでは共通している。すでに、五十首和歌、『日記』についてそれぞれの作品に時の流れが鋭敏に表出されているとの指摘[9]がなされているが、これらの二首も内部に時の流れを含み込んでいる。

④「待たまし」

こよひよりたれを待たましいつしかとをぎのはかぜはふかんとすらん（正集・八一三）

こぬ人を待たましよりも侘しきは物おもふ比のよひゐなりけり（続集・五十首・一三二）

待たましもかばかりこそはあらましか思ひもかけぬ今日の夕暮（日記・一一・女）

「待たましも」という『日記』歌は、その意が解釈しがたいため、様々論じられてきたが[10]、ここではそれについて深入りせず、むしろ、同様の表現が『和泉式部集』に二首見え、うち一首が五十首和歌内に見出せることを確認しておくに留めたい。

⑤「鴫」

わが胸のあくべき時やいつならんきけば羽かく鴫も鳴くなり（続集・五十首・一五三）

冴ゆる夜の数かく鴫は我なれやいく朝霜をおきて見つらん（日記・一二五・女）

鴫は、「暁の鴫の羽がき百羽がき君が来ぬ夜は我ぞ数かく」（古今・恋五・七六一）という古今歌を挙げるまでもなく、訪れない恋人を想って詠う場合によく用いられる。これらも「羽かく鴫」「数かく鴫」とその細部に小異はあるものの、鴫同様恋人の訪れない夜を数えるという設定は同じで、両詠ともに古今歌を下敷きにしている。和泉式部という歌人は恋歌を多数詠出したこと、あるいは恋歌的表現を巧みに用いたことは言わずもがなであるが、今見出せるかぎりにおいては、鴫を詠み込んだ歌は二首にすぎない。しかもこの二首が本稿で問題としている五十首和歌と『日記』との双方にのみ見られるのは示唆的である。

⑥「手枕」

せこがきてふししかたはらさむきよは我が手枕を我ぞしてぬる（正集・百首・七七）
物をのみおもひねざめのとこのうへにわが手枕ぞありてかひなき（続集・五十首・一四一）
たびごとにかるもうるさしくさ枕手枕ならばかへさざらまし（正集・五二二）
時雨にも露にもあてで寝たる夜をあやしくぬるる手枕の袖（日記・七七・宮）
今朝の間に今は消ぬらん夢ばかりぬると見えつる手枕の袖（日記・七八・女）
夢ばかり涙にぬると見つらめど臥しぞわづらふ手枕の袖（日記・七九・宮）
露むすぶ道のまにまに朝ぼらけぬれてぞきつる手枕の袖（日記・八〇・宮）
道芝の露におきゐる人によりわが手枕の袖もかわかず（日記・八一・女）
手枕の袖にも霜はおきてけり今朝うち見れば白妙にして（日記・八二・女）
人知れず心にかけてしのぶるを忘るとや思ふ手枕の袖（日記・九〇・女）
もの言はでやみなましかばかけてだに思ひ出でましや手枕の袖（日記・九一・宮）

『日記』の中で、「手枕の袖」が、二人の絆を確認するキーワードであったことは加藤静子氏以来繰り返し論じられてきたので、詳細は先学の御論に譲る。ここでは意外なことに、家集に「手枕の袖」の用例は見られず、「手枕」を詠み込んだ和歌が三首のみであることを確認したい。しかも、そのうち一首がやはり五十首和歌内に見出せることは注意したい。[11]

ここまで、『日記』の「女」の和歌と『和泉式部集』の和歌とを中心として見てきたが、さらに『日記』中の「宮」の和歌をも視野に入れ、五十首和歌との類似を探してみると、次のような例も見出せる。

⑦「夜もすがら」

夜もすがら恋ひてあかせる暁はからすのさきに我ぞなきぬる（続集・五十首・一五二）

風のおともおどろかれまし夜もすがらまろがまろねにねならひにけり（続集・四八四）

からくして今日呉竹の夜もすがらねで何事を思ひあかさむ（続集・日次詠・六三五）

夜もすがらなにごとをかは思ひつる窓打つ雨の音を聞きつつ（日記・二七・女）

なほざりのあらましごとに夜もすがら（日記・一三二上句・宮）

⑧「夢にだにみであか」す

夢にだにみであかしつる暁の恋こそこひのかぎりなりけれ（続集・五十首・一五一）

はかもなき夢をだにみであかしてはなにをかのちのよかたりにせん（日記・七・宮）

さらに、『日記』の散文部分と、五十首和歌とで関わりのある例にも注目してみよう。

⑨「草葉の露」

宵ごとに物おもふ人の涙こそちぢの草葉の露とおくらめ（続集・五十首・一三三）

風の音に秋きにけりとおどろきてみれば草葉の露も置きけり（続集・三七八）

「人は草葉の露なれや」などのたまふ。（日記・三二頁）

「草葉の露」というのは一見何の変哲もない表現だが、『和泉式部集』全体での用例は二首にすぎず、そのうちの一首がやはり五十首和歌内に見出せる。『日記』中で「宮」は、「女」の邸の庭をそぞろ歩きながら「人は草葉の露なれや」と口ずさむ。それは、「わが思ふ人は草葉の露なれやかくれば袖のまづそほつらむ」（拾遺・恋二・七六一）という『拾遺集』所収の「読み人知らず」歌を利用したものである。つまり、「宮」は『拾遺集』歌を用いて、「私の思うあなたは草葉の露なのでしょうか」と「女」に呼びかけた格好になっている。これに対し、五十首和歌では「宵ごとに物思ふ人の涙こそ」が「草葉の露」として置いていると詠む。『日記』中の「宮」の言葉に対して、五十首和歌一三三番歌は、草葉の露が「宵のたびにもの思う人の涙」、すなわち私の涙だと、あたかも時空を越えて「返し」をしているかのようにも解し得る。

強引に見えるこのような推論を提示したのは、実は五十首和歌自体が『日記』執筆後、その余韻さめやらぬ内に詠じられたものではないかと推測するからだ。ここまで、『日記』と五十首和歌との等質性を検証してきたが、それは、同一人物の手になるから、あるいは両作品の基底に帥宮との死別という同一の体験があるから、という次元にとどまるものではなさそうだ。『日記』歌と五十首和歌とは、表現の類似性に加え、かなり長い言い回しの重なりが指摘でき、それらは家集の他の部分に比べ際だって多い。つまり、両者の近似性は、近接して成立したことによるからではないだろうか。

ところで、五十首和歌全体を視野に入れて、久保木寿子氏[12]が「当初詠われた宮の死そのものに対する切迫した悲しみが、次第に沈静した詠われ方に変わっていく。それは例えば亡き宮に対して、当初「君なくて」のように「君」と呼びかける形だったのが、やがて「とほざかりにし人」に見るように対象化された「人」へ変わることや、使われる助動詞が現在時表現から過去形へと変化することにも如実にあらわれている」との卓見を示されている。例えば、「昼偲ぶ」では、

かぎるらん命いつとも知らずかし哀いつまで君をしのばん（続集・五十首・一一三）

君をみであはれいくかに成りぬらん涙の玉は数もしられず（続集・五十首・一一四）

などと、「君」と直接呼びかけていたのが、「宵の想ひ」では、

こぬ人をまたましよりも侘しきは物おもふ比の宵ゐなりけり（続集・五十首・一二二）

と、「人」と、客観的な語が初めて登場し、「夜中の寝覚め」以降は、「人」のみが用いられる。これを纏めてみると、表Ⅰのごとくである。

表Ⅰ

一一三	君
一一四	君
一一七	君
一一八	君
一一九	君
一二五	君
一二六	君
一三二	来ぬ人
一四二	君
一四三	雲となりにし人
一四八	遠ざかりにし人
一五六	恋しき人
一五七	我が恋ふる人

これらの変化に加え、歌群の後半では、

玉すだれたれこめてのみ寝し時はあくてふ事もしられやはせし（続集・五十首・一五四）

と、いかにも過去の出来事を思い出して詠じたという態の和歌も見出せる。当該歌の上句について、清水文雄氏[13]が「御殿の奥深くで、故宮の愛を受けて寝た時は」と注を付けられているように、この歌は、帥宮との共寝の体験を過去のこととして思い出しながら詠じたものと認められそうだ。もちろん、その思い出が宮邸入りの前か後か、について

はこれのみでは明らかにはしがたい。

しかし、次のような例にいたっては、漠然たる思い出ではすまされないようだ。

⑩「鳥の音におどろかされ」

こふるみは異ものなれや鳥の音におどろかされしときはなにどき（続集・五十首・一五〇）

「今朝は、鳥の音におどろかされてにくかりつれば殺しつ」（日記・二八頁）

『日記』の記述は、「女」が月夜に連続して東三条院の南院らしき所に連れて行かれた二日目の後朝、鶏の羽に添えられていた「宮」の手紙の中に見える文言である。一方、一五〇番歌は五十首歌中に位置している。この類似は、同一の体験がほぼ同一の語句で表現された結果であろう。もちろん、両者が「長鳴鶏ヲ打殺シテ弾ジ去ル」（楽府・読曲歌）を踏まえていることは動かない。だが、そうであっても、これだけの長い歌句が、『日記』中の「宮」の文言とほぼ一致すること自体、偶発的とは考えがたい。なぜなら、「宮」の手紙にこの文言のみが記されていたとは考えがたく、むしろ、『日記』を記すに際し、手紙の中からこの文言が選び取られた可能性が高いからだ。五十首和歌でも「鳥の音におどろかされし」と詠われ、直接体験した過去であることが分かる。「宮」が手紙に記したこの文言が、『日記』を書く折ばかりでなく、五十首和歌中で一首を詠じる際にも、想起されたに違いない。つまり、それは単に表現レベルとしてではなく、この文言が『日記』に記された当のくだり——二人だけで過ごした幸福の時——を象徴的に想起させる言い回しであったということにもなるだろう。とすれば、一五〇番歌が、『日記』の表現を利用しているということになる。すなわち、一五〇番歌の「鳥の音」は、恋人達が別れを惜しむ一番鶏の鳴き声という一般化された叙情を詠じたものでも、また、『全釈』[14]のいうように、「朝の小鳥の囀り」にとどまるものでもなく、『日記』

に描かれたとおり、宮邸で実際に聞いた一番鶏の音を想起して、表現したものということになる。つまり、一五〇番歌は、亡き人を恋うる今の状況が、宮邸で至福の時を過ごした後に別れを告げる一番鶏によってもよおされた恋しさといかに異なるのか、という慟哭と解さねばならないだろう。

以上からは、五十首和歌詠出以前に『日記』の執筆が行われていたという想定を導き出す。つまり、『日記』の成立が五十首和歌の成立に先んずるということになる。

二　『和泉式部日記』中の「折」

前記の推論を補強するために、従来、『日記』、日次詠歌群双方に指摘されてきた時間意識の鋭敏さに着目してみたい。平田氏が「現在時表現」と名付けた時間意識の鋭敏さは、『日記』と五十首和歌、日次詠歌群にのみ看取されるので、『和泉式部集』の他の部分ではこのような要素はほとんど見出せない。とするならば、和泉式部という歌人の有り様からして、『日記』、日次詠歌群、五十首和歌、三者の成立がほぼ一定の期間に集中していたという推論が可能になるからだ。五十首和歌では、「昼偲ぶ、夕べの眺め、宵の想ひ、夜中の寝覚め、暁の恋」と、一昼夜を五つの時間帯に分けて設定された題のもとに詠み出されたのであり、いかに時の流れというものに敏感に反応していたかが見て取れる。ここでさらなる推論を重ねるならば、和泉式部が時の流れというものを殊の外意識し、もっとも関心を抱いて敏感に反応していたのは、帥宮との交際開始以降だったということになるのではないだろうか。

以前、小町谷照彦氏[15]が『和泉式部日記』中の「女」と「宮」との和歌とを分析され、「趣向や用語が近似し、贈答の対応は緊密であること。従って、さほど両者を区別する必要もないこと」をご指摘になった。この御論の結論自体には従えない部分もあり、それについては本書第一部第一章㈣でも述べた。だが、たしかに『日記』中で見る限り、二人の和歌には等質性も認められる。例えば、小町谷氏のご指摘にもあるように、二人が繰り返し詠みあった「今日のながめ」という語句は、「宮」主導で繰り返し贈答されている。『日記』の中で鋭敏に時の流れに反応しているのは和泉式部らしき「女」だけではない。いやそれ以上に、「宮」は敏感に時の流れというものを感じているようだ。なぜなら、『日記』内部で「宮」に対して繰り返し用いられた評語の中に「折」に関する語が多いからだ。『日記』中の用例は、「折」単独では十例、「折節」二例、「折悪し」「折から」「折知り顔」「折折」各一例となっている。もちろんすべてが「宮」にのみ用いられた訳ではないが、この短い『日記』の中で「折」に関連した表現が頻出していることからしても、『日記』がいかに時の流れを鋭敏に捉え、描こうとしていたかの一端を知ることはできそうだ。「宮」の行動を評した主要なものを次に挙げてみよう。

折を過ぐし給はぬをかしと思ふ。（日記・二二頁）

かかる折に、宮の過ごさずのたまはせしものを、「げにおぼしめし忘れにけるかな」と思ふほどにぞ、御文ある。（日記・三五頁）

例の、折知り顔にのたまはせたるに、日ごろの罪も許し聞こえぬべし。（日記・四一頁）

「なほ折節は過ぐし給はずかし。げにあはれなりつる空の気色を見給ひける」と思ふに、……（日記・四三頁）

これらからも、いかに「宮」が「折」を大事にしている人物かが理解される。

また、貴族としては常軌を逸した詠みぶりと評される、

殺してもなほあかぬかなにはとりの折節知らぬ今朝のひと声（日記・三三・宮／二八頁）

という一首も、恋人同士がナーバスになる早朝に、いかにも無神経に鳴いた一番鶏の鳴き声が勘気に触れたことを詠じたものだ。同じく「宮」が「この童、殺してばや」（日記・五五頁）と激怒したのも、実は、「御文つかはさん」と思って召した童が遅参し、「女」に先んぜられて和歌を贈られたからだ。いずれも「折」をわきまえないことへの怒りが基底にある。このような見方で『日記』を再読してみると、いかに「宮」が「折」を大事にし、「折」に鋭敏に反応していたかが判明する。もちろん、「折」は時の流れとまったくイコールというわけではないが、折節というものを大事にしていたことは、時の流れに鈍感ということはあり得ない。時節に敏感に反応することは、平安時代の貴族社会にあってごくしぜんのことではあるものの、「宮」の「折」への執着は、抜きんでていたに違いない。だからこそ『日記』の中で繰り返し描かれたのだろう。そして、和泉式部は、この「折知り顔」の帥宮との交際を通じて、その姿勢に感動し、共感し、共鳴する。これにより、彼女自身もいっそう時というものに関心を払うようになったのではないだろうか。だからこそ、手習文を「宮」に見せようと思い立ったのであり、さらには日次詠歌群のような、時の流れを巧みに詠み込んだ歌群を成立させ、『日記』の執筆の際にもそれらの方法を継承し、ひいてはその集大成として、五十首という連作を構想、完成させたに違いない。一昼夜を時の流れで区分したのも、時の流れを敏感に意識していた帥宮に対する哀悼として、いかにも相応しいものと和泉式部自身が感じていたゆえの設題だったのではないだろうか。

おわりに

一見不可思議にも見える五つの題「昼偲ぶ、夕べの眺め、宵の想ひ、夜中の寝覚め、暁の恋」。特に一日の時間を五分割しての設定は、時の流れに鋭敏であった人物、つまり、「折知り顔」であった帥宮、の追悼に相応しいとして選ばれたものであったに違いない。従来、帥宮挽歌群の内部に位置付けられてきたこの五十首和歌には、単なる挽歌としての位置付けに留まらない意味が読み取れそうである。

長保五年、二人の交際が始まり、その中から学んだ「時」を見つめるまなざしが手習文を試作させ、さらに日次詠歌群をも詠出させた。そして、突然の帥宮との死別を体験して、思い出の中の「折知り顔」の帥宮を描く『日記』が誕生する。それからさほど時をおかずに、帥宮への追慕とその悲嘆を集大成するものとして詠じられたのが五十首和歌であった。帥宮との死別直後の慟哭から始まり、それを過去の思い出として捉えようとするまでの心の軌跡を詠出したこの歌群は、絶望と悲嘆だけを表わした挽歌とはその意図するところを少々異にしている。『日記』の執筆という事業を乗り越えた後に、再度、その悲しみの変遷の有り様を和歌という形で残しておきたいという歌人のさがとでも言えようか。

そしてこのような推論は、帥宮挽歌群の古筆切が数多く伝わるにも関わらず、この五十首和歌に関しては一葉も見出せないという事実とも符号する。五十首和歌は、もともと挽歌群に位置したものではなく、後人がその内容から歌群末尾付近に挿入したに違いない。つまり、それぞれの歌群が単独で流布していた段階には、日常的な挽歌と五十首和歌とはその伝存が異なっていたのではないだろうか。とすれば、『和泉式部集』成立と関わる大きな問題へと発展するものの、本稿では、とりあえず、以上のような想定に留めておきたい。

なお、日次詠歌群については、言葉足らずであり、日次詠歌群が『日記』執筆、五十首和歌詠出に先んじて制作されたもので、帥宮が生存している折の体験をもとにしたのであろうとする私見については、次の㈣で改めて述べるものとする。

注

1　清水文雄「『和泉式部続集』に収録されたいはゆる帥宮挽歌群について」(『国語と国文学』一九六四年五月／『和泉式部研究』笠間書院　一九八八年)

2　『日本名筆全集』(雄松堂　一九五九年)が指摘し、さらに発見が続き、伊藤博・久保木哲夫『和泉式部集全集』(貴重本刊行会　一九九四年)、伊井春樹「和泉式部続集切考――付、続集切資料集成」(『平安文学論究　五』笠間書院　一九八八年)が再検討を行っている。が、所謂帥宮挽歌の切は見つかるものの、五十首和歌の切はいまだ発見されていないという結論については一致している。＊〔関連論考〕参照

3　宮崎荘平「和泉式部日記の作品形成」(『国文学雑誌』19　一九七六年四月／『王朝女流日記文学の形象』おうふう　二〇〇三年)

4　藤平春男「和泉式部〝帥宮挽歌群〟を読む」(『論叢王朝文学』笠間書院　一九七八年／『藤平春男著作集』第五巻　笠間書院　二〇〇三年)

5　平田喜信「和泉式部続集の帥宮哀傷「五十首和歌」――その題詠性・連作性をめぐって――」(『横浜国大　国語研究』7　一九八九年三月／『平安中期和歌考論』新典社　一九九三年)。以下、特に断らない限り、平田氏の御論はこれによる。

6　平田喜信「女流日記文学における和泉式部日記の位置」(『女流日記文学講座』六　勉誠社　一九九一年／『平安中期和歌考論』新典社　一九九三年)・「和泉式部日記の成立」(『王朝女流日記を学ぶ人のために』世界思想社　一九九六

年）・「「もの思へば」「もの思ふ」考――和泉式部集の連作・定数歌における自己表現――」（『王朝和歌と史的展開』笠間書院　一九九七年）。

7　森田兼吉「和泉式部日記「風のまへなる」をめぐって――日記と続集の日次歌群との関係」（『平安文学研究』36　一九六六年六月／『和泉式部日記論攷』笠間書院　一九七七年）

8　伊藤博「『和泉式部日記』の歌ことば」（「大妻国文」20　一九八九年三月／『和泉式部日記研究』笠間書院　一九九三年）

9　注6に同じ。

10　森田兼吉「和泉式部日記〝またましも〟の歌考――日記・正集・千載集の関係――」（『和泉式部日記論攷』笠間書院　一九七七年）、西森奈保子「和泉式部日記「またましも」の和歌をめぐって」（「高知女子大国文」14　一九七八年七月）、川村裕子「『和泉式部日記』の文と夕暮――「待たましも」の歌をめぐって――」（『論集日記文学の地平』新典社　二〇〇〇年／『王朝文学の光芒』笠間書院　二〇一五年）

11　加藤静子「和泉式部日記における和歌――「手枕の袖」以降――」（「平安文学研究」74　一九八五年一二月）、大熊祥子「歌人和泉式部考――その歌語意識をめぐって――」（「目白国文」32　一九九三年二月）、高橋美果「和泉式部日記の手枕の袖――歌ことばが導く和泉式部の恋――」（「学習院大学国語国文学会誌」39　一九九六年二月）、柴村抄織「『和泉式部日記』――「手枕の袖」考――」（『日記文学研究』2　新典社　一九九七年）など。

12　久保木寿子『実存を見つめる　和泉式部』（新典社　二〇〇〇年）

13　清水文雄『和泉式部集・和泉式部続集』（岩波文庫　一九八三年）

14　佐伯梅友・村上治・小松登美『和泉式部全釈続集篇』（笠間書院　一九七七年）

15　小町谷照彦「和泉式部日記の贈答歌の達成」（『論集和泉式部』笠間書院　一九八八年／『王朝文学の歌ことば表現』

若草書房 一九九七年）

〔関連論考〕

久保木哲夫「和泉式部「五十首歌」の詞書（「国文学論考」20 一九八四年三月／『歌と文献学』笠間書院 二〇一三年）

南二淑「『和泉式部続集』帥宮挽歌群の一考察――五十首歌をめぐって」（「実践国文学」45 一九九四年三月／『和泉式部和歌研究 連作を中心として』笠間書院 二〇〇一年）

小柴良子「『和泉式部続集』「帥宮挽歌群」の一考察――「五十首歌」の音と空をめぐって」（「清心語文」8 二〇〇六年七月）

久保木哲夫『伝行成筆 和泉式部続集切 針切相模集 新注』（新注和歌文学叢書24 青簡舎 二〇一八年）

㈣『和泉式部続集』日次詠歌群をめぐって

はじめに

『和泉式部続集』の巻末に位置する日次詠歌群をめぐっては、すでに多くの先学[1]により、成立年時、表現、詞書中に登場する複数の人物について、様々な説が提出されている。いまこれらすべてに触れるいとまはないが、本稿でとりわけ注目したいのは、平田喜信氏[2]の御論である。平田氏は、『和泉式部集』の他の部分ではさほど顕著ではない固有の時間意識を日次詠歌群中に指摘され、集中して見出されるそれらを「現在時表現」と名付けた。これを受け、近年近藤みゆき氏[3]が、心中を叙した際の古歌引用が『和泉式部日記』（以下『日記』）と日次詠歌群とにのみ特徴的に表れるとして、表現面における両者の等質性をいっそう明らかなものとされた。加えて、日次詠歌群の詞書が、『日記』中に挿入されている手習文の文体と基調を一にしており、両者が所謂手習の型に則っていることや、この所為が相模の『思女集』の手本となったことを指摘されて注目を集めたのは記憶に新しい。平田氏、近藤氏の驥尾に付し、日次詠歌群と『日記』との表現のありようを追求することで、両者の関係に迫ってみたい。

一　『和泉式部日記』と日次詠歌群の等質性

『日記』と日次詠歌群とが表現的に類似していることは、夙に宮本芙万子氏[4]がご指摘になり、ついで森田兼吉氏[5]が「ほぼ同じ時期に成立したものではないか」とその成立時期の近さについても言及された。森田氏は、『日記』中に見える「風の前なる」が和泉式部の自詠を引いたものだとして、このような結論に辿り着いている。自詠引用の当否についてはここでは不問に付し、「風の前なる」という独特の言い回しが『日記』と日次詠歌群内との双方に見出されることを確認するに留めたい。実は、この他にも、『日記』と日次詠歌群とには類似の表現が認められる。すでに指摘されているものも含め、類似が認められると判断できる主なものを整理、検証してみよう。

①「よそにても同じ心に有明の月」、引き歌「うらやましうも」

その夜も、かたはしにて、うらやましうもとみるままに

よそにても同じ心に有明の月見ばそらぞかきくもらまし（続集・日次詠・五九九）

よそにても同じ心に有明の月を見るやとたれに問はまし（日記・四五・女）

日次詠歌群の五九九番歌の上句と『日記』の「女」の和歌の上句、正確に言えば冒頭から下句の二音目まで、つまり詠い出しから十九音目までが一致している。さらに、五九九番歌の詞書「うらやましうも」は『拾遺集』歌「かくばかりへがたく見ゆる世の中にうらやましくもすめる月かな」（拾遺・雑上・四三五）を引いたものであり、同じ引き歌は次掲のごとく『日記』中にも見出せる。

月の明き夜、うち臥して「うらやましくも」などながめらるれば、宮に聞こゆ。（日記・三一頁）

引き歌ということでいえば、「みよしのの山のあなたにやどもがな世のうき時のかくれがにせむ」（古今・雑下・九五〇）という『古今集』歌に依拠した次のような表現も『日記』、日次詠双方に見出せる。

②「山のあなたに」

山のあなたにとのみ、二日ふしたるに……　（続集・日次詠・六四二）

一の宮のことも聞こえきりてあるを、さりとて山のあなたにしるべする人もなきを……（日記・五二頁）

『日記』中では宮邸入りを誘われた直後にこの引き歌表現が用いられている。『和泉式部集』でも、日次詠歌群中の六四二番歌の詞書に「山のあなた」が見出せるものの、それ以外にこの引き歌を用いた例は見えない。

③「つねならばよそ」「風の音」

廿四日、風の音みみにとまるにも

つねならばよそにきかまし風の音を身にしむ物と思ひけるかな（続集・日次詠・五八八）

五日、暁に妻戸をあけてみれば、うちくもる空のけしき、

虫のねよりも、うちそへつべき心地して

あけくれにすぎゆく秋もいつまでと聞こゆる虫のねにぞなきぬる（続集・日次詠・五八九）

風の音、木の葉の残りあるまじげに吹きたる、つねよりもものあはれにおぼゆ。ことごとしうかき曇るものから、ただ気色ばかり雨うち降るは、せんかたなくあはれにおぼえて……（日記・五首贈答・四四頁）

その夜の時雨、つねよりも木々の葉残りありげもなく聞こゆるに、目をさまして、「風の前なる」などひとりごちて……。（日記・六二頁）

五八八番歌や五八九番歌に見出せる風情は、『日記』中の五首贈答として有名な九月二十余日の一夜や、「風の前なる」と独りつぶやいた夜の叙述とも通底している。いずれも、つねよりも風が激しく、木の葉がまったく吹き払われ

てしまったかのような晩に、しみじみと感慨に耽る「女」の姿を彷彿とさせる。同趣の風情は、五十首和歌と呼ばれる連作中の次の一首にも見出せる。

ね覚する身を吹きとほす風の音をむかしはみみのよそにききけん（続集・五十首・一四五）

五十首和歌についてはここで詳述はしないが、すでに指摘もあるように[6]、日次詠歌群と『日記』とに共通の表現が、五十首和歌中にも見出されることが多く、いずれかを論じる場合には、常にこの三者を視野に入れて考察する必要があることをここで確認しておきたい。

ところで、近藤みゆき氏は[7]、日次詠歌群の詞書中に「空」という語が多用されると指摘する。ここでは、さらに限定した形、前出の例でも四角で囲んで示した「空のけしき」という語に着目してみたい[8]。というのは、「けしき」が、自然の様子を表す語として一定数用いられるのは、『うつほ物語』『蜻蛉日記』で、その後、『枕草子』『源氏物語』あたりで定着に至るとされている。とすれば、当時、「空のけしき」は比較的新しい表現として意識されていたと推測できる。『和泉式部集』では次掲のように詞書にのみ限定的に見出せるばかりでなく、五例すべてが日次詠歌群内に位置している。

けふはいつよりも空のけしき、物憐におぼえて（続集・日次詠・五七六）

くれぬれど、奥へもいらで月みるほどに、夜はあけぬるなるべし、空のけしきあはれなるにも（続集・日次詠・五八六）

五日、暁に妻戸をあけてみれば、うちくもる空のけしき、虫の音よりも、うちそへつべき心地して（続集・日次詠・五八九）

くれつかた、霧たたずまひ、空のけしきなど、あはれしれらんとて（続集・日次詠・六〇六）

今日はことにあれたる空のけしきをみる人人も、この月はかむわざなればぞかし、などいふを聞くにも
（続集・日次詠・六四〇）

一方、『日記』中には四例見え、うち一例は、次のように「宮」の和歌中にある。

朝日影さして消ゆべき霜なれどうちとけがたき空の気色ぞ（日記・八七・宮）

ただしこれは、「女」が「霜の上に朝日さすめり今ははやうちとけにたる気色見せなん」（日記・八六・女）と詠んだのに応じたもので、空の様子そのものを詠じているとは言い難い。これを除くと、『日記』中の散文部分に三箇所、次のように見える。

「なほ折節は過ぐし給はずかし。げにあはれなりつる空の気色を見給ひける」と思ふに、をかしうて、この手習のやうに書きゐたるを、やがてひきむすびてたてまつる。（日記・四三頁）

妻戸をおしあけたれば、大空に、西へかたぶきたる月の影、遠くすみわたりて見ゆるに、霧りたる空の気色、鐘の声、鳥の音一つに響きあひて、更に、過ぎにし方、今行く末のことども、かかる折はあらじ、と袖のしづくさへあはれにめづらかなり。（日記・四五頁）

ひと夜の空の気色の、あはれに見えしかば、心からにや、それよりのち、心苦しとおぼされて……（日記・五〇頁）

この三箇所は、いずれも五首贈答を交わしたくだりと関連している。最初の例は、この「空の気色」を「宮」も眺めたことを知った「女」が「をかし」と思い、手習文を贈ることを決断した場面であり、「空の気色」はまさに手習文をしたためた晩の空の様子を意味する。二例目は手習文中で、三例目も後日手習文を贈った晩のことを語る中で用いられている。つまり、手習文をしたためた印象的な夜を表象しているのが、「空の気色」という言い回しということ

にもなるだろう。先に挙げた日次詠歌群中の五例の「空のけしき」もこれら『日記』の用例と同様、夜の空をしみじみと眺め、耳を澄ましながら物思いに耽る「女」の姿をおのずと想起させるものであった。

以上により、先学により繰り返し指摘されてきた、『日記』、とりわけ手習文の世界と日次詠歌群とに通底する趣き、共通したトーンの証左の一つとして、この「空のけしき」という言い回しも加えることができるだろう。同時に、両者の世界の等質性がこの語句からも確認できる。

二　日次詠歌群の成立

前節では、『日記』の世界、とくに手習文の世界と日次詠歌群の世界との共通性を再度検証した。このことは、和泉式部という歌人の有り様からすると、手習文、日次詠歌群、双方ともがさほど隔たっていない時期に成立したという可能性を示唆しているのではないか。和泉式部が得意とした詠みぶりとして、連作という形式が指摘されているが、現在、それらを連作と認定するのは、内部において同種の表現や語句が繰り返し用いられているからだ。裏返せば、和泉式部には、短期間に同一の表現や語句を繰り返し用いる傾向のあったことが認められる。同趣旨の指摘は、和泉式部の漢詩文的な表現を分析された近藤みゆき氏によってもなされている[9]。「和泉の、漢詩文と関連の認められる歌の大半は、実に長保末～寛弘年間という十年足らずの間に集中する事がわかる。もとより、現段階で想定できる限りの用例によった、あくまでも傾向ではある。…（略）…すなわち和泉の漢詩文受容とは、長い詠歌史の全般にわたる行為ではなく、長保末～寛弘期というかなり限られた期間に模索された方法だったようなのである」。とするならば、漢詩文受容と同じく、時間意識に鋭敏で、前述のようないくつかの表現を好む一時期が、和泉式部の詠歌人生の中に存在したとしても不思議はない。

では、日次詠歌群の成立はいつ頃かということに興味が湧く。現在までは、後藤祥子氏[10]が「為尊事件の匂いが極めて濃厚」とごく初期に想定するのをはじめとし、寛弘六年（一〇〇九）以後とされる森田兼吉氏[11]、長和三年（一〇一四）頃とされる清水好子氏[12]、さらには後年説を主張される藤岡忠美氏[13]まで、かなり広範囲にわたった推定がなされている。これらの多くは、主に詞書中の人物の比定から推されたものであるが、表現面から考察すると、述べてきたように、『日記』の成立に近接したものと推測され、晩年、後年ではなく、やはり早い時期のものと位置付けたくなる。

そこで、一つの手掛かりとして注目したいのは、日次詠歌群六二五番歌である。

けふ雨のふるに、簾の玉のやうにかかるを、あはれなるにも

玉だれの御簾ならなくに我が袖のいとどしくのみぬれまさるかな（続集・日次詠・六二五）

初句の「玉だれの御簾」について、窪田空穂氏[14]は、「宮の殿を思ひ出してのさみしさ」であろうと解された。が、『全釈[15]』では、「玉だれの御簾」が伊勢の、

玉すだれあくるもしらでねしものをゆめにもみじとゆめ思ひきや（伊勢・五五）

を踏まえたとして、「「玉すだれ」から、貴人の御殿を連想する事はあり得る事で、それも含めて考えた方がよいであろう」としながらも、「玉で飾った美しい簾」と一般的な解釈を示された。清水文雄氏[16]も後者を踏襲している。ところで、この語句と類似の表現は『和泉式部集』では他にも見出される。

玉すだれたれこめてのみ寝し時はあくてふ事もしられやはせし（続集・五十首・一五四）

当歌は、五十首和歌中の一首である。五十首和歌はその表現のありようからして、帥宮没後に詠じられたことは確かで

あり、「玉すだれたれこめてのみ寝し時」と過去形で詠まれたその「時」は、まさしく、帥宮との一夜を想起させる詠みぶりと言い得よう。清水文雄氏[17]も、この歌には「御殿の奥深くで、故宮の愛を受けて寝た時は」との解を示された。

さらなるもう一例は、『正集』と『続集』とに重出している次の一首で、『続集』に所収された方が詠歌事情はより明らかである。

みわたしなるところにみゆる人人にいひやる

あらはにもみゆるものかな玉だれのみすかしがほはたれも〔以下欠〕（正集・二一七）

院の御方の人々の、居たる簾よりあらはにみゆれば

あらはにもみゆるものかな玉だれのみすかしがほは誰もかくるな（続集・三六六）

和泉式部が召された「南院」と称される帥宮の居所は、東三条殿にあったとされており、当時ここには、帥宮の父で、退位した冷泉上皇も居住していたと言われている。詞書からしても、歌中の「玉だれのみす」が、南院という場所を意識したことから用いられたものと考えられる。

以上、「玉だれの御簾」「玉すだれ」合計三例のうち、二例は南院を意識して用いられていることが容易に判明するものの、最初に挙げた日次詠歌群の一首だけは断定しがたい。もちろん、六二五番歌では、「玉だれの御簾ならなくに」とあり、詠歌時には南院にいない。そのため、当歌を帥宮没後の彰子への出仕時とする想定もある。しかし、和泉式部が出仕に熱心であったとは言い難く、『和泉式部集』内部でも彰子出仕時とおぼしき和歌はごくわずかである。とすれば、しみじみと恋しく思い出しているのは、彰子の御殿よりは、他の二首と同様、帥宮の南院を第一に考える

のが穏当ではないだろうか。

ここで、日次詠歌群から読み取れる詠者の状況を確認しておきたい。詠者には貴人の恋人がいて、その貴人とは同居をしておらず、また夫らしき人物の影も見え隠れしているという点において、大方の見解は一致している。しかしながら、この歌群が事実を忠実に反映していると考える向きは少なく、現在は創作的な要素が少なからず入っているという立場[18]が優勢だ。もちろん、その方向性を否定するつもりはないが、まったくの創意とすることにもやはりためらいを感じるのであり、類似の体験がこのような歌群を纏める契機となっていると考えたい。では、南院からは何らかの事情で退出していて、帥宮とも離れて生活をしている状況を和泉式部の人生の上に定位することができるかということになる。現在まで幾度となくその試みがなされ、あまたの説が提示されているものの、いまだ定説を得るに至っていない。

しかし、これらの条件に合致しながら、検討されていない一時期が存在する。それは、寛弘三年（一〇〇六）である。この時期、和泉式部は後に永覚と称された石蔵宮[19]を出産したとおぼしい。永覚の誕生については、帥宮が寛弘四年に没していることから、寛弘二、三年頃とするのがつねであるが、寛弘元年か二年とする森田兼吉氏[20]の説や、寛弘二年とする山中裕氏[21]、さらに寛弘三年も考慮しながら最終的に四年とした伊井春樹氏[22]の説もある。最近では、久保木寿子氏[23]、近藤みゆき氏[24]、いずれも寛弘三年説を採っている。誕生年を推定するのに有力な手掛かりとなるのは、現在徳川美術館蔵の古筆切に見える次の一首である。

若宮に、乳まいりける人に

このみちのやらんめくさにいと、しくめにのみさはる墨染めの袖（切・一九）

歌意は取りにくいが、若宮の乳母にあてた詠と知られる。帥宮の没時に詠まれたものであろう。この時若宮は乳飲み子であったようだ。これは、次詠とも齟齬しない。

なに心もなき人の御ありさまをみるも、あはれにて

わりなくもなぐさめがたき心かなここそは君がおなじ事なれ（続集・八九）

つまり、帥宮没時に若宮はいわけない乳飲み子であったのは確実である。以上から、一旦若宮を永覚と想定し、その誕生を寛弘三年とする説に賛同して、論を進めたい。

ところで、和泉式部は出産の折、一時的に退出したであろう。いくら寵愛した和泉式部であっても、宮邸内での出産を許されたとは考えにくいし、邸内でとなれば、それこそ誹謗中傷の対象となったはずだが、そのような伝えもない。であるならば、出産の場所は特定できないものの、少なくとも宮の許からは退出したに違いない。しかも、この年の十月には冷泉院がお住まいになっていた南院の一部が焼失している。火災の規模がどの程度であったかについては明らかではないが、帥宮没後の寛弘五年（一〇〇八）十二月五日の『御堂関白記』に、「冷泉院上皇今日初テ南院ニ還御セラル。焼亡ノ後ノ新造也」とある。焼亡から二年近く経ってから新造されていることからすれば、かなりの規模が焼失したことも想定される。あるいは、帥宮自身も短期間にせよ、南院を離れたかもしれない。日次詠歌群では、貴人とおぼしき男性との文の遣り取りが思うにまかせない状態にあった。それもこの火災のために生じた様々な事柄と関連するとなれば、和泉式部が出産のために一時退出したであろうと推測される寛弘三年と合致し、この年がより現実味を帯びてくるのである。

和泉式部が宮邸入りした後の一時期、二人は離れて生活することを余儀なくされたはずだ。とすれば、この時、和

泉式部は日次詠歌群の世界に大変近い体験――南院に召されて後、帥宮と離れて暮らすという体験――をしたことになる。家集にも二人が別居していることを推測させる一首が見える。

十月ばかり、帥の宮より、いかにつれづれにとのたまへれば
花見にとくらしし時は春のひぞいとかくながき心ちやはせし（正集・一三二）

これについて、森田兼吉氏[25]は、「花見にとくらしし時」とあることから、寛弘元年春の白河院への雅行を踏まえて、和泉式部が出産のため退出した同年十月詠と推測される。しかしながら、そうだとすると、帥宮没時、岩蔵宮は四歳となり、前掲の二首の詞書の様子と矛盾を来す。また、数年の間に二人が何度も離れて暮らしたと見るのも不自然であり、別居は一度限りであろう。とすれば、当歌も寛弘三年十月詠と見ておかしくはない。前掲の「玉だれの御簾」詠ともども、宮生存中に、和泉式部が出産を控え、南院を離れた、寛弘三年の作と考えたい。

ただし、日次詠歌群の日々と出産とが時期を接しているとなれば、引っ掛かってくるのが、次の詞書である。

明けぬれば、人の急ぐとありしものかたみるとて、うち忘れたるさまにてもくらしつべきかな、と思ふほどに、にはかにさはることありて、物へまうでんとする人あるほどなれば、ほかにわたりて、はしにてあはれなる山際などみゆれば
夕日さすかげに山とはみゆれどもいらぬほだしになれるなるらん（続集・日次詠・五九〇）

この「にはかにさはること」を「月の障り」とする解釈[26]もあるからだ。しかしながら、

兼輔朝臣左近少将に侍りける時、むさしの御むまむかへに

まかりたつ日、にはかにさはることありて、かはりに同じつかさの少将にてむかへにまかりて、あふさかより随身をかへしていひおくり侍りける

藤原忠房朝臣

秋ぎりのたちの駒をひく時は心にのりて君ぞこひしき（後撰・秋下・三六七）

と、男性に用いられている例もあることから明らかなように、「にはかにさはること」を女性特有のものとだけ解する必然性はない。

日次詠歌群の期間はほぼ二ヶ月にわたりながら、恋い焦がれる人が訪れることはほとんどない。これは貴人とおぼしき人が訪れたくなかったのではなく、訪れることが憚られた、つまり、訪れることに支障があったからではないだろうか。もちろん、身重であること、あるいは出産したことの確証を日次詠歌群から見出すのは困難だが、このような立場で再度歌群を見渡してみると、先に挙げた、

ながむるにつけて心のなぐさむは都の人のかたみなりけり（続集・日次・六三八）

の「都の人のかたみ」についても別の解釈が可能になる。つまり、従来は、「あの方のかたみの品[27]」と理解されてきたが、妊娠中の、あるいはすでに出産した「皇子」を暗示している可能性[28]も出てくる。さらに、この歌群の詞書に、次掲のごとく、「臥す」という語が頻出することにも注目したい。

廿八日、物詣でし人のかへりきて、うちふして物語するを聞くにも、まづ……（続集・日次詠・六〇四）

五日、おきふしものをとおぼゆれば、ふしながら見いだしたれば、霜いと白うおきたり……（続集・日次詠・六一三）

とふしながらてならひすとてみれば、筆のつかのまだらなれば、やがてかくかかる……（続集・日次詠・六四一）

山のあなたにとのみ、二日ふしたるに、ひをけとてお〔　〕るに……（続集・日次詠・六四二）

其夜うちふして、人の物語するをきけば、ありさまなる事をいふをきくに、胸つぶれて……（続集・日次詠・六四三）

『日記』中でも「臥す」の語は多く、散文中に合計九例が見出せるが、そのうち七例が「女」が物思いに耽りながらの独り寝を意味していた。六〇四番歌の詞書「物詣でし人のかへりきて、うちふして物語するを聞くにも」についても、「物詣でし人」が臥していると解されるが[29]、「物詣でし人」の傍らで、和泉式部自身が横になっている可能性もあるのではないだろうか。もちろん、妊産婦でなくとも、空を眺めて物思いに耽るのはあり得ることで、平安時代の恋する女の典型的なポーズではある。が、この他にも「例ならぬ心地のみすれば」（続集・日次詠・六二六）と不調を訴える記述もあり、出産前後という事情から、「臥す」ことを余儀なくされていたとも考え得る。さらに前節で触れたように、この歌群では「空のけしき」を繰り返し眺めていて、そのことも、この推論と抵触しない。

また、日次詠歌群六一四番歌の詞書から「夜居の僧」の存在が知られる。これについては、「受領階級の邸に呼ばれた例は一例も見いだせなかった[30]」として身分不相応ともされるが、鍾愛の和泉式部が御子を出産するとなれば、異例であったとしても師宮が侍らせた可能性も否定できない。

次も、同様の状況と考えると理解しやすい。

久しくなりぬ、御ぐしまゐらんといふ、いらへはあやしやいとどしく朝寝の髪はみだるれどつげのをぐしはささまうきかな（続集・日次詠・五八二）

「御ぐしまゐらん」については、「侍女が女主人に言う言葉であり、する仕事である」[31]とされるのはもっともであろう。これも師宮の配慮で侍っている者が側にいて、その侍女の言とすると、おかしくはないし、久しく髪を梳らなかったのも、以上のような事情であれば、了解される。

ところで、日次詠歌群の詞書中には子どもが二カ所に登場する。

八日、はしの方をながむれば、こどもみゆるかたあり、あれなむあふみの大夫の物する所、といふを聞くにも

同じ野におふともしらじ紫の色にも出でぬ草のみゆれば（続集・日次詠・六二七）

九日、いと小さき童のありしを、いづこなりしぞととはせたれば、しかじかの人の近江よりゐておはせしと語れば、何とか名はいふととへば、にほといふ、下に通ひてなど、人人あやしきをわらふを聞きて

よとともにながるるみづの下にまたすむにほどりの有りけるものを（続集・日次詠・六三九）

いずれも、詠歌事情については分かりにくい点が多いものの、小式部内侍の挽歌、石蔵宮との贈答などを除けば、和泉

式部の家集にあって、子どもが詞書中に登場するのはひじょうに珍しい。ちなみに、この他の用例は、「子」三例（正集・六一四・七九七、続集・三七二）、「こども」一例（続集・三一三）、「ちご」三例（正集・五〇一・八二八、続集・四二四）である。しかもこれらのほとんどが、小式部内侍や永覚、あるいは和泉式部の孫とおぼしい。他人の子と断定できるのは、知り合いの女性の出産祝いに歌を贈ったことが記された詞書の一例（正集・五〇一）のみである。このように、和泉式部の家集では、他人の子が詞書に登場することはほとんどない。とするならば、この歌群に二例も見出せるのは、やはり注意すべきであろう。自己の状況がおのずと眼前の子らへと、視線を向けさせたということかもしれない。

日次詠歌群と呼ばれるこの約二ヶ月の間に、詠者は居場所を移し、貴人らしき人物に恋い焦がれながら、ほとんど逢う機会に恵まれず（あるいは逢えず）、自身も臥したまま、ただただ空の気色を眺めるだけの日々を過ごしている。いみじくも平田喜信氏が「仏事にたずさわりつつ籠居していた折の記録[32]」と解されたように、居を移しながらも、なぜか恋しい人に逢う機会を求めて積極的に動こうとする気配はない。なにかに行動を束縛されているかのごとくで、ひたすら蟄居の構えである。とするならば、この前後に出産という一大事があったとしてもふしぜんではない。かの『蜻蛉日記』でも愛児道綱の出産を「とかうものしつ」とのみ記したことが思い起こされる。

おわりに

本稿では、日次詠歌群は寛弘三年（一〇〇六）の体験が詠作させたという可能性を提示した。そして、その習作と位置付けられるのが、『和泉式部日記』中に見える手習文であろう。このように推論すると、従来指摘されてきた、両者に類似が認められる点についてもおのずと理解できる。『日記』の執筆自体は、寛弘四年（一〇〇七）十月二日に帥宮が没した後であろうと考えられるが、その材となった二人の交際は、長保五年（一〇〇三）四月に開始している。『日記』中に見える手習文は虚構ではなく、実際にその年の「九月二十日あまり」に、帥宮へと贈られたものであったに違いない。和泉式部にとって和歌と散文とが融合した最初の小品が、短い一夜についてしたためた手習文であったのだろう。その後、宮邸入りし、数年後出産にともなって二ヶ月以上に及び帥宮と一時期離れて暮らした。この体験が日次詠歌群の詠出へと結びついたに違いない。おそらく成立はその最中、あるいはさほど時をおかずに纏められたもので、帥宮存命中であることは動かないであろう。

そして、ふたたび居所をともにした後、帥宮との死別という悲嘆の極みを経て、『和泉式部日記』を執筆する。そこで用いられた手法は、手習文で試行し、日次詠歌群という歌日記的な作品を纏めた折と同じであったが、それはさらに洗練され、完成度の高いものとなっていた。和歌と散文とが融合し、引き歌を存分に配して、その底流に時の流れを配した新しいタイプの作品の試みは、回を重ねるごとに長文化し、また、多数の和歌を散りばめたものとなった。そして、『日記』執筆終了後ほどなくして、死別直後の悲嘆からそれを思い出として捉えられるまでの心の軌跡を描いた五十首和歌という定数歌も紡ぎだされたのである。

日次詠歌群、『和泉式部日記』、五十首和歌、三者のトーンや表現のあり方に類似が認められることは、従来解かれてきたとおりである。だが、それぞれの成立や関係については、いまだ不明な点も多かった。本稿も細部まですべて解決できたとは言えないが、表現面から導き出された結論と和泉式部の辿った人生面からの推察との双方が寛弘三年という時点で無理なく結び付いた。以上から、日次詠歌群は、寛弘三年の一時期の体験を素に詠出したものであり、その成立はその最中か、あるいは、さほど時を経ずに纏められたものであろうことを結論としたい。

注

1 森田兼吉『和泉式部日記論攷』（笠間書院 一九七七年）、小松登美『和泉式部の研究』（笠間書院 一九九五年）、南二淑『和泉式部和歌研究 連作を中心として』（笠間書院 二〇〇一年）、藤岡忠美『平安朝和歌 読解と試論』（風間書房二〇〇三年）、森藤侃子「和泉式部続集末尾の「日次歌群」をめぐって」（『人文学報』132 一九七九年三月）、遠山由紀子「和泉式部歌集日次詠歌群考」（『椙山国文学』3 一九七九年三月）、森田兼吉「和泉式部続集日次歌群の方法」（『論集和泉式部』笠間書院 一九八八年）・「和泉式部集を読み解く、日次歌群」（『国文学』一九九〇年一〇月）、鈴木理恵「和泉式部続集末尾「日次詠歌群」の成立事情」（『国文目白』30 一九九〇年一二月）、小野美智子「和泉式部続集日次歌群の成立年次考」（『人間文化研究年報』16 一九九二年三月）・「和泉式部続集日次歌群の形態面の特質」（『中古文学』60 一九九七年一一月）・「和泉式部続集日次歌群の成立」（『国語と国文学』一九九八年九月）、平野由紀子「和泉式部続集日次歌群新考」（『古今集とその前後』風間書房 一九九四年／『平安和歌研究』風間書房 二〇〇八年）、大橋清秀「和泉式部続集巻末の日次歌群は長保五年のことか」（『日本文学研究』28 一九九七年二月／『和泉式部の心性と日記』世界思想社 二〇〇八年）、久保木寿子「和泉式部続集日次歌群の方法と表現性——後撰集雑四との関わりから」（『国文学研究』122 一九九七年六月）・「和泉式部続集日次歌群の成立試論」（『中古文学』62 一九九八年一一月）、高木恭子「和泉式部続集末尾日次歌群に見る道長との関係」（『島根国語国文』9 一九九八年一二月）、尾高直子「和泉式部続集「日次歌群」の詠歌事情——花山院御製「大堰河行幸和歌」との影響関係から」（『人間文化研究年報』26 二〇〇三年三月）・「和泉式部続集「日次歌群」の表現」（『和歌文学研究』89 二〇〇四年一二月）

2 平田喜信「和泉式部日記と続集日次詠歌群」（『和歌と中世文学』東京教育大学中世文学談話会 一九七七年三月／『平安中期和歌考論』新典社 一九九三年）

3 近藤みゆき「〈レトリックの検討〉和泉式部を例として・象徴の方法——手習の世界と和泉式部続集日次詠歌群——」

（「国文学」一九九四年一一月／『古代後期和歌文学の研究』風間書房　二〇〇五年）

4　宮本芙万子「和泉式部日記著作についての一試論――その矛盾点と後世の問題を中心として――」（「平安文学研究」26　一九六一年六月）

5　森田兼吉「和泉式部日記「風のまへなる」をめぐって――日記と続集の日次歌群との関係」（「平安文学研究」36　一九六六年六月／『和泉式部日記論攷』笠間書院　一九七七年）

6　平田喜信「和泉式部続集の帥宮哀傷「五十首和歌」――その題詠性・連作性をめぐって――」（「横浜国大国語研究」7　一九八九年三月／『平安中期和歌考論』新典社　一九九三年）

7　注3に同じ。

8　「けしき」が人の様子から自然の様子を表す語として転用されはじめることなどについては、根来司「八代集と「けしき」」（「国語と国文学」一九七五年三月／『中世文語の研究』笠間書院　一九七六年）、西端幸雄「「けしき」と後拾遺集」（「国語学」112　一九七八年三月／『平安朝仮名文学作品語彙の研究』金壽堂出版　二〇一〇年）に詳しい。

9　近藤みゆき「和泉式部と漢詩文」（『論集和泉式部』笠間書院　一九八八年／『古代後期和歌文学の研究』風間書房　二〇〇五年）

10　後藤祥子「和歌生活――女歌と物語」（『岩波講座日本文学史第三巻』岩波書店　一九九六年）

11　注5に同じ。

12　清水好子『王朝の歌人6　和泉式部』（集英社　一九七五年）

13　藤岡忠美『平安朝和歌　読解と試論』（風間書房　二〇〇三年）

14　窪田空穂　日本古典全書『和泉式部集』（朝日新聞社　一九五八年）

15　佐伯梅友・村上治・小松登美『和泉式部集全釈』（東宝書房　一九五九年）

16　清水文雄『和泉式部集・和泉式部続集』（岩波文庫　一九八三年）

17 注16に同じ。

18 注1の平野由紀子・小野美智子・久保木寿子各氏の御論など。

19 玉井幸助『和泉式部日記新註』（世界社 一九四九年）、佐伯梅友・村上治・小松登美『和泉式部集全釈』（東宝書房 一九五九年）、永井義憲「和泉式部の子――永覚阿闍梨伝考――」（『国文学踏査』7 一九六三年三月／『日本仏教文学研究 二』豊島書房 一九六七年）

20 森田兼吉「南院考――帥宮敦道親王伝のために――」（『日本文学論究』28 一九七〇年八月／『和泉式部日記論攷』第二 笠間書院 一九八八年）

21 山中裕『和泉式部』（吉川弘文館 一九八四年）

22 伊井春樹「和泉式部続集切考――付、続集切資料集成――」（『平安文学論究』五 風間書房 一九八八年／『物語の展開と和歌資料』風間書房 二〇〇三年）

23 久保木寿子『実存を見つめる 和泉式部』（新典社 二〇〇〇年）

24 近藤みゆき『和泉式部日記』（角川ソフィア文庫 二〇〇三年）

25 森田兼吉「和泉式部と帥宮敦道親王――寛弘元年の二人――」（『日本文学研究』18 一九八二年一一月／『和泉式部日記論攷』第二 笠間書院 一九八八年）

26 注16に同じ。ちなみに注15では、「急にぐあひの悪い事があって」と訳されている。

27 佐伯梅友・村上治・小松登美『和泉式部集全釈 続集篇』（笠間書院 一九七七年／再版一九八四年）

28 すでに、森藤侃子「和泉式部続集末尾の『日次歌群』をめぐって」（『人文学報』132 一九七九年三月）には、「『都の人』と和泉の間の子供とはとれないだろうか」との示唆的な発言が見える。

29 注12に同じ。

30　小野美智子「和泉式部続集日次歌群の「あふみの大夫」について」（「解釈」37-8　一九九一年八月）
31　小松登美「和泉式部続集末尾日次歌群私見」（『川瀬博士古稀記念国語国文学論文集』雄松堂書店　一九七九年／『和泉式部の研究』笠間書院　一九九五年）
32　注2に同じ。

〔関連論考〕

尾高直子「和泉式部続集「日次歌群」の表現──歌語「みどりの紙」「風の音」から」（「和歌文学研究」89　二〇〇四年一二月）
小野美智子「日記文学の系譜──和泉式部続集日次歌群と『蜻蛉日記』」（「文芸研究」160　二〇〇五年九月）
三田村雅子「もう一つの『和泉式部日記』──詞書から読む日次歌群」（「玉藻」42　二〇〇七年三月）
平野由紀子「和泉式部「日次歌群」について」（『源氏物語へ　源氏物語から』笠間書院　二〇〇七年九月／『平安和歌研究』風間書房　二〇〇八年）
後藤祥子「和泉式部続集日次詠歌群の虚実」（『古筆と和歌』笠間書院　二〇〇八年）
倉田実「王朝日記文学と東三条院南院・冷泉院御在所南院──敦道親王邸への仮説」（『平安文学史論考』武蔵野書院　二〇〇九年）
辛島美絵『古代の〈けしき〉の研究』（清文堂　二〇一〇年）
後藤祥子「『和泉式部日記』前史──為尊親王伝の虚実」（『これからの国文学研究のために』（笠間書院　二〇一四年／『平安文学の謎解き──物語・日記・和歌──』風間書房　二〇一九年）
久保木哲夫『伝行成筆和泉式部続集切 針切相模集新注』（青簡舎　二〇一八年）

(五) 和泉式部の恋・小式部内侍の恋

はじめに

藤岡忠美氏の御論「和泉式部伝の虚実」[1]が、和泉式部の「多情な女」という認識を見直す一つの契機となったことは、研究史を繙くとよく分かるところでもある。以後、和泉式部の恋愛生活だけが取り上げて論じられることは少なくなり、人物像が多面的に考察されるようになった。これが、『和泉式部日記』（以下『日記』）冒頭の読みについても再考を促し、現在では複眼的な議論[2]が活発に行われているのは周知のことであろう。しかしながら、同時代の女性達と同様、和泉式部についてもその足跡を辿る資料はほとんど残っていない。このため、『日記』の他には、もっぱら一五〇〇首ほどを所収する家集『和泉式部集』、特にその詞書に頼らざるを得ない。

例えば、藤原道長により「浮かれ女の扇」と書き付けられたことは、『正集』所載の詞書（正集・二二五）が伝えている。これに関しては、和泉式部自身が、「逢坂の関守ならぬ人なとがめそ」（正集・二二五）と返したところからすると、単なる噂話、根も葉もない戯言と片付けられるものでもないようだ。また、『日記』を読むかぎりでは、男性の言いなりに、受身の立場でのみ恋愛関係をもったとも言い切れない。為尊親王、敦道親王だけではなく、源雅通をはじめとした男性達との噂なども、『日記』、家集双方から浮かび上がってくる。このため、尾鰭が付いていることを多少考慮に入れたとしても、「浮かれ女」と揶揄されても致し方ない人物として、当時もそして現在も認識されていることにそう変わりはない。だが、このことが、従来『日記』冒頭部の読みに大きな影を落としてきたのと同じく、和泉式部の和歌、家集、ひいては人物像についても大きな影響を及ぼしているのではないだろうか。

そこで、本稿では、「浮かれ女の扇」とともに掲出されることの多い、「かたらふ人おほかりなどいはれける女」（正集・七九七）という詞書を手がかりとして、和泉式部・小式部内侍の親子とその交際について考えてみたい。

一　「かたらふ人おほかりなどいはれける女」をめぐって

当該の一首は、次のようなものである。

かたらふ人おほかりなどいはれける女の、子うみたりける、
「たれか親」といひたりければ、ほどへて、「いかが定めた
る」と、人のいひければ

この世にはいかが定めんおのづから昔をとはん人にとへかし（正集・七九七）

和歌自体については、その出来がさほど良くないためか、これ自体が取り上げて論じられたことはほとんどなかった。勅撰集にも入らなかったため、和歌・詞書双方に訳が付されているのは、管見に入るかぎり『全釈』[3]のみである。

「たくさんの恋人がゐる」などと取沙汰されてゐたといふ女が、
子供を生んださうだ。人々は「いったいだれが父親なのだら

う」と言ったさうだが、暫くたって、「父親はだれにきめました」とある人が言ったさうで（女は）

そんなにすぐにこの子の親はとてもきめられませんわ。まあ永い間には昔の恋を思ひ出して、わたしの行方を尋ねるやうな人が自然と出てくるでせうから、どうかその人にきいて下さいな。

細部の疑義についてはおくとして、一定の理解が得られる現代語訳であろう。

ところで、この一首自体は研究の対象として注目されてこなかったのに反して、詞書中の「たれか親」というくだりは、和泉式部の多情を語る格好の材料として、先の「浮かれ女の扇」とともに頻繁に引用されてきた。近年のものだけに限っても、清水好子氏は、[4]「いい仲の男がおおぜいいるなどと取りざたされた女――和泉自身のことである」とし、山中裕氏も[5]「二人の間の娘、小式部が生まれたとき、世間では果たして道貞の子であるかどうかと式部にいう者さえいた」として当該歌を引いている。先の藤岡氏も、「例の、生まれた子供を「親は誰なのか」とからかう男がいて歌で応酬したこと」[6]としてこの詞書を引用している。拙著でも小式部内侍の誕生時とまでは時期を特定できないことを述べつつ、先学に従った。これに対し『全釈』は、[7]「小式部内侍が生まれた時の作と見る説もあるが、東宝版で指摘したやうに、和泉の子として確認出来るのは、小式部内侍と石蔵宮の二人であるが、二人とも父親が判らないやうな状況で生れた子ではないから、それらとは別にかうした事があったのであろう。詞書が全文伝聞回想の様式を取るのは、素材が素材なのでわざと確認法をさけたためであろう。今回付加して言へば、時期は、道貞と別れ、帥宮の公然たる愛人となる前か、帥宮の死後、保昌との関係が安定しない頃の事であろう」とする。

出産時期については後に検討を加えるものとして、『全釈』がこの詞書について「全文伝聞回想」とし、「素材が素材なのでわざと確認法をさけたため」としたごとく、清水文雄氏も脚注で、「わざと伝承形式の表現をとった」[8]と指摘されていた。たしかに、当該歌の詞書中には合計四度もの、伝聞的過去を意味する助動詞「けり」が見出せる。

　こればかりでなく、詞書に「女」とあるのも気になるところでもある。周知のごとく、『日記』中では和泉式部と思しき女性を終始「女」と呼ぶ。また、『伊勢集』冒頭部のように、伊勢自身を「女」として語る先行例もある。このため、家集の詞書に「女」とあっても、和泉式部自身のことと安易に考えてしまいがちだ。だが、本当にそう理解して良いだろうか。

　現存『和泉式部集』の性格・成立事情は複雑で、清水文雄氏[9]が示された歌群分けを基に久保木寿子氏ら[10]によって、より詳細な分析が進んでもいる。また、平田喜信氏[11]は歌群によって和泉式部本人との距離に親疎があると指摘した。そのため、家集として一括りに眺めることに問題がないわけではないし、書写過程での統一など伝存の状況をも考慮しなければならない。だがそれらを重々承知の上で、とりあえず手がかりを見つけるために、『和泉式部集』内部で「女」という語を検索してみた。すると、「女」は、三二例が見出せた。その中から、「女ともだち」（正集・一七八、続集・四三一、続集・四四七）、「女客人」（続集・五五一）の計四例を除き、さらに重出の二首を相殺すると、全部で二六例となった。以下に詞書の全用例を掲出してみよう（《　》で示したのは重出した詞書二例。詞書自体の重出については、「女」の有無にかかわらず【　】を付けて示した）。

代①ただにかたらふ男のもとより、女のがりやらんうたとこひたる、やるとて（正集・一七三）

　《ただ語らひたる男のもとより、女にやらむとて、歌ひとつといひたるに、やらむとて（続集・五七〇）》

三②いでゐあり、女なでしこを見る（正集・一八九）　【撫子おほかる家をながめてゐたり（正集・八四六）】

③心にもあらでよそになる男のもとに、雨のいといたく降る日、涙の雨のととひたるに、女もこと人いできにければ（正集・六一七）

【心にあらでよそよそになりたる人に、雨の降る日（正集・二〇五）】

三④もろともにゐ中へなどいひし男、さりて、こと女をゐていくと聞きて（正集・七四〇）

【また、和泉の守道貞がめの下る日、我が下る同じ日なりければ（正集・二五八）】

⑤月いとあかき夜、女のもとより男のもとに、歌よみておこせたりければ、いかむとていでたつほどに、雨降りければ、つとめてやるに（正集・七四三）

代⑥つくしなりける女、京なりける男に、かならずあはんとたのめて、こと人かたらひたりと聞きて、男のいひやる（正集・七五五）

⑦などいでてゆくとて、まづ戸をおしたつれば、女（正集・七九四）

⑧かたらふ人おほかりなどいはれける女の、子うみたりける、「たれか親」といひたりければ、ほどへて、「いかが定めたる」と、人のいひければ（正集・七九七）

代⑨二月ばかりに、返事せぬ女に、男のやるとてよませし（続集・九）

三⑩男、六月ばかり、女の許へ、我が袖ひめやといひにやるを見て（続集・二七）

《同じ男、六月に、我が袖ひめやと云ふ歌の心ばへを、女のがり云ひやりたるを見て（続集・三八六）》

三⑪賀茂の道に詣であひて、かたらはんなどいふ女の、たれぞと問ふに、こと人の名のりをしたれば、この人もまたさやうにいひしを、かたみにそれと聞きて、のちにやりし（続集・一六八）

代⑫男の、女のもとにやるとて、かはりて（続集・二一九）

代⑬かへりごとさらにせぬ女にやるとて、よませし（続集・二二八）
三⑭男のもとに、女の返事の二つ三つあるを見て、やる（続集・二三三）
代⑮みそぎのまたの日、女のもとへやるとて、男のよませし（続集・二九九）
三⑯或女、男田舎にいきてなくなりたるを聞きて、身にかへましものをなどなげくを聞きて（続集・三〇六）
代⑰七月晦日、女のもとにはじめてやるとて、よませし（続集・三一六）
三⑱雨のいたう降る日、或男、今はじめてかたらふ女の事ほめゐたるを聞きて（続集・三五三）
【いくところなどある人、雨の降る日、つれづれと物がたりなどして（正集・七三八）】
代⑲十二月ばかり、女のもとにいきて、つとめて、男のよませし（続集・三六一）
【十二月、つとめてのうたとて、男のよませし（正集・四四五）】
代⑳月のいとあかき夜、はじめて女にやるとて、男のよませし（続集・三七九）
三㉑又同じ事、かたらふ女どもが許に（続集・三八一）
【また、同じことかたらふ女房たちのもとに（切・五二）】
代㉒八日、男の女の許にやるとてよませし（続集・三八二）
【七月八日、男のもとにやるとて、よませし（切五三）】
代㉓男の、女のがりいきて、えあはでかへりきて、つとめてやるとてよませし（続集・三八三）
三㉔男の、女のもとにやる文を見れば、あはれあはれと書きたり（続集・三八五）
代㉕陸奥と云ふ所より来たる男の、待つ人のもとへは行かで、ほかより帰るを聞きて、旅のきぬなどしてやるとて、女のよませし（続集・三九三）【陸奥国といふ所より来る男の、待つ人の許には来で、ほかより帰るを聞きて、旅の絹などをしてやるとて、女のよませし（切・五六）】

三㉖知りたる男の、女懸想するに、えあふまじき気色をみて、いみじう嘆きて、思ひやみなむと思ふに、やまねば
　わぶるに（続集・五五五）

通しで付けた丸番号の頭に「代」とあるのは詞書中に「よませし」などとあって代作であることが、また同じく「三」は詞書中で話題に上った女性、つまり第三者を意味していることが、それぞれ明らかなもの。これらを見ると、案外詞書中の「女」は、詠者自身ではない人物に用いられている例の多いことが判明する。②（正集・一八九）はこれだけだと分かりにくいが、屏風歌が纏っている箇所に置かれており、絵柄の説明とみることができるので、一義的には絵に描かれた人物を示していると判断した。すると、代・三が付かないのは、③（正集・六一七）、⑤（正集・七四三）、⑦（正集・七九四）、⑧（正集・七九七）のみとなる。これらの四例の「女」は、『日記』と同じく物語的叙述を採用した詞書と解すれば、詠者自身と見ることも可能ではあろう。だが、最初の三例は「女」を直接修飾する語句がないのに対し、⑧（正集・七九七）のみ「女」に、「かたらふ人おほかりなどいはれける」という長い修飾句が付されている。そればかりでなく、この詞書中には合計四度、伝聞的過去を意味する助動詞「けり」が見出せる。つまり、代作や、「女」が第三者であることが明らかな用例を除いた四例のうち⑧（正集・七九四）の一例にのみ、詞書中に「けり」が多用され、「女」に長い修飾句が付されていた。この点からしても、⑧（正集・七九四）が、家集内部においても他とは異なった様相を呈していることを確認しておきたい。

次に、「女」に限定せず、一般名詞で提示された人物を直接修飾している句を持つ用例を、家集冒頭から順に眺めてみた。すると、「久しくおとせぬ人」（正集・一五八）、「ただにかたらふ男」（正集・一七三）、「つらき心ありし人」（正集・二〇一）、「心かはりたる男」（正集・二一一）、「遠き所へゆく人」（正集・二一四）、「亡くならんよまでも思はん

などいふ人」（正集・二一六）、「忍びて物いふ人」（正集・二一八）……（以下略）などと見える。我々では個人を特定できないが、和泉式部自身がこれらを読めば、誰と交わした和歌であったか思い出せるのではないかと想像されるほど具体的だ。とすれば、人物の修飾句に限定するかぎり、かなり原形を保っていると見てもよいのではないだろうか。

そこで、「けり」が人物に直接掛かっている場合を見てみよう。用例を家集から抜き出してみると、問題としている一例（正集・七九七）の他に、次の九例が見出せた。

筑紫なりける女、京なりける男に、かならずあはんと頼めて、こと人かたらひたりと聞きて、男のいひやる（正集・七五五）

なまごころうかりける人のもとへゆくに（正集・七九〇）

住吉にまでたりける人、いとほどへて、いかがなどいひたるに（正集・七九一）

さりにける男の、遠き所へゆくを、いかが思ふ、といひたれば（正集・八四〇）

かよひける人の、少し間遠なる頃、その人に名立つ人のもとに、なまみるやるとて（続集・一〇）

亡くなりたりける人のもたりける物の中に、朝顔を折りからしてありけるを見て（続集・一九四）

忘れにける人の文のあるを見て（続集・二六〇）

人のもとに来たりける男、かへるにやありけん、夜来たるに逢はねば、つとめて、わざとまゐりたりしに、うく、などいひたるに（続集・四一六）

遠き所に年来ありける男の、ちかうきてもことにみえぬにやらむとて、人のよませし（続集・四六五）

助動詞「けり」が直接掛かっている女・男・人は、いずれも詠者自身ではない。つまり、家集の詞書中において、助動詞「けり」で修飾された人物については、先の一例（正集・七九七）を除けば、すべて第三者であることが明らかだ。これらからしても、やはり、「かたらふ人おほかりなどいはれける女」を和泉式部自身と断定することは、躊躇せざるを得ない。

二　和泉式部・小式部内侍の周辺

当節では、和泉式部の人生を簡単に辿りながら、「かたらふ人おほかりなどいはれける女」と呼ばれ得る時期の可能性についてもいちおう考えてみたい。和泉式部の誕生は、天元元（九七八）年頃[12]とする説が有力で、ここでも基本的にはそれに従うものとする。そして、成長し、成人した後、子を産んだ折に「たれか親」と言葉を掛けられたとすれば、先に諸氏の発言を挙げたように、小式部内侍の誕生の折ぐらいしか実は該当する時期はないようだ。『全釈』は「帥宮の公然たる愛人となる前か、帥宮の死後、保昌との関係が安定しない頃」とするが、以下に述べるように、いずれも無理がある。

確認のために、簡単に晩年から遡ってみたい。藤原保昌との再婚はどんなに早く見積もっても和泉式部が三十五歳程度と想定される。出産が何歳まで可能であったかは断定できないが、当時は四十賀が長寿の祝いであったことを勘案すると、保昌との間に子があったとは想定しにくい。

再婚する以前は、中宮彰子に出仕していた。前掲したように『全釈』はこの時期を一つの候補としたが、この間に、正式な関係にはない男の、子を出産するようなことがあれば、藤原保昌との婚姻が成立することもなかったのではないだろうか。

中宮への出仕以前というと、敦道親王と死別して一年程度喪に服した恰好であっただろうし、さらにその前は、よく知られているように、長保五年（一〇〇三）十二月十八日から親王の側に侍っていた。宮邸入りの翌春には、白川まで花見に出かけただけでなく、同時期に『大鏡』が伝えるように賀茂祭の見物をして世の耳目を集めている。この頃妊娠の兆候があったとは考えがたい。寛弘三年（一〇〇六）には二人の間に石蔵宮永覚が誕生している。まさかこの折に、「たれか親」と言葉を掛けられたとすれば、もう少し大騒ぎにもなってもいそうだが、そのような伝も見出せない。永覚が誕生した翌年には敦道親王が薨去している。とすれば、敦道親王との間に永覚の他にもう一人子をなしたと想定することにも無理がありそうだ。

ではそれ以前となると、『日記』で語られている時期、さらに遡れば、為尊親王と交際していた期間ということになる。実は、この為尊親王との間に子があったのではないかと増田繁夫氏は想定する。だが『大鏡』の記事では為尊親王が新中納言にも通っていたとはするものの、和泉式部の男性関係については語られてはいない。『全釈』は、「帥宮の公然たる愛人となる前」をも一候補としたが、為尊親王と死別してから敦道親王と交際を開始する間は十ヶ月程度であり、これも難しい。

これら二人の親王と二人の夫を除くと、一定期間恋愛関係にあったと思しいのは、源雅通である。家集に次のような贈答が見える。

雅通の少将、あり明の月をみておぼしいづるなるべし

寝ざめしてひとり有明の月みれば昔みなれし人ぞ恋しき（正集・一二五四）

かへし

寝られねど八重むぐらせるまきの戸におしあけがたの月をだに見ず（正集・二五五）

雅通との仲は、『日記』中にも噂として見えているものの、子の存在に言及したものはない。雅通との交際が始まったのは敦道親王との恋愛期間よりも早く、為尊親王の折と重なるかそれ以前とも見られている。だがそうだとしても、これらの時期、つまり二人の親王との恋愛期間中に、和泉式部が雅通の子を妊娠・出産したというのも無理がありそうだ。

このように見てくると、和泉式部が小式部内侍・石蔵宮永覚の他に子をなし、その折に複数の男性との交際が噂されるような時期を想定するのは、その人生を辿ると案外難しい。万が一、そのようなことがあったとすれば、もう少しそれに関連する伝えが残っていそうにも思われるが、そのような伝は皆無である。となれば、もっとも有力なのはやはり先に触れたように、小式部内侍の誕生時ということになる。だがここで一つ大きな問題となるのは、その当時すでに世間的な注目が高く、噂の種となるような人物であったと和泉式部を見なければならないことだ。というのも、小式部内侍が誕生したのは、為尊親王と交際をする前であるからだ。一介の受領の娘に対して世間の注目が集まっていたとするのは、少々うがち過ぎではないだろうか。もちろん、歌人として少しは名の知れた人物ではあったかもしれない。だが、和泉式部という名も付されていない、つまり出仕もしていない一女性が、結婚し、子を産み、その際に夫以外の複数の男性と関係があったとしても、「たれか親」と言葉を掛けられるほど噂になっただろうか。また、為尊親王との交際時に、父から勘当された可能性も指摘されており、そうとなればなおのこと、それまでの和泉式部の素行に大きな問題があったとは考えがたいのである。

このように、和泉式部の人生を辿って得られた感触は、前節で問題にした、「かたらふ人おほかりなどいはれける女」という詞書の読解から導かれた結論と同方向を指し示す。それだけでなく、素直に「この世にはいかが定めん」の和歌を読んでみると、問いかけられた当事者が即ち詠者とすると、余裕がありすぎるようにも感じられる。

では改めて、「かたらふ人おほかりなどいはれける女」とは誰であろうか。和泉式部自身でないとしたら、なぜ彼女に向かってそのような問いかけがなされたのかという疑問も新たに生じてくる。そこで、当事者ではない和泉式部がそのように問われる可能性を模索すると、娘である小式部内侍に辿り着く。いや、むしろ、「女」は、小式部内侍をおいて他に見当たらない。次に、「かたらふ人おほかりなどいはれける女」が、娘の小式部内侍である可能性をその人生を辿りながら探ってみたい。

小式部内侍についてもその生涯[13]はほとんど分からない。が、長徳三年（九九七）か、遅くとも長保元年（九九九）までには誕生していたと考えられる。亡くなったのは万寿二年（一〇二五）。男性との恋愛が十代後半から生じたとして、約十年。早熟だったとして、どんなに長く見積もっても、十五年弱であろう。小式部内侍について、古くは、『顯注密勘』（古今集・六五二の注[14]）、ついで『無名草子』が、

小式部内侍こそ誰よりもいとめでたけれ。かかるためしを聞くにつけても、命短かりけるさへ、いみじくこそ覚ゆれ。…（略）…よろづの人の心を尽くしけむ、ねたげにもてなして、大二条殿にいみじく思はれ奉りて、やむごとなき僧、子ども生み置きて隠れにけむこそ、いみじくめでたけれ。歌詠みのおぼえは、和泉式部には劣りためれど、病限りになりて死ぬべくおぼえける折に、いかにせむ…（略）…と詠みたりけるに、そのたびの病たちまちにやみたりけるとかや。それにて、この道のすぐれたるほどは見知りぬ。

と評した。つまり、歌人としては母に比すれば劣るものの、かなりの力量は持っており、貴人達に愛され、夭折したことまでも評価される幸せな女性ということだ。基本的には、この人物評が現代に至るまで継承されていると言えよう。近年では、清水好子氏が[15]「小式部内侍はいつも、子供の父親がれっきとした人で、はっきりだれそれとわかっていて、殊勝な生きかたをしたというべきである。母の庇護がどんなにあつかったことかと思われる」と述べられた。だが、こう考えてもよいだろうか。

小式部内侍との関係が明らかな人物として、真っ先に挙げられるのは、藤原道長三男・藤原教通と、太政大臣藤原公季孫・藤原公成の二人である。ただし、公成の子を出産して時をおかずに小式部内侍は亡くなり、その折に詠まれた和泉式部の絶唱からしても、今問題にしている戯れについては、この時期を除外してもよいであろう。この他に、藤原範永との間に娘があったと『尊卑分脈』は伝える。

では手始めに、藤原教通の子、後に出家して静円と名乗った人物の出生時から考えてみよう。静円が誕生した長和五年(一〇一六)には、藤原道長と和泉式部、つまり親同士が次のような贈答を交わしている。

入道殿の、小式部内侍、子うみたるに、の給はせたる

嫁の子の子ねずみいかがなりぬらんあなうつくしとおもほゆるかな(正集・六一四)

御返し

君にかく嫁の子とだにしらざればこの子ねずみの罪軽きかな(正集・六一五)

道長が和歌中とはいえ、小式部内侍を「嫁」と呼び、和泉式部も「罪軽きかな」と応じて、二人とも孫の誕生を手放しで喜んでいる。年齢的に見ても、この時が小式部内侍にとって初産であった可能性が高い。だが、『後拾遺集』に

所載された藤原頼宗との贈答を見る限り、この出産に至るまでには様々なことがあったようだ。

小式部内侍のもとに二条前太政大臣はじめてまかりぬと聞きてつかはしける　堀河右大臣

ひとしらでねたさもねたし紫のねずりのころもうはぎにをきん（後拾遺・雑二・九一一）

かへし　和泉式部

ぬれぎぬと人にはいはむ紫のねずりのころもうはぎなりとも（後拾遺・雑二・九一二）

作者は堀河右大臣とあり、これは、藤原頼宗のこと。頼宗は、教通と同じく藤原道長を父に持つが、母は、源高明の娘で、明子。この詞書と先の贈答がさほど遠くない時期の事情を伝えているとすると、小式部内侍は、次男頼宗と交際していたにも関わらず、異母弟で、道長の正妻である源倫子を母に持つ三男・教通に乗り換え、静円を産んだということになる。とすれば、先の「罪軽きかな」も、頼宗とのことも考慮したものということになる。そうであれば、「たれか親」との問いがこの折であった可能性もある。

次に、和歌六人党の一人、藤原範永との交際[16]について考えてみよう。範永との交際時期は、教通と公成の間とするのが大方の見方である。というのも、『範永集』勘物によれば、範永は寛仁四年（一〇二〇）三月二十八日に甲斐権守に任じられているからだ。小式部内侍が若くして亡くなっていることからして、二人の関係は範永の任国下向以前までと想定される。ちょうどこの年、母和泉式部の再婚相手である藤原保昌が丹後守となり、和泉も丹後に下向した。

ところで、和泉式部が夫に従って丹後に下向するに際して、娘・小式部内侍を大変心配していたことは、

大輔の命婦に、とまる人よくをしへとて

別れ行く心を思へ我が身をも人のうへをもしる人ぞしる（正集・四五九）

によって知られている。再婚相手である藤原保昌が丹後守に任命され、和泉式部が任国に下向したのは寛仁四年（一〇二〇）頃とされる。小式部内侍はすでに二十代に達しており、成人してもいたはずだ。このため、なぜわざわざ成人した娘の庇護を託したのか疑問視する向きもある。もちろん、幾つになっても親が子を心配するのは当然であろう。だが、この時期、母が娘を心配する特段の事情があったとすれば話は変わってくる。というのも、先にも触れたように、和泉式部が丹後下向を思案していた頃、藤原範永が甲斐権守となって任国へ下向[付記]しているからだ。正式な結婚であったかは不明だが、この頃には小式部内侍も範永女を妊娠あるいは出産していたはずだ。つまり、相手の範永は任国に赴いてしまい、身重の娘、あるいは産婦と生まれたばかりの孫を残して夫の任国へということになれば、和泉式部が思案にくれたとしてもおかしくはない。だからこそ、下向を決意した折に、同僚女房で、姻戚関係にある大輔命婦に成人した娘のことを託したと見ることもできよう。

この他に、交際の可能性を辿ると、『兼盛集』に、次のような贈答が残る。

大宮の小式部内侍の親のはらからと、臨時の祭、ひとつ車に乗りて見はべりけるに、をしわたして桜のきぬどもを、すみに着てぞはべりけるを御覧じて、大殿の宮に参らせたまひけるに、内侍をとらへて、いみじくても見たりしかな、とのたまはせて、これただいまやれ、とてたまはせたりける

舞人のかざしの花の色よりもあまたつみえし桜がさねか（兼盛Ⅱ・一〇三）

御かへし

花の色にころもや見えし我はただ君をのみこそ見にきたりしか（兼盛Ⅱ・一〇四）

高橋正治氏[17]はこれを藤原道長の長男、頼通との贈答と見て、語釈で「頼通二十六歳、小式部二十歳とすれば、媚をふくんでいるともとることができる」と解されている。頼通と比定されたのは、この臨時の祭を長和六年（一〇一七）と推定したためだが、交際時期については、言及されていない。

むろん、女房であった小式部内侍が恋歌めいたものを男性に贈ったからといって、直ちに交際していたと即断できるものでもない。だが、複数の男性と関係をもった、あるいは真偽は別として重複して交際していると世間が噂したという状況は、彼女の人生の中で、一度ならず想定できそうでもある。いや寧ろ、十代前半から出仕し、二人の親王との恋で世間を騒がせた和泉式部の娘であることが意識され、それを嫌でも想起させる女房名を持っていることからすれば、小式部内侍の恋愛が若年の頃から世間の注目を浴びたことは想像に難くない。それも相手が名だたる上流貴族の御曹司であればなおさらであろう。先に小式部内侍の恋愛期間は長く見積もっても十五年と述べたが、逆に、その間、世間は彼女の恋愛を注視し続けていたとも言えるだろう。

三　「大江山」歌の背景

ところで、「たれか親」と和泉式部が声を掛けられた時期について、先に教通の子を出産した頃を一つの候補としたが、他にもその可能性はありそうだ。先にふれた範永女を出産する前後の時期である。というのも、この頃、小式部内侍が昵懇にしていた男性を範永以外に見出せるからだ。それこそ、藤原定頼である。定頼と小式部内侍といえば、次の一首が浮かんでこよう。

和泉式部保昌にぐして丹後に侍りける頃、都に歌合侍りけるに、小式部内侍歌よみにとられて侍りけるを定頼卿つぼねの方にまうできて、歌はいかがせさせ給ふ、丹後へ人はつかはしてけんや、つかひまうでこずや、いかに心もとなくおぼすらんなど、たはぶれて立ちけるをひきとどめてよめる　　小式部内侍

大江山いくののみちのとほければふみもまだみず天の橋立（金葉二・雑上・五五〇）

『百人一首』にも入って著名なこの歌は、『金葉集』の詞書によれば、和泉式部が丹後にあった頃、定頼が小式部内侍の局にやって来てからかった折に詠じられたという。このため、当該歌により、二人の交際を想定する論者は多い。さらに、『定頼集』には次のような歌も見えている。

同じ月のつごもりの御物忌みに籠りて、つれづれなりしかば、てうの形をつくりて撫子の花にすへて、小式部内侍のもとに

こちこてふことをきかばやとこ夏の匂ひことなるあたりにもゐん（定頼Ⅱ・一〇）

これを見ても、一時期二人が昵懇であった可能性は高いといえよう。

そしてそうとなれば、「大江山」歌が詠まれた状況についても、もう少し考える必要がありそうだ。つまり、小式部内侍自身が藤原定頼に共謀を頼んだのか、それとも企みをもっていたところへまんまと定頼が陥ったのかの判断は

おくとしても、小式部内侍自身が前もって「大江山」歌を用意していたという蓋然性は高くなるのではないだろうか。というのも、掛詞を駆使し、大江山、生野、天の橋立と、丹後に至る地名を三種も詠み込んだその巧みさは、やはり即興とするとできすぎの感があるのは否めないからだ。小式部内侍に即興でこれだけの和歌を詠む力量があれば、もう少し多数の和歌が残っていてもよさそうだが、彼女の和歌と確定できるのは合計二首[19]が知られるばかりである。「大江山」歌詞書中に見える定頼のからかいは、小式部内侍の実力からすれば、寧ろ当然のものであったのではないか。先に触れたように、道長が「嫁」と讃えた折にも、また頼宗の怨み節にも、母親の和泉式部が返している。もちろん、小式部内侍が和歌を詠めなかったとは言えないが、さほど得手ではなかったに違いない。『和泉式部集』にも小式部内侍詠と確定できるものは、見えない。とすれば、なおのこと、「大江山」歌は何かの折に披露しようと、以前から練りに練って準備していた一首であったと勘ぐりたくなる。しかもこの大江山歌にある「天の橋立」は、母和泉式部が下向の挨拶に訪れた折に中宮彰子と交わした次の贈答を意識したものだ。

丹後に下るに、宮よりきぬ扇給はせたるに、天の橋立かかせ給ひて
秋ぎりの隔つる天の橋立をいかなるひまに人わたるらん（正集・四五七）

御返し
おもひたつ空こそなけれみちもなく霧わたるなる天の橋立（正集・四五八）

ここで交わされた歌枕「天の橋立」を用いたのは、母を敬慕する娘の思いなのか、それとも偉大な歌人である母への対抗意識なのかは分からないが。

ところで、「大江山」歌が詠まれたのは、繰り返すようだが、和泉が丹後に下向した後である。これに先立ち、和

泉式部が丹後下向を思案していた折、定頼は次のような歌を贈ってもいる。

式部が保昌がめになりて、丹後になりたるに、行きやせまし、

いかがせましといふと聞きてやりたまひける

ゆきゆかずきかまほしきをいづかたにふみさだむらむあしうらの山（定頼・七二）

和泉式部の人柄や交際のあり方にもよるが、いくら定頼とて、年長者に対してこのような問いを気軽にするというのは驚きである。とすれば、単に歌人和泉式部への関心ばかりでなく、娘の小式部内侍と交際していたからこその問いかけと見れば、さほどおかしなことでもない。

公任の息・定頼と和泉式部の娘・小式部内侍との交際だけでも世の耳目を集めるのに加えて、先にも触れたように、この頃歌人として名の上がりつつあった藤原範永と交際していた可能性もある。そのような中で身ごもったとならば、「たれか親」などとお節介な問いを投げかける輩がいたとしても不思議ではない。さらに、定頼が和泉式部の下向の有無を尋ねたり、小式部内侍の局に出向いてからかったりすることも如上のような関係を想定すれば、ごくしぜんなことでもあろう。あるいは、「たれか親」などという不躾な質問は、一方の当事者であった定頼自身によるものではないかとさえ勘ぐりたくもなる。

現在分かっている範囲で人生を辿る限りにおいては、和泉式部が複数の男性との関係が噂されるような状況で子を出産したと考えられる時期はほとんど見出せない。これに対し、その生涯が判然としないせいかもしれないし、実際どうであったかはわからないが、複数の男性と重複しながら関係を持っていると世間が噂し、そのような中で出産を果したという状況は案外小式部内侍の人生にはありえそうだ。公成男の出産後は除くとしても、教通男、あるいは

範永女の出産時に「たれか親」などと、母親である和泉式部がからかわれた状況は十分にあり得るだろう。

「かたらふ人おほかりなどいはれける女」という詞書中で、合計四度も伝聞的過去を意味する「けり」が用いられていることや、出産した人物が「女」と記されることに加え、その人生を比較しても、「女」は、和泉式部自身ではなく、寧ろ小式部内侍であった可能性が高い。

おわりに

ところで、先に触れたごとく、道長や頼宗に対し母である和泉式部が返歌したのを代作と認定していいかは議論の分かれるところであろうが、『和泉式部集』には明確に代作と判明する歌がかなりある。それは、冒頭で列挙した、「女」の登場する詞書を辿ることでも見出せた。代作は、歌人であれば当然とするのは早計だ。というのも、森田兼吉[20]氏は、『和泉式部集』内部の代作を十八首と認定され、同時代の女性歌人に比べても群を抜いて多いと指摘されているからだ。本稿冒頭で挙げたのは限られた条件のもとに検索した結果だが、代作を引き受けた事情をそれぞれ読んでみると、男性自身がごく身近にいて、時には面と向かって依頼しているように解し得るものもある。もちろん、手紙で依頼されたり、人づてであることを詞書では省いていたり、という可能性を否定はできないだろうが、逆にすべてがそうだとも言い切れない。

『日記』中でも「宮」から他の女性に贈る歌を頼まれたことがあった。この折、「女」が心中穏やかでなかったことは、その叙述からも明らかである。現に代作はしたものの、それだけでは気が済まず、

君をおきていづちゆくらん我だにもうき世の中にしひてこそふれ（日記・七五・女）

と詠み贈っている。森田兼吉氏は、この代作依頼自体、和泉式部を取り巻く男性の噂に業を煮やした敦道親王の作り事と解されてもいる。いずれにしろ、このような代作依頼が、「女」にとって不愉快であったことは間違いない。

家集に見える代作は、親王からの可能性を除けば、身分的には親王よりも劣る人々の依頼のはずであり、いくら頼まれたとしても、和泉式部が素直に代作をくり返すというのも納得できない。例えば、次歌なども、詞書を信ずれば、男性は詠み手のすぐそばにいて、そこに別の女から歌が届けられたという状況と解釈できる。しかも男は一旦その女のもとに出向こうともしている。そこで森田氏は、この不自然な状況が出来したのは、依頼主が夫道貞故と想定する。

月いと明かき夜、女のもとより男のもとに、歌よみておこせたりければ、いかむとて出で立つほどに、雨降りければ、つとめてやるに

こてふかと思ひておもひたちし間にさしぐもりにし月のかよひて（正集・七四三）

結局雨が降ったので来訪は取りやめたようだが、その翌朝に、わざわざ代作をして歌を贈っている。森田氏の言われるように依頼主が夫であったならば、なおさら、妻はあまりに寛大であり過ぎはしまいか。敦道親王にさえ抗議した「女」とは別人のようだ。そこでさらに森田氏は、「幾つもの理由が重なっての代作の多さなのだろうが、贈る相手をだしにしたり創作したりして和泉に接触し、その心をゆさぶろうとする恋愛の技巧的なものも、数を増やす理由の一つにはなっているだろう」との推測もなされた。だが、そうだとしても、代作は断れば済むことで、和泉式部が引き受けなければならない理由は見つからない。

ところで、森田氏によれば、赤染衛門や道綱母の代作は息子や娘のためだという。和泉式部も、娘小式部内侍のために代作したことも実際あったに違いない。だが、『和泉式部集』に残っている代作のほとんどは、男性の立場のものだ。敦道親王との間に儲けた子、石蔵宮永覚は、幼少のうちに寺に預けられて出家しており、まさか和泉式部に恋歌を依頼するようなことはなかったであろう。先にも見たように、その他に子をなしたとは考えられない。

そこで、代作依頼者の一部に、小式部内侍の恋人達を想定してみたい。例えば、頼宗や教通、さらには公成らの依頼であったとしたならば、彼らは主人筋にあたり、恋の当事者でない和泉式部が断るのは寧ろ難しい。代作すべてにそのような状況を想定するつもりはないものの、男性からの代作依頼の一部には、恋多き女性、小式部内侍の恋人達を想定してもよいのではないだろうか。

男性関係が華やかな母親を持ち、その噂に終始悩まされながら殊勝に生きて短い生涯を終えた娘、小式部内侍という見方が一方で通行している中、このような想定は、妄想の域を出ないかもしれない。だが、家集や現在知り得る事柄をつなぎ合わせてみると、実際はどうであれ、「浮かれ女」と揶揄された母親も心配するほど若き貴公子達から甘い言葉を囁かれ、複数の男性との浮名を流したのが小式部内侍その人であったという見方も成り立ちそうだ。「かたらふ人おほかりなどいはれける女」イコール和泉式部という呪縛を解いてみると、従来とは異なった母娘のあり方が見えてくるのである。

注

1　藤岡忠美「和泉式部伝の虚実」（『国文学』23-9　一九七八年七月／『平安朝和歌　読解と試論』風間書房

二〇〇三年）

2　後藤祥子「王朝和歌のこころ」（『王朝和歌を学ぶ人のために』世界思想社　一九九七年）、金井利浩「もう一つの和泉式部日記――始発部はいかに語られていたのか」（「中央大学国文」42　一九九九年年三月）、近藤みゆき『和泉式部日記』（角川ソフィア文庫　二〇〇三年）、川村裕子『ビギナーズ・クラシックス　和泉式部日記』（角川学芸出版　二〇〇七年）、山本淳子「研究手帳『和泉式部日記』冒頭歌「薫る香に」と古今集歌」（「いずみ通信」36　二〇〇八年四月）、藤岡忠美「研究手帳『和泉式部日記』冒頭歌の解釈――新説をめぐって」（「いずみ通信」37　二〇〇八年九月）、圷美奈子『王朝文学論――古典作品の新しい解釈――』（新典社　二〇〇九年）、本書第一部第一章㈠㈡など。

3　佐伯梅友・村上治・小松登美『和泉式部集全釈［正集篇］』（笠間書院　二〇一二年）。以下『全釈』からの引用はすべてこれによる。

4　清水好子『恋歌曼荼羅　和泉式部』（集英社　一九八五年）

5　山中裕『人物叢書　和泉式部』（吉川弘文館　一九八四年）

6　注1に同じ。

7　『和泉式部　人と文学（日本の作家100人）』（勉誠出版　二〇〇六年）。本稿では論の都合上、伝記に関して詳細な考証を避けたが、基本的にはこれを踏襲している。

8　清水文雄『和泉式部集　和泉式部続集（岩波文庫）』（岩波書店　一九八三年）

9　清水文雄氏の和泉式部集研究については、『和泉式部研究』（笠間書院　一九八七年）に集成されている。以下、清水氏の御論はすべてこれによる。

10　久保木寿子「和泉式部正集の形成に関する考察」（「早稲田大学大学院文学研究科紀要別冊」8　一九八二年三月）・『実存を見つめる　和泉式部（日本の作家13）』（新典社　二〇〇〇年）・『和泉式部百首全釈』（風間書房　二〇〇四年）

などで繰り返し論じられている。これ以前には、高島猛「「和泉式部集」続集部分の成立」（「国語国文研究」67　一九八二年二月）・「和泉式部集の構造」（『和歌文学の世界　12』笠間書院　一九八八年）、吉田幸一「和泉式部集における為尊・敦道両親王関係歌や歌群の成立年時について（上）」（「平安文学研究」68　一九八二年一二月）・「和泉式部集における為尊・敦道両親王関係歌や歌群の成立年代について（下）」（「平安文学研究」69　一九八三年七月）、小松登美『和泉式部の研究——日記・家集を中心に』（笠間書院　一九九五年）などでも様々に論じられた。

11　平田喜信「和泉式部集の一考察——集内の重出現象をめぐって——」（「和歌文学研究」23　一九六八年六月／『平安中期和歌考論』新典社　一九九三年）

12　増田繁夫『冥き途　評伝和泉式部』（世界思想社　一九八七年）。以下増田氏の御論はすべてこれによる。

13　小式部内侍については『百人一首』の作者として、「大江山」歌については『百人一首』に所収された和歌として言及されたものは多数あり、すべてに言及できない。最近では、久下裕利「〈研究余滴〉小式部内侍をめぐる男たち——『百人一首』秘話」（「学苑」855　二〇一二年一月）がある。この他には、和泉式部を論じる中で触れられる場合が多い。だが、その生涯全体を視野に入れ論じられたものとしては、西木忠一「小式部内侍」（「平安文学研究」31　一九六三年一二月／『平安文学論考』大学堂　一九七三年）があるにすぎない。この他、柏木由夫「後半生について（上）——藤原定頼年譜考——」（「大妻国文」24　一九九三年三月／『平安時代後期和歌論』風間書房　二〇〇〇年）は、定頼についての論考ながら小式部内侍についても、先行のものを広く視野に入れ、整理し論じている。

14　小山順子「小式部内侍「大江山生野の道の」考——歌枕の機能、解釈、享受——」（「京都大学国文学論叢」17　二〇〇七年三月）に言及がある。

15　注4に同じ。

16　範永については、千葉義孝「藤原範永試論——和歌六人党をめぐって——」（「国語と国文学」47-8　一九七〇年八月）・「藤原範永の家集とその周辺――家集から知られる交友関係を中心に――」（『研究紀要（明星高等学校）』Ⅰ　一九七一年二月）があり、これらは後に『後拾遺時代の歌人』（勉誠社　一九九一年）に所収された。この他、高重久美氏は和歌六人党を論じる中で範永についても様々に論じられ、『和歌六人党とその時代――後朱雀朝歌会を軸として（研究叢書）』（和泉書院　二〇〇五年）に纏められた。

17　高橋正治『兼盛集注釈』（貴重本刊行会　一九九三年）

18　本書第二部第二章㈦参照

19　三木紀人「亜流のアイドル――小式部」（『国文学』20-16　一九七五年一二月）

20　森田兼吉「和泉式部の代作歌」（『日本文学研究』16　一九八〇年一一月／『和泉式部日記論攷　第二』笠間書院　一九八八年）。以下、森田氏の御論はすべてこれによる。

〔付記〕

この時、範永は任国へ下向しなかったとするのは、久保木哲夫・加藤静子・平安私家集研究会著　新注和歌文学叢書16『範永集新注』（青簡舎　二〇一六年）。範永が下向しなかったとすれば、和泉式部の心配もさほどではなかったとも考えられるものの、二人の関係が強固なものでなかったとすれば、やはり母親として出産前後に付き添えないことへの心配はあったものと想像される。

〔関連論考〕小式部内侍については、第二部第二章㈥の〔関連論考〕参照。

久下裕利「定頼交友録――和歌六人党との接点――」（『王朝の歌人たちを考える――交遊の空間』武蔵野書院　二〇一三年）

久下裕利「小式部内侍と定頼――『百人一首』秘話――」（『物語絵・歌仙絵を読む』武蔵野書院　二〇一四年）

第二部　歌集とその周辺

第一章　『古今集』とその周縁

(一) 唐草装飾本『小町集』の位置

はじめに

絶世の美女としてその名を現代にもとどろかせている小野小町という歌人については、とくに伝記、説話の方面から、様々なアプローチがなされてきた。また、それらを集大成した錦仁氏[1]の大著が上梓されてもいる。これに比べ、『小町集』の本文、そのものについては、現在、活発に研究がなされているとは言い難い状況にある。

小町の和歌あるいは家集研究は、早くは前田善子氏[2]、石橋敏男氏[3]によりその先鞭が付けられ、次いで、秋山虔氏[4]、後藤祥子氏[5]が、小町表現の本質を明らかにした。これらと前後して、片桐洋一氏[6]の詳細な論考が発表され、『小町集』の全体像はほぼ把握できるようになった。ところが近年、新たな伝本、冷泉家時雨亭文庫所蔵唐草装飾本三十六人集中の『小町集』[7]の存在が明らかになった。そこで、本稿は、これら先学の御論、特に、『小町集』研究の金字塔とも言うべき片桐氏の卓論に多くを依拠し、その手法を継承しつつ、若干の私見を述べてみることとしたい。

一　『小町集』の諸本

現在知られている『小町集』の諸本について、片桐氏は次のように分類[8]されている。

（1）正保版歌仙家集本系統
（2）神宮文庫本系統
（3）唐草装飾本〈冷泉家本〉系統

流布本系統（1）、異本系統（2）とは別に、三系統目に位置付けられたのが、公刊された唐草装飾本三十六人集の『小町集』である。しかし、後に詳述するが、流布本系統と異本系統との関係を再検討してみると、唐草装飾本にも異本系統的な要素が窺える。そこで、結論を先にすれば、

一、流布本系統（正保版歌仙家集本系統）
二、異本系統　一類　神宮文庫本系
　　　　　　　二類　唐草装飾本『小町集』

と、異本系統内部に唐草装飾本（以下「唐本」）を位置付けるのが妥当ではないかと考えるに至った。

この結論に辿り着いたきっかけは、片桐氏が示された、流布本系統と異本系統との関係について、追認する作業を行ったためである。そこで、唐本に関して詳述する前に、流布本系統、特にその代表的な本文として位置付けられている正保版歌仙歌集本をもとに作成された『新編国歌大観』の『小町集』の構成について試案を述べることからはじめたい（以下、「流布本」「異本」は、『新編国歌大観』本文のみを指すものとする）。

二　流布本の構成

流布本『小町集』は、後の増補であることが明記された二歌群を集末尾に持ち、その基本的な構成は、左記のごと

くである。

一〜一〇〇　本体

一〇一〜一一一　増補（他本歌、十一首）

一一二〜一一六　増補（又、他本、五首小相《ママ》公本）

さらに、この本体とされた百首について、片桐氏は次のような歌群分類を示された。

①　一〜　四五

『古今集』『後撰集』で小野小町の作となっている歌、およびその贈答歌を中心としている。

②　四六〜　七七

ア、『古今集』『後撰集』にまったく見えず、小野小町の歌であるとも、ないとも断定出来ぬ歌ばかり。

イ、既に存する第一部を持った人が、偶々入手した別の「小町集」（異本系に近い本）を対照し、第一部にない歌だけを、その別本の排列に従って抜き出して付加した。

③　七八〜一〇〇

『古今集』『後撰集』によって小町以外の他人の歌だと知られるものを中核としている。

これに対し、室城秀之氏は[9]、以下のような二分割案を示された。

①　一〜　四〇

『古今集』と『後撰集』の小町関係歌を中心とする部分。

②　四一〜　九九

『古今集』と『後撰集』の小町関係歌以外を中心とする部分。

両氏とも歌群分けの指標は、『古今集』『後撰集』との関係の親疎によっていることが判明する。そこで、勅撰集と流布本との関係について纏めたのが、表Iである。

表I

歌群	流布本『小町集』歌番号	『古今集』『後撰集』での作者表記	他出文献	異本歌番号	唐本歌番号
A	一	小町	古今集・春下・一一三（小町）	二七	三二
	二	小町	後撰集・恋三・七七九（小町）	四七	×
	三			三七	×
	四			三八	二八
	五		新勅撰集	六〇	三五
	六			五六	二三
	七	他者	古今集・夏・一五二・三国町	×	×
	八		玉葉集	四五	一九
	九		新千載集	八	九
	一〇		続後拾遺集	四九	一七
	一一		新勅撰集	四三	×
	一二	小町	古今集・恋三・六三五（小町）	一〇	三六
	一三	他者	古今集・恋三・六三六・躬恒	一一	×
	一四	小町	古今集・恋三・六五六（小町）	一四	三八
	一五	小町	古今集・恋四・七二七（小町）	七	四一
	一六	小町	古今集・恋二・五五二（小町）	一九	三三

歌群	流布本『小町集』歌番号	『古今集』『後撰集』での作者表記	他出文献	異本歌番号	唐本歌番号
A	一七	小町	古今集・恋二・五五三（小町）	二八	×
	一八		新勅撰集	二九	一四
	一九	小町	古今集・恋二・五五四（小町）	三〇	四二
	二〇	小町	古今集・恋五・七九七（小町）	三五	三一
	二一	小町	古今集・恋五・八二二（小町）	四一	×
	二二		新千載集	一七	三四
	二三	小町	古今集・恋三・六二三（小町）	六	四
	二四	小町	古今集・雑躰・一〇三〇（小町）	一二	三七
	二五	小町	古今集・恋三・六五八（小町）	二一	四〇
	二六			四二	×
	二七			五一	七
	二八		新拾遺集	五〇	×
	二九			五九	八
	三〇	小町	古今集・墨滅・一一〇四（小町）	×	×
	三一	小町	古今集・恋五・七八二（小町）	三二	六
		読人不知	後撰集・冬・四五〇・読人不知		
	三二	贈答相手	古今集・恋五・七八三・貞樹	×	×
	三三	小町	後撰集・雑一・一〇九〇（小町）	五二	×
	三四	小町	後撰集・雑三・一一九五（小町）	五四	×
	三五	贈答相手	後撰集・雑三・一一九六・遍昭	五五	×
	三六	読人不知	後撰集・恋二・六八四・読人不知	×	×

歌群	流布本『小町集』歌番号	『古今集』『後撰集』での作者表記	他出文献	異本歌番号	唐本歌番号
A	三七		新勅撰集	×	×
	三八	小町	古今集・雑下・九三八（小町）	三一	二
	三九	贈答相手	古今集・恋二・五五六・清行	三	四四
	四〇	小町	古今集・恋二・五五七（小町）	四	五 四五
Bイ	四一			三九	二九
	四二			×	三
	四三	読人不知	古今集・秋上・二〇五・読人不知	×	×
	四四	読人不知	古今集・秋上・二四六・読人不知	×	×
	四五			×	×
Bロ	四六		玉葉集	一	一
	四七			二	×
	四八		新勅撰集	五	三〇
	四九			一三	一〇
	五〇		新千載集	九	一一
	五一			一五	×
	五二		新古今集	一八	一二
	五三		風雅集	二〇	一三
	五四		続古今集	二三	×
	五五		玉葉集	二四	×
	五六			二五	×
	五七		新後拾遺集	二六	×

歌群	流布本『小町集』歌番号	『古今集』『後撰集』での作者表記	他出文献	異本歌番号	唐本歌番号
B ロ	五八		新続古今集	六六	×
	五九		新拾遺集	三四	一五
	六〇		続古今集	三六	×
	六一			四四	一六
	六二		新後拾遺集	四〇	×
	六三		新千載集	×	一八
	六四			四六	二〇
	六五		続後撰集	四八	二一
	六六		続後拾遺集	五三	二二
	六七			五七	二四
	六八			五八	二五
	六九			六一	二六
	七〇			六二	二七
	七一	小町	古今集・恋三・六五七（小町）	二二	三九
B ハ	七二	他者	古今集・恋五・七九〇・小町が姉	×	×
	七三	他者	古今集・雑四・一二六七・小町が孫	×	×
	七四			一六	×
	七五		新拾遺集	三三	×
	七六			×	×
	七七		続千載集	六七	×
C	七八		続古今集	×	×
	七九	他者	後撰集・恋五・八九五・小町が姉	×	×
		読人不知	拾遺集・恋二・七一八・読人不知		

歌群	流布本『小町集』歌番号	『古今集』『後撰集』での作者表記	他出文献	異本歌番号	唐本歌番号
C	八〇		続古今集	×	×
	八一		新古今集	×	×
	八二		続古今集	×	×
	八三		続古今集	×	×
	八四		玉葉集・風雅集	×	×
	八五		新勅撰集	×	×
	八六		続後撰集	×	×
	八七	読人不知	古今集・雑下・九四三・読人不知	×	×
	八八		新古今集	×	×
	八九	読人不知	後撰集・恋五・八九四・読人不知	×	×
		読人不知	後撰集・雑三・一二四七・読人不知		
	九〇	他者	後撰集・雑四・一二九〇・小町が姉	×	×
	九一		続後撰集	×	×
	九二	読人不知	古今集・恋五・七九八・読人不知	×	×
	九三		玉葉集	×	×
	九四	読人不知	古今集・雑下・九四一・読人不知	×	×
	九五		新古今集	×	×
	九六		続古今集	×	×
	九七			×	×
	九八		新古今集	×	×
	九九	他者	古今集・雑下・九四五・惟喬親王	×	×
	一〇〇	他者	古今集・秋下・二五一・淑望	×	×
			拾遺集		

歌群	流布本『小町集』歌番号	『古今集』『後撰集』での作者表記	他出文献	異本歌番号	唐本歌番号
D	一〇一	読人不知	古今集・恋一・五四六・読人不知	×	×
	一〇二		拾遺集	×	×
	一〇三			×	×
	一〇四		続後撰集	×	×
	一〇五			×	×
	一〇六		古今集・秋上・一八四・読人不知	×	×
	一〇七			×	×
	一〇八	小町?	古今集・雑下・九三九・(小町?)	×	×
	一〇九	読人不知	古今集・雑下・九四二・読人不知	×	×
	一一〇	読人不知	古今集・雑下・九四〇・読人不知	×	×
	一一一	読人不知	古今集・雑下・九四四・読人不知	×	×
E	一一二			×	×
	一一三		続後撰集	×	×
	一一四	読人不知	古今集・恋四・七四六・読人不知	×	×
	一一五		新古今集	×	×
	一一六	小町	後撰集・羇旅・一三六〇(小町)	×	×

ここで注目したいのは、小町詠であると『古今集』『後撰集』で明記された和歌が一部の例外を除き、一番から四〇番の間に集中していることだ。ただし、この歌群には、小町の贈答相手の作や、作者が小町以外の者あるいは読人不知の作もある。が、これらについては、採られた理由を容易に想像することができる。

表Iを順に見ていくと、七番歌は、『古今集』で「三国町」とある。これは、小町と三国町とを読み誤ったためと考えられよう。つまり、『古今集』が『小町集』に影響を与えた証拠の一つとして、この過誤を位置付けることができる。

一三番歌を『小町集』が所収するのも、『古今集』の影響と考えられる。『古今集』には、次のように見える。

（題知らず）　　　　　小野小町

秋の夜も名のみなりけりあふといへば事ぞともなくあけぬるものを（古今・恋三・六三五）（小町・一二）

　　　　　　　　　　　凡河内躬恒

ながしとも思ひぞはてぬ昔より逢ふ人からの秋のよなれば（古今・恋三・六三六）（小町・一三）

『小町集』一三番歌は、一二番歌とともに『古今集』でも並列されている。しかし、この二首が、『古今集』で贈答の関係にないことは一目瞭然だ。時代的にも小町と躬恒との贈答などはあり得ない。おそらく、「秋の夜」「あふ」など、共通の語を持つことから『古今集』が並べたもので、それを『小町集』が誤って贈答と判断し、両首を撰入したのであろう。

さらに作者表記が小町ではない『古今集』との共有歌を見てみると、『小町集』三二、三五、三九番歌は、いずれも小町との贈答歌となっている。つまり、流布本『小町集』一番から四〇番においては、贈答と認定した場合、（間違えた躬恒詠を含め）相手の作をも採ったこと、換言すれば、『古今集』での小町との贈答は、一組として採入したようだ。

ところで、三一番歌は『古今集』では小町の贈歌だが、『後撰集』では読人不知の作となっている。そこで、『後撰集』との関係について考えてみたい。すでに片桐氏は、『後撰集』の小町詠が真に小町の作でなくともよいとの立場を取り、これに対し秋山氏は、『後撰集』の小町詠が実作ではないことを問題にされた。ここでは、『小町集』と『後撰集』との関係に絞って考えてみると、やはり『古今集』との関係ほど密接ではないようにみえる。

『後撰集』は、『小町集』の二、三三番歌を小町詠と明記しているものの、先に触れた三一番歌だけではなく、三六番歌も読人不知となっている。三四、三五番歌は、小町と遍昭との贈答で、これは『大和物語』にも見え、すでに論じられているように[10]、十世紀ごろには成立し、よく知られた小話として流布していた可能性が充分にある。このため、必ずしも『後撰集』からの採入とは断定できない。以上から、流布本『小町集』四〇番歌までの和歌と『後撰集』との関係は、『古今集』との場合ほど結びつきが堅固ではないことを確認しておきたい。あるいは、『後撰集』が用いた撰集資料にごく近いものを『小町集』作成に際しても用いたといった程度の関係にあったのではないだろうか。

このように、『小町集』の一番歌から四〇番歌は、『古今集』の成立後に影響を受けて編まれたことは、ほぼ確実と考えられる。これに対し、四一番歌以降を見てみると、四二番から四四番は『古今集』読人不知が並ぶ。一番歌から四〇番歌までが『古今集』で小町と明記される和歌とその関連歌によって占められているのとは対照的だ。そこで、流布本『小町集』の本体部分の冒頭歌群については、一番から四〇番歌までとされた室城氏のご意見に従うこととしたい。

次に、四一番歌から一〇〇番歌についてだが、この部分はさらに二分割できそうである。それは179頁表Ⅱ①からも明らかで、流布本は七八番歌以降、異本、唐本とまったく共有歌をもっていない。つまり、他との共有歌を含み持つ七七番歌までと七八番歌以降とでは、性格を異にしていると考えられる。そこで、一番歌から一〇〇番歌までの、いわゆる本体内部の百首を三分割し、流布本全体を次のように分類してみたい。

A　一～四〇
『古今集』所収の小町歌とその関連歌を中心とする部分。『後撰集』との共有歌も一部所収する。

B　四一～七七
イ　四一～四五
異本系との共有歌と『古今集』所収の読人不知歌からなる。
ロ　四六～七一
A歌群にない歌を異本系から抜き出したもので、異本系との共有歌がほとんどをしめる。
ハ　七二～七七
異本系との共有歌と『古今集』『後撰集』所収の小町が姉、小町が孫詠を所収する。

C　七八～一〇〇
異本系とまったく関わらない部分。『古今集』『後撰集』からかなり強引に小町詠的なるものの抜き出しを試みている。

D一〇一～一一一　他本歌、十一首
E一一二～一一六　又、他本、五首小相公本

A歌群については前述したので、ここではB歌群について考えたい。B歌群を三分割したのは、Bのロとした歌群（四六番歌～七一番歌）がその前後（イ・ハ）とは性格を異にしていると考えたからである。Bのロ歌群は、片桐氏の②とはかならずしも重ならないものの、氏が示された「（流布本と異本とは）かなり早い時期に分離し、更に一度接触し

て他系統本のみにある歌を増補している」[11]との卓見が、Bのロ歌群の理解に大きな示唆を与えてくれる。具体的に述べられた片桐氏の言を引用しておくと、「(流布本の)四六番から見ると、異本系の番号が、一、二、五と続く。一三と九を逆に九、一三の順になおしてみると、九、一三、一五、一八、二〇、二三、二四、二五、二六と続く。六六は例外。以下三四、三六、四四、四〇、四六、四八、五三、五七、五八、六一、六二と続く。六三番が異本系になかったほかは異本系の順序のままに並んでいる」とある。179頁表Ⅱ①で、流布本四六番歌以降と異本、唐本の歌番号とを対照してみると、一目瞭然で、この結論の大部分にも従うべきだが、片桐氏は七一番歌以降について言及しない。流布本七一番歌以降と異本との関係は、次のごとくである。

〈流布本〉七一　七二　七三　七四　七五　七六　七七
〈異本〉　二二　×　×　一六　三三　×　六七

異本の順序が不同になるだけでなく共有する歌数自体も少なく、ほぼその順序通りに異本から抜き出されたと推定できる流布本四六番歌から七〇番歌までとは事情が異なっているように見える。このため、流布本四六番歌から七〇番歌と、七一番から七七番歌までとを同一の規範で括るのはいささかためらわれる。

つまり、イハ歌群はともに異本との共有歌が少なく、その配列も不同で、異本からの抜き出しとは即座に判断できない。さらに、Bのロ歌群が勅撰集とまったく関わりを持っていないのに対し、イハ歌群には数は少ないものの『古今集』、『後撰集』との共有歌もある。ただし、七一番歌については、後に述べるように、異本、唐本などから「流布本」が採入したのではないかという想像もできる。そこで、流布本の四一番歌から四五番歌までを一旦イとし、四六番歌から七一番歌まではロと、続く七二番歌から七七番歌までをハとした。

ところで、イロハをB歌群と一括はしたものの、これらが歌群として纏まりをもっていると即座に言い難いのもまた事実である。家集の末尾には出所不明の和歌や他人詠などが紛れ込むのが常であることからすれば、イがB歌群の冒頭に位置付けられたと見るのはいささか不自然さも残り、A歌群末尾に付加されたという可能性も捨てきれない。『小町集』の成長という観点からすれば、A歌群にBのイ歌群が付加され、順次ロやハが増補された、もしくは、A歌群にBのイハ歌群が増補され、その間に分け入る形でBのロ歌群が付加されたと考えた方が蓋然性は高いかもしれないし、あるいは、この他にも幾通りかの推測はできるであろう。だが、ここでは、これらの可能性を視野に入れつつも、前述したように、A、B、両歌群の性格の相違を明確にするために、あえてこのような分類を提示した。

さて、ここで、流布本AB歌群について異本の立場から考えてみたい。179・180頁表Ⅱから知られるように、異本は、流布本の一番から七七番歌までの大半を所収している。しかしながらA歌群にある、七、三〇、三二、三六、三七番歌を異本は欠く。これらについて、勅撰集での作者表記に注目してみると、

〈流布本歌番号〉〈勅撰集作者表記など〉

七	『古今集』三国町
三〇	『古今集』（墨消歌）
三二	『古今集』貞樹
三六	『後撰集』読人不知
三七	『古今集』『後撰集』にナシ

となる。ここで想像を逞しくすれば、異本を作成する折、流布本のA歌群に勅撰集とは関わらない資料を単に加え

るだけでなく、それらを素に再編集したものであろうということになる。しかも、それに先立ち、『古今集』『後撰集』との照合をし、その結果、小町詠ではないと独自に判断したものを削り、逆に、A歌群が拾い残した『古今集』六五七番歌を採入したのではないか。このように仮定すると、流布本と異本との配列が一部一致するところはあるものの、ほとんどが異なっていることも、また、流布本A歌群にありながら、異本が所有しない歌のほとんどが、小町と贈答を交わした相手の詠であることも理解できる。同時に、流布本が七一番目に置いた『古今集』の小町詠を、異本が所収しているのも納得がいく。

さらに、異本、唐本の配列も、この想像を助ける。異本、唐本では、『古今集』六五七番歌を、それぞれ次のように位置付けている。

異本　二一（古今・恋三・六五八）
　　　二二（古今・恋三・六五七）〈流布本七一〉
唐本　三八（古今・恋三・六五六）
　　　三九（古今・恋三・六五七）〈流布本七一〉
　　　四〇（古今・恋三・六五八）

流布本七一番歌は、異本では二二番、唐本では三九番にあたる。そして、異本・唐本が当該歌に並置するのは、『古今集』でも六五七番歌の前後に置かれる小町詠だ。つまり、異本・唐本の配列は、『古今集』の影響下にあるように見える。流布本A歌群の和歌に、勅撰集とは関わらない資料を増補する作業だけでは、異本・唐本がこの一首を見出し得る確率が低いだけでなく、このような配列をすることも不可能であるからだ。異本・唐本が当該歌を『古今集』

から所収した蓋然性は高い。

とするならば、先にも述べたように、異本・唐本とは、すでに成立していた流布本A歌群に何らかの資料を増補する際、『古今集』との照合を行い、小町詠ではない贈答相手の作を削除し、A歌群が取り残した『古今集』歌一首を付加して再編集したことにより成立したものということになる。このようにして異本・唐本の原型が成立した後、先に成立していた流布本A歌群側が、そこからさらに抜き出しをする過程で『古今集』六五七番歌の存在に気付き、増補した歌群、つまりBのロ歌群末尾にこの一首を位置付けたと想像することもできそうだ。

『小町集』成長の過程では、『古今集』『後撰集』が複数の段階において様々に意識され、またそれを助ける役割を果たしていたことは、看過できない。Bのイハ歌群にも、163頁表Ⅰで示したように、『古今集』読人不知詠が四三番、四四番に見えるし、ハ歌群には、『古今集』から「小町が姉」、『後撰集』から「小町が孫」の作が抜き出されている。これらはいずれも小町に関わる可能性のある歌を一首でも多く取り込んで『小町集』を充実したいという意志が働いたためであろう。

そして、このような姿勢は、後に成立したとおぼしきCDE歌群にも継承されていき、結局は、過誤の継承という結果をも招いている。『古今集』の九三八番歌から九四五番歌を、流布本『小町集』と対照すると、以下のようになる。

〈『古今集』歌番号・作者〉	〈流布本の歌群・歌番号〉
九三八・小野小町	↓A・　三八
九三九・ナシ	↓D・一〇一

《元永本・六条家本　読人不知》

九四〇・読人不知　→D・一一〇

《元永本・六条家本読人不知ナシ》

九四一・ナシ　→C・九四

九四二・ナシ　→D・一〇九

九四三・ナシ　→C・八七

九四四・ナシ　→D・一一一

九四五・惟喬親王　→C・九九

『古今集』九四〇・九四五番歌はともに小町詠でないことが明記されている。にもかかわらず、何故『小町集』に採歌されたのだろうか。次のように想像できそうだ。『古今集』九三八番歌は、A歌群三八番にすでに採入されていた。それを知っている者が、作者表記を故意に、あるいは偶然読み落としたか、もしくは作者表記が欠落していた『古今集』を手にしたかして、九四一・九四三・九四五番歌を抜き出し、C歌群に位置付けた。結果、当該の三首の位置するこの付近が小町詠の集成と認定されたと見なしたD歌群は、残りの和歌、『古今集』九三九・九四〇・九四二・九四四番歌を抜き出したと想像される。特に、『古今集』九三九番歌は、九三八番歌に小町とあるため小町詠とされることも多いが、元永本、六条家本いずれでも、九四〇番ではなく、九三九番歌に読人不知と付されており、『古今集』九三九番歌は、小町詠と断定はできない。

この他にも、小町的なる和歌を抜き出そうとした痕跡は見出せる。

〈『古今集』歌番号・作者〉	〈流布本の歌群・歌番号〉
七九七・小野小町	↓A・二〇
七九八・読人不知	↓C・九二
〈『後撰集』歌番号・作者〉	〈流布本の歌群・歌番号〉
八九四・（読人不知）	↓C・八九
八九五・小野小町が姉	↓C・七九

前者は直前の「小町」と、後者は直後にある「小野小町が姉」という作者表記と、まったく無関係とは考えられない。

Ｅ歌群にも、歌集生成の過程で取り残された『後撰集』一三六〇番歌の小町詠と、『古今集』七四六番歌の読人不知詠が所収されている。家集を充実させるために一首でも多くの和歌を増補しようとする執念とともに、その増補に『古今集』『後撰集』がもっとも有効な手段として意識され、格好の資料源となっていた実態が浮かび上がってくる。と同時に、過誤の連鎖からすると、流布本『小町集』が、ＡＢＣＤＥの順に増補されたのではないかという想像をも可能にする。

ただしこれは流布本として正保版本、正しく言えば、それに（「いつはとは」の）一首を加えた西本願寺本補写本と称される寛文補写の形を元々のものとし、本文的には正保版本を用いて片桐氏が作成された『新編国歌大観』の『小町集』について考察した結果である。流布本系統では古態を保っていると藤田洋治氏[12]がご指摘になった書陵部（510・12）甲本の『小町集』は、正保版本に比べ、九首ほど多い。これらの和歌はおもに後半部（稿者の分類に従えばＤＥ歌群に相当する部分）に置かれている。そしてその大半は、集内の和歌と重複するものと他人詠などである。とすれば、流布本系本文は、一方で重複歌や他人詠など九首を削除し、一方では小町的なる詠を増補するという、いま述べてきたよりも、もう少し複雑で、混沌とした過程を想定しなければならない。いや、実際はこの想像をはるかに超え、さらに何倍も煩瑣で、渾然としたものであったに違いない。そこで、本稿では、流布本系統内部の問題に立ち入らず、とりあえず、流布本と異本との関係から見出せる『小町集』生成の過程についての見通しと、大まかな枠組みを述べることとした。

三　唐草装飾本『小町集』の位置付け

ここでは、以上述べてきた流布本と異本との関係を踏まえて、本稿冒頭で試案として提示した、冷泉家時雨亭文庫所蔵の唐草装飾本『小町集』を異本系統に位置付けた理由について述べてみたい。

片桐氏は、唐本には、『後撰集』の小町歌及び小町関係歌が、まったく見られないという事実をご指摘になった上で、「『小町集』は、『古今集』『後撰集』の小町歌を中核にして形成され、そこに伝承されてきた小町関係歌を加えることによって成立したことが明らかであるが、そのような立場から見ると、この唐草装飾本の原本は『後撰集』から小町関係歌を採歌する以前に形をなしていたということになり、その始発は以外に古いという見方もできそうである」と示唆的な見解を示された。四五首からなる唐本は、一一六首の流布本だけでなく、六九首あまりの異本に比べても歌数は少なく、その配列にも独自性が見出される。しかしながら、流布本A歌群にみえた『古今集』所収歌一六首のうち、一三首をこの唐本も所収する。『後撰集』の小町関係歌は一首もないのに対し、『古今集』の小町詠のほとんどを唐本が持ち合わせていることは、唐本が『古今集』と関わり、『後撰集』とは直接関わらずに成立したという片桐氏の結論を証し立てる。と同時に、このことは唐本だけではなく、流布本にも及ぼして考えてみる必要がある。と言うのは、すでに触れたように、A歌群と『後撰集』との関係は、『古今集』との関係に比べ不安定さを禁じ得ない。そして以上からすれば、『小町集』原型の成立に直接『後撰集』は関わっていないと考えられるのではないだろうか。

次に、流布本Bロ歌群（四六〜七七）と唐本との関係を表Ⅱ①で眺めてみると、流布本四八番歌が唐本で三〇番歌となっている他は、唐本の番号が、一番から三九番まで、間は多少抜けるものの、順に番号が並んでいることが分かる。さらに細かく見てみると、流布本の四九・五〇番は、（異本で一三・九と逆転していたところだが）唐本では一〇・一一と並んでいる。同様に、流布本の六一・六二・六三・六四番は、異本では、四四・四〇、一首欠けて、四六番で、歌順に乱れが生じていた。唐本は一六番、一首欠けて、一八・二〇番と続き、異本と同じく一首を欠いてはいるものの、歌番号は逆行しない。しかも、異本が欠く流布本六三番歌を唐本（一八番）が持つことは注意する必要がある。流布本六三番歌は、Bのロ歌群中に位置し、流布本が異本系から採取したとしか考えられないからだ。以上からすれば、流布本が接触した本は、従来の異本系とだけは断定できず、部分的には唐本的なるものであった可能性も充分にあり得ることになる。

また、先に、流布本Bのイハ歌群は、歌順だけでなく共有歌の有り様からしても、ロ歌群とは性格を異にしており、異本から採取されたと即断できないと述べた。流布本と異本との共有歌はイ歌群では一首、ハ歌群では三首である。同じように、唐本と流布本とを見てみると、イ歌群で二首、ロ歌群に至っては一首も共有歌がない。つまり、流

表Ⅱ　『小町集』歌番号対照表　①「流布本」対照表

歌群	流布本	異本	唐本
A	一	二七	三二
A	二	四七	×
A	三	三七	×
A	四	三八	二八
A	五	六〇	三五
A	六	五六	二三
A	七	×	×
A	八	四五	一九
A	九	八	九
A	一〇	四九	一七
A	一一	四三	×
A	一二	一〇	三六
A	一三	一一	×
A	一四	一四	三八
A	一五	七	四一
A	一六	一九	三三
A	一七	二八	×
A	一八	二九	一四
A	一九	三〇	四二
A	二〇	三五	三一
A	二一	四一	×
A	二二	一七	三四
A	二三	六	四
A	二四	一二	三七
A	二五	二一	四〇
A	二六	四二	×
A	二七	五一	七
A	二八	五〇	×
A	二九	五九	八
A	三〇	×	×
A	三一	三二	六
A	三二	×	×
A	三三	五二	×
A	三四	五四	×
A	三五	五五	×
A	三六	×	×
A	三七	×	×
A	三八	三一	二
A	三九	三	四四
A	四〇	四	五　四五
Bイ	四一	三九	二九
Bイ	四二	×	三
Bイ	四三	×	×
Bイ	四四	×	×
Bイ	四五	×	×
Bロ	四六	一	一
Bロ	四七	二	×
Bロ	四八	五	三〇
Bロ	四九	一三	一〇
Bロ	五〇	九	一一
Bロ	五一	一五	×
Bロ	五二	一八	一二
Bロ	五三	二〇	一三
Bロ	五四	二三	×
Bロ	五五	二四	×
Bロ	五六	二五	×
Bロ	五七	二六	×
Bロ	五八	六六	×
Bロ	五九	三四	一五
Bロ	六〇	三六	×
Bロ	六一	四四	一六
Bロ	六二	四〇	×
Bロ	六三	×	一八
Bロ	六四	四六	二〇
Bロ	六五	四八	二一
Bロ	六六	五三	二二
Bロ	六七	五七	二四
Bロ	六八	五八	二五
Bロ	六九	六一	二六
Bロ	七〇	六二	二七
Bロ	七一	二二	三九
Bハ	七二	×	×
Bハ	七三	×	×
Bハ	七四	一六	×
Bハ	七五	三三	×
Bハ	七六	×	×
Bハ	七七	六七	×
C	七八	×	×
C	七九	×	×
C	八〇	×	×
C	八一	×	×
C	八二	×	×
C	八三	×	×
C	八四	×	×
C	八五	×	×
C	八六	×	×
C	八七	×	×
C	八八	×	×
C	八九	×	×
C	九〇	×	×
C	九一	×	×
C	九二	×	×
C	九三	×	×
C	九四	×	×
C	九五	×	×
C	九六	×	×
C	九六	×	×
C	九八	×	×
C	九九	×	×
C	一〇〇	×	×
D	一〇一	×	×
D	一〇二	×	×
D	一〇三	×	×
D	一〇四	×	×
D	一〇五	×	×
D	一〇六	×	×
D	一〇七	×	×
D	一〇八	×	×
D	一〇九	×	×
D	一一〇	×	×
D	一一一	×	×
E	一一二	×	×
E	一一三	×	×
E	一一四	×	×
E	一一五	×	×
E	一一六	×	×

表Ⅱ『小町集』歌番号対照表　②「異本」対照表

異本	流布本	唐本
一	四六	一
二	四七	×
三	三九	四四
四	四〇	五　四五
五	四八	三〇
六	二三	四
七	一五	四一
八	九	九
九	五〇	一一
一〇	一二	三六
一一	一三	×
一二	二四	三七
一三	四九	一〇
一四	一四	三八
一五	五一	×
一六	七四	×
一七	二二	三四
一八	五二	一二
一九	一六	三三
二〇	五三	一三
二一	二五	四〇
二二	七一	三九
二三	五四	×
二四	五五	×
二五	五六	×
二六	五七	×
二七	一	三二
二八	一七	×
二九	一八	一四
三〇	一九	四二
三一	三八	二
三二	三一	六
三三	七五	×
三四	五九	一五
三五	二〇	三一
三六	六〇	×
三七	三	×
三八	四	二八
三九	四一	二九
四〇	六二	×
四一	二一	×
四二	二六	×
四三	一一	×
四四	六一	一六
四五	八	一九
四六	六四	二〇
四七	二	×
四八	六五	二一
四九	一〇	一七
五〇	二八	×
五一	二七　七六	七
五二	三三	×
五三	六六	二二
五四	三四	×
五五	三五	×
五六	六	二三
五七	六七	二四
五八	六八	二五
五九	二九	八
六〇	五	三五
六一	六九	二六
六二	七〇	二七
六三	×	×
六四	×	×
六五	×	×
六六	五八	×
六七	七七	×
六八	×	×
六九	×	×

表Ⅱ『小町集』歌番号対照表　③「唐本」対照表

唐本	異本	流布本
一	四六	一
二	三八	三一
三	四二	×
四	二三	六
五	四〇	四
六	三一	三二
七	二七　七六	五一
八	二九	五九
九	九	八
一〇	四九	一三
一一	五〇	九
一二	五二	一八
一三	五三	二〇
一四	一八	二九
一五	五九	三四
一六	六一	四四
一七	一〇	四九
一八	六三	×
一九	八	四五
二〇	六四	四六
二一	六五	四八
二二	六六	五三
二三	六	五六
二四	六七	五七
二五	六八	五八
二六	六九	六一
二七	七〇	六二
二八	四	三八
二九	四一	三九
三〇	四八	五
三一	二〇	三五
三二	一	二七
三三	一六	一九
三四	二二	一七
三五	五	六〇
三六	一二	一〇
三七	二四	一二
三八	一四	一四
三九	七一	二二
四〇	二五	二一
四一	一五	七
四二	一九	三〇
四三	×	×
四四	三九	三
四五	四〇	四

布本イハ歌群との関係においても、異本と唐本とは同傾向を示している。

ところで、片桐氏は、異本の一番歌から六二番までを第一部、六三番歌から六九番歌までを第二部として、二分割された。第二部は、他の歌人の家集と共有歌を持ち、後の増補と考えられるからだ。そして、この異本第二部は、唐本とまったく共有歌を持たない。唐本が異本第一部と密接な関係にありながら、第二部とはまったく無関係にあることは、唐本は、第二部が付加される以前の異本の形に近いということになる。換言すれば、唐本は、異本が第二部を加える以前の形を残すものとして位置付けることもできそうだ。もちろん、唐本の歌数、配列は、現在異本系統と呼ばれているものと一致するわけではない。が、表Ⅱ①でも確認できるように、流布本が他本から抜き出したと想定される部分では、それが唐本的なるものからではないかと推測できる痕跡も見出せる。

以上から、従来の異本系統と唐本とは「何らかの関係」にとどまるものではなく、同一のものから派生したという結論に達する。そして、唐本が異本の欠く一首を持ち、異本第二部を持たないことからすれば、現在の異本よりも部分的には古態的要素を残していると推測できるのではないだろうか。

ここで、流布本と異本、唐本の生成について纏めたのが次頁図Ⅰである。『小町集』は、現在の流布本A歌群的なるものがその始発と想定できる。このA歌群に勅撰集とは無縁の資料を増補し、『古今集』から知られる贈答相手の作などを削除、『古今集』六五七番歌を加え再編成したのが異本の第一部であり、唐本の原型である。そして、今度はその再編集したもの（異本第一部・唐本）から流布本のA歌群にある歌を除き、『古今集』六五七番歌の小町詠を末尾に置かれたロ歌群を生成、これと前後してイハ歌群も増益され、B歌群が成立した。続いて、CDE歌群も順次増補されて現在の流布本が完成したものであろう。異本では、第二部にあたる部分が加えられて、現存に近い形となった。もちろん、可能性はこれだけに限定できるものではない。が、少なくとも現在知られているものから導き出すと、以上のような想定が可能であろう。

図Ⅰ

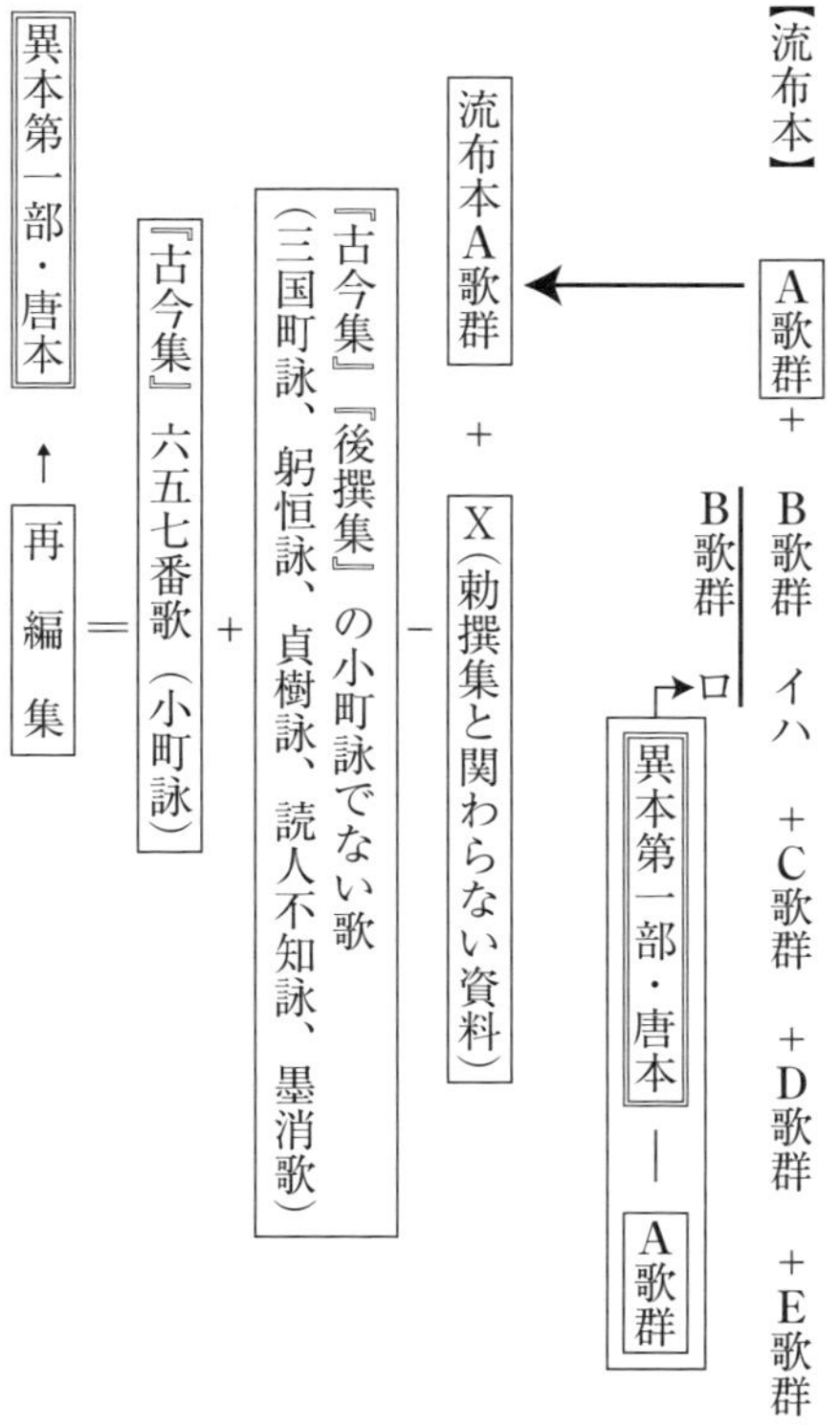

四　「小町詠的なるもの」の変容

ところで、唐本の始発がかなり古く、しかも従来の異本系統とその源流を同じくすると考えられるならば、いま述べてきたように、流布本A歌群の成立はさらに古いものと想定される。そして、これが単なる妄想でないことは、A歌群とB歌群以下との間に存在する表現の位相が証し立ててくれそうだ。

ここでは、詠嘆の終助詞「かな」に注目してみたい。「かな」が用いられている和歌は、流布本『小町集』では次の一三首である。

人しれぬ我が思ひにあはぬまは身さへぬるみておもほゆるかな（流布本・B・四九）
木がらしの風にもちらで人しれずうきことのはのつもる比かな（流布本・B・五二）
うつつにもあるだにあるを夢にさへあかでも人のみえわたるかな（流布本・B・五四）
春雨のさはへふるごとおともなく人にしられでぬるる袖かな（流布本・B・五五）
わが身にはきにけるものをうきことは人のうへとも思ひけるかな（流布本・B・五七）
心にもかなはざりける世の中をうき身はみじと思ひけるかな（流布本・B・五八）
色も香もなつかしきかな蛙なくゐでのわたりの山ぶきの花（流布本・B・六二）
霞たつ野をなつかしみ春駒のあれても君がみえわたるかな（流布本・B・六三）
はかなくも枕さだめずあかすかな夢がたりせし人を待つとて（流布本・C・九三）
吹きむすぶ風は昔の秋ながらありしにもあらぬ袖のつゆかな（流布本・C・九五）
あやしくもなぐさめがたき心かなをばすて山の月もみなくに（流布本・C・九六）
ながめつつ過ぐる月日もしらぬまに秋のけしきに成りにけるかな（流布本・D・一〇四）
わかれつつみるべき人もしらぬまに秋のけしきに成りにけるかな（流布本・E・一一三）

B歌群が八首、C歌群が三首、DE歌群がそれぞれ一首となり、「かな」は、B歌群以降に偏って見出される。比率にすると、B歌群は26％、C歌群は13％、D歌群は9％、E歌群は20％であるが、母数である一歌群の歌数自体が少ないので、どの歌群の使用頻度が高いとは一概には言い難い。しかし、ここで注意したいのは、B歌群以降では、いずれにも使用が認められるにもかかわらず、A歌群にまったく「かな」が使用されない点である。というのは、A歌群は、小町の真作を含み持つ、もっとも小町自身に近い和歌の集合体と考えられるからである。もちろんA歌群の和歌がすべて小町の真作であると断定できるわけではない。厳密に言えば、『古今集』がその保証をしてくれる和歌のみであろうが、それにさえも疑問の余地はある。その意味では、これは、小町という歌人の問題というよりは、むしろ「小町詠的なるもの」の問題として捉えなければならないであろう。小町詠と認定された和歌を集めた『小町集』のそもそもの始発において、つまり、流布本A歌群において、「かな」が見出せないのは、やはりその資料群が「かな」を用いない傾向にあったからではないか。ここで思い起こされるのは、

色見えでうつろふ物は世中の人の心の花にぞ有りける（古今・恋五・七九七）

を挙げて、「問題は、小町その人の特定の経験の有無、色見えでうつろうたのが、特定の誰彼の心であるかないかをこの歌から考えることにあるのではない。小町の特定の経験を自然に想定させずにはおかぬほどのこの歌の強烈な姿態を確認したいのである。いいかえれば、この歌一首に、小町の経験が、生命が移転し、自立する姿態を定着させているということなのである」とした秋山虔氏の分析である。実際はどうであれ、実作の小町詠とおぼしいものには、彼女の実体験から紡ぎ出された心の叫びと捉えざるをえない、あるいは捉えたくなる世界が現出している。そしてそうであるならば、いま指摘したように「かな」で詠嘆されるような穏やかな詠みぶりが選択されなかったのも、肯ける。自己の生、体験から絞り出したかのような魂の激動を詠いあげる時、詠嘆の「かな」はおのずとその選択肢から外されたに違いない。

そして、このことは、「小町詠的なるもの」を考える上で重要である。なぜなら、前掲の一三首は、B歌群以降に所収されているというだけでなく、そのほとんどが『新古今集』以降の勅撰集に小町詠として採録されてもいるからだ。つまり、伝承された小町像と同様、和歌の世界でも小町詠は享受の過程で徐々に変容したようである。始発期にはまったく見えない詠嘆の「かな」が、その後姿を現すことは、かなり早い段階から変容の兆しが現れていたことを示唆しているのではないか。小町の和歌を愛した人々による「小町詠的なるもの」の探索と蒐集は、その意図に反して、実作の小町詠からの乖離をもまた誘発したに違いない。

おわりに

小町の説話、伝承が日本各地で時を超えて様々に語り継がれ続けたように、家集もまた、成長し続けたようだ。そして、当然の帰結として「小町詠的なるもの」の変貌をも誘引した。家集を眺めていると、人々の思い入れが増幅、増大し、ひいては、「小町詠的なるもの」が小町詠を凌駕してしまったようにも見える。しかしそれは、歌数は少ないながらも実の小町詠に並々ならぬ偉力と不変の魅力があったからに違いない。『小町集』は、陽炎のようにおぼろげな家集ではあるが、その核には、傑出した小町という歌人の真作があることもまた確かである。実体験に裏付けされたとしか思われない世界を詠いあげた小町の、珠玉の一首一首が、多くの人々の共感を得たからこそ現出した家集であったと言えるだろう。

ところで、近年冷泉家時雨亭叢書から『承空本私家集　上』が上梓された。その解題[13]によれば、承空本私家集と呼ばれる中に『小野小町集』もあるという。いまその詳細は知り得ないが、新しい資料の公開により、遠からず本稿で示した『小町集』諸本の把握もまた訂正を余儀なくされるであろう。しかしいまは、現在知りうる資料から推測できた試案を提示することで、『小町集』解明への一階梯とできれば幸いである。

注

1　錦仁『浮遊する小野小町　人はなぜモノガタを生みだすのか』（笠間書院　二〇〇一年）
2　前田善子「異本小町家集について――神宮文庫所蔵異本三十六人家集及び架蔵異本三十六人Ⅰ・Ⅱの小町集に附いて――」（『国語と国文学』　一九四六年七月）
3　石橋敏男「小町集成立考」（『国語』　一九五五年九月）
4　秋山虔「小野小町的なるもの」（『王朝女流文学の形成』塙書房　一九六七年）。以下、秋山氏の御論はすべてこれによる。
5　後藤祥子「小野小町試論」（『日本女子大学紀要　文学部』27　一九七八年三月）
6　片桐洋一①「小野小町集考」（『言語と文芸』　一九六六年五月）②『小野小町追跡』（笠間書院　一九七五年）③小町集解題（『新編国歌大観』第三巻　角川書店　一九八五年／日本文学Ｗｅｂ図書館　二〇一五年所収）④『和歌大辞典』（明治書院　一九八五年）。猶、本稿は片桐洋一氏の一連の御論考、特にその集大成である②に多大な御学恩を得ている。煩瑣になるため、②からの引用については、以降注を付さなかった。
7　冷泉家時雨亭叢書『平安私家集七』〈小野小町集〉（朝日新聞社　一九九九年）
8　注6③に同じ。
9　室城秀之『小町集』解題（和歌文学大系18『小町集／業平集／遍昭集／素性集／伊勢集／猿丸集』明治書院

一九九八年）。室城氏は、修正を加えない正保版本歌仙歌集本の小町集を用いている。

10　注4に同じ。

11　注6④に同じ。

12　藤田洋治「歌仙歌集・正保版本の一性格——その二　遍昭・小町・敏行・小大君の家集を中心に——」（「東京成徳短期大学紀要」27　一九九四年三月）

13　田中登「解題」（冷泉家時雨亭叢書『承空本私家集上』朝日新聞社　二〇〇二年）

〔付記〕

182頁の図Ⅰについては初出と若干異なっている。ただし、意図するところは変わらない。

〔関連論考〕

冷泉家時雨亭叢書『承空本私家集下』（朝日新聞社　二〇〇七年）

角田宏子『「小町集」の研究』（和泉書院　二〇〇九年）

大塚英子『小野小町』（コレクション日本歌人選3　笠間書院　二〇一一年）

大塚英子『古今集小町歌生成原論』（笠間書院　二〇一一年）

(二)『古今集』にみる僧正遍昭

はじめに

『古今和歌集』仮名序が、「近き世にその名きこえたる人」と、六歌仙について語り出すにあたり、筆頭に掲げたのは僧正遍昭であった[1]。時代は下るが、細川幽斎の口述を記した烏丸光広の『耳底記』中にも、「古今にての作者いづれと、定家に勅問ありしかば、僧正遍昭と勅答。まこと少きはいかがとあれば、それこそ歌といふものなれ」とあって、かの藤原定家が、歌人僧正遍昭を高く評価していたことを伝えている。だが、近現代にあっては、同じく六歌仙として並び称された在原業平、小野小町に比して、歌人遍昭の評価が格段に劣っていることは、衆目の認めるところであろう。歌人評価が時代の嗜好により変動するのは致し方ないとしても、遍昭（宗貞）は、『古今集』に、合計十七首の和歌が入集したばかりでなく、詞書中の登場回数も、一位の「業平朝臣」が六回であるのに対し、「遍昭」は二位で、五回に及んでもいる。にもかかわらず、『古今集』の仮名序にある「僧正遍昭は歌の様はえたれどもまこと少なし、たとへばゑにかけるをうなを見ていたづらに心を動かすがごとし」との評言の呪縛が、近代に、より強固に働き、遍昭歌を偏向して眺めさせているようにも見える。この遍昭評が、彼の和歌自体よりも大きな影響力を持ち続けてきたと言っても過言ではない。このような状況に最初に異を唱えた目崎徳衛氏は[2]、「文学史・仏教史の双方においてある意味の盲点になっている」と喝破された。これを機に、宗貞としての官僚としての足跡や、僧正にいたる出家後の閲歴が解明され、歌の特性や、その洒脱さについて論じられるなど、先学諸氏の御論考も重ねられることとなった。さらに、『遍昭集』の全釈も上梓されて、家集を読む環境も整った。だが、依然として遍昭の和歌自体が、特に『古今集』入集歌が、丁寧に読み込まれているとは言い難い状況にある。遍昭が『古今集』編纂当時、いかなる評価を受けていたのかについても、もう少し丹念に探る必要があるのではないだろうか。そこで本稿では、『古今集』内部に現れた歌人としての遍昭に焦点をあて、この集の遍昭評価について考えてみることとしたい。[3][4]

一　良峰宗貞の入集歌

桓武天皇の皇子の一人、安世は、延暦二十一年（八〇二）十二月二十七日、十八歳の折に良峰姓を賜り、臣籍に降下した。「才武官を兼ね、能く書、音楽を解す」と評された安世は、滋野貞主らとともに『経国集』の編者ともなり、「官位も順当に進んだ」というが、天長七年（八三〇）七月六日、四十六歳で没している。この安世の第八子として誕生したのが、良峰宗貞、後の僧正遍昭である。彼の歌を『古今集』は、十七首所収するが、そのうち次の三首、[5][6]

　春の歌とてよめる　　良峰宗貞
花の色は霞にこめて見せずとも香をだにぬすめ春の山風（古今・春下・九一）

　五節の舞姫を見てよめる　　良峰宗貞
天つ風雲のかよひぢ吹きとぢよをとめの姿しばしとどめむ（古今・雑上・八七二）

　奈良へまかりける時に、あれたる家に女の琴ひきけるを

聞きてよみていれたりける　　良峰宗貞

わび人のすむべき宿と見るなへに嘆きくははる琴の音ぞする（古今・雑下・九八五）

と、いずれも「良峰宗貞」の名が付され、出家後の作とは区別されている。同一の勅撰集内において同一人物に複数の名を採用した例を寡聞にして知らないので、『古今集』の意図も奈辺にあったかの即断はできかねる。だが、一つには、出家前の宗貞が歌人としてある程度の評価を受けていたためと考えることはそう間違ってはいないであろう。というのは、八七二番歌が後に『百人一首』に所収されたことは言わずもがなだが、九一番歌も『古今集』編纂以前、すでに高い評価を得ていたらしいからだ。

『古今集』入集の

寛平御時、古き歌たてまつれとおほせられければ、竜田河紅葉ば流るといふ歌をかきて、その同じ心をよめりける　　藤原興風

み山よりおちくる水の色見てぞ秋は限と思ひしりぬる（古今・秋下・三一〇）

と、『後撰集』所収の

寛平御時、花の色霞にこめて見せずといふ心をよみてたてまつれとおほせられければ　　藤原興風

山風の花のかかどふふもとには春の霞ぞほだしなりける（後撰・春中・七三）

について、徳原茂実氏は、「宇多帝による歌召である点、詠者が藤原興風である点、また、古歌を下敷きにして詠まれている点」が共通しており、「何らかの関係が想像される」と指摘された[7]。この二首についての結論はおおむね首

肯されるものの、ここで注意したいのは、「花の色霞にこめて見せず」が、「竜田河紅葉ば流る」と同等の扱いを受けていることだ。徳原氏は、「竜田河」詠、「花の色」詠、いずれも古歌と一括されたが、この点はもう少し慎重であるべきではないだろうか。

遍昭の出生年時は定かではないが、『文徳天皇実録』によれば、嘉承三年（八五〇）仁明天皇崩御に伴って出家した。その折、三十五歳だという。宇多天皇の在位は、仁和三年（八八七）から寛平九年（八九七）の間。遍昭の入滅は寛平二年（八九〇）で、この歌召が生存中であった可能性もある。あるいは没後であったとしても、『古今集』の作者表記からすれば出家前の詠となる。詠出も、また歌召の年時も不明であるが、両者は、どう長く見積もってもたかだか五十年程度の間のことであり、歌召時に当該歌を古歌と認識していたかどうかは疑わしい。よく見れば、『後撰集』の詞書には「古き歌」とは記されてはいない。ここでは、九一番歌を古歌とすべきか否かについては不問に付し、宇多朝において、古歌「竜田河」詠と同じく、新しい和歌を詠むための動機付けとなるべく提示された歌であることに着目してみたい。なぜなら「古き歌」が単に詠出年時の古さだけを意味するものでないことは、よく知られているからだ。つまり、『後撰集』七三番歌の詞書は、九一番歌が、宇多朝、つまり、『古今集』前夜において、「古き歌」と比肩するほどに、高い評価を得ていたことを証し立てる。そしてそれは、出家前、すでに良峰宗貞が歌人としての地位を確立していたことを示してもいる。

ところで、この九一番歌を除いた前掲二首についても、やはり出家前の和歌であることを明示したいという『古今集』側の意図があったのではないだろうか。八七二番歌も九八五番歌もいずれも女性との関わりで詠まれているからだ。もちろん、前者は、豊明節会当日に五節舞を見た折の作と推測され、特に個人的な関係と考えなくとも良いであろうし、僧として列席した折の詠であったとしても度が過ぎたものではない。また、後者の詞書に「女」が登場するものの、どの程度の関係かは分からない。だが、『古今集』はあくまで遍昭の僧侶としての品格を、重視し、出家後に、女性に心を動かすような姿を想像させ得る要素を排除しようという意図のもとに和歌を選択しているのでないかと考えられる。というのは、『大和物語』にも所収され、『後撰集』が入集した次の贈答歌、

石の上といふ寺にまうでて、日の暮れにければ、夜明けてまかりかへらむとてとどまりて、この寺に遍昭侍りと人のつげ侍りければ、ものいひ心見むとていひ侍りける　小野小町

いはの上に旅寝をすればいと寒し苔の衣を我にかさなん（後撰・雑三・一一九五）

返し　僧正遍昭

世をそむく苔の衣はただひとへかさねばうとしいざ二人寝ん（後撰・雑三・一一九六）

を、『古今集』は入集していないからだ。『古今集』の編纂資料にこの贈答がなかった可能性も否定はできない。だが、『古今集』はあえてこの贈答を選択しなかったのではないだろうか。[8]片桐洋一氏は、『後撰集』所収の遍昭歌について、「遍昭の歌はすべて僧正にふさわしい内容の歌である」と総括され、当該歌についても、「軽く応じた遍昭の風流ぶりがこの贈答の眼目」と評されている。[9]たしかに、この誘いかけを当意即妙な社交辞令として解することも、もちろんできるだろう。が、いつでもそのように解されるとは限らない。『後撰集』は許容したが、『古今集』はその危うさを容認し得なかったのではないだろうか。

たとえば、『古今集』が所収する遍昭の恋歌は次の二首のみである。しかも彼の和歌としては珍しく「題知らず」

歌群の中に置かれている。

我が宿は道もなきまであれにけりつれなき人をまつとせしまに（古今・恋五・七七〇）

今こむといひてわかれし朝より思ひくらしのねをのみぞなく（古今・恋五・七七一）

また、堕落した僧のイメージが付与されることもままある次の二首

名にめでてをれるばかりぞ女郎花我おちにきと人に語るな（古今・秋上・二二六）

秋の野になまめきたてる女郎花あなかしかまし花もひと時（古今・雑体・一〇一六）

も、それぞれ「題知らず」歌群に位置づけられており、恋歌めいた扱いはされていない。二首とも、詠みかけている相手はあくまで女郎花であり、その名を利用したに過ぎないのだ。二二六番歌は、仮名序の古注に、「嵯峨野にて馬より落ちてよめる」と記され、『遍昭集』でも「さうざうしうはべりしかば、馬に乗りてものにまかりし道に、女郎花の見えしを、およびて折りしほどに、馬より落ちて、落ちふしながら」（遍昭・二四）という詞書を持つ。もちろん、いずれも後の伝であり、本来的なものか疑義は残る。だが、『後撰集』さらには『大和物語』に見える女性に関連した記述を採用しなかった『古今集』が、この落馬の逸話も取り入れなかったのは示唆的だ。僧としての品格を重んじたために違いない。

言い換えれば、前掲の八七二番歌、九八五番歌のような女性との関わりを想像させ得る和歌を、『古今集』は出家前の作であるからこそ、宗貞の名を付して入集させたに違いない。『古今集』の遍昭作には女性との関連を想像させるような要素はほとんど見出せない。が、唯一見られるとするならば、次歌であろうか。

志賀よりかへりけるをうなどもの花山に入りて藤の花のもとに

立ち寄りてかへりけるに、よみておくりける　　僧正遍昭

よそに見てかへらむ人にふぢの花はひまつはれよえだはをるとも（古今・春下・一一九）

だが、これもあくまで春歌の扱いである。かなり妖艶な感もある「はひまつはれよ」も、呼び掛けている相手は藤の花で、先の女郎花詠に通じる。しかも、当歌は、次の「志賀の山越え」詠二首を承引した可能性もありそうだ。

志賀の山越えに女のおほくあへりけるによみてつかはしける　紀貫之

梓弓はるの山辺をこえくれば道もさりあへず花ぞちりける（古今・春下・一一五）

志賀の山越えにて、いしゐのもとにてものいひける人の別れけるをりによめる　紀貫之

むすぶてのしづくににごる山の井のあかでも人にわかれぬるかな（古今・離別・四〇四）

この二首の貫之詠について片桐洋一[10]氏は、「関係がありそうに思う」と述べられたように、両歌は、山越えの折に女性たちと知り合った男の、艶っぽい逸話を容易に想像させる。片桐氏は貫之詠が、実体験ではなく、屏風歌であった可能性についても示唆された。

ところで、「志賀の山越え」は、志賀の山を越えて志賀寺へ参詣することが平安時代初期に盛んだったのに由来する。それが和歌の世界に、あるいは屏風の絵柄に採用されたのだが、その淵源に、前掲の一一九番歌、すなわち遍昭歌の存在があったとは考えられないだろうか。『古今集』では歌中に用いられることのなかった「志賀の山越え」だが、すでに詞書中に五例見えている。だが、「志賀」単独で詞書に見えるのは遍昭歌の一例のみである。『古今集』の歌枕については本書第二部第一章㈢に詳述するように、かなり意図的に取捨選択がなされている。その中にあって、

あえてこの「志賀」の語を持つ詞書が採用されているのは、やはり「志賀の山越え」という語句から想起される世界の、特に貫之詠的世界の、初期の段階にこの遍昭歌が位置づけられることと関連があるのではないだろうか。

以上からすると、良峰宗貞の名で入集した和歌と、遍昭の名を付して採用した詠との間には、単に出家前後を区別するというだけではない、明確な意識の差があったように見える。つまり、宗貞の名で採用された三首は、秀歌と認められたというだけでなく、やはり在俗時であったから詠めた歌であり、所収された歌でもあったろう。これに対し、遍昭名で採用された和歌には、僧正としての品性を問われるような、あるいは破戒僧的な想像を可能にするような要素を見出すことはできない。遍昭は、恋歌も嗜み、女郎花や藤の花を愛し、時には場をわかせる歌を詠じることもあるものの、『古今集』内部では風流で洒脱な歌人に留まるよう配慮していたように見える。いやむしろ、『古今集』は、平安時代初期を代表する僧侶として、あるいは、時代の寵児として、僧正遍昭の姿を留めようと腐心したように見える。そこで、次節以降では出家後の詠に焦点をあて、もう少し丁寧に検証してみよう。

二　遍昭と西寺の柳、秋の野

遍昭よりも四十年ほど前に生を受けた高僧として空海がいる。真言宗の開祖となった弘法大師だが、彼は『性霊集』をはじめ、多数の漢詩文は残しているものの、和歌は嗜まなかった。『古今集』が、その空海の向こうをはって和歌を詠んだ高僧として、さらには空海に与えられた東寺に対し、国の寺であった西寺にも深く関わった僧として、僧正遍昭を高く評価していたという見方をするのは穿ちすぎだろうか。というのは、『古今集』の遍昭歌の多くが、彼の足跡を辿るかのように、あるいは彼の人生を記録するかのように配されているとも見えるからだ。

たとえば、遍昭の出家前後の事情を記した長い詞書を持つ和歌が、『古今集』に見える。

深草の帝の御時に蔵人頭にて夜昼なれつかうまつりけるを、諒闇になりにければ、さらに世にもまじらずして比叡の山にのぼりて頭おろしてけり、その又の年、皆人御ぶく脱ぎて、あるはかうぶり賜りなどよろこびけるを聞きてよめる

僧正遍昭

みな人は花の衣になりぬなり苔の袂よかわきだにせよ（古今・哀傷・八四七）

『古今集』哀傷部は、他の部に比べ、全体に詞書の長いものが多い。だが、知り得た情報をすべて記しているわけではない。たとえば、躬恒の母（八四〇番）、父（八四一番）、忠岑の姉（八三六番）の死別に関連した歌の詞書でも、故人の名が明かされることはなかった。撰者の近親者であってもその名を記さないということの一事をもってしても、『古今集』の詞書記載における方針の一端を窺い知ることができよう。当該歌は、崩御から一年過ぎても「苔の袂よかわきだにせよ」と詠まざる得ないほどの深い悲しみが表されてはいるものの、詞書は、蔵人頭として精勤したことや、帝の崩御に伴い出家したこと、諒闇明けの、周囲と彼との心境の齟齬などが詳細に綴られており、ほとんど遍昭側からの事情説明に終始していると言っても過言ではない。詞書の長さ自体も哀傷部中一、二に位置づけられる。当歌を詠じた事情を説明する詞書は必要ではあるものの、もう少し簡略にすることもできただろう。とすれば、ここに、出家前後の遍昭の有り様を留めたいという意図が働いていたと見ることもできそうだ。遍昭歌にはこれ以外にも、和歌を解釈するためというだけに留まらない詞書が付された例を、見出すことができるからだ。

『古今集』において、遍昭歌として最初に登場する次歌の詞書については、古来疑問が呈されてきた。

　西大寺のほとりの柳をよめる　　　　　　　　僧正遍昭

浅緑いとよりかけて白露をたまにもぬける春の柳か（古今・春上・二七）

全体に詞書が簡素である『古今集』において、あえて「西大寺」と特定の場所が明示されているからだ。しかも一見したところでは、歌内容と「西大寺の柳」が直接的な関連を持つとは考えがたく、このような具体的な叙述がなぜ採用されたのか不思議でもある。同様の思いは、先人達も抱いたようで、この詞書に言及したものは多い。次に代表的なものを幾つかを掲出してみよう。

◎契沖『古今余材抄』（『契沖全集　第五巻』朝日新聞社　大正一五年一〇月／一部表記を改めた）

詞書に、ただ「柳をみてよめる」とかきてもさてあるべきに、「西大寺のほとりの柳」といへるにつきておもふに、柳が枝もまことの糸ならず、白露も誠の玉ならぬに、などかかくいつはりなかるべき寺のほとりに、玉の緒をぬきて人をあざむくぞとよめる心をあらはさんとて、詞書をくはしくかけるにや。夏の歌に蓮をよまれたる歌の心おもひあはすべし。

◎金子元臣氏『古今和歌集評釈』（明治書院　昭和二年）

寺門前に麹塵の糸にも譬へられる芽出し柳のふしぶしに、露の白玉の溜つてゐるのを見て、端なくも花田色の緒に貫いた水晶の念珠を連想し、所柄柳が数珠を拵へて居るやうに見立てたのは、頗る逸興がある。かう解してこそ、詞書にわざわざ「西大寺のほとり」と断つた理由も了解されよう。況や作者が坊さんときては、いよいよさう信ぜられる。

◎奥村恆哉氏『新潮日本古典集成 古今和歌集』（新潮社 昭和五五年）
大陸風に構築された大伽藍を背景にしての、自然の小さな営み。巨大な人工美と対照してこの歌は生きる。

◎片桐洋一氏『古今和歌集全評釈（上）』（平成一〇年 講談社）
遍昭の歌の詞書は…（略）…のように、長く詳細なものが多い。つまり『古今集』が用いた資料（おそらくは『原撰本遍昭集』）が、たとえば息の素性を通じて奉られたものであるゆえに、その事実性を尊重してほとんど生の資料のままに『古今集』の詞書を書いたのではなかったかと思われてくる。しかし、これを別の角度から言えば『古今集』の遍昭歌の詞書の記載目的は事実性の尊重という点にあったということだから、遍昭は西寺にいたことがあったのだなあと読者が思えばそれでいいということにもなる。

遍昭の他歌を援用して解くものから、和歌自体の解釈とどうにかして結び付けようとするもの、疑義を持つこと自体に意味はないとするものまで、その見方は多岐にわたる。だがいずれも定説とは成り得ていない。

ところで、この「西大寺」とはどのような寺なのだろうか。大和西大寺とは異なり、現在の東寺と朱雀大路を挟んで対称的に建立された寺であったが、今はない。『平安時代史事典』「西寺」の項[11]には、「平安京九条大路に沿って南面し、西は西大宮大路、東は皇嘉門大路、北は八条大路に限られる、右京九条一坊九町から十六町に至る地域にわたって、東寺とともに国家鎮護・王室昌栄を祈って造営された寺」とある。東寺との関係については、「平安京の東西二寺は平安京造営当初から、平安京が京の機能を果たさなくなるまで存在し、特に東寺は空海に与えられ、大師の信仰を以て真言宗の寺となり、今に至るまで法灯は絶えないが、西寺は王室の衰えを示すかのように姿を消した。ところで東寺・西寺と挙げた時、西寺のほうが優位にあった感を受ける」とされ、さらに、「国家の法事、即ち国忌のごときは西寺において執り行われることが多かった。いわば国家管理の寺であった」と、興味深い指摘がなされている。つまり、当時の西寺は、空海の東寺を凌ぐ勢力を持った、平安京を代表する寺であった。とすれば、貞明親王の護持僧となり、最終的に僧正に上り詰めた遍昭が、西寺において様々な折に奉仕したことは、容易に想像されよう。

次に、「柳」について考えてみたい。もちろん、柳を詠んだ和歌であり、「柳をよめる」と詞書にあることは不審ではない。だが、西寺が、平安京鎮護のために建立された寺であったことからすれば、この柳という植物も、大きな意味を負っているように見える。つまり、都が新京と呼ばれたごく初期の頃、平安京を代表する植物は柳であったから[12]だ。催馬楽「浅緑」でも

浅緑　濃い縹　染めかけたりとも　見るまでに　玉光る　下光る　新京朱雀の　しだり柳
またはた井となる　前栽秋萩　撫子蜀葵　しだり柳

と、新京の朱雀大路にある浅緑色の「柳」が詠われている。

都の鎮護を願って建立された西寺は、平安京を代表する寺であり、柳は新京を代表する植物であった。それを護持僧、そして僧正にまで上り詰めた、仏教界の重鎮遍昭が詠じたのである。ここに『古今集』が着目したのではないか。つまり、平安京遷都から『古今集』成立までの約百年の間を代表する三つのものがすべて揃っているのが、この二七番歌なのだ。こうしてみると、『古今集』がわざわざ詞書に「西大寺の柳」と記した意図も理解できそうだ。

ところで、『古今集』に所収された遍昭詠の多くは、業平詠に次いで長い詞書を持つ。業平が『伊勢物語』の主人公に仮託されるのに対し、遍昭は、『大和物語』にその名を留めており、人々の関心は彼が詠んだ和歌の背景にも

向っていたことが分かる。次も、長い詞書が付されている。

仁和の帝、親王におはしましける時、布留の滝御覧ぜむとて
おはしましける道に、遍昭が母の家に宿りたまへりける時に、
庭を秋の野につくりて、おほむ物がたりのついでによみてた
てまつりける　　　　　　　　　　　　　　　僧正遍昭

里はあれて人はふりにし宿なれや庭もまがきも秋ののらなる（古今・秋上・二四八）

この遊覧自体、かなり大規模なものであったようで、同じ折に詠まれた和歌（三九六番歌）が『古今集』に入集してもいる。後に宇多上皇がやはり滝（その折は宮滝）を見るために行幸されており、それは、『宮滝御幸記』[13]として纏められた。その宮滝御幸も、あるいは、この布留滝行が先蹤となって企図されたものかもしれない。宇多上皇は途中、遍昭の息・素性を召して、和歌を詠ませてもいるからだ。

さて、二四八番歌も、このように詳細な詞書がないと理解しにくい面はたしかにある。だが、長々と詞書が付されたのには、もう少し別な意図もあったのではないだろうか。目崎徳衛氏は、遍昭の母が時康親王、つまり後の光孝帝の乳母であったとの推測を示されたが、ここでは、遍昭が母の家の庭を「秋の野につくり」かえている点に着目してみたい。というのは、天皇を饗応するに際し、同種のことを遍昭に先立ち行った人物がいたからだ。長屋王[14]である。長屋王が自身の庭園で新羅客をもてなしたことは、『懐風藻』中に所収されている多数の漢詩からも窺えるが、『万葉集』には次のような二首も見える。

太上天皇御製歌一首

はだ薄　尾花さかふき　黒木もち　つくれる室は　よろづよまでに（万葉・一六三七／一六四一）

天皇御製歌一首

あをによし　奈良のやまなる　黒木もち　つくれる室は　ませどあかぬかも（万葉・一六三八／一六四二）

右、聞之、御在左大臣長屋王佐保宅肆宴御製

太上天皇は元正天皇、天皇は、聖武天皇のことだという。両天皇は、長屋王の庭、すなわち作宝楼に行幸されたようで、そこには、尾花を葺き、黒木造りの野趣に溢れた建物があった。長屋王の庭、つまり作宝楼は、この折だけでなく、前述したように新羅客をもてなすなど迎賓館のような役割を担ってもいたらしい。長屋王の生涯を平安時代初期の人々がどのように評価していたかはいまだ不明な点も多いが、前掲のような趣向で饗応した遍昭は、この長屋王の所為から着想を得た、あるいは、長屋王を真似た可能性もありそうだ。もちろん、当時の人々が、遍昭のそれから長屋王の作宝楼を思い浮かべることも容易なことであっただろう。大規模な遊覧の折に、長屋王ばりの風流なもてなしで饗応した遍昭の所為は、当時の人々の話題をさらったに違いない。だからこそ、『古今集』は詳細な詞書を付してこの和歌を採用したのではないだろうか。単に当該歌の読解を助けるためだけでない詞書として、これも位置づけられそうだ。

以上、三首に付された具体的な詞書は、遍昭の人生を象るできごとを伝えていた。これらから、『古今集』の、遍昭という歌人を扱う姿勢を読み取ることができる。

三　遍昭と『古今集』の配列

ところで、遍昭歌の周辺には、彼に関わる人々の和歌がまるで歌群を構成するかのように並べられてもいる。

　人の花山にまうできて、ゆふさりつかたかへりなむ
　としける時によめる　僧正遍昭

夕暮のまがきは山と見えななむ夜はこえじとやどりとるべく（古今・離別・三九二）

　山にのぼりてかへりまうできて、人人わかれけるつ
　いでによめる　幽仙法師

別れをば山の桜にまかせてむとめむとめじは花のまにまに（古今・離別・三九三）

　雲林院のみこの舎利会に山にのぼりてかへりけるに、
　桜の花のもとにてよめる　僧正遍昭

山風に桜ふきまき乱れなむ花のまぎれにたちとまるべく（古今・離別・三九四）

幽仙法師

ことならば君とまるべくにほはなむかへすは花のうきにやはあらぬ（古今・離別・三九五）

　仁和の帝みこにおはしましける時に、布留の滝御覧
　じにおはしましてかへりたまひけるによめる　兼芸法師

あかずしてわかるる涙滝にそふ水まさるとやしもは見るらむ（古今・離別・三九六）

幽仙法師も兼芸法師もその閲歴は判然としないが、詞書・歌などからすると、遍昭と近しい人物であったようで、いわゆる雲林院文学圏の人と目される。同じく兼芸法師と関わる配列が見える。

（題知らず）　兼芸法師

もろこしも夢に見しかば近かりきおもはぬ中ぞはるけかりける（古今・恋五・七六八）

貞　登

独りのみながめふるやのつまなれば人を忍ぶの草ぞおひける（古今・恋五・七六九）

僧正遍昭

我が宿は道もなきまであれにけりつれなき人をまつとせしまに（古今・恋五・七七〇）

今こむといひてわかれし朝より思ひくらしのねをのみぞなく（古今・恋五・七七一）

兼芸と遍昭の間に置かれた貞登も仁明天皇の皇子であることからすれば、やはり彼らと近しい関係にあったとおぼしい。次にも遍昭と近しい人物を意識させるような配列が見出せる。

僧正遍昭によみておくりける　惟喬親王

桜花散らば散らなむ散らずとてふるさと人のきても見なくに（古今・春下・七四）

雲林院にて桜の花の散りけるを見てよめる　承均法師

桜散る花の所は春ながら雪ぞふりつつきえがてにする（古今・春下・七五）

桜の花の散り侍りけるを見てよみける　素性法師

花散らす風のやどりはたれかしる我にをしへよ行きてうらみむ（古今・春下・七六）

雲林院にて桜の花をよめる　承均法師

いざ桜我も散りなむひとさかりありなば人にうきめ見えなむ（古今・春下・七七）

ここには遍昭自身の歌はないが、七四番歌の詞書にその名が見える。その後には、閲歴は不明だが、やはり遍昭に近いと目される承均法師の和歌が二首置かれ、その間には、息子である素性の和歌が配されてもいる。しかも、詞書に二度登場する「雲林院」は遍昭が住した寺だ。

また、遍昭詠の直後の詞書中にその名が見えるという場合もある。

題しらず　僧正遍昭

名にめでてをれるばかりぞ女郎花我おちにきと人にかたるな（古今・秋上・二二六）

僧正遍昭がもとに奈良へまかりける時に、男山にて女郎花を見てよめる　布留今道

女郎花うしと見つつぞゆきすぐる男山にしたてりと思へば（古今・秋上・二二七）

この二首は、単に作者と次の詞書中の人名が同一という関係に留まらない。というのは、今道[16]は、清和・陽成・光孝・宇多の四代に仕えた人物である。しかも、詞書に見えるように、今道が遍昭の許に出向いた折に女郎花を見て詠んだという事情からすれば、二二七番歌は二二六番の遍昭歌を意識して詠われたものらしい。『古今集』もこのような事情を考慮して、両歌を並列したのに違いない。

これとは逆に、詞書中に名が見え、次いで彼自身の和歌が置かれた箇所もある。

仁和の御時僧正遍昭に七十賀たまひける時の御歌

かくしつつとにもかくにもながらへて君がやちよにあふよしもがな（古今・賀・三四七）

仁和の帝のみこにおはしましける時に、御をばの

八十の賀にしろかねを杖につくれりけるを見て、

かの御をばにかはりてよみける　僧正遍昭

ちはやぶる神やきりけむつくからにちとせの坂もこえぬべらなり（古今・賀・三四八）

遍昭自身への賀歌と、「御をば」のために代作した賀歌とが並列されている。時の帝が遍昭の七十賀を祝したという
ことだけでも十分な栄誉であるはずだが、この関係はさらに帝の即位前、遍昭の「をば」の時代に遡り、長年にわ
たったものであることが分かる。これもやはり意図的な配列と見るべきであろう。

他にも近親者との関係を意識した配列が見える。遍昭と息の素性との親子関係をめぐるものだ。二人の間は良好な
ものであったようだ。たとえば、

北山に僧正遍昭と茸狩りにまかれりけるによめる　素性法師

紅葉ばは袖にこきいれてもていでなむ秋は限りと見む人のため（古今・秋下・三〇九）

と、大変珍しいことに、親子で茸狩りを楽しんだという事情が明らかにされている。この親子に対する関心は高かっ
たらしく、『大和物語』では「法師の子は法師になるぞよき」と遍昭が述べたと伝え、『後撰集』（春中・四九・遍昭、
春中・五〇・素性）にもこの親子の歌が並置されてもいる。一方『古今集』では、

春の歌とてよめる　良峰宗貞

花の色は霞にこめて見せずとも香をだにぬすめ春の山風（古今・春下・九一）

寛平御時后の宮の歌合の歌　素性法師

花の木も今はほりうゑじ春たてばうつろふ色に人ならひけり（古今・春下・九二）

と、出家前の和歌と素性歌が並列されていたり、

　雲林院の木のかげにたたずみてよみける　　　僧正遍昭

わび人のわきてたちよるこの本はたのむかげなく紅葉散りけり（古今・秋下・二九二）

　二条の后の春宮の御息所と申しける時に、御屏風に竜田河に紅葉流れたるかたをかけりけるを題にてよめる　　　素性法師

紅葉ばの流れてとまるみなとには紅深き浪や立つらむ（古今・秋下・二九三）

と、出家後の和歌と素性詠が並列されていたりもする。在俗時の宗貞詠と出家後の遍昭詠の双方の後に、素性歌が置かれていることからしても、『古今集』のこの親子に対する関心の高さが窺える。

もちろん、入集歌すべてに如上のような配列が見られるわけではない。だが、遍昭歌の周辺に、あるいは、詞書中に見える遍昭という名の周囲に、彼と関わる人々の詠が、まるでそこに連なるように置かれているのは、やはり注意すべきであろう。これらは偶然のなせる業とは思われない。やはり遍昭という歌人と、その近しい人々との有り様を留めたいという意識が、『古今集』側で働いたからに他ならないであろう。

おわりに

『古今集』は平安遷都から百年余りが経過した後に完成した勅撰集である。その間に、歌人としてだけではなく、貴族としても僧侶としても、また文化人、教養人としても、さらには人の親としても注目を集め続けたのが良峰宗貞

であり、僧正遍昭であったに違いない。高い出自を持ち、俊英としても知られた宗貞であったが、突然出家を果たす。だが、そこでも台密を修して、叡山きっての験者となり、そして再び宮廷社会へと回帰する。貞明親王、時康親王の護持僧となるばかりでなく、元慶寺・雲林院などの経営でも成功をおさめ、ついには、僧正にまでも上り詰める。このスケールの大きな、型破りな歌人の足跡を留めたい。『古今集』の彼に関わる和歌の扱いには、このような敬仰の念が見出せる。だがその意識も時が経つにつれておぼろなものとなり、仏教界のみ、あるいは和歌世界のみで収まりきれなかった規格外の人生は、いずれの世界でも評価しかねるものとして、ついには等閑に付されてしまった。

歌人の人生に依存し過ぎた和歌解釈は、時にそれ自体の持つ文学性を見落とす危険性をはらむ。だが、『古今集』の如上のような扱いには、この歌人の和歌を、その人生とともに、理解、解釈すべきであるという強いメッセージが託されているように見える。

注

1　「へんじょう」は遍照とも遍昭とも表記される。本稿では藤原定家に従い、遍昭を用いた。

2　目崎徳衛『平安文化史論』（桜楓社　一九六八年）

3　増田繁夫「遍照伝攷――古今集研究の一――」（『甲南大学文学会論集・国文学編　第5集』28　一九六五年一一月）、山口博『王朝歌壇の研究　第2巻（宇多醍醐朱雀朝篇）』（桜楓社　一九七三年）・『王朝歌壇の研究　第4巻（桓武仁明光孝朝篇）』（桜楓社　一九八二年）、田中貴子「「僧正遍照の歌」について」（『二松学舎大学人文論叢』7

一九七四年一〇月）、神谷敏成「僧正遍照小考」（『野田教授退官記念日本文学新見』笠間書院　一九七六年）、蔵中スミ『歌人素性の研究　平安初期和歌文学の研究』（桜楓社　一九八〇年）、川村晃生「僧正遍照――その詠歌の特質をめぐって――」（「芸文研究」41　一九八〇年一二月／『摂関期和歌史の研究』三弥井書店　一九九一年）、小嶋菜温子「王朝和歌　恋歌とジェンダー――業平・小町・遍照」（「国文学」41・12　一九九六年一〇月）、松本猛彦「『大和物語』の末尾――その遍照の「もの語り」について」（「日本文学研究」37　一九九八年三月）、大木正義「たらちめはかかれとてしも」（「解釈」584・585　二〇〇三年一二月）、石井公成「漢詩から和歌へ（一）――良岑安世・僧正遍昭・素性法師――」（「駒澤短期大学佛教論集」10　二〇〇四年一〇月）

4　阿部俊子『遍昭集全釈』（風間書房　一九九四年）

5　『公卿補任　第一篇』（吉川弘文館　一九八二年）

6　注4「解説」。

7　徳原茂実「宇多・醍醐朝の歌召をめぐって」（「中古文学」26　一九八〇年一〇月／『古今和歌集の遠景』和泉書院　二〇〇五年）

8　注4の「解説」に、「『後撰和歌集』は『遍昭集』に資料を仰いだ、しかも、その『遍昭集』は、『古今和歌集』の資料とされた第一次の家集と同じものではないかと考えられる」とある。

9　片桐洋一校注『後撰和歌集』（新日本古典文学大系　岩波書店　一九九〇年四月）の「作者名・詞書人名索引」「遍昭」の項、および、一一九六番歌の脚注。

10　片桐洋一『古今和歌集全評釈（上）』（講談社　一九九八年）

11　杉山信三執筆「西寺」項（『平安時代史事典』角川書店　一九九三年）

12　松本宏司「催馬楽「浅緑」考」（「成城国文学」10　一九九四年三月）

13　蔵中スミ「『宮滝御幸記』考」（「帝塚山学院短期大学研究年報」27　一九七九年一二月）／『歌人素性の研究　平安初期和歌文学の研究』　桜楓社　一九八〇年）に詳しい。

14　長屋王の作宝楼についての論考は多い。代表的なものとしては、辰巳正明『悲劇の宰相　長屋王　古代の文学サロンと政治』（講談社　一九九四年）、上野誠『万葉びとの生活空間　歌・庭園・くらし』（塙書房　二〇〇〇年）、水野正好「古代庭園の成立とその道程」（『古代庭園の思想　神仙世界への憧憬』角川書店　二〇〇二年）など。

15　注3の蔵中氏著書で詳細に論じられている。

16　窪田章一郎『古今和歌集』「作者略伝・作者別索引」（角川学芸出版　一九七三年）

〔付記〕

脱稿後、『雲州往来』（三保忠夫・三保サト子編著『雲州往来　享禄本　研究と総索引　本文・研究篇』和泉書院　一九九七年）に「艶流花ノ山ノ僧正ヲ謝シ、英詞柿ノ本ノ人丸ヲ隔タリ」という記述があるのを知った。人麿とともに並称されていることからしても、遍昭の評価が現代とは異なっていたことが分かる。

〔関連論考〕

石井公成「漢詩から和歌へ㈡――良岑安世・僧正遍昭・素性法師――」（「駒澤短期大學佛教論集」47　二〇一六年一〇月）

石井公成「漢詩から和歌へ㈢――良岑安世・僧正遍昭・素性法師――」（「駒澤大学佛教学部論集」48　二〇一七年一〇月）

片桐まい「『遍昭集』伝本系統についての一考察――冷泉家時雨亭文庫蔵の二本を中心に――」（「国文学攷」215

二〇一二年九月）

雨野弥生「『古今和歌集』二十七番歌詞書の地名をめぐって――遍昭の時代における西寺――」（『同志社女子大学大学院文学研究科紀要』15 二〇一五年三月）

山下文「「遍昭らしさ」の行方――三代集と『遍昭集』に着目して――」（『国語国文』二〇一七年四月）

㈢ 『古今集』四季部の歌枕

はじめに

「歌枕」という語は、早くに散逸した『四条大納言歌枕』に用いられたのが初期のものとして知られている。これから推すと、歌枕という語は少なくとも千年前後には成立していたことになる。これらについては、中島光風氏が[1]『上世歌学の研究』で論じられた。ついで片桐洋一氏が[2]、広義の歌枕、狭義の歌枕という語句を用いて、中島氏の論を整理し、歌枕についての本格的な研究を始動させた。広義の歌枕とは、「歌語」と言い直されることが多い。これに対し、狭義の歌枕は、「特定の人事的観念が結合した地名」という意味で、通常は、この狭義の意味で「歌枕」という語が用いられている。本稿でもこの意で、「歌枕」の語を使用して論を進めたい。

再び、片桐氏に従えば、『万葉集』には地名を詠んだ歌は多数あるものの、いわゆる歌枕として地名を詠じた歌はごく僅かで、『古今集』成立よりも百年程度前ぐらいから、つまり、六歌仙時代になってさかんに用いられるようになったという。そこで、本稿では、歌枕という概念が成立した後に編まれたとされる、『古今集』の歌枕について考える。本稿では、四季部、つまり、春・夏・秋・冬の部立に所収されている和歌とそれ以外の部立、たとえば、恋部や、雑部の歌とは一旦区別して眺めることからはじめてみたい。

一　『古今集』に見える歌枕

最初に取り上げるのは、「吉野」。「花の吉野」として有名だが、そのような概念[3]は、平安時代初期にはあらず、成立は、平安時代も終わり頃とされている。『歌枕歌ことば辞典』[4]によれば、吉野は『万葉集』の時代、歴代天皇の行幸の地で、そのために多数の和歌が詠まれているものの、吉野の「山」ではなく、吉野川流域、いわば「川の吉野」が中心であったという。では、『古今集』にはどのような吉野詠が所収されたのだろうか。吉野詠は全部で二十二首、その内四季部に見える八首は以下の通りとなっている。

春霞たてるやいづこみよしのの吉野の山に雪は降りつつ（古今・春上・三・読人不知）

三吉野の山べにさける桜花雪かとのみぞあやまたれける（古今・春上・六〇・友則）

▼吉野川岸の山吹ふく風にそこの影さへうつろひにけり（古今・春下・一二四・貫之）

夕されば衣手さむしみよしのの吉野の山にみ雪降るらし（古今・冬・三一七・読人不知）

ふるさとは吉野の山し近ければひと日もみ雪降らぬ日はなし（古今・冬・三二一・読人不知）

み吉野の山の白雪つもるらしふるさと寒くなりまさるなり（古今・冬・三二五・是則）

み吉野の山の白雪ふみわけて入りにし人のおとづれもせぬ（古今・冬・三二七・忠岑）

あさぼらけ有明の月と見るまでに吉野の里に降れる白雪（古今・冬・三三二・是則）

すでに『古今集』冬部では吉野山の雪を詠んだ和歌が頻出することが論じられている。ここでは、▼を付した貫之詠のみが吉野の川を詠い、雪を詠まない。三三二番歌は「吉野の里」とあるものの、吉野山からとうとう里にまで達したとでも言いたげな配列からすれば、吉野山を意識したものと位置づけてもよい。つまり、貫之詠以外の他の七首は、吉野山と雪とが詠まれているとも言えよう。これを確認し、次いで、恋部を通覧してみると、以下のごとくとなっている。

吉野川いは浪たかく行く水のはやくぞ人を思ひそめてし（古今・恋一・四七一・貫之）
吉野川いはきりとほし行く水のおとにはたてじこひはしぬとも（古今・恋一・四九二・読人不知）
▼越えぬまは吉野の山の桜花人づてにのみききわたるかな（古今・恋二・五八八・貫之）
吉野川水の心ははやくともたきのおとにはたてじとぞ思ふ（古今・恋三・六五一・読人不知）
逢ふ事は玉の緒ばかり名のたつは吉野の川のたきつせのごと（古今・恋三・六七三・読人不知）
三吉野の大川野辺の藤波のなみにおもはばわがこひめやは（古今・恋四・六九九・読人不知）
吉野川よしや人こそつらからめはやくいひてし事はわすれじ（古今・恋五・七九四・躬恒）
流れては妹背の山のなかにおつる吉野の川のよしや世中（古今・恋五・八二八・読人不知）

ここでも、「恋二」部にある貫之詠のみが、吉野山である。六九九番歌の「三吉野の大川野辺」を含めると、恋部に所収された八首のうち七首は、吉野の川を詠ったものだ。

これらから、四季部、厳密に言えば、春・冬部には、吉野山の雪を詠んだ歌を、恋部には吉野川を詠んだ歌を集めようとしたことが判明する。もちろん、『古今集』の撰集資料が十分に残っていないため、偶然である可能性を否定することはできないし、あるいは、このような詠い分けがすでに常態化しており、それがそのまま投影したと想定することも可能である。しかし、▼印を付した、他と異なっている二首が、いずれも貫之詠であることからすると、やはり単なる偶然とは考えられない。むしろ、この貫之詠自体が、吉野川でも季節の歌を詠んだ場合もあったこと、それとは逆に吉野山が恋歌にも詠み込まれ得ることを証し立ててもいる。

さらに、『拾遺集』巻頭歌

　　平定文が家歌合に詠み侍りける　　壬生忠岑

春立つといふばかりにやみ吉野の山も霞みて今朝はみゆらん（拾遺集・春・一）

は、雪を詠まない吉野山の歌である。しかもこれは、『古今集』の一つの節目である延喜五年（九〇五）催行の歌合に提出されたものだ。同歌合に提出されたもので『古今集』に入集している歌もある。とすれば、この忠岑歌からも、『古今集』の編纂時、季節詠において、吉野山と雪とを詠むことが恒常的であったとは言いがたいことが分かる。換言すれば、四季歌では吉野山と雪を詠むことが、恋歌では吉野川を詠むことが当然というわけではなかったにも関わらず、『古今集』では先に述べたような分別意識が働いたということになる。

ところで、この吉野のように、歌枕詠についての分別意識を窺わせる例は、実は他にも見出せる。たとえば、「竜田」である。竜田は、現在の奈良県生駒郡斑鳩町の地名。『王朝語辞典』[5]では、「『万葉集』には「龍田」「龍田山」のみ詠まれ、「龍田川」の用例は見いだせない。また詠まれる季節も一定せず、特定の景物との結びつきも見られない」と整理されている。『歌ことば歌枕大辞典』[6]は、「平安時代に入ると、『万葉集』に見えなかった「竜田川」が紅葉と結びつけて詠まれるようになる。「竜田」を紅葉の名所と見なしていることが知られる」と指摘する。

『古今集』では長歌一首を含め、十三首の竜田詠がみえ、その内九首が四季部に見える。二首は

竜田姫たむくる神のあればこそ秋のこのはの幣と散るらめ（古今・秋下・二九八・兼覧王）

花の散ることやわびしき春霞竜田の山のうぐひすのこゑ（古今・春下・一〇八・後蔭）

と、竜田姫、竜田山を詠んだ歌となっているが、他の七首は

竜田河紅葉乱れて流るめりわたらば錦なかやたえなむ（古今・秋下・二八三・読人不知）

竜田河紅葉ば流る神奈備の三室の山に時雨ふるらし（古今・秋下・二八四・読人不知）

ちはやぶる神世もきかず竜田河唐紅に水くくるとは（古今・秋下・二九四・業平）

神奈備の山をすぎ行く秋なれば竜田河にぞ幣はたむくる（古今・秋下・三〇〇・深養父）

紅葉ばのながれざりせば竜田河水の秋をばたれかしらまし（古今・秋下・三〇二・是則）

年ごとに紅葉ばながす竜田河みなとや秋のとまりなるらむ（古今・秋下・三一一・貫之）

竜田河錦おりかく神な月しぐれの雨をたてぬきにして（古今・冬・三一四・読人不知）

とあって、錦、幣など暗示的な語も含め、いずれも紅葉との関わりで竜田河が詠まれている。ここでも、四季部には、紅葉の竜田河を想い起こさせる歌を入集しようという意図を読み取ることができそうだ。

他にも同種の傾向が指摘できそうなので、順次見てみよう。「神奈備」は、本来は普通名詞であったものが、後に固有名詞として用いられるようになったらしい。『古今集』入集の五首は、

神な月時雨もいまだ降らなくにかねてうつろふ神奈備の森（古今・秋下・二五三・読人不知）

ちはやぶる神奈備山の紅葉ばに思ひはかけじうつろふものを（古今・秋下・二五四・読人不知）

竜田河紅葉ば流る神奈備の三室の山に時雨ふるらし（古今・秋下・二八四・読人不知）

神奈備の三室の山を秋ゆけば錦たちきる心地こそすれ（古今・秋下・二九六・忠岑）

神奈備の山を過ぎゆく秋なれば竜田河にぞ幣はたむくる（古今・秋下・三〇〇・深養父）

と、いずれも山や森と関わっている。さらに、「かねてうつろふ」「うつろふものを」「紅葉ば流る」「秋ゆけば」「過ぎゆく秋」などとあって、五首ともに、神奈備の山が紅葉し、秋という季節が移ろっていく様が詠まれている。

「佐保」は、現在の奈良県奈良市の北方に連なる丘陵地で、万葉時代の佐保はその多くが河を詠んだものであった。これに対し、『古今集』での佐保河は、「賀」部に一首見える以外は、次のように、すべて「佐保山」として「秋下」部に所収されている。

たがための錦なればか秋ぎりの佐保の山辺をたちかくすらむ（古今・秋下・二六五・友則）

秋霧は今朝はなたちそ佐保山のははその紅葉よそにても見む（古今・秋下・二六六・読人不知）

佐保山のははその色はうすけれど秋は深くもなりにけるかな（古今・秋下・二六七・是則）

佐保山のははその紅葉散りぬべみよるさへ見よとてらす月影（古今・秋下・二八一・読人不知）

紅葉だけでなく、錦とあったり、「ははその色」とあったりもするが、いずれも佐保山の木の葉の色が移り変わる様が詠み込まれている。

「春日」は、奈良県奈良市春日野町に広がる丘陵地帯のことである。『万葉集』では五十数首見え、様々な景物とともに詠まれていた。ところが、『古今集』所収歌、合計七首の内、四季部では「春上」部のみに次の三首が所収されている。

春日野は今日はなやきそ若草の妻もこもれり我もこもれり（古今・春上・一七・読人不知）

春日野の飛ぶ火の野守いでて見よ今いくかありて若菜つみてむ（古今・春上・一八・読人不知）

春日野の若菜つみにや白妙の袖ふりはへて人のゆくらむ（古今・春上・二二・貫之）

これらはすべてに「春日野」とあるだけでなく、いずれにも若草、若菜が詠みこまれている。「笠取山」は、京都府宇治市の笠取山とするのが通説だが、『古今六帖』所収歌に「山科の笠取山」（古今六帖・八九六）とあったり、慈円が「笠取山の清滝の宮」（拾玉・二六七三）と詠んだりしていることから、京都市山科区の醍醐山とする説もある。場所がいずれであれ、「笠」を機知的に用いて、雨との縁で詠まれることは、『歌枕歌ことば辞典』でも指摘されている。『古今集』にも、笠を意識した二首が「秋下」部に置かれている。

雨ふれどつゆももらじを笠取りの山はいかでか紅葉そめけむ（古今・秋下・二六一・元方）

雨ふれば笠取り山の紅葉ばはゆきかふ人のそでさへぞてる（古今・秋下・二六三・忠岑）

ただし、この二首とも笠と雨だけではなく、紅葉という語が共通して見えるのは注意したい。「暗部山」について、『歌ことば歌枕大辞典』は、「『古今集』以降によく詠まれる歌枕であるが、その場所は近江とも、伊賀とも、山城ともいわれており、山城の中でも鞍馬山と同じ、貴布禰山と同じ、東山に続く一帯、あるいは嵯峨野から遠くないところと諸説あって確定できない」とする。先の笠取山と同様、実際の場所がどこかという興味ではなく、むしろ掛詞を用いて、機知的に詠み込むのが一般的となっている。『古今集』でも、四季部の三首

梅花にほふ春べは暗部山闇にこゆれどしるくぞ有りける（古今・春上・三九・貫之）

秋の夜の月のひかりしあかければ暗部の山もこえぬべらなり（古今・秋上・一九五・元方）

わがきつる方もしられず暗部山木木のこのはのちるとまがふに（古今・秋下・二九五・敏行）

は、いずれも暗さを意識した語とともに詠まれていた。だが、同じく地名に「暗し」の意を掛ける「小倉山」詠と比

較すると、扱いに違いがありそうだ。

　夕づく夜小倉の山になく鹿のこゑの内にや秋はくるらむ（古今・秋下・三一二・貫之）

　小倉山みねたちならし鳴く鹿のへにけむ秋をしる人ぞなき（古今・物名・四三九・貫之）

この二首はともに鹿が詠まれている。先の暗部山の詠と比較すると、「暗し」の要素は小倉山よりはむしろ暗部山詠に濃厚で、小倉山詠は、鹿との関わりの方を選択したようにも見える。

　このように、四季部の歌枕に限定して眺めてみると、『古今集』が、歌枕という概念をかなり意識していることが分かる。しかしながら、ただやたらに歌枕詠を入集したのではなく、少なくとも四季部においては、同一の歌枕を詠んだ和歌を複数入集する場合、一歌枕については、なるべく一概念とするように努めていたのではないだろうか。

　ここで、表I「『古今集』四季部地名一覧」を見てみよう。この表は、『古今集』の四季部に見える地名を抜き出したものである。歌枕でなく、あえて地名としたのは、歌枕という概念に固執せずに眺めてみたいと考えたからである。このようにかなり範囲を広げて抜き出しても、全体にその数はさほど多くはない。地名に関わるものの中でも、やはり歌枕詠の割合が高いことは一目瞭然である。

　ところで、小倉山と鹿とを詠じた二首の作者を再度見直してみると、ともに貫之であった。冒頭で触れた吉野の折にも、例外的な和歌の詠者は貫之だ。ただし、この例外もまったくの偶然というわけではなく、あえて、他とは異なる詠みぶりを提示したのではないだろうか。貫之が吉野山や春日野に固執していたことを指摘した田中登氏[7]は「吉野山といい、この春日野といい、ある歌枕が出てくると、必ずそれに伴って特定の景物が登場してきているわけであるが、紅葉した吉野山とか、晩秋の春日野に佇む鹿の鳴き声などは、はたして貫之の琴線に触れ、創作意欲を掻き立て

表Ⅰ 『古今集』四季部地名一覧

部立	番号	詞書	歌
春上	三		**吉野の山**
	一七		**春日野**
	一八		**春日野**
	一九		都
	二二		**春日野**
	二七	西大寺	
	三〇	**越**	
	三九	暗部山	**暗部山**
	四二	初瀬	
	五三	渚院	
	五六	京	都
	六〇		**三吉野**
春下	七五	雲林院	
	七七	雲林院	
	八一	東宮雅院	
	八五	帯刀陣	
	八七	比叡	
	九〇		奈良の都
	九四		三輪山
	九五	北山	
	一〇八		**竜田の山**
	一一五	**志賀の山越え**	
	一一九	**志賀・花山**	
	一二四	吉野川	**吉野川**
	一二五		井手
夏	一四二	音羽山	音羽山
	一四四	奈良の石上寺	石上・都
	一四八		ときはの山
秋上	一七〇	賀茂の河原	
	一九〇	雷鳴壺	
	一九五		**暗部山**
	二一八		高砂
	二二七	奈良・男山	男山
	二四八	布留滝	
秋下	二五一		ときはの山
	二五二		片岡朝の原
	二五四		**神奈備山**
	二五五	綾綺殿	
	二五六	石山・音羽山	音羽山
	二六〇	守山	守山
	二六一		**笠取山**
	二六三		**笠取山**
	二六五	佐保山	**佐保山辺**
	二六六		**佐保山**
	二六七		**佐保山**
	二七二	(吹上浜)	吹上
	二七三	(仙宮)	
	二七五	(大沢池)	大沢池
	二七九	仁和寺	
	二八一		**佐保山**
	二八三		**竜田河**
	二八四		**竜田河**
	二九二	雲林院	
	二九三	(竜田河)	
	二九四		**竜田河**
	二九五		**暗部山**
	二九六		**神奈備の三室山**
	二九七	北山	
	二九九	小野	
	三〇〇	神奈備山・竜田河	**神奈備山・竜田河**
	三〇二	竜田河	**竜田河**
	三〇三	**志賀の山越え**	
	三〇九	北山	
	三一〇	竜田河	
	三一一	竜田河	**竜田河**
	三一二	大井	**小倉山**
冬	三一四	竜田河	
	三一七		**吉野山**
	三二一		**吉野山**
	三二四	**志賀の山越え**	
	三二五	奈良の京	**三吉野の山**
	三二六		末の松山
	三二七		**三吉野山**
	三三二	大和	**吉野里**
	三四一		飛鳥川

＊本文は伊達家旧蔵本を底本とした『新編国歌大観』所収の『古今集』を使用し、私に表記を改めた。
＊地名のみではなく、場所を表す固有名詞も掲出したが、歌合名中のもの、「天の川」は省いた。
＊（　）を付したのは州浜や屏風絵と判明するもの。
＊太字は、文中で触れたもの。

るということはなかったのであろうか」と述べられたほどである。さらに田中氏は、「「吉野山」に「雪」、「春日野」に「若菜」といった類の歌枕と特定の景物との取り合わせも、実は貫之の歌のみに見られる特異な現象などではけっしてなく、この時代における歌枕表現のかなり一般的な傾向であったと見てよかろう。だが、それにしても、何ゆえにかくまでに類型化が進んだのであろうか。この疑問を解く鍵はやはり貫之歌にあると思われる」とされて、「このように、貫之の詠んだ春日野が常に若菜摘みの光景と重なっているのも、それが実景に基づくものではなく、屏風歌として詠まれたもの、ないしは屏風歌的発想によって詠まれたものとして考えてみれば、無理なく了解できるのである」として、貫之が屏風歌的発想によったからだと結論付けられた。つまり、『古今集』編纂時あたりから活発になったとされる屏風歌の作成が、歌枕詠に大きな影響を与えており、実景ではなく、屏風絵を通じて、名所、すなわち歌枕を思い浮かべたからだという。貫之は屏風歌を多数詠んだ歌人として著名であり、屏風歌というものから大きな影響を受けたことはもちろん否定することはできず、この結論はほぼ首肯できそうだ。だが、ここで、一つ気になるのは、地名を特定の景物と結びつけるという類型化が進んだことと、『古今集』の編纂ということとを同次元で考えて良いだろうかということである。先に見たように、あえて貫之は例外的な和歌を『古今集』の中に残してもいるのだ。

実際の和歌の詠みぶり、つまり、当時の歌の世界の有り様を、そのまま勅撰集に反映させるかどうかということは、ひとえに撰者たちの判断によるものと考えられる。歌の世界の有り様を踏まえて、当時のごく一般的な詠みぶりを忠実に反映した歌集を編纂することも一つの見識である。しかし、現状を踏まえつつも、新奇な和歌を取り込んだ斬新な歌集とすることや、少数派の和歌を丹念に探り出して、できるだけ多種多様な和歌を集めるということも、もちろんできるはずだ。つまり、どのような歌集とするかの選択は、当時の和歌世界自体が選択権を持っていたのではなく、ひとえに歌集の作成者たち、主に撰者たちに任されていたということになる。

吉野山と雪が当時の典型的な詠みぶりであったとしても、それを意図しなければ、現在見出せるような採歌とはなりえない。よしんば、吉野山と雪を詠んだ多数の和歌が偶然に入集したとしても、同様のことが他の歌枕詠でも起こる確立はそう高くはない。笠取山などの数少ない歌枕詠でも、二首にともに紅葉が見出せたことなどを勘案すると、やはり、『古今集』撰者たちは歌枕というものに着目し、それを特定の景物や観念と結びつけて入集することを一つの方針としていたと考えてよいであろう。

二　『古今集』歌枕詠の有り様からその意図を探る

ところで、なぜ撰者たちは如上のことを意図したのだろうか。そこで、ここでは歌枕詠から少し離れて別の角度から見てみよう。

『古今集』の四季部の歌数は、数量的にかなりアンバランスであることはよく知られている。夏部の三十四首のうち、時鳥を詠みこんだ和歌が二十八首で、比率にすると、全体の82%を占める。これは、当時は夏の歌材が少なく、致し方なかったと解釈されがちだ。確かに、そのような要素も否めない。『古今集』以後に、夏の歌材がかなり開拓されたことは、風巻景次郎氏[8]などが論じたところでもある。だが、果たしてそれだけだろうか。「夏」部の歌材が少なければ、もう少し全体の歌数を少なくすることも可能だったはずだ。たとえば、「冬」部は二十九首であり、この程度に小さくすることもできたであろう。とすれば、むしろ、この時鳥詠の多数の入集も撰者の意図したところであったと考えてもよいのではないだろうか。

ここで、先に問題とした歌枕詠の有り様を思い起こしてみたい。多数の時鳥詠を入集させたことと、複数の吉野山と雪を詠んだ和歌を採択した意図は、実は底流で繋がっているのではないか。先にも述べたように、『古今集』という歌集を編纂するのに際し、撰者たちは、当時の和歌世界をそのまま反映させようとした訳ではない。まさに、古の歌と今の歌とを採択し、『古今集』と名づけたのである。『古今集』について述べる時、よく、この集が後の勅撰集の規範となったという言い方をする。もちろんそれを否定するものではない。だが、それは、おのずと後の人たちが規範として仰いだという意味で用いられることが多い。しかし、それればかりではないようだ。撰者達は、当時の和歌世界をそのまま映すのではなく、自分たちが理想とする和歌世界を提示して、後の規範となるような集を作成しようという意図を持って編纂したのではないだろうか。つまり、撰者達、特に貫之が目指したのは、『古今集』を、和歌の理想のスタイル、最高の世界を提示した集として提示するという意図（あるいは野望と言い直した方が適切であるかもしれないが）を、持っていたに違いない。

再度吉野を例にとれば、吉野山の雪を詠んだ和歌と、吉野川詠のそれぞれが四季部に存在しても良いはずだ。ところが、『古今集』では吉野山を四季部に、吉野川を恋部に入集した。これは、『古今集』がそれを取捨選択したことの表明である。『古今集』は、撰集資料から秀歌を個々に選択しただけでなく、それらを如何に編纂するかについてかなり神経を使っている。繰り返しになるが、撰者たちは、吉野という地が四季部で詠われる場合、吉野山と雪とを結びつけて詠うのを可とし、恋歌で用いられる場合には、吉野川が詠まれるのが良いと判断したということだ。ただし、それが固定的と考えているのでないことは、貫之詠で示してもいた。

だが、そうだとしても、なぜ多数の時鳥詠、あるいは吉野山詠を入集させたのかという疑問は残る。もっと少数の、たとえば典型的な詠みぶりの和歌を数首でも良かったはずだ。それを多数入集させたのは、別の角度から見れば、もう一つの意図として、和歌の見本帳として提示しようとしたからではないだろうか。

『古今集』撰者、特に貫之は同種の趣向や、似通った世界を詠じた和歌を繰り返し詠んだことでも知られている。もちろん、それは、屏風歌といわれるものを大量に詠じたからでもある。貫之が屏風歌を大量に詠じたのは、要請を受けただけではなく、屏風歌の世界に貫之が順応したからでもあろう。つまり、屏風歌の流行に乗った紀貫之は、裏返せば、同種の世界を、あるいは同種の趣向を繰り返し詠うことを厭わなかった歌人でもあった。

実は、和歌の世界では、このような繰り返しが大変大事である。もちろんなぞっただけではだめだが、先行の和歌表現を取り込みつつ、新しい要素や新しい語句を盛り込むことで一首を構成していくことが肝要だ。歌人達はこの点にもっとも気を配る。つまり、和歌を詠じるに際し、歌人達は、ある時は新しい歌材を探し、ある時は新しい表現を生み出し、ある時は新しい言葉を創る。だが、それを、従来の詠みぶりを意識せずにすることは、不可能だ。つまり、吉野山と言えば雪が、竜田河、神奈備、佐保山、笠取山と言えば、紅葉が、春日野と言えば若菜が、そして夏といえば時鳥が連想される世界の中で、様々な工夫をしながら新しさを創造するのが和歌であると考えたのが、貫之であり、『古今集』の撰者達なのだ。であるからこそ、異なる歌枕を複数入集する、つまり多種の歌枕を収集するという手法ではなく、むしろ、その逆。つまり、典型的な和歌、類型的な和歌となりうる歌枕詠、時鳥詠を複数入集して提示したいと考えたのであろう。

三　「志賀の山越え」について

ところで、『古今集』のこのような歌枕への関心は、後に歌枕となる「志賀の山越え」[9]にも及んでいる。「志賀」は、『歌枕歌ことば辞典』に、「「志賀津」「志賀の浦」「志賀の里」「志賀の花園」「志賀の浜」「志賀の都」「志賀の山」という形でもよまれた近江国の歌枕。…（略）…「志賀」に関連して桜をよむようになったのは「志賀の山越えに、女の多く逢へりけるによみてつかはしける」という詞書を持つ『古今集』の紀貫之の歌…（略）…に発する。…（略）…「志賀の山越」の語が歌によみ込まれるのは『後拾遺集』以後のことである」とあるように、後に多様な歌枕詠を生む。『古今集』の時点ではいまだ歌中では用いられてはいないが、次にあるように、四首の詞書中に見える。

志賀の山越えに女の多くあへりけるによみてつかはしける
梓弓はるの山辺をこえくれば道もさりあへず花ぞちりける（古今・春下・一一五・貫之）

志賀の山越えにてよめる
山河に風のかけたるしがらみは流れもあへぬ紅葉なりけり（古今・秋下・三〇三・列樹）

志賀の山越えにてよめる
白雪のところもわかずふりしけばいはほにもさく花とこそ見れ（古今・冬・三二四・秋岑）

志賀の山越えにて、いしゐのもとにてものいひける人の
別れける折によめる
むすぶ手のしづくに濁る山の井のあかでも人にわかれぬるかな（古今・離別・四〇四・貫之）

この内、貫之詠二首について、片桐洋一氏[10]は、「何らかの関連があるのではないか」と示唆的な発言をしている。このような想像を可能にさせるのは、両首が地名を特定しなくとも和歌として十分に成り立つにもかかわらず、あえて「志賀の山越え」と詞書中に明示されているからだ。とすれば、『古今集』撰者たちは、わざわざ「志賀の山越え」を詞書に置いたということになる。

ところで、「志賀」自体を『古今集』に探してみると、次の一例がわずかに見出せる。

志賀よりかへりけるをうなどもの花山にいりて藤の花のもとにたちよりてかへりけるに、よみておくりける　僧正遍昭

よそに見てかへらむ人に藤の花はひまつはれよ枝は折るとも（古今・春下・一一九）

「をうなども」が何故志賀から帰ってきたかといえば、志賀寺、つまり元慶寺への参詣を終えてということだろう。当時山を越えて志賀寺に詣でることがさかんだったという。しかも、志賀寺は、当該歌の作者、遍昭が創建したものだ。その遍昭が「はひまつはれよ」と妖艶な語を用いて詠っている。「春」部に入集していることからすれば、この妖艶な詠いぶりは、「をうなども」へのリップサービスと解されたのであろう。

同様のことは、先に挙げた貫之歌にも言えそうだ。貫之詠二首も読みようによっては恋歌とも解せるが、「春」部、「離別」部にそれぞれ所収されていた。とすれば、相手に対する艶めいた物言いは、いずれもお愛想の類と判断されたからだろう。わざわざ「志賀の山越え」と断って恋歌めいた和歌を所載したのは、これが遍昭歌の世界に通底することを意識したからではないだろうか。つまり、遍昭の「志賀」詠が、「志賀の山越え」という歌枕成立に大きな影響を与えたに違いない。とすれば、歌枕誕生のひとつの過程をここに見出すこともできそうだ。

おわりに

本稿では、『古今集』の歌枕の有り様を探ってみた。特に、四季部という枠を設けて眺めることから見える、この集の編纂に関わる意識について考えてみた。これにより、撰者達がかなり歌枕というものを意識して編纂に臨んだことが分かる。と同時に、『古今集』という歌集には、理想的な和歌の見本帳として提示するという撰者たちの思いが込められているのではないかと仮定してみた。さらに、「志賀の山越え」という、後に歌枕となる語句が、実は遍昭の「志賀」詠から発したのではないかという可能性についても言及した。

注

1　中島光風『上世歌学の研究』（筑摩書房　一九四五年）
2　片桐洋一「歌枕の成立――『古今集』表現研究の一部として――」（『国語と国文学』一九七〇年四月／『古今和歌集の研究』明治書院　一九九一年）以下、片桐氏の御論の引用は特に断らない限りこれによる。
3　黒田彰子「花の吉野――平安末期成立の本意をめぐって」（『神女大国文』12　二〇〇一年三月）
4　片桐洋一『歌枕歌ことば辞典　増訂版』（笠間書院　一九九九年）。以下、同書からの引用は注を付さない。
5　秋山虔『王朝語辞典』（東京大学出版会　二〇〇〇年）。以下、同書からの引用は注を付さない。
6　久保田淳・馬場あき子『歌ことば歌枕大辞典』（角川書店　一九九九年）。以下、同書からの引用は注を付さない。
7　田中登「古今集歌人の歌枕表現」（『歌枕を学ぶ人のために』世界思想社　一九九四年）。以下、田中氏の御論はすべてこれによる。

8 風巻景次郎「八代集四季部の題に於ける一事実」(「日本文学論纂」一九三二年六月/『風巻景次郎全集』桜楓社 一九七〇年)

9 「志賀の山越え」については、上条彰次「「志賀の山越え」考──俊成歌観への一つのアプローチ──」(「国語国文」37-10 一九六八年一〇月/『藤原俊成論考』新典社 一九九三年)、田尻嘉信「「志賀の山越」小考(「跡見学園国語科紀要」21 一九七三年三月)がある。

10 片桐洋一『古今和歌集全評釈〈上〉』(講談社 一九九八年)

〔付記〕

『古今集』の歌枕詠については多数の論考があり、すべてに言及することができなかった。中でも、増田繁夫氏「『古今集』の歌枕──音羽山・神奈備の杜・立田川──」(『王朝和歌と史的展開』笠間書院 一九九七年)は、本稿で取り上げた歌枕と同一のものに言及している。また、杉谷寿郎氏「後撰和歌集」(『和歌文学講座5 王朝の和歌』一九九三年 勉誠社)も立論上大変有益であった。

(四)『古今集』旋頭歌から『源氏物語』へ

はじめに

『源氏物語引歌索引』[1]によれば、『源氏物語』の夕顔、玉鬘、手習、夢浮橋の各巻に旋頭歌の利用が認められ、それはすべて『古今集』所収の旋頭歌となっている。中でもよく知られているのが、「夕顔」巻冒頭で、大弐乳母を見舞うために五条の家を訪ねた光源氏が隣家に興味を持つ次の場面である。

切懸けだつ物に、いと青やかなる葛の心地よげに這ひかかれるに、白き花ぞ、おのれ独り笑みの眉ひらけたる。「をちかた人にもの申す」と独りごちたまふを、御随身ついゐて、「かの白く咲けるをなむ、夕顔と申しはべる。花の名は人めきて、かうあやしき垣根になん咲きはべりける」と申す。(夕顔①一三六頁)

光源氏によって口ずさまれた歌句は、『古今集』旋頭歌

題しらず　　よみ人しらず
うちわたす　をち方人に　物まうす我　そのそこに　白く咲けるは　なにの花ぞも(古今・雑体・一〇〇七)

の一節であった。ここでの光源氏の真意は、旋頭歌の下句にある。つまり、彼は、旋頭歌を用いて、花の名を尋ねているのだ。随身が、「かの白く咲けるをなむ、夕顔と申しはべる」と答えるのも、光源氏の独り言の含意を読み取っ

たからであろう。随身が即座に応答したのは、それだけこの歌が広く世に知られていたことを示唆している。

一　『古今集』の旋頭歌

ところで、『古今集』旋頭歌と夕顔巻との関連は、この一事に留まるものではなさそうだ。『古今集』では、光源氏が用いた旋頭歌の次に

返し

春されば　野辺にまづ咲く　見れど飽かぬ花　まひなしに　ただ名のるべき　花の名なれや

（古今・旋頭歌・一〇〇八）

が、「返し」という詞書をともなって置かれ、問答の体をなしている。従来、この答歌にはさほど言及されてこなかった。[2] しかし、この二首を一組として、夕顔巻の展開と関わらせてみると、答歌にも、もう少し注意が払われてもよいように思われる。なぜなら、一〇〇八番歌に、「ただ名のるべき　花の名なれや」と、「名のり」を躊躇している歌句が見出せるからだ。夕顔巻に、「名のり」の語は三度、これと関連の高い「名」の語が二度ほど見える。当初、「女、さしてその人と尋ねいでたまはねば、我も名のりをしたまはで」（夕顔①一五一頁）と、女の身元が分からないことから、光源氏も名のらないという事情を語る。しかし、契りを重ねて愛着は深まり、光源氏はなにがしの院に誘い出した折には、「今だに名のりしたまへ」（夕顔①一六二頁）と、夕顔に名のりを迫るが、夕顔は「海人の子なれば」と答えるにとどめる。夕顔は、通ってくる男（光源氏）の正体をすでに掴んでおり、光源氏もこの直前の贈答で、自分の身元をそれとなく明かしてはいるが、結局、二人は最後まで名のりあうことはない。物の怪により夕顔が取り殺

されると、光源氏は、その直後に、「をこがましき名をとるべきかな」（夕顔①一七〇頁）と、愚か者の評判、名を取ることを気にしている。さらに、帰宅後重病となり、癒えた後、光源氏が女の素性を尋ねると、

「などてか深く隠しきこえたまふことははべらん。はじめよりあやしうおぼえぬさまなりし御事なれば、現ともおぼえずなんあるとのたまひて、御名隠しもさばかりにこそはと聞こえたまひながら、なほざりにこそ紛らはしたまふらめとなん、憂きことに思したりし」（夕顔①一八四頁）

右近は、夕顔が格別の身分でないため名を告げなかったこと、男が光源氏であるから身元を明かさないのだろうと推測していたことを明らかにする。これらの場面で、身元、素性を意味する語として「名のり」「名」が繰り返し用いられていたのは注意される。それは、単に前掲の旋頭歌と、語のレベルで一致を見るためばかりではない。この夕顔との恋物語では、名のりの問題が全体を彩っていたからである。『古今集』旋頭歌の問答は後述するように、古代の求婚時における掛け合いを想起させる。恋物語を描くにあたり、そのような雰囲気を醸し出す一つの道具立てとして、作者が『古今集』の問答の旋頭歌に着目した可能性もあながち否定できない。

また、この夕顔巻は、白色が「基調的色彩」[3]であると言われる。確かに「白」は、頻繁にこの巻に見出せる。光源氏が隣家に目を留めるきっかけとなったのも、「白う涼しげ」な簾が見えたからである。続いて、それに這いかかっていた青やかな葛の「白き花」に目を留めた光源氏が、旋頭歌を用いて花の名を尋ねると、随身は、「かの白く咲けるをなむ、夕顔と申しはべる」と答える。さらに、光源氏に命じられた随身が隣家の門内に入ると、女童が出てきて、「白き扇」を差し出す。いずれも、「白」である。この扇に記されていた歌にも、

心あてにそれかとぞ見る白露の光そへたる夕顔の花（夕顔①一四〇頁）

とある。光源氏が夕顔の許を訪れた八月十五夜の暁方には、「白妙の衣打つ砧の音」が仄かに聞こえたり、「白き袷」を着た夕顔が印象的に描出されたりもしている。

再度、光源氏が呟いた『古今集』の旋頭歌を思い起こしてみると、そこにも「白」の語を見出すことができる。一〇〇七番歌は、「白く咲けるは　なにの花ぞも」と、「白」い花（白梅）をめぐって交わされた問答であった。

夕顔巻での光源氏と夕顔との贈答歌について、先学の諸論[4]を検討され、新しい読みを提示された清水婦久子氏[5]は、前掲の「心あてにそれかとぞ見る」の和歌についても次のような解釈を提示し、

（本当にあの賤しい花なのかどうか、白露の光がまぶしくてはっきりとは見定められませんが、）おそらくはその花だろうと見当をつけています。「白露」（あなた様）がその光を添えて（下さったおかげで、）白く輝いて見える夕顔の花を。

その発想の背景にあるとして次の三首を例示された。

月夜にはそれとも見えず梅の花香をたずねてぞしるべかりける（古今・春上・四〇・凡河内躬恒）

梅の花それとも見えず久方のあまぎる雪のなべてふれれば
（古今・冬・三三四・読人不知／拾遺・春・一二・柿本人麻呂）

わが背子に見せむと思ひし梅の花それとも見えず雪のふれれば（後撰・春上・二二・読人不知）

さらに、次の和歌を挙げて、

心あてに見ばこそわかめ白雪のいづれか花のちるにたがへる（後撰・冬・四八七・読人不知）

「白梅と白雪とを見分けようとする時に「心あてに見」れば見分けることができるのだがと、表現している。これら

によって、夕顔の歌「心あてにそれかとぞ見る」という表現は、白梅と白雪の見分け難い光景を詠んだ伝統的な和歌表現に基づいたものであることが明らかであろう」と結論付けられた。つまり、『古今集』の旋頭歌「白く咲けるはなにの花ぞも」の白梅をめぐる問答から、紛れの和歌が想起されて、次歌

心あてにをらばやをらむ初霜のおきまどはせる白菊の花（古今・秋下・二七七・凡河内躬恒）

あるいは、前掲の『後撰集』四八七番歌の初句を借りて詠み出されたのが、夕顔の「心あてにそれかとぞ見る」の和歌だと想定されたのである。とするならば、夕顔詠、さらには夕顔巻に顕著である「白」に、『古今集』の旋頭歌が与えた影響は予想以上に大きなものということになる。白梅をめぐる問答の旋頭歌二首、そこから連想されて、白い花である夕顔が選び取られたのではないかという想像さえできそうであるからだ。

そして、このはかない恋が彼女の突然の死で終わりを遂げた後も、光源氏は夕顔を長年忘れられず、その想いは死をも超越して光源氏の中で生き続けていく。あまりにも短かった恋に比べ、その執着は尽きることがない。後に、末摘花、玉鬘巻の冒頭部において、夕顔への追慕が語り出される時

思へどもなほ飽かざりし夕顔の露におくれしここちを、年月経れどおぼし忘れず……。（末摘花①二六五頁）

年月隔たりぬれど、飽かざりし夕顔を、つゆ忘れたまはず……。（玉鬘③八七頁）

と、「夕顔」の直前に、二度とも「飽かざりし」が置かれる。それはまるで「飽かざりし」が、夕顔追慕を語り出す際の枕詞のようでさえある。もう一度『古今集』一〇〇八番歌に戻ってみると、今度はそこに「見れど飽かぬ花」という歌句を見出すことができる。「見れど飽かぬ花」という言い回しは、何度かの逢瀬の後、忽然と亡くなった白い花、夕顔に対する光源氏の飽くなき想いにも似ている。末摘花、玉鬘の両巻冒頭で繰り返された「飽かざりし夕顔」

が、没してもなお夕顔を忘れられない光源氏の尽きせぬ想い、限りない追慕の情を表していることを考えあわせると、「見れど飽かぬ花」と、「飽かざりし夕顔」とが微妙に重なり、ここでも、『古今集』旋頭歌一〇〇八番歌が意識されたのではないかと想像させる。

夕顔巻冒頭、「をちかた人に　もの申す」という旋頭歌の問い掛けで始まったのは、「白」い花でイメージされる女君との恋であり、答歌の「ただ名のるべき　花の名なれや」そのままに、二人の恋は「名のり」をせずに進行する。そして、何度かの逢瀬の後急死するが、夕顔は「見れど飽かぬ花」として光源氏の中で生き続ける。花にかこつけて、隣家への興味を口にした光源氏により利用されたにすぎないと考えられてきた『古今集』一〇〇七番の旋頭歌であるが、このように、一〇〇八番歌とあわせてみると、まるで、夕顔物語全体を象っているかのような感じさえ受けるのである。

二　旋頭歌の有り様

ここで旋頭歌について概観してみよう。記紀歌謡にも見える旋頭歌は、『万葉集』で初めてその名称が記され、六二首が所収されている。その発生については諸説あり[6]、いまだ定説をみないが、旋頭歌に問答形式の痕跡が色濃く残っているものがあることから、淵源は古代歌謡と目され、歌垣の場の問答などとの密接な関わりが推測されている。

最初の勅撰和歌集『古今集』では、巻一九に雑体部が配され、短歌（実は長歌）・旋頭歌・誹諧歌の三種の和歌を所載しているものの、旋頭歌の所収は前掲の二首を含み、四首のみである。『万葉集』の六二首に対し、『古今集』が四首であるのは、いささか少なすぎるようにも感じられる。だが、このような事情は、他に目を転じても同様だ。八代集では、『拾遺集』が四首、『千載集』が三首を所収するのみである。しかも、これらの韻律を見ると、旋頭歌本来の五七七五七七のものは少なく、『拾遺集』では五七八五七七の字余りと、五七六五七七の字足らずが一首ずつ、この他は、五七五七七七、あるいは五七五五七七となっている。『千載集』では、五七七五七七のものは一首もなく、五七五五七七が一首、残りの二首は五七五七七七で、いわゆる仏足石歌体と同じ韻律構成を持っている。私撰集では、『古今和歌六帖』が十七首の旋頭歌を所載するものの、その十七首の内訳は、『古今集』所収歌が四首、躬恒詠一首、『万葉集』所収歌と目される八首、出所不明が四首である。このように、現在残っている各歌集からも、平安時代に入ってから、旋頭歌が盛んに詠じられた様子を窺うことはできない。『古今和歌六帖』の出所不明の一首には、

みよしのの　よしのの滝も　としごろに　おつる白波　とまりにし　いもをみまくの　ほしき白波

（古今六帖・二五一三）

と、七句（五七五七五七七）からなるものも見える。『奥義抄』は、旋頭歌について「五句外加一句」と規定しており、平安時代には、五七七五七七とはやや異なる形式のものも旋頭歌として認められていたらしい。だが、『万葉集』など、古い時代の旋頭歌が五七七五七七であり、それが旋頭歌本来の韻律であることは動かしがたい。このことからすると、平安時代には、旋頭歌がほとんど詠われることがなかっただけでなく、ごくまれに詠じられた場合も、五七七五七七の形式に必ずしもこだわらなかったという事情を窺わせる。

ところで、『古今集』に所収された旋頭歌は次の四首で、すべて五七七五七七という旋頭歌本来の韻律である。

題しらず　　　読人不知

うちわたす　をち方人に　物まうす我　そのそこに　白く咲けるは　なにの花ぞも（古今・雑体・一〇〇七）

返し

春されば　野辺にまづ咲く　見れど飽かぬ花　まひなしに　ただ名のるべき　花の名なれや

（古今・雑体・一〇〇八）

題しらず

初瀬川　古川野辺に　ふたもとある杉　年をへて　又もあひ見む　ふたもとある杉（古今・雑体・一〇〇九）

紀貫之

君がさす　みかさの山の　紅葉ばの色　神な月　しぐれの雨の　そめるなりけり（古今・雑体・一〇一〇）

作者は、最初の三首が読人不知で、最後の一首のみが貫之と記される。この貫之詠について、久富木原玲氏[7]は、「前の三首と異なり、問答形式とは全く縁のない歌になっており、和歌の表現形式に近い」とされた。一方、小松英雄氏[8]は、四首の「音律構成は『万葉集』を継承しているが、表現は『古今和歌集』にふさわしいものである」との見解を示された。確かに、『古今集』の和歌としてふさわしいと認められなければ入集されないであろうことからすれば、最初の三首にも古今的な色合いが見出せるに違いない。だが、貫之詠については、片桐洋一氏[9]の「下三句が上三句の述部になっていて、いわば歌全体が主述関係によって成り立つ文になっているのである。つまり旋頭歌の本来的特性はまったく失われ、一句多い短歌になっているのであって、最後に配列されている貫之作のこの旋頭歌は、まさしく旋頭歌表現の最後の段階を示すものになっていた」という分析もある。

鈴木日出男氏[10]は、和歌の発祥を「相聞・贈答の原初的な歌とみられる歌垣のような場での掛け合い」に求め、そこでは名をめぐる問答が「求婚の常套的な表現であ」り、名は、「人格生命そのものの実体を意味した」と述べられた。一〇〇八番歌の詞書には「返し」とあり、『古今集』で一〇〇七番と一〇〇八番とが一組の問答歌として所収されていることは明らかだ。しかも、この二首は、表面的には花の名をめぐるものでありながら、名を尋ねる男と、それを拒否する女とが歌垣のような場で交わした求婚の掛け合い的な雰囲気を漂わせてもいる。一方で、詠作年代が古いはずの記紀歌謡の旋頭歌に問答形式から離れた詠いぶりが見出され、『万葉集』が所収する旋頭歌でも問答の体をとるのは二、三首にすぎない、という指摘[11]もみえる。名をめぐる問答が、古代の氏族共同体で生み出された発想に淵源が求められるものであることや、一首目の贈答歌に和歌中ではほとんど見出せない敬語「まうす」が、用いられていること、三首目では「二本ある杉」の繰り返しが見出されることなどからしても、実際の詠作年代は不明ながら、『古今集』が所収する読人不知の旋頭歌三首にはたしかに、古態的な息づかいを感じ取ることができる。

そして、以上のことからすれば、読人不知の作をいちがいに古いものとすることはできないが、三首の旋頭歌と貫之詠とでは、韻律構成こそ同じであるものの、趣を異にしていたと考えてよいであろう。『古今集』の撰集当時でさえ、この三首は、謡いものとしての特徴を色濃く残した古態的な雰囲気を漂わせる旋頭歌と目されていたに違いない。とするならば、このような点に着目した『源氏物語』作者が夕顔との恋物語に問答の旋頭歌を利用したと仮定することも、あながち突飛な想像とばかりは言えないことになる。

三　『古今集』の旋頭歌が紡ぎ出すもの

ところで、『古今集』では問答の旋頭歌の次に位置した歌、

初瀬川　古川野辺に　二本ある杉　年をへて　またもあひ見む　二本ある杉（古今・雑躰・一〇〇九）

も、『源氏物語』では、夕顔の遺児、玉鬘が成長した後、本格的に登場してくる玉鬘巻の重要な場面で用いられている。片桐洋一氏も、「初瀬川」という地名が『万葉集』に数多く詠まれていることなどから「古くからの歌謡の発想」が見出せるとされているように、この歌からも古代の謡いものの息づかいは、たしかに感じられる。

長谷寺を目前にして、椿市の宿坊で玉鬘一行が休息していると、右近がやって来て、両者は奇跡的な邂逅を遂げる。寺に参詣した後、いよいよ正式に対面することとなるが、その折、右近は次のような和歌を玉鬘に詠みかけた。

ふたもとの杉のたちどをたずねずはふる川のべに君をみましや（玉鬘③一一六頁）

右近詠が、前掲の旋頭歌を踏まえていることは、「二本」「杉」「古川」などの語を共有していることからも明らかであろう。さらに右近は、「うれしき瀬にも」（玉鬘③一一六頁）とつけ加える。これは、次歌の四句目を引いたものであろう。

祈りつつ頼みぞわたるはつせ川うれしき瀬にもながれあふやと（古今六帖・一五七〇）

右近は、旋頭歌を踏まえた和歌に、古歌の一句を添えることで、一首のみでは表現しきれなかった邂逅に至る長い祈念の年月を想起させ、長谷観音のご利益によって再会できた喜びを伝えることに成功している。この直前、物語ではわざわざ、

参り集ふ人の有様ども、見下さるる方なり。前より行く水をば、初瀬川といふなりけり。（玉鬘・③一一六頁）

と語られる。二人の贈答が初瀬川を臨みながら交わされるものであることを読者はあらかじめ確認させられるのだ。それはあたかも右近歌が、「初瀬川」と詠み出される旋頭歌を利用していることを読者にも気付かせようとする意図

が介在したかのようである。右近に対して玉鬘は、次のような歌、

初瀬川はやくのことは知らねども今日のあふ瀬に身さへながれぬ（玉鬘③一一六頁）

を返す。玉鬘は右近詠の背後にある歌を読み取ったばかりではない。旋頭歌の初句と同じく「初瀬川」と詠み出し、前掲の『古今六帖』歌にも見えた「川」の縁語、「瀬」「流れ」に加えて、「速く」を用い、さらに「速く」と「早く」、「流れぬ」と「泣かれぬ」を掛詞としている。その詠みぶりは右近詠が利用した二首を踏まえてかなり巧みである。このことは玉鬘の歌を目にした右近の心中が、

容貌はいとかくめでたくきよげながら、田舎び、こちごちしうおはせましかば、いかに玉の瑕ならまし。いで、あはれ、いかでかく生ひいでたまひけむ。（玉鬘③一一六頁）

と描出されていることからも知られよう。右近は、歌の詠みぶりから、和歌の知識と、技量の確かさを見抜き、玉鬘が外見ばかりでなく、内面的にも田舎びていないことを驚くとともに、六条院の女君としての素養や美質を備えていると判断したに違いない。『集成』[12]もここを、「姫君の返歌ぶりに洗練された教養を見て取って、乳母の丹精を喜ぶ気持」と評している。右近の目は確かで、その聡明さは、この後もことあるごとに語られており、玉鬘が才気に溢れた女性として造型されていたことを窺わせる。それが読者の前で最初に明らかにされたのが、この贈答においてである。つまりここは、対面の場として設定されただけではなく、玉鬘が右近により、光源氏に知らせる価値のある女性であるかどうか、その内質が試される場としての役割をも担わされていたことになる。そして、この後、玉鬘は六条院の女君として歩み出す。ここで、旋頭歌が用いられていたのは示唆的だ。和歌は、古代共同体において、他者との意思疎通を図る場で謡われていたものを淵源とすると言う。右近と玉鬘との対面を描くにあたり、作者の脳裏に浮か

んだのは、対人性を強く意識させる、『古今集』所収の、三首の旋頭歌であったのではないか。しかも、問答の旋頭歌二首は、前述したように、夕顔と光源氏との恋物語を描く折、しばしば意識したものでもあった。とするならば、その次に位置していた旋頭歌を、娘玉鬘の物語の真の意味の始まりである対面の場に利用しようとしたことも充分に考えられることであろう。

四　夕顔と玉鬘

ところで、なぜ母が夕顔で、娘が玉鬘なのだろうか。玉鬘は、『源氏物語』では巻名として用いられ、後代の読者により、そこで本格的に登場してきた女君自身の呼称とされた。清水婦久子氏は、「たまかづら」についての先行の御論[13]と、歌中の玉鬘の諸例を再検討されて、「「青やかなるかづら」に「白き花」の夕顔の「ゆかり」ならば、玉鬘巻における「玉かづら」にはつる草イメージが重ねられていると考えなければならない。古人もまた、「夕顔」「玉かづら」とを、同じつる草として捉えていた」と結論付けられた。つまり、夕顔が蔓草であることから、同じく蔓草を意味する玉鬘という語が選び取られたということにもなる。「かづら」は、蔓性の植物一般をいうとされるが[14]、ウリ科の植物である夕顔を「かづら」と表現した例は見あたらないことからすれば、蔓という点では共通性が見出せるものの、この二語から想起される草自体はおそらく異なっていたに違いない。その関係は、そのまま似て非なる人物として造型された母娘の有り様にも通じる。玉鬘巻で、右近が二人を引き比べて次のように評している。

母君は、ただいと若やかにおほどかにて、やはやはとぞたをやぎたまへりし、これは気高く、もてなしなど恥づかしげに、よしめきたまへり。（玉鬘③一一七頁）

なよやかで、しとやかで、少女のようなあどけなさを残していた母・夕顔と、気品があり、聡明で、立ち居振る舞いにも優美さを感じさせる娘・玉鬘。母の面影を宿し「ゆかり」として物語には登場してくるものの、玉鬘の美質は、母とはまったく異なっており、対照的でさえある。このことは、それぞれの物語が受容した先行文学との関わりにも似ている。

『源氏物語』が、多種多様な作品を受容する中から成立したことは、すでに様々に論じられており、今野達氏[15]が「ある特定の核的素材はあっても、それが単純な形で採択されることは少なく、随時、他の類似・関連資料と複雑にからみ合って、文学的虚構を形成しているらしい」と述べられたように、二人の物語もその素材を一つに限定することは難しい。夕顔の物語については、三輪山式神婚話、葛城神話などの神話類[16]や任氏伝[17]との密接な関わりなどが繰り返し論じられている。また、玉鬘物語と古本『住吉物語[18]』、最近では『詩経』、王風の葛藟[19]との関連についても言及された。このように、それぞれが、先行の文学から様々に影響を受け、多種多様な要素を取り込んでいることは否めないものの、三輪山式神婚話が玉鬘物語に、あるいは、『住吉物語』が夕顔物語にというように、母の物語の基底にあるものが娘の物語に影響を与えた可能性、もしくはその逆が見て取れるかと言えば、それは難しい。蔓草のイメージを継承し、夕顔の「ゆかり」として玉鬘は物語上に呼び出されてはくるものの、二人の人物像が対照的であったように、母と娘の物語はそれぞれ、その依って立つところが異なっているかのように見える。そのような状況にあって、二つの物語に『古今集』で連続している旋頭歌三首という共通点が見出されることは、充分に注意される。古伝承や古物語などを基底において、新しい母娘の物語を描こうと企てていた作者の念頭に、歌垣の場などの掛け合い的な雰囲気や、謡いものの息づかいを持つ『古今集』旋頭歌が浮かび、それらが何らかの示唆を与えた可能性もあながち否定できないからである。

おわりに

『源氏物語』で用いられた旋頭歌は、『古今集』が所収する読人不知の三首に限られ、この他の旋頭歌についての報告は見られない。各歌集への入集状況からしても、平安時代に入り多くの旋頭歌が詠まれたとは考えにくく、旋頭歌というもの自体が、『古今集』編纂当時すでに古態的な雰囲気を醸し出していたことは否めない。しかし、旋頭歌の絶対数は少ないものの、手習巻では「初瀬川」詠が単独で用いられていること、『古今六帖』でも問答の旋頭歌と「初瀬川」歌とを並べて配列してはいないことなどからして、『古今集』の所収する三首が、必ずしもひとまとまりとして意識されたり、享受されたりしていたというわけでもないらしい。とするならば、三首の旋頭歌は、『古今集』によって選ばれ、並べられたのであり、その繋がりはあくまで偶発的、一回的なものであったことになる。にもかかわらず、三首の旋頭歌がいずれも母と娘の物語で、それぞれの運命的な出会いを語る際に効果的に用いられたことは、もやは単なる偶然として片付けるわけにはいかない。この三首が夕顔と光源氏との恋の有り様、さらには、その娘玉鬘と右近との邂逅などにも色濃く投影していたのは見てきたとおりである。これらのことを考えあわせると、物語を紡ぎ出す作者の脳裡には、たしかにこの三首の旋頭歌が——『古今集』の所収する旋頭歌三首として——浮かんでいたと想定される。配列の偶然が物語の創作上に何らかの示唆を与えたことは、『古今集』の偉力を再認識させられるとともに、『源氏物語』作者の造詣の深さにあらためて感服させられるのである。

注

1　伊井春樹『源氏物語引歌索引』（東京堂出版　一九七七年）

2　新間一美「夕顔の誕生と漢詩文」（『源氏物語の探求』十　風間書房　一九八五年／『源氏物語の構想と漢詩文』和泉書院　二〇〇九年）、原岡文子「遊女・巫女・夕顔」（「共立女子短期大学部文科紀要」32　一九八九年二月／『源氏物語　両義の糸――人物・表現をめぐって――』有精堂　一九九一年）

3　阿部秋生・秋山虔・今井源衛　日本古典文学全集『源氏物語一』（小学館　一九七〇年）頭注、原岡文子「遊女・巫女・夕顔――夕顔の巻をめぐって――」（「共立女子短期大学文科紀要」32　一九八九年二月／『源氏物語　両義の糸――人物・表現をめぐって――』有精堂　一九九一年）、中野幸一「「白」――「夕顔」巻の基調色」（『⑧夕顔』至文堂　二〇〇〇年一月）など。

4　田中（鬼束）隆明「朝顔と夕顔――宣孝関係の紫式部歌と源氏物語」（「日本文学」一九七三年一〇月）、黒須重彦『夕顔という女』（笠間書院　一九七五年）・『源氏物語私論』（笠間書院　一九九〇年）、石井正巳「「夕顔」巻の冒頭について」（『太田善麿先生退官記念文集』表現社　一九八〇年）、高橋亨「夕顔の巻の表現」（「文学」一九八二年一一月／『物語文芸の表現史』名古屋大学出版会　一九八七年）、日向一雅「夕顔巻の方法――「視点」を軸として――」（「国語と国文学」一九八六年九月／『源氏物語の王権と流離』新典社　一九八九年）、岩下光雄『源氏物語の本文と享受』（和泉書院　一九八六年）など。

5　清水婦久子『源氏物語の風景と和歌』（和泉書院　一九九七年）。以下、清水氏の御論はすべてこれによる。

6　土橋寛『古代歌謡論』（三一書房　一九六〇年）、清水克彦『万葉論序説』（青木書店　一九六〇年）、稲岡耕二『萬葉表記論』（塙書房　一九七六年）・「人麻呂歌集旋頭歌の文学史的意義」（『萬葉・その後』塙書房　一九八〇年／『人麻呂の表現世界　古体歌から新体歌へ』岩波書店　一九九一年）、神野志隆光『柿本人麻呂研究』（塙書房　一九九二年）など。

7　久富木原玲「「雑躰」の特色と構造」（『一冊の講座　古今和歌集』有精堂　一九八七年）

8　小松英雄『やまとうた』（講談社　一九九四年）

9　片桐洋一『古今和歌集全評釈』下（講談社　一九九八年）。以下、片桐氏の御論はすべてこれによる。

10　鈴木日出男「和歌における対人性」（「国語と国文学」一九七〇年四月／『古代和歌史論』東京大学出版会　一九九〇年）

11　稲岡耕二「人麻呂歌集旋頭歌の位置」（『萬葉集研究3』塙書房　一九七四年／『人麻呂の表現世界　古体歌から新体歌へ』岩波書店　一九九一年）

12　石田穣二・清水好子　新潮日本古典集成『源氏物語　三』（新潮社　一九七八年）頭注

13　石田穣二『源氏物語事典　上』（東京堂出版　一九六〇年）、滝澤貞夫項目執筆「玉かづら」（『和歌大辞典』明治書院　一九八六年）、片桐洋一『歌枕歌ことば辞典』（角川書店　一九八三年）、阿部秋生・秋山虔・今井源衛　日本古典文学全集『源氏物語　三』（小学館　一九七二年）など。

14　平田喜信・身崎壽『和歌植物表現辞典』（東京堂出版　一九九四年）

15　今野達「説話文学と源氏物語との関係」（「解釈と鑑賞」一九六八年五月）

16　高崎正秀「源氏物語『夕顔』巻の成立――三輪山式神婚説話の系譜――」（『金田一博士古稀記念 言語民俗論叢』三省堂　一九五三年／『高崎正秀著作集』桜楓社　一九七一年）、藤井貞和「三輪山神話式語りの方法そのほか――夕顔の巻」（「共立女子短大文科紀要」22　一九七八年三月／『源氏物語論』岩波書店　二〇〇〇年）、三谷栄一「夕顔物語と古伝承」（『源氏物語の世界』一　有斐閣　一九八〇年）、後藤祥子「源氏物語と歌語り――葛城神話と夕顔・末摘花」（「国語と国文学」一九八四年一一月／『源氏物語の史的空間』東京大学出版会　一九八六年）

17 新間一美「もう一人の夕顔――帚木三帖と任氏の物語――」（『源氏物語の人物と構造』笠間書院 一九八二年）・注2新間論文に同じ、高橋亨「夕顔の巻の表現――テクスト・語り・構造――」（「文学」一九八二年一一月／『物語文芸の表現史』名古屋大学出版会 一九八七年）、原岡文子「遊女・巫女・夕顔――夕顔の巻をめぐって――」（「共立女子短期大学文科紀要」32 一九八九年二月／『源氏物語 両義の糸――人物・表現をめぐって――』有精堂 一九九一年）など。

18 藤村潔「源氏物語に見る原拠のある構想」（『古代物語研究序説』笠間書院 一九七七年）

19 後藤（倉又）幸良「『源氏物語』玉鬘の物語と漢文学――『詩経』王風「葛藟」の引用――」（「⑫玉鬘」（至文堂 二〇〇〇年一〇月／『平安朝物語の形成』笠間書院 二〇〇八年）

〔関連論考〕

◎玉鬘

室伏信助監修・上原作和編集『人物で読む源氏物語 玉鬘』（勉誠出版 二〇〇六年）

◎旋頭歌

新谷秀夫「平安時代における旋頭歌の意味――『萬葉集』伝来をめぐる臆見・余滴」（「高岡市万葉歴史館紀要」11 二〇〇一年三月）

浅田徹「旋頭歌その後――失われた調べ」（『古筆と和歌』（笠間書院 二〇〇八年）

◎「飽かざりし」

近藤みゆき「「手習」巻の浮舟――「飽きにたる心地」と「飽かざりし匂ひ」をめぐって」（『源氏物語と和歌』二〇〇八年／『王朝和歌研究の方法』笠間書院 二〇一五年）

◎夕顔・夕顔巻

西沢正史〔企画・監修〕・上原作和〔編集〕『人物で読む源氏物語　夕顔』（勉誠出版　二〇〇五年）
清水婦久子『源氏物語の巻名と和歌――物語生成論へ』（和泉書院　二〇一四年）
諸井彩子「夕顔巻冒頭の和歌解釈」（「日本文学研究ジャーナル」3　二〇一七年九月）

第二章　日記・家集・物語の周縁

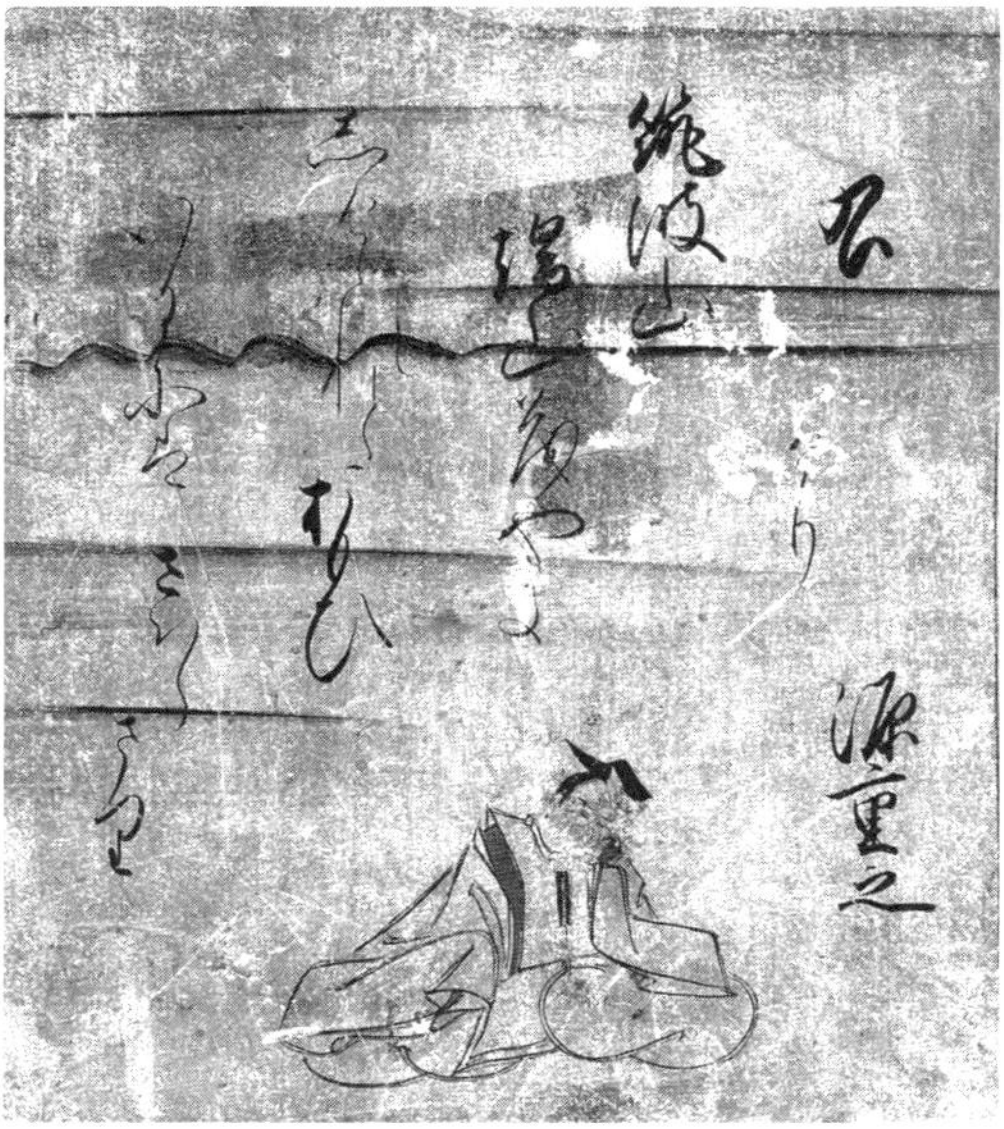

一　『蜻蛉日記』求婚時贈答歌を読む

はじめに

『蜻蛉日記』（以下『日記』）上巻の求婚歌については、秋山虔氏[1]が「物語世界のわが身の上への招致にほかならなかった」と総括され、篠塚純子氏[2]は「歌物語的世界に生きること」とする見方を提示されてもきた。また、『日記』の世界を、『源氏物語』への階梯と位置づけた高野晴代氏[3]のご論も記憶に新しい。そして近時、鈴木隆司氏[4]堤和博氏[5]により、新たに活発な議論がなされてもいる。これら『日記』の本質にかかわるご見解の驥尾に付して、ここでは、求婚時の、特に和歌について、いささか気づいたことを述べてみたい。

一　求婚の和歌

周知のごとく、『日記』上巻には、兼家と道綱母の贈答歌が多数所収されており、求婚時、すでに兼家が自由に和歌を詠めていたことは確かである。だが、そうだとしても、上手と評判の道綱母へ和歌を贈ろうとすれば、やはり気後れもしたに違いない。そこで彼はどうしたであろうか。歌を詠む場合の常套手段、先行歌にその範を求めたのである。

求婚が開始されて程ないところに、次のような和歌が見出せる。

浜千鳥あともなぎさにふみみぬは我を越す波うちやけつらん（日記・五・兼家）

この歌が、次に掲出する『後撰集』に所収された和歌を利用したことは諸注が指摘する通りである。

人を思ひかけてつかはしける　平定文

浜千鳥たのむをしれとふみそむるあとうちけつな我を越す波（後撰・恋二・六九五）

「浜千鳥」「あと」「ふみ」「我を越す波」の十六音に加え、「うちけつ」の語も共有しており、全二十音の借用が認められる。いやむしろ、七割方なぞりながら新しい一首に仕立てた力量を褒めるべきかもしれない。これが『平中物語』で知られる平定文詠であるのも、兼家の志向を端的に表している。

次の和歌にも類似の表現を持つ先行歌を見出すことができる。

おぼつかな音無き滝の水なれやゆくへも知らぬ瀬をぞたづぬる（日記・三・兼家）

音無の山よりいづる水なれやおぼつかなくもながれ行くかな（信明・一二八）

『信明集』の一首は勅撰集に入集した訳ではないので、これこそ偶然の一致かもしれない。だが、これも歌人中務との間に交わされた恋愛贈答であったことからすれば、やはり下敷きにした可能性を探りたくもなる。では、このような和歌を贈られた道綱母は如何に返しているのだろうか。

二　贈答歌の背景

ここからは、贈答歌を見てみよう。一組目はつぎのようなものであった。

音にのみ聞けばかなしな時鳥こと語らはんと思ふ心あり（日記・一・兼家）

語らはん人なき里に時鳥かひなかるべき声なふるしそ（日記・二・道綱母）

兼家詠は「五・七・五・八・八」と字余りで、お世辞にも滑らかな詠みぶりとは言い難い。これに対し、道綱母詠は、時鳥を兼家の暗喩とし、「こと語らはん」については、「語らはん人なき里」と切り返し、時鳥の縁で「卯」を、さらに掛詞で「甲斐なし」を導いている。この道綱母詠には、次の一首を指摘する場合が多い。

いかにしてこと語らはん時鳥なげきの下になけばかひなし（後撰・恋六・一〇二〇）

道綱母が当該歌を念頭に置いて詠んだことは、間違いないであろう。だが、ここで注意したいのは、「こと語らはん」が兼家詠にすでに見える点である。つまり、最初に「いかにして」歌を念頭に置いて詠じたのは、兼家であったのではないか。少なくとも兼家の贈歌を見た道綱母は、そう考えたのではあるまいか。だからこそ、「なけばかひなし」を意識して、「かひなかるべき声なふるしそ」と応じたのだ。とすれば、この贈答は、「いかにして」歌を意識して行われたと理解すべきであろう。実は、二人の贈答には、このように複雑な様相を呈するものが他にも見出せる。

二組目は、次の二首である。

鹿の音も聞こえぬ里にすみながらあやしくあはぬめをもみるかな（日記・七・兼家）

高砂の尾上わたりにすまふともしかさめぬべきめとはきかぬを（日記・八・道綱母）

兼家詠については、次歌との関係を指摘する場合が多い。

是貞の親王の家の歌合の歌　　忠岑

山里は秋こそことにわびしけれ鹿のなくねに目をさましつつ（古今・秋上・二一四）

たしかに上句は忠岑歌の世界を意識しつつ詠じたものであろう。さらに、下句は、

（題知らず）　源うかぶ

こひしさはねぬになぐさむともなきにあやしくあはぬめをもみるかな（後撰・恋二・六七一）

と一字一句違わないことから、これを借用しているとみてよいであろう。一方、道綱母の詠について、『新体系』の脚注[6]は、つぎの歌を挙げるものの、特に説明はない。

是貞のみこの家の歌合によめる　藤原敏行朝臣

秋萩の花咲きにけり高砂の尾上の鹿は今やなくらむ（古今・秋上・二一八）

だが、それぞれが先行歌を踏まえて贈答したという理解だけでよいであろうか。兼家詠が参考にした「山里は」歌は、「是貞親王の歌合の歌」である。道綱母が踏まえたとされる敏行詠も同歌合の歌であり、『古今集』では近くに置かれている。しかも高砂の尾上と鹿の組み合わせは二一八番歌が現存では初例とされる。これらを勘案すると、兼家が踏まえた「山里」歌に対し、道綱母は『古今集』でごく近くに配列された同じ歌合の歌を利用して返歌したものと見える。

三組目は次の贈答である。

逢坂の関やなになり近けれど越えわびぬればなげきてぞふる（日記・九・兼家）

越えわぶる逢坂よりも音に聞くなこそをかたき関としらなん（日記・一〇・道綱母）

兼家詠について、『新体系』脚注[7]は、次歌を挙げる。

近ければ何かはしるし逢坂の関の外ぞと思ひたえなん（後撰・恋四・八〇二）

たしかに、この歌を念頭に置いたと読んでも齟齬はない。だが、少なくとも道綱母は次の歌と解してみせたのではないだろうか。

寛平の帝御ぐしおろさせたまうての頃、御帳のめぐりにのみ人はさぶらはせたまうて、近うよせられざりければ、

書きて御帳に結びつけける　　小八条御息所

立ち寄らば影ふむばかり近けれど誰かなこその関をすゑけん（後撰・恋二・六八二）

出家ということに重きをおいて読むと、兼家詠とはまったく異なって見えるが、近くにいながらも逢えないという状況は類似している。「近けれど」も、兼家詠と同じく三句目に置かれている。道綱母詠は贈歌の「逢坂」「越えわぶ」の語を用いながら、さらに「勿来」をも詠んでいる。兼家が踏まえたのは、「立ち寄らば」歌であると読み解いたことを匂わせるために、道綱母はあえて「なこそ」を詠み込んだに違いない。

『日記』冒頭部からはじまる婚姻をめぐっての記述を辿ると、「またまたもおこすれど」「しげうかよはす」「まめ文かよひかよひて」などとあって、兼家は、『日記』には記されない和歌を他にも多数贈っていたらしい。『日記』が所載しない『後拾遺集』八二一・八二三番歌の贈答歌を挙げるまでもなく、取捨選択された結果が『日記』所載の和歌であることはたしかであろう。だが、そうであればなおさら、多数のやり取りの中から何故これらの和歌が選ばれたのかという疑問が湧く。特に兼家の「音にのみ」詠などは、素直に良い出来とは言い難い。もちろん、求婚時に歌がなければはじまらないと言ってしまえばそれまでだが、面白いことに『日記』中でこの歌を貶してはいない。周知のごとく、仲人不在・馬に乗った文使い・料紙・筆跡については、「例のやうにもあらず」と断じていた。この口吻か

らすれば、兼家の求婚歌を非難してもむしろ当然のようにも感じるが、非難めいた言質はない。

ところで、このように、先行歌を利用しながら贈答を行った例は、すでに後藤祥子氏によって指摘されている。[8]『日記』中巻で行われた道綱母と源高明妻愛宮との贈答である。そこでは、歌の付けられた枝、すなわち文付け枝が先行歌を暗示するものとなっていた。後藤氏は、「歌の応酬と文付け枝による謎解きとの二重構造で、ここには複線式の伝達が成り立っている。『古今集』の歌のみならず、できたての『後撰集』や、やがて『古今六帖』や『拾遺集』に収まることになる読み人知らず歌を媒介にして、はじめて成り立つ伝達」と喝破され、「もっぱら共有する歌の知識が頼りで、ここには奇しくも、愛宮と道綱母の間に打てば響く見事なゲームが成立したのであった」と読み解かれた。これと同様のことが、実は『日記』開始の求婚時、兼家との間の贈答で交わされていたのである。

おわりに

冒頭に挙げたように、『日記』の求婚贈答を歌物語的世界と関わるものという見方が提示されて久しい。だが、その実態については自明のことであるからか、詳細に論じられてはこなかった。しかしながら、何故これらが選択されたかを検証することは、当時の贈答歌の実態を探る上でも重要であろう。先に見たように、『日記』冒頭部の、中でも贈答歌は、二人が共同して作り上げたものであった。兼家が熱心に歌を贈って寄越した求婚時、表向きは「はねつけ歌」とも呼ばれる、常識的な返歌を仕立てつつ、隠された和歌の存在を意識しながら、相手に寄り添って詠作をした道綱母の想いが仄見える。そして、それを理解した兼家もまた、このことに熱心に取り組んだに相違ない。単に会話のためのツールとしてではなく、先行歌を意識しつつ知的遊戯を楽しむ和歌の贈答によって、二人は言葉以上のものを感じ合っていたのであろう。求婚時の和歌は、まさに三ヶ月にわたる、二人の交流の軌跡であった。そして、このような観点から選び取られたのが、兼家の和歌であり、三組の贈答歌であったに違いない。

注

1　秋山虔「蜻蛉日記と更級日記」(『国文学　解釈と鑑賞』42–1　至文堂　一九七七年一月／『王朝の文学空間』東京大学出版会　一九八四年)
2　篠塚純子「歌物語的世界の崩壊と蘇生」(『形成』一九七七年七月)
3　高野晴代「『蜻蛉日記』女から贈る歌――『源氏物語』への階梯――」(『王朝女流日記を考える――追憶の風景』武蔵野書院　二〇一一年)
4　鈴木隆司「蜻蛉日記序説――いわゆる「兼家の求婚」場面を中心に」(『国語国文』81–10　二〇一二年一〇月)
5　堤和博「『蜻蛉日記』上巻前半部の「序段」としての求婚場面――鈴木隆司論への疑問とともに――」(『国語国文』82–10　二〇一三年一〇月)
6　今西祐一郎校注　新日本古典文学大系『蜻蛉日記』(岩波書店　一九八九年)
7　注6に同じ。
8　後藤祥子「歌人道綱母――蜻蛉日記上巻の本質」(『王朝女流日記を学ぶ人のために』世界思想社　一九九六年)

〔関連論考〕

後藤祥子「秘められたメッセージ――『蜻蛉日記』の消息の折り枝――」(『国文目白』33　一九九四年一月／『平安文

学の謎解き――物語・日記・和歌――』風間書房　二〇一九年）
鈴木隆司「蜻蛉日記冒頭場面追考」（『国語国文』84–7　二〇一五年七月）

(二)『蜻蛉日記』「移ろひたる菊」の意味するもの

はじめに

『万葉集』ではまったく詠まれていなかった菊の花[1]は、平安時代に入り、晩秋から初冬にかけての代表的な景物として成長する。もともと菊は唐代、交配によって作り出された植物といわれ、中国で文学的素材として盛んに用いられていたことは、つとに知られている。日本でも渡来した菊は、和歌に先駆けて漢詩文の世界において受容された。さらに中国ではあまり評価の対象とされなかったこの花の「移ろひ」を、菅原道真ら詩人達が積極的に賞美したこと[2]で、和歌の世界においても残菊を賞でる歌が多数詠まれることとなった。これらの事情については既に諸先学[3]により詳細に論じられているところである。

一　菊と「移ろひ」

「移ろふ」菊が我が国では積極的に賞美の対象とされたことについてはほぼ定見が得られているものの、個別の用例、特に人事を詠んだ和歌における菊の「移ろひ」はその語義から、変心を暗示しているとされる場合がほとんどである。例えば『友則集』に見え、『後撰集』にも所収された次のような一首がある。

身の成り出でぬことなど嘆き侍りける頃、紀友則がもとより、「いかにぞ」と問ひおこせて侍りければ、返事に菊花を折りて遣はしける　　藤原忠行

枝も葉も移ろふ秋の花見れば果てはかげなくなりぬべらなり（後撰・秋下・四三二／友則・六〇）

ここでは、表立って菊は詠み込まれてはおらず、詞書からそれと知られるのみだが、菊の色変わり、ひいては枯れ行く様を重ねなければ、詠者の沈淪の思いは読み解けない。また、『大弐高遠集』に見える次の二首いずれも、

移ろへる菊を植ゑて、女房にかくなん

移ろひて花のにほひのことなるは心からとや人は見るらん（高遠・一〇八）

ありし女の男につきて里にありしに、十月ばかり移ろひたる菊につけてやる

見しよりもいとどかれゆく白菊の移り心は花もありけり（高遠・三二七）

菊の「移ろひ」に心変わりの意を重ねたと読み取れる。このように、菊の「移ろひ」には、変心を寓するものも確かに多い。

しかしながら、人事と重ねた菊の「移ろひ」がすべて変心を意味していると断定するのは早計ではあるまいか。『蜻蛉日記』には、有名な次のような場面がある。

……二三日ばかりありて、あかつきがたに、門をたたく時あり。さなめりと思ふに、憂くて、開けさせねば、例の家とおぼしきところにものしたり。つとめて、なほもあらじと思ひて、

嘆きつつひとり寝る夜の明くる間はいかに久しきものとかは知る（日記・二七・道綱母）

と、例よりはひきつくろひて書きて、移ろひたる菊にさしたり。返りごと、「あくるまでも、こころみむとしつれど、とみなる召使の来あひたりつればなむ。いとことわりなりつるは。

げにやげに冬の夜ならぬ真木の戸もおそくあくるはわびしかりけり（日記・二八・兼家）」（日記・一〇〇頁）

ここで用いられた文付け枝が「移ろひたる菊」であった。これについては、すでに五十嵐篤好の『蜻蛉日記解環旅寝』に「公の心うつりたるをたとへて哥の余情を見せたり」と、兼家の心変わりを読み取る解釈が提示されている。以来、「移ろふ」という語義の範囲で解釈がなされてきた。注釈書に限っても、「「うつろひたる菊」は兼家のあだし心、愛を失った女の悲しみを諷するのではあるが、菊としては最も賞美すべきもの[4]」、「盛りを過ぎた菊も賞美された[5]」、「当時菊は少し色のあせかけた時が最もきれいとされた[6]」などと、「移ろふ菊」を賞でることに付言するものは少なくないものの、結果的には「兼家の他の女への心変りを寓する[7]」として、兼家の変心を暗示していると解しているものがほとんどである。中には「兼家の愛情の移ろいに、うちしおれたわが身をよそえたもの[8]」と、道綱母自身の衰えまでを読み取ろうとする説もある。これらに対し、後藤祥子氏[9]が、次のような卓見を提示された。

「うつろひ」を字義どおりに「色褪せた」とか「凋落した」と解して、道綱母の容色の衰えだの兼家の心変わりを寓したとするのは、ものが菊だけにふさわしくないであろう。「ひきつくろひて書」いた手紙をみすぼらしい枯れかけの花に付けるなど不調和このうえないであろう。菊はむしろ「うつろひ」をこそ愛でる花であった。時は十月つごもり、この天暦九年は九月に閏があって十一月朔はまさしく冬至であったから、さすがの菊も終わりの時節には違いないが。

この折枝が持つ含意を、従来の解釈とは全く異なる方向から読み解こうとされたのである。そこで本稿では、後藤氏の御論に導かれつつ、和歌中の「移ろふ菊」に注目し、美しく移ろう菊に託された意味について考察を加えたい。

二　「移ろひたる菊」の美

後藤祥子氏[10]は、『蜻蛉日記』の「うつろひたる菊」の寓意を次の一首によって解しようと試みておられる。

男のひさしうまで来ざりければ　(読人不知)
何に菊色染めかへし匂ふらむ花もてはやす君も来なくに　(後撰・秋下・四〇〇)

『日記』の当該場面の読解については後述するとして、この一首の菊の「移ろひ」に美的要素を認めなければ成立しないものであることは衆目の一致するところであろう。相次いで上梓された『後撰集』の注釈書[11]にも同様の解釈が示されている。

ところが他の用例に目を向けてみると、そう簡単ではなさそうだ。同じく、『後撰集』に所収された次の一首については、

年を経て語らふ人のつれなくのみ侍りければ、移ろひたる
菊につけて遣はしける　清蔭の朝臣
かくばかり深き色にも移ろふをなほ君きくの花と言はなん　(後撰・恋五・九六二)

解釈が以下のごとく分かれている。

☆「移ろひたる菊」に相手の変心を託したと読むもの
菊の花がこれほどまでに深い色に移ろい変ってゆくのを見ると、お心が他に移ったかに見えるあなたもやはり菊

の花ならずとも私の願いを聞く花だとおっしゃっていただきたいものです。（片桐洋一校注　新日本古典文学大系『後撰和歌集』岩波書店　一九九〇年）

☆「移ろひたる菊」に詠者自身の想いの深さを託したと読むもの

これほど、深い色に変わっていくように、わたしの愛情は深まっていくのですから、やはり、あなたには、「菊の花、お望みを聞き入れましょう」と言っていただきたいものです。（木船重昭著　笠間注釈叢刊『後撰和歌集全釈』笠間書院　一九八八年）

この白菊の花が紫に濃く変っているように、こんなに思いも深くなりましたので、やはりあなたに、「聞きとどけます」と言ってほしいのです。（工藤重矩校注　和泉古典叢書『後撰和歌集』和泉書院　一九九二年）

前者のごとく、相手の女性を「移ろひたる」菊に喩え、あなたは美しい菊の花だから私の願いを聞いてほしいとする説は魅力的だが、この解は相手の変心を肯定した上でなければ成り立たない。詞書では「つれなくのみ」とあるだけで、変心というのではない。また、いくら「あなたは菊の花だ」と讃えてみたところで、相手の女性が自己を菊だと自覚しない限り、つれない女性に「（私は）きく」と言わせることは難しい。結句に見える「なむ」は誂えの終助詞であり、菊の含意をいずれに解釈するにしても「きく」と発するのは相手の女性でなければならない。とするならば、後者のように、詠者自身の思いの深まりを菊の花に託し、それを見た相手の女性が「菊（聞く）」と思わず口にすることを願った歌と見た方が分かりやすい。つまり、（時代的には前後するが）『和泉式部日記』の冒頭場面で、花橘の枝を手にした「女」が思わず「「昔の人の」と言はれ」たのに通じる状況を、詠者は意図したのではあるまいか。

また、次のごとく「移ろふ菊」の意味する二重性が、贈歌、答歌で使い分けられている場合も見出せる。返歌は貞和本『拾遺抄』に朱書されているのにとどまり、また『集』と『抄』では詞書の男女が入れ替わっているなど、少々問題がないわけでもないが、贈答歌として見ると「移ろひたる」菊の含意をあえてずらして詠みあっており、注目に値する。

物ねたみし侍りける男、離れ侍りて後に、菊の移ろひて
侍りけるを遣はすとて　読人不知

老いが世にうきこと聞かぬ菊だにも移ろふ色はありけりと見よ（拾遺・雑秋・一一二二）

移ろへど菊は濃さこそまさりけれ花よりさきにかれし心を[12]（貞和本朱書）

『拾遺集』に採られた歌の作者は、離れていった「物ねたみし侍ける男」自身であり、彼は以前交際していた女性に「移ろひたる」菊を贈った。その和歌は、つらいことを聞かないという菊でさえも色が移ろうのだから、あなたの嫌な噂を耳にした私が移ろった（離れた）としても仕方ないでしょうの意。これに対し、貞和本に朱書された歌の作者（女）は、移ろっても菊は濃さが勝るのです。あなたは花が枯れるより先に離れてしまったではないかと男をなじっている。ここでは、「移ろひたる菊」の持つ二重性が贈答を支えているといえよう。

このような例は、他にも見出せる。『後拾遺集』では、

相模、公資に忘られて後、かれが家にまかれりけるに、
移ろひたる菊の侍りければよめる　藤原経衡

植ゑおきし人の心は白菊の花よりさきに移ろひにけり（後拾遺・秋下・三五六）

とあり、当該歌と詞書だけを見ていると、「移ろひたる菊」が意味するのは、まさしく相模のもとを去った公資ということになる。ところが、『相模集』では贈答歌として見えており、返歌の「移ろひ」が意味するところは、贈歌と

は異なっている。『相模集』では以下のごとくである。

あやしきこといひつけて、さるべきものどもなどしたためて、けざやかにほかへいにける後に、移ろひたる菊、盛りに見ゆる頃、むつましきゆかりにて時々通ふ若き人のゆゐなからぬが立ち寄りて、「いかにまた、人はほかにか」と問ひしついでに、この花を目とどめて、ただには過ぎがたくやありけむ、かく言ひし

植ゑおきし人の心はしら菊の花よりさきに移ろひにけり（相模・一〇〇）

かへし

移ろひし残りの菊もをりをりにとふ人からぞあはれなりける（相模・一〇一）

実名は記されないものの、『後拾遺集』の場合と同様、贈歌の「移ろひたる菊」で寓されているのは「けざやかにほかへいにける」男である。これに対し、返歌の「移ろひし残りの菊」が暗示するは相模自身ということになろう。もちろん「残りの菊」には、ここにとどまったの意もあるものの、詞書に「移ろひたる菊盛りに見ゆる頃」とあり、また「時々通ふ若き人」への返歌とするならば、やはり枯れ落ちる寸前の残菊ではなく、男に去られたとはいえ、むしろ十分な美しさを漂わせている残菊であった方がよい。

『源賢法眼集』には次のような二首が見える。

年頃、もろともにある童の京に上るに

なにをかも慰めにせむ冬山のふりつむ雪のとくる待つ間は（源賢・三八）

移ろふに深さまされる菊の花たれあき果つる色と言ひけむ（源賢・三九）

この二首は詞書と歌の内容からして、同事情の詠であろうと思われる。三九番歌の「移ろふ」は三八番歌に付されている詞書が伝えるように、可愛がっていた童が京に上ってしまったことを寓していると同時に、「移ろふに深さまされる」と、そのような事態に遭っても、詠者の想いは、いっそう深まったことが詠じられている。下句は「たれ飽き果つる色と言ひけむ（誰が飽き果てたなどといったのだろう）」の意でもある。ここでも「移ろひ」は衰退ではなく、詠者の以前に比べまさった想いが、より美しく移ろった菊に託されていると読み取るべきであろう。

寛平御時后の宮の歌合の歌　　大江千里

植ゑし時花まちどほにありし菊移ろふ秋にあはむとや見し（古今・秋下・二七一）

当該歌は人事を詠んだものではないが、従来「移ろふ」を色褪せたの意で解されてきた一首である。これに対し、竹岡正夫氏[13]が、

下の句を現在もう菊の花がうつろっているとしているのである。諸注すべて検討もなくこれに従っている。しかし、それではこの歌の位置から見て早すぎる。…（略）…目下満開の時の歌と解すべきなのである。すなわち、植えた時には、満開の菊を夢に見て、待ち遠しい気持で植えた。そして念願どおり、今や満開。でも残念なことには、間もなくこの満開の花も次第に色が変わり衰えていくのである。…（略）…この花がいずれ近く色がうつり、衰えていくようになるのを、満開の花を前にして、予じめ惜しがっている気持である。

として、眼前の菊は満開であり、結句「あはむ」の「む」が意味するのは「これから先の未来」として、あらかじめ衰

えを惜しむだ歌と解された。もちろんこの解釈も成立するが、「これから先の未来」には、衰える以前に、賞美されるべき菊の花の「移ろひ」の期間があると考えてはいけないだろうか。また、新編日本古典文学全集の『古今和歌集』[14]では

　菊の変色したものは、当時は珍重されたのだが、この歌では衰退とみるべきだろう。月日の経過の早いのに驚いたことを詠んだ歌。

と注釈が施されている。「月日の経過の早」さを読み取るのであれば、植えた時には開花にしか心及ばなかったが、いま満開の菊を目にし、なんとこれから再び美しさがます、菊の「移ろひ」までも目にすることになろうとはと、時の流れの早さを詠嘆したと解することもできるのではないか。いずれにしても、当該歌の「移ろひ」を衰退と断定してしまうことには些か疑問が残る。

さらに、竹岡[15]氏は、現在移ろっていると解するには「この歌の位置から見て早すぎる」とされたが、配列からすれば、あらかじめ衰退を危惧したとするのにも早過ぎはしないだろうか。なぜなら当該歌から数えて八首目に、

　　是貞の親王の家の歌合の歌　　読人不知

色かはる秋の菊をばひとゝせにふたたびにほふ花とこそ見れ（古今・秋下・二七八）

　仁和寺に菊の花召しける時に、「歌そへて奉れ」と仰せら
　れければ、よみ奉りける　　平貞文

秋をおきて時こそ有りけれ菊の花移ろふからに色のまされば（古今・秋下・二七九）

　人の家なりける菊の花を移し植ゑたりけるをよめる　　紀貫之

吹きそめし宿しかはれば菊の花色さへにこそ移ろひにけれ（古今・秋下・二八〇）

などと、「移ろふ」菊を賞でた歌群が置かれているからである。つまり『古今集』の配列を考慮すればなおのこと、当該歌の「移ろひ」を衰退に直結させて解釈することがためらわれるのである。配列を考慮するならば、いっそう「移ろふ」菊を賞でた歌群に先駆けて、残菊の美しさをあらかじめ意識した二七一番歌を位置付けたと考えた方がよいのではあるまいか。

以上から、「移ろひたる菊」が必ずしも変心のみを託されているものではないこと、その美しさが託される場合もあることはほぼ確認できた。そこで、最後に、本稿冒頭で触れた『蜻蛉日記』の場面についても、考えてみたい。

三　「うつろひたる菊」と「嘆きつつ」の和歌

『蜻蛉日記』の当該場面において、道綱母が「うつろひたる菊」に「嘆きつつ……」の和歌を結び付けたことはよく知られているところである。この和歌は後に『拾遺集』『大鏡』をはじめ十一作品に所収され、うち六作品では詠歌事情も記されている。しかし、結局、折枝の菊に言及したものは皆無であった。このことは六作品の作者達が、この折枝を当該歌理解の上で必要欠くべからざる要素であると認めなかったということでもあろう。もちろんこれらの作品が『蜻蛉日記』の記事に積極的な修正、変形を加えていないことは坂本信男氏によりすでに詳細に論じられている[16]。にもかかわらず、その元となっている『日記』がこのことを記しているのは、道綱母の捏造や創作ではなく、むしろ作者の側からすれば重要な意味を託したものであったこと、すなわち、彼女にとっては省筆すべき事柄ではなかったということの表われでもある。とするならば、ここに何らかのメッセージを読み取らざるを得ないであろう。

もちろん「うつろひたる菊」の折枝は道綱母の専売特許ではない。前掲の『後撰集』九六三番歌や、それ以外にも折枝として用いられている例が見出せる。そこで、私家集の詞書に見出せる折枝の菊に注目してみると、歌中の「菊」同様、その意味するところは、一つに絞り込めないようである。例えば、『敦忠集』では次のように心変わりの意が託されている。

移ろへる菊にさして

我ならぬ菊の花さへ世の中をうらむるさまに移ろへるかな（敦忠・一一六）

次に『大弐高遠集』を見てみよう。この集には何故か菊を詠み込んだ歌や、詞書中に菊に言及するものが多い。前掲の一〇八・三一七番歌では菊の花の「移ろひ」に心変わりの意を託しているものが見えたし、次のようにわざわざ枯れた菊を折枝として用いた贈答も見出せる。

尼一品の宮より、枯れたる菊につけてたまへる

いにしへの残り少なき菊の上におきそふつゆの身をも知るかな（高遠・三二一）

返し

いにしへを忘れぬ色と見るからに花の袂ぞいとどしづけき（高遠・三二二）

しかしながら、次のような例も見える。

むろまち殿より、菊の移ろへるを折りてたぶとて、小弐の尼君に

秋のつゆ形見とおきし花なれど君ます宿に移ろはすかな（高遠・三一八）

返し

移ろふにつけてぞおもふ菊の花心のほどの色に見ゆれば（高遠・三一九）

贈歌は、美しく移ろった菊を贈る挨拶であり、返歌は贈り主の厚情を称えた詠いぶりとなっている。ここには、「移ろへる」菊に衰微のイメージはまったくない。

『高遠集』のように、様々な状態の折枝の菊が見える歌集においても、種々の用いられ方がされていることからして、『蜻蛉日記』の場合も「「うつろひたる菊」がそれ自体贈答に堪える美的な景物でありながら、かつ相手の異心（浮気）を厳しく風刺する符牒であったがゆえに可能な優れて表現的な行為[17]」と即断するのはいかがなものか。道綱母が兼家の心変わりを皮肉るならば、『高遠集』三二一番歌の詞書のように、枯れた菊の方がより似つかわしかったのではあるまいかとも考えられる。特に、時が閏九月のあった年の「十月晦」であったならば、なおさらである。

そこで、当該場面に戻して、この菊の折枝が意味するものを解く糸口を探してみよう。従来は、贈った道綱母の立場から考察されてきたが、逆にこの折枝を手にした兼家の立場で考えてみたい。昨夜訪問したが門を開けてもらえず帰って来ると、その女のところから、「ひきつくろひて書」いた手紙が「うつろひたる菊にさし」て届けられた。何故女が門を開けなかったのか、まったく身に覚えがないわけでもないだろうが、兼家は、これだけの状況で贈られたものの意味を理解しなければならない。門を開けなかった理由としては、町小路の女のところから回って来たと勘ぐったとか[18]、また女の存在そのものに腹を立てているとか、種々考えられているものの、兼家からすれば、来訪したことは確かなことであり、まさか初めから門前払いを食わされると思って立ち寄ってはいまい。道綱母の側からしても、兼家の立場で理解可能なメッセージを託したはずなのだ。とするならば、菊の折枝の含意を解く鍵は、やはり「嘆きつつ……」の和歌自体に求めることが自然なのではないだろうか。

ところで、これまで菊の移ろいにばかり言及してきたが、菊花はいったい何によって移ろうのか。次例をあげるまでもなく、

薄く濃く色ぞ見えける菊の花露や心をわきておくらん（古今六帖・三七四〇）

置く霜の染めまどはせる菊の花いづれかもとの色にはあるらん（古今六帖・三七四一）

露、もしくは霜などによってである。道綱母の贈歌に「嘆きつつ」とあることからすれば、詠者は涙にくれていたのである。この状況からすると、下句「いかに久しきものとかは知る」と反語で兼家に訴えた心そのままに、長い独り寝の間に私の涙で移ろいました、証拠の品ですよと言わんばかりに「移ろひたる菊」を添えたとは考えられないだろうか。贈られた兼家の立場からしても「嘆きつつ」と詠い出された和歌に添えられている菊の色が移ろっていたならば、それは嘆いた結果と理解するのが至極当然のように思われる。しかもそれが枯れた菊ではなく、今を盛りと賞美される移ろった菊であったことは、後世、本朝三美人の一人とされた、美人の誉れ高い彼女らしい。このように菊もそして自分自身も今美しさの絶頂にあるという無言の矜持を託したと読むこともあながち的外れではないであろう。さらに勘ぐれば、この美しく移ろった菊花のようにあなたの愛情は深まっているのではないかとでも兼家に反駁され、軽くあしらわれたら、いやそれはあなたの心変わりの象徴のつもりだと、つっぱねることも可能である。この「うつろひたる菊」の持つ二重性を道綱母自身が承知していた蓋然性も捨て難い。その危うさに触れなかった、つまり、菊花に言及しなかったという意味でも、兼家の返歌は巧みである。彼女の気持ちを「げにやげに」と受け止め、自分自身も辛かったのだと詠っている。「なほもあらじ」と血相を変えつつ、通常よりも幾倍かの思案を重ねながら、表面的にはその心の乱れをまったく表わさずに、おそろしく選り整えた手紙と折枝を贈った道綱母の真意が、兼家の

胸中に届いたものかどうかは永遠に謎ではあるが。

おわりに

本稿では、変心を暗示している「移ろひたる菊」については幾例かを掲げたにとどまったが、それはそのような和歌が少ないからではない。むしろ心変わりを前提としなければ解釈できない歌は数多くあり、本稿はもちろんそれらの存在を否定するものではまったくない。心変わりを意味しない例を取り上げたのは、数としてはそれほど多くないからこそ、多数の例に倣って「移ろひたる菊」イコール変心と一元的に解してしまうことの危うさについて考えたかったからである。和歌の解釈は、他の多数の詠みぶりを知ることで導き出される場合もあるものの、少数例の意味するところを丹念に探り出すことで確かに見えてくることもあるのではないかと考えている。

注

1　平田喜信・身﨑壽『和歌植物表現辞典』（東京堂出版　一九九四年）

2　小島憲之「漢語享受の一面――嵯峨御製を中心として――」（「竜谷大学論集」410　一九七七年五月／『日本文学における漢語表現』岩波書店　一九八八年）

3　本間洋一「菊の賦詩歌の成立覚書――本朝における古今集前夜までの菊の小文学史――」（「中央大学国文」27　一九八四年三月／『王朝漢文学表現論考』和泉書院　二〇〇二年）、菅野洋一「菊のうつろい――日本的美意識の伝統――」（「東北大学文芸研究」119　一九八八年九月）、徳植俊之「菊歌攷――冬の菊歌をめぐって――」（「和歌文学

研究」61　一九九〇年一〇月）
4　川口久男校注　日本古典文学大系『かげろふ日記』（岩波書店　一九五七年）
5　木村正中・伊牟田経久校注・訳　新編日本古典文学全集『蜻蛉日記』（小学館　一九九五年）
6　増田繁夫訳・注　全対訳日本古典新書『かげろふ日記』（創英社　一九七八年）
7　犬養廉校注　新潮日本古典集成『蜻蛉日記』（新潮社　一九八二年）
8　今西祐一郎　新日本古典文学大系『蜻蛉日記』（岩波書店　一九八九年）
9　後藤祥子「歌人道綱母――『蜻蛉日記』上巻の本質」（『王朝女流日記を学ぶ人のために』世界思想社　一九九六年）
10　後藤祥子「秘められたメッセージ――『蜻蛉日記』の消息の折り枝――」（「国文目白」33　一九九四年一月／『平安文学の謎解き――物語・日記・和歌――』風間書房　二〇一九年）
11　木船重昭著　笠間注釈叢刊『後撰和歌集全釈』（笠間書院　一九八八年）、片桐洋一校注　新日本古典文学大系『後撰和歌集』（岩波書店　一九九〇年）、工藤重矩校注　和泉古典叢書『後撰和歌集』（和泉書院　一九九二年）
12　片桐洋一編著『拾遺抄』（大学堂書店　一九七七年）
13　竹岡正夫『古今集和歌集全評釈　上』（右文書院　一九七六年／一九八一年補訂）
14　小沢正夫・松田成穂校注・訳　新編日本古典文学全集『古今和歌集』（小学館　一九九四年）
15　注13に同じ。
16　坂本信男「道綱母「嘆きつゝ」詠歌の受容――解釈と再検討――」（「立教大学日本文学」49　一九八二年一二月／日本文学研究資料新集3『かげろふ日記　回想と書くこと』有精堂　一九八七年）
17　渡辺秀夫『詩歌の森』（大修館書店　一九九五年五月）
18　野口元大「古典解釈のアポリア――蜻蛉日記「嘆きつつ」の歌の位相――」（「上智大学国文学論集」17　一九八一年

一月／『王朝仮名文学論攷』風間書房　二〇〇二年）

〔付記〕

脱稿後、片桐洋一氏『古今和歌集全評釈』（講談社　一九九八年）が上梓され、『古今集』二七一番歌の項では、本稿と同方向のご見解が提示された。

〔関連論考〕

柳沢良一「百人一首「嘆きつつひとり寝る夜の明くる間は…」の和歌をめぐって――道綱母は門（かど）を開けたか」（「北陸古典研究」14　一九九九年一〇月）
今西祐一郎「道綱母「嘆きつつひとりぬる夜」歌の詠作事情」（「文学研究」（九州大学）98　二〇〇一年三月／『蜻蛉日記覚書』岩波書店　二〇〇七年）
石津正賢「『蜻蛉日記』における「なほもあらじ」の一解釈」（「解釈」二〇〇二年一二月）
吉野瑞恵「蜻蛉日記「うつろひたる菊」――「女性的」な作品を読むという視点から」（『〈新しい作品論〉へ、〈新しい教材論〉へ古典編』右文書院　二〇〇三年／『王朝文学の生成　『源氏物語』の発想・「日記文学」の形態』笠間書院　二〇一一年）
今西祐一郎「蜻蛉日記「うつろひたる菊」」（『〈新しい作品論〉へ、〈新しい教材論〉へ古典編』右文書院　二〇〇三年／『蜻蛉日記覚書』岩波書店　二〇〇七年）
赤間恵都子「白菊のメッセージ――『蜻蛉日記』と『源氏物語』から」（「十文字国文」9　二〇〇三年三月）
吉海直人「道綱母「嘆きつつ」歌の解釈をめぐって」（「解釈」二〇一一年四月）

(三)　重之女百首の編纂意識

はじめに

『重之女集』と称される家集には、初期百首の一つで、重之百首の流れを汲むと位置付けられた歌群が存する[1]。この歌群は重之女百首と呼ばれ（便宜上本稿でもこの呼称を継承する）、曾禰好忠、源順、恵慶らから受けた影響について、あるいは、後続の和泉式部や相模の百首歌に与えた影響について、詳細な研究が先学諸氏により積み重ねられてきた[2]。これらにより、重之女百首の持つ和歌史的意義については、かなりの部分が解明された。しかしながら、この百首歌自体については、渦巻恵氏[3]が冬部に物語性を、林マリア氏[4]が後続の百首に比べて恋部の構成意識の高さを指摘されたに過ぎず、等閑に付されてきた。そこで、本稿では、当百首で用いられている歌材、表現などを手がかりに、重之女百首自体の解明を試みたい。

一　『重之女集』の構成意識

近年、平安時代中期書写と目される『重之女集』の存在が明らかになった。冷泉家時雨亭文庫の蔵するこの一本は、田中登氏[5]により、現存する諸伝本の親本であると位置づけられた。ただし冷泉家本は、虫損が甚だしく、単独で読み進めることは困難である。そこで、本稿でも、書陵部蔵（五〇一・一四六）本、所謂甲本の本文に依拠して考察を進めたい。

手始めに『重之女集』の構成を確認しておこう。

序文

百首歌〈現存九〇首〉

（春一九首　夏一五首　秋一八首　冬一九首　恋一九首）

その他　二五首

家集の冒頭部に序文があり、それに続いて百首歌と呼びならわされている九〇首の和歌が置かれている。この所謂百首歌は、四季歌と恋歌からなる五部立仕立てで、各部二〇首ずつが配されるはずであったらしい。だが、現在の各部は、先に示したとおり、いずれも定数を満たしてはいない。この百首歌の後に、二五首の和歌が配され、家集全体の歌数は一一五首となっている。

以上を確認した上で、次に、百首歌に付されたと思しい序文から検討を加えてみよう。序文には、以下のような記述がみえる。

①春は花に心をあくがらし、②夏は時鳥の声を寝覚めて聞く、秋はア紅葉の深き山に心をいれ、冬はふるめきたる重之がむすめのいひおきたる事なれば、よにめづらしきことあらしのみイ寒くなりつつ、恋のみちもとぢられたるにやあらむ、ウ逢はで思ふなるべし

まず注目したいのは、傍線を付した①②の部分である。これらとよく似た表現が、次のように百首歌中に見出せる。

①春の日は花に心をあくがれて物思ふ人とみえぬべきかな（重之女・春・一一）

②寝覚めつつ声待ち侘びぬ時鳥初音はここにまづもなかなん（重之女・夏・二一）

序文①②と、春部、夏部の一首それぞれに類似の表現が用いられており、両者が無関係でないことが分かる。秋については「紅葉の深き山」に類似する語句を見出すことはできないが、後に詳述するように、秋部には複数の紅葉詠が所収されている。また、冬部では、イ「寒く」に対応する語が、

朝まだき今朝の霜だに寒ければ雪積りなん明日をこそ思へ（重之女・冬・五七）

と歌中に見出せる。恋に該当する、ウ「逢はで思ふ」との関係については、「逢はで」を詠み込んだ和歌が、

なぐさめむかたこそなけれあひみても逢はでも嘆く恋の苦しさ（重之女・恋・七九）

と見えるばかりでなく、すでに久保木寿子氏[6]近藤みゆき氏[7]により、恋部全体が「逢はで思ふ」という概念のもとに詠まれたという指摘もある。このように、序文と百首歌の詠草の表現は、密接に関連している様が看取できる。

次に各季の最初に置かれている和歌に注目してみたい。まず、夏部、秋部の冒頭歌を見てみると、

形見とて深くそめてし花の色を薄き衣にぬぎやかふらん（重之女・夏・二〇）

今日までは夏とか聞きしうちつけにつけつけにこそ風も聞こゆれ（重之女・秋・三五）

とあって、傍線を付したように、二〇番歌が春を、三五番歌が夏を意識して詠まれたことは明らかだ。これに対し、次に挙げた春と冬の冒頭歌は、

今日聞けば春たつ浪の音すなりいはせの氷いつかとけぬる（重之女・春・一）

四方山の木木の紅葉葉散り果てて冬はあらはになりにけるかな（重之女・冬・五三）

一見すると、夏・秋部ほど前の季節を意識しているようではない。だが、一番歌の傍線部、特に「氷」という語に留意してみると、冬部には、次のように「氷」、「凍る」という語を含む四首が見出せた。

鴛鴦のみなれし水も凍りつつよをやうきたるすまひをやせん（重之女・冬・六二）

山河の岩間をわくとささらめく水も凍ればおとづれぬかな（重之女・冬・六四）

いはがくる水もや冬は凍るらんいそべわたりに眺めてしかな（重之女・冬・六八）

冬はかく風の音さへ荒れたれば氷も宿をとぢてけるかな（重之女・冬・六九）

氷詠が初期百首歌人たちに好まれたことはすでに指摘[8]があり、掲出の四首も、冬が氷に閉じられた世界であると詠んでいる。これらからすると、春部冒頭の立春解氷詠と冬部の氷詠とには、共通した概念を見出すことができる。

秋部と冬部の「紅葉」の用い方にも同様のことが言えそうだ。秋部には、

道遠み人めもみえぬ山路を紅葉はさてやいらんとすらむ（重之女・秋・四二）

落ちつもる紅葉の堰はおほかれどとまらざりけり山河の水（重之女・秋・四六）

紅葉葉の流れうづまく山河の浅きところやいづこなるらん（重之女・秋・五〇）

紅葉みて秋は暮らしつ神無月今は時雨になぐさまぬかな（重之女・秋・五二）

と四首の紅葉詠がある。これに対し、冬部冒頭では、「紅葉葉散り果てて」（重之女・冬・五三）と、秋に美しかった紅葉を意識しつつ、あの紅葉は散ったと詠っていた。このように、四季部の冒頭歌は、いずれも直前の季節、さらにはそこで詠われている世界を意識した上で詠まれたとみることができるだろう。

ところで、他の季を意識した詠は、冒頭歌ばかりではなく、次のように、冬部の末尾にも見える。

雪はまだ降りかくせども春近くつげつる今朝の鳥の声かな（重之女・冬・七一）

この一首では、次に訪れる季節の、春という語を詠み込んでいる。そればかりでなく、これに呼応するかのように、春部には、

鶯のまだものうげになくなるは今朝も梢に雪や降るらん（重之女・春・六）

と、春になったにもかかわらず、いまだ雪の中で鳴く鶯の詠がある。

このように、序文と和歌との対応、各季冒頭歌、冬部末尾歌などの有り様からしても、この百首が、構成の意図をもって詠作されているのは明らかであろう。

二　歌材、歌語から辿る構成意識

前節では、当百首に構成意図が認められると述べた。それを解く鍵となったのが、季節を越えて用いられていた語であった。ここでは、同一の季節の中で繰り返し用いられている語に注目してみたい。

春部では「花」という語が七首に詠み込まれている。

春たちてなほふる雪を見わたせば枝もゆるさぬ花ぞ散りける（重之女・春・四）

月をだにみることあかぬ春の夜は花のあたりぞ思ひやらるる（重之女・春・九）

花見にと山路をこえて行く人は心のほかの旅寝をやする（重之女・春・一〇）

春の日は花に心をあくがれて物思ふ人とみえぬべきかな（重之女・春・一一）

我が宿の花さく春のかたみとてさそはぬ風のある世なりせば（重之女・春・一二）

春の雨にぬるる袂はをしからず花をるみちに今日は暮らさん（重之女・春・一三）

帰るべきかたこそなけれ路みえず花散りにける春のやどりは（重之女・春・一五）

この他に「花」の語は、

形見とて深くそめてし花の色を薄き衣にぬぎやかふらん（重之女・夏・二〇）

と、夏部の冒頭歌に見えるものの、この歌でも春を代表するものとして、「花」の語が用いられている。また、冬部にも、

春は花秋は紅葉をたづぬとてみえし心ぞしるくなりゆく（重之女・冬・五九）

とあって、やはり春を代表するものとして「花」が詠み込まれている。この歌で春の「花」と並べられている「紅葉」も、前述したように秋を代表する景物として位置づけられていた。先の「氷」も含め、このような同語の繰り返しは、一見すると「内容が単純」[9]とも映るが、以上のような用い方や、配置の有り様などを勘案すると、当百首では意図的に同一の語が繰り返し採択されたと考えてよいだろう。

一方、夏部内では、繰り返し詠まれた語句を見出せないが、次のように、「暑し」「涼し」「ぬるし」という感覚を詠んだ語を持つ四首がある。

夏の日の暑さをよくとするほどに思はぬ宿にたちぞよらるる（重之女・夏・二五）

夏の夜の有明の月にめをさまし涼しきかげと眺めつるかな（重之女・夏・二七）

風そよぐ夏のくれだに暑ければすぎにし日こそ思ひやらるれ（重之女・夏・二八）

夏の日に吹く秋風はぬるけれどしづこころなき荻の上かな（重之女・夏・三〇）

冬部にも、

朝まだき今朝の霜だに寒ければ雪積りなん明日をこそ思へ（重之女・冬・五七）

という一首はあるものの、春・秋部にはないことからすれば、夏部では体感を表す語を用いようと意図したとみることもできそうだ。初期百首では、「肌寒し」などに代表される「実感的温度感覚」が秋・冬部の歌に詠み込まれることは、金子英世氏[10]のご論に詳しいが、重之女があえて夏部にこれら四首を置いたことには注意したい。

　このように各季内で同一の歌語を繰り返し用いて、季節の独自性を強調する手法が見られる一方、一度だけしか詠まれていない景物も多数ある。次にそれらを掲出してみよう（（　）内は『重之女集』の歌番号）。

春　鶯（六）・桜花（一四）・駒（一六）・小草（一六）・山吹の花（一七）・岩躑躅（一八）・藤波（一九）

夏　時鳥（二一）・卯の花（二二）・夏草（二四）・常夏／撫子（二九）・蝉（三四）

秋　彦星（三六）・蜩（三七）・女郎花（三九）・花薄（四〇）・霧（四一）・雁が音（四三）・秋萩（四四）・荻（四七）・
刈萱（四八）・鹿の声（四九）・白菊の花（五一）・時雨（五二）

冬　霰（五八）・鴛鴦（六二）

鶯、桜、時鳥などの歌材は繰り返し詠まれても良いようだが、いずれも一首のみに留まっている。特に、春部で「花」が七首であったのに対して、「桜」が一首、「梅」は一首も詠まれてはいないのは、留意すべきであろう。また、秋部では多数の歌材をほとんど重複することなく用いる一方で、繰り返し「紅葉」が詠じられていた。以上のような歌材面からの考察も、重之女百首に、構成意図が存したことを証し立てる。

三　季節の詠みかえ

では、重之女はこの百首歌を詠作するにあたり、どのような工夫をしているのだろうか。それを探るために、当節では、季節を超えて複数回用いられた特徴的な表現や、歌語について考えてみたい。「垣根」と「雪」とが詠み込まれている次の二首から始めよう。

　山路の垣根も雪にうづもれてとふ人みえぬ宿ぞすみうき（重之女・冬・六三）

　山がつの垣根の雪を見わたせばはるかに春ぞ思ひやらるる（重之女・冬・六七）

いずれも雪に埋もれた垣根を詠み込んでいる。一見ごくありふれた冬の景を詠んでいるようだが、「雪」と「垣根」の組み合わせという観点から先行する和歌を通覧してみると、これらが新しい組み合わせであることが判明する。実は、「垣根」と「雪」が詠まれている和歌のほとんどは、垣根に咲く卯の花を雪と見立てたものであるからだ。つまり、冬の歌で「垣根」と「雪」を詠み込んだ和歌は、これ以前にはほとんど見えないのである。先行する可能性のある和歌を探ると、

　へつつ我が垣根の雪をよそ人は鶴のうはげと思ふらんやぞ（好忠・三五四）

という好忠の一首と、もう一首、

　こほりだにまだ山河にむすばねど人の垣根[11]は雪降りにけり（恵慶・一一二）

があるに過ぎない。とするならば、重之女の二首は、偶然に、同様の景を詠じたものではなく、卯の花の見立てから脱して、垣根の雪そのものに新しい風情を見出したことを強く印象付けようと意図したのではないだろうか。よく似

た情景を想起させる和歌をあえてごく近いところに配置したのも、単なる偶然とばかりは言いがたい。

このような推測を助ける例は他にもある。次に、「春の雨」詠二首を見てみよう。

春の雨に荒れたる宿のひましげみとがむばかりの袖ぞぬれける（重之女・春・七）

春の雨にぬるる袂はをしからず花をるみちに今日は暮らさん（重之女・春・一三）

「春の雨」はすでに『万葉集』に三首見え、『古今六帖』にも五首ほど見出せるものの、勅撰集では『新古今集』に初めて登場する程度で、「春雨《はるさめ》」に比べるとポピュラーな歌語とはいいがたい。重之女に先行するのは、万葉歌を除けば、次の、『高光集』の一首と、重之の一首が見出せるに過ぎない。

桜花のどけき春の雨にこそ深きにほひもあらはれにけれ（高光・一〇）

春の雨にしのふることぞまさりける山の緑も色にいでにけり（重之・七）

重之が「春の雨」を用いているのも示唆的で、父に倣って重之女もこの語を採択したのかもしれない。

秋部にのみ見える「あはれ」でも同様のことが言えそうだ。一般に秋歌では「悲し」という心情語が多用され、それが漢語「悲秋」と関わることもまたよく知られている。[12] しかし、当百首歌の秋部では「悲し」は用いられず、「あはれ」の語を持つ次の三首が見出せる。

たれならん我よりほかはしらぬかなあはれとみゆる秋の夜の月（重之女・秋・三八）

聞かざりし物とはなしに雁が音のくるたびごとにあはれといはるる（重之女・秋・四三）

おほかたの秋といひてもあるべきを風の音こそあはれなりけれ（重之女・秋・四五）

通常「あはれ」は、特定の季節と結びついているとは言いがたいが、重之女百首では、秋部にのみ見える。しかも、

先蹤として、

秋風は昔の人にあらねども吹きくるよりはあはれといはるる（重之・二六六）

と、ここでも、父・重之の一首が見出せる。これらからしても、同一季節内で繰り返されている同趣の表現は、重之女が意図的に用いたと考えてもよいであろう。

次に、季節の枠を取り払い、百首歌中で複数回用いられている語句についても考えてみたい。最初に、春部と冬部に一首ずつ見える「荒れたる宿」を見てみよう。

春の雨に荒れたる宿のひましげみとがむばかりの袖ぞぬれける（重之女・春・七）

霰ふる荒れたる宿に眺めつつみやまのけしき思ひこそやれ（重之女・冬・五八）

「荒れたる宿」は、荒廃の美と密接に関わる語句であり、河原院歌人たちが積極的に賛美したことは、すでに川村晃生氏[13]近藤みゆき氏[14]により論じられている。その嚆矢とも目されるのが詞書にその語句を持つ、次の一首である。

荒れたる宿

八重葎しげれる宿のさびしきに人こそみえね秋は来にけり（恵慶・一〇九）

恵慶は、源融の邸を伝領した安法法師のもとに集まった歌人の一人である。彼らにより醸成された美意識を象徴するこの歌以降、「荒れたる宿」は、時に冬の歌に援用されることはあっても、もっぱら秋という季節の中で用いられてきた。ところが、先に挙げたように、重之女は、春部と冬部でこれを用いている。ここにも何らかの主張を読み取れそうだが、それを論じるに先立ち、「風」という語の扱いにも通じるところがありそうなので、先に「風」に関わる歌について見てみたい。

当百首歌の中に「風」の歌は次のごとく、合計六首見出せる。

我が宿の花さく春のかたみとてさそはぬ風のある世なりせば（重之女・春・一二）

風そよぐ夏のくれだに暑ければすぎにし日こそ思ひやらるれ（重之女・夏・二八）

夏の日に吹く秋風はぬるけれどしづこころなき荻の上かな（重之女・夏・三〇）

今日までは夏とか聞きしうちつけにつけつけにこそ風も聞こゆれ（重之女・秋・三五）

まねくともたのむべしやは花薄風にしたがふ心なりけり（重之女・秋・四〇）

秋はただ物をこそ思へつゆかかる荻の上吹く風につけても（重之女・秋・四七）

春一首、夏二首、秋三首と、歌数こそ異なるが、三季それぞれに「風」が詠み込まれている。ところが、冬部だけには「風」の歌はない。そこで冬部を再度眺めてみると、「風の音」が三首に見出せる。

耳なれぬ風の音だになかりせば冬きにけりとたれかつげまし（重之女・冬・五四）

とふ人のくるかとぞ聞く降りしける木の葉みだるる風の音ゆゑ（重之女・冬・五五）

冬はかく風の音さへ荒れたれば氷も宿をとぢてけるかな（重之女・冬・六九）

これらからすると、「風」は春、夏、秋に配し、冬には「風の音」を配したと考えられそうだ。ただし、秋部にも「風の音」を用いた次の一首が見える。

おほかたの秋といひてもあるべきを風の音こそあはれなりけれ（重之女・秋・四五）

ところで、「風の音」というと、次歌が著名である。

秋立つ日よめる　　藤原敏行朝臣

秋来ぬと目にはさやかに見えねども風の音にぞおどろかれぬる（古今・秋上・一六九）

この歌の影響は大きく、以降、「風の音」は秋の歌として詠まれるのが一般的となる。秋以外に詠まれたものとしては、

はやまなるしばの立ち枝に吹く風の音聞くときぞ冬はものうき（好忠・二九二）

が見出せる程度である。初期百首歌人たちは、従来の歌材を他の季節に詠みかえることで新境地を拓こうとしたことも、すでに指摘[15]されている。この好忠詠もそれにあたるだろう。とするならば、重之女百首にも同様の意識が働いていたのではないだろうか。重之女百首では、「荒れたる宿」が冬部に、また「風の音」が秋部に一首ずつ置かれていた。従来の季節にも一首を配する一方、他の季節にも用いることで、重之女は、詠みかえた表現を際立たせようとしているのではないだろうか。

「水」でも季節の読みかえが看取できる。「水」が詠まれるのは、多くは夏の納涼詠[16]においてだが、重之女百首では夏部にはなく、秋部に一首、

落ちつもる紅葉の堰はおほかれどとまらざりけり山河の水（重之女・秋・四六）

が見える。一方、先に「凍る」「氷」の詠として掲出したものと三首重なるが、冬部には四首に「水」が見えている。

雪深き山路なりともさはらめやいはほしわくる水もこそあれ（重之女・冬・六一）
鴛鴦のみなれし水も凍りつつよをやうきたるすまひをやせん（重之女・冬・六二）
山河の岩間をわくとさざらめく水も凍ればおとづれぬかな（重之女・冬・六四）
いはがくる水もや冬は凍るらんいそべわたりに眺めてしかな（重之女・冬・六八）

このように、重之女は、季節の詠みかえを行うにあたり、あえて従来の季節と、新しく提起する季節、その双方に該当の語句を詠み込んで配置したようだ〔付記〕。

四　歌語詠み分けの意識

次に、季節感とは直接結びつかない語句ながら、複数の季節で用いられた語について検討を加えてみよう。最初に取り上げるのは、「夜」である。これは春夏秋冬すべての部にあり、いずれでも、「～の夜」の形で詠まれている。

月をだにみることあかぬ春の夜は花のあたりぞ思ひやらるる（重之女・春・九）
×夏の夜の有明の月にめをさまし涼しきかげと眺めつるかな（重之女・夏・二七）
夏の夜はまつ人もなき槙の戸にあけながらのみ明かしつるかな（重之女・夏・三三）
名にたがふ心地こそすれ秋の夜のあくるもおそき日ぐらしの声（重之女・秋・三七）
×たれならん我よりほかは知らぬかなあはれとみゆる秋の夜の月（重之女・秋・三八）
冬の夜は思ふことなき人だにもすずろにいこそねられざりけれ（重之女・冬・六六）

頭に×印を付けた夏部、秋部の和歌は、「夏の夜の有明の月」、あるいは「秋の夜の月」という一続きの表現として見ることもできそうだ。そこで、これらを除くと、「～の夜」は、一季に一首ずつとなる。

次に「心」を含んだ和歌を取り上げてみよう。

花見にと山路をこえて行く人は心のほかの旅寝をやする（重之女・春・一〇）
春の日は花に心をあくがれて物思ふ人とみえぬべきかな（重之女・春・一一）

あだなりしつねをしらずは桜花をしむ心も世になからまし（重之女・春・一四）
×夏の日に吹く秋風はぬるけれどしづこころなき荻の上かな（重之女・夏・三〇）
おほぬさにはらへたれどもおちてゆくいはつせの波心あらなん（重之女・夏・三一）
まねくともたのむべしやは花薄風にしたがふ心なりけり（重之女・秋・四〇）
春は花秋は紅葉をたづぬとてみえし心ぞしるくなりゆく（重之女・冬・五九）
しのぶれど心のほかにあくがれて人めもよかぬなみだなり（重之女・恋・八五）

×印を付けた「しづこころなき」の一首を除くと、歌数にはやや多寡があるものの、春夏秋冬そして恋まで、五部立すべてで「心」が用いられている。これらを単に偶然と片付けられそうにないのは、次のように、同様の例がこの他にも複数見出せるからだ。

◎けしき

あふぎつつ夏はかくても暮らしてん秋のけしきを思ひこそやれ（重之女・夏・二六）
秋萩のうへはつれなきけしきにてしたは色にもなりにけるかな（重之女・秋・四四）
霰ふる荒れたる宿に眺めつつみやまのけしき思ひこそやれ（重之女・冬・五八）

◎月

月をだに見ることあかぬ春の夜は花のあたりぞ思ひやらるる（重之女・春・九）
夏の夜の有明の月にめをさまし涼しきかげと眺めつるかな（重之女・夏・二七）
たれならん我よりほかはしらぬかなあはれとみゆる秋の夜の月（重之女・秋・三八）

◎**野辺**

かすめども春日の野辺は空さえて春てふなをもつみぞかねつる（重之女・春・三）

刈萱のみだるる野辺をわけゆけば袖ただならぬ朝ぼらけかな（重之女・夏・四八）

霜枯の野辺はさもこそ荒れゆかめ見し人見えぬころにもあるかな（重之女・冬・五六）

◎**暮らす**

春の雨にぬるる袂はをしからず花をるみちに今日は暮らさん（重之女・春・一三）

あふぎつつ夏はかくても暮らしてん秋のけしきを思ひこそやれ（重之女・夏・二六）

×まち暮らす月日をいかで彦星の今宵ばかりとちぎりおきけん（重之女・秋・三六）

紅葉見て秋は暮らしつ神無月今は時雨になぐさまぬかな（重之女・秋・五二）

×いつとだに頼めぬ人をさだめなき我よりしらずこひ暮らすかな（重之女・恋・八八）

◎**眺め**

忘らるることこそなけれつれづれと春はいづくも眺めのみして（重之女・春・五）

夏の夜の有明の月にめをさまし涼しきかげと眺めつるかな（重之女・夏・二七）

霰ふる荒れたる宿に眺めつつみやまのけしき思ひこそやれ（重之女・冬・五八）

いはがくる水もや冬は凍るらんいそべわたりに眺めてしかな（重之女・冬・六八）

◎**宿**

×春の雨に荒れたる宿のひまじげみ咎むばかりの袖ぞ濡れける（重之女・春・七）

我が宿の花さく春のかたみとてさそはぬ風のある世なりせば（重之女・春・一二）
いそげどもゆきもやられぬ夏草のしげれる宿はみちを露けみ（重之女・夏・二四）
夏の日の暑さをよくとするほどに思はぬ宿にたちぞよらるる（重之女・夏・二五）
×霰ふる荒れたる宿に眺めつつみやまのけしき思ひこそやれ（重之女・冬・五八）
山路の垣根も雪にうづもれてとふ人みえぬ宿ぞすみうき（重之女・冬・六三）
冬はかく風の音さへ荒れたれば氷も宿をとぢてけるかな（重之女・冬・六九）

◎**深き**

雪深き春ともしらぬしら山にかすみばかりはたなびきぬらん（重之女・春・二）
×春深みところもよかず咲きにけり井手ならねども山吹の花（重之女・春・一七）
夏深き山辺をこゆるたびごとにたちとまらなんいづちなりとも（重之女・夏・三二）
雪深き山路なりともさはらめやいはほしわくる水もこそあれ（重之女・冬・六一）

＊以上、歌頭に×印を付したのは複合語などで、例外としても良いもの

いずれの用例も複数の部立にほぼ一首ずつ配されている。これほど多様な語が挙げられることからしても、単なる偶然とは即断できず、やはり複数の季節に同一の語を用いて、詠み分けようという意図が存したようでもある。ただし、そうだとすれば、先の「月」「心」のように、四季のいずれにも配するのが当然だろうが、実際にそうなってはいない。つまり、詠み分けの意識は否定できないが、そうかといって断定するまでにはいたらない、何とも中途半端な感じがする。だが、これらのことは、重之女百首自体の成立の問題とも関わりそうなので、ここでは以上のような

様相を指摘するにとどめたい。

五　新しい表現の模索

ここまでで、歌語・歌材や表現を本来の季節から詠みかえた例や、同一の語を複数の季節に詠み分けようと意識した可能性のある例について述べた。ここでは、季節の枠を一旦取り払い、当百首中に複数回見られる語句について考えたい。いずれも先行の歌人たちが用いてはいるものの、ごく少数の先例を数えるだけのものや、重之女が少々異なった用い方の提案をしているのが見出せる。たとえば、「四方山」は、

神な月近づきぬらし思はずになど四方山の色かはりゆく（好忠・五一二）

などと、好忠が好んだ表現だが、他の歌人たちはあまり用いてはいない。それを重之女は、

霧のまに四方の山べを今朝みれば秋の色ともなりにけるかな（重之女・秋・四一）

四方山の木木の紅葉葉散り果てて冬はあらはになりにけるかな（重之女・冬・五三）

と二度詠んでいる。

次に「雪を見わたせば」という語句を見てみよう。これも

朝な朝な降りつむ雪を見わたせばはやまの山もわかずぞありける（道済・一四九・見遠山雪）

浜辺にて降りかふ雪を見わたせば春さく花の波かとぞみる（高遠・二〇五）

と、先行例としては、『道済集』『高遠集』に一例ずつ見られる程度である。「見渡せば」詠は、眺望詩にヒントを得た初期百首歌人たち、さらには河原院文化圏の歌人たちが眼下の広い空間を眺めて詠んだものであることは、すでに

近藤みゆき氏[17]が説かれたとおりである。だが、重之女の二首は、

春たちてなほふる雪を見わたせば枝もゆるさぬ花ぞ散りける（重之女・春・四）

山がつの垣根の雪を見わたせばはるかに春ぞ思ひやらるる（重之女・冬・六七）

と、近視眼的に目の前の景物を眺めていて、一般的な「見渡せば」詠とはいささかその志向する世界は異なっている。

次の二首、

とこなつににほふ垣根の撫子を秋の花とはたれかいひけん（重之女・夏・二九）

うつろへばひとつ色にもあらなくにたれかいひけん白菊の花（重之女・秋・五一）

の「たれかいひけん」も、先行する可能性があるのは、

思ひには身をもかへつる夏虫のきえてもあふとたれかいひけむ（陽成院歌合・一七）

君が代の年のかずをば白妙の浜の真砂とたれかいひけん（貫之・一六五）

くだものはまみなることお（ママ）ろしとかうみにたりとはたれかいひけん（高遠・三一二）

なぐさむとたれかいひけん唐衣かへすにこひのまさりける身を（古今六帖・三二七三）

の四首と、やや異なった形の次の一首のみとなっている。

冬くればあらき波たち騒ぐなりたれかはなごのうみといひけむ（恵慶・二四四）

次に、「ならねども」を用いた和歌二首を見てみたい。

春深みところもよかず咲きにけり井手ならねども山吹の花（重之女・春・一七）

住吉の岸ならねども藤波はさくべきほどにさくにぞありける（重之女・春・一九）

「ならねども」を用いた和歌は多数あるものの、同時代までに地名に「ならねども」を付したものとしては、次の一首が見出せるのみである。

駿河なる浦ならねども白波は田子といふ名にもたちかへりけり（うつほ・一一三）

『うつほ物語』との先後は決しがたいので、重之女の一首が初例と断定できるかはともかくとしても、後続の歌人相模は、「住吉の岸ならねども」の持つ新しさを理解したのではないだろうか。

住吉の岸ならねども人しれぬ心のうちのまつぞわびしき（後拾遺・恋三・七四〇・相摸）

と、重之女の上句をそっくりそのまま採り込んだ一首を詠じている。

六　和泉式部百首との先後

重之女が、かなり綿密な構成意識のもとに百首歌を企図したことはこれまでではほぼ明らかであろう。先行の歌人たちの用いた歌語や表現を丹念に勉強して摂取するとともに、それらを利用しながら、自身でも新しい境地を見つけ出そうと模索していたようだ。このような重之女の姿勢を、相模ら後続の百首歌歌人たちも継承しようと意識したに違いない。中でも、先学諸氏[18]により論じられてきたように、和泉式部が重之女百首を倣ったのは明らかだ。特に、次に挙げたように、和泉式部百首春部の最後の四首は、重之女のそれとまったく同じ歌材、配列を採択している。

重之女百首		和泉式部百首
16　駒	→	17（春）駒

17　山吹の花	→	18　山吹の花
18　岩躑躅	→	19　岩躑躅
19　藤	→	20　藤

これらからすると、和泉式部が見た重之女百首の春部の末尾付近は、現在と同じくこの四首であったのではないだろうか。というのも、重之女の春部の最終詠は、

住吉の岸ならねども藤波はさくべきほどにさくにぞありける（重之女・春・一九）

で、春部の掉尾であることを特別意識して詠んでいるとは断定しがたい。これに対し、和泉式部のそれは、

花はみな散りはてぬめり春深き藤だに散るないましばしみん（正集・春・二〇）

とあって、重之女詠に比べると、春の終わりを意識した詠みぶりとなっている。つまり、春部末尾四首の歌材を重之女に倣った和泉式部は、「藤」詠が春部末尾に置かれていたからこそ、このように詠じたのではないだろうか。

とすれば、春部だけの問題とは限らない。重之女百首は、冒頭部で確認したように、五部仕立てで、一部立に二十首ずつ配されて百首となっているはずでありながら、全部立が二十首に満たないからだ。伝存過程での欠落をまったく否定することはできないものの、各部のいずれからも数首が欠ける可能性はそう高いものとは言いがたい。現存の他の百首歌についても、そのような脱落、欠損の例を寡聞にして知らない。以上からすると、少なくとも和泉式部が見た重之女百首は、現存の状況にかぎりなく近いものであったと推測しても良いのではないだろうか。

七　重之女百首の成立

ところで、『重之女集』全体を覆う特徴として、次のように現在の時を表わす語句が詠み込まれている様を多数見出すことができる。

今日

今日聞けば春たつ浪の音すなりいはせの氷いつかとけぬる（重之女・春・一）
春の雨にぬるる袂はをしからず花をるみちに今日は暮らさん（重之女・春・一三）
今日までは夏とか聞きしうちつけにつけつけにこそ風も聞こゆれ（重之女・秋・三五）
命あらば慰むをりもありやせん今日だにふべき心ちこそせね（重之女・恋・八七）
散りはてんのちをばしらじ花ざくらよも吹く風も今日はよかなん（重之女・九四）
水たえぬ沢辺わたりのあやめ草そでにつけてぞ今日も露けき（重之女・一一〇）
今日みれば夏の衣になりにけりうきはかはらぬ身をいかにせん（重之女・一一一）
あふひといふ名をもたのまじ今日といへば思はぬ仲は神も許さず（重之女・一一三）

今朝

鶯のまだものうげになくなるは今朝も梢に雪や降るらん（重之女・春・六）
霧のまに四方の山べを今朝みれば秋の色ともなりにけるかな（重之女・秋・四一）
朝まだき今朝の霜だに寒ければ雪積りなん明日をこそ思へ（重之女・冬・五七）
雪はまだ降りかくせども春近くつげつる今朝の鳥の声かな（重之女・冬・七一）
うちつけに今朝の山べをながむればとくも霞のけしきたつかな（重之女・九一）

今

紅葉見て秋は暮らしつ神無月今は時雨になぐさまぬかな（重之女・秋・五二）

今宵

まち暮らす月日をいかで彦星の今宵ばかりとちぎりおきけん（重之女・秋・三六）

実はこのような表現は、『和泉式部日記』に顕著であり、すでに指摘[19]もある。詳細はそれに譲り、用例は省略に従うが、和泉式部である「女」だけでなく、相手の「宮」の和歌にも多数散見できる。さらに、「今」という時を歌中で詠みあうことは、あるいは「宮」側が先導したかもしれない可能性については、本書第一部第一章㈢で述べた。とするならば、「宮」詠にも重之女からの影響が認められるのではないだろうか。

渦巻恵[20]氏は、

いへば世のつねのこととや人はみむ我はたぐひもあらじと思ふを（重之女・八九）

こひといへば世のつねのとや思ふらん今朝の心はたぐひだになし（日記・九・宮）

を挙げて、両歌の関連について指摘された。さらに、次のような三組を見出すこともできる。

①命あらばなぐさむをりもありやせん今日だにふべき心ちこそせね（重之女・八七）

かたらはばなぐさむこともありやせんいふかひなくは思はざらなん（日記・五・宮）

②なぐさめむかたこそなけれあひみても逢はでもなげく恋の苦しさ（重之女・七九）

いさやまだかかる道をば知らぬかなあひても逢はで明かすものとは（日記・一六・宮）

③人を思ふ思ひを何にたとへまし室のやしまも名のみなりけり（重之女・八一）

我ひとり思ふ思ひはかひもなし同じ心に君もあらなん（日記・一二一・宮）

これらからしても、敦道親王が、重之女百首を見ていた可能性は高い。というのも、敦道親王が重之女の詠草を入手するルートはわりと身近にあったと想定できるからだ。重之女の父・源重之は、帥宮の父・冷泉院の帯刀長であり、即位後には将監にも任じられた。しかも、重之の百首歌はまさしくこの冷泉帝の求めに従って奉られたものであるからだ。その娘が百首歌を詠じたと知った冷泉帝自身が、あるいは息子の敦道親王が所望したとしてもそう不思議ではないし、その手づるは存在したであろう。前掲の四首中三首は、『日記』中でも比較的早いところに位置していた。とすれば、ここからも敦道親王が、和泉式部との交際開始以前にすでに入手し、読んでいた可能性が出てくる。そして、そうだとすると、早い段階で重之女百首が流布していたことにもなる。このことは、和泉式部の百首が娘時代に詠まれたとする説[21]とも齟齬しない。さらに、敦道親王も見たということならば、それは、百首歌単独ではなく、すでに家集としてある纏まりをもっていたのではないだろうか。

兄弟である重之子僧の詠草、いわゆる針切れの古筆断簡には、妹が亡くなる間際の贈答が残っている。

わづらふ妹をみて、吉野の山よりいひつかはす

あくるまの命もしらぬ世の中にあひみしことやかぎりなるらん（子僧・五六）

いまはかぎりなりなどいひはべりて、かへし

命をばさらにもいはじかなしきはこれやかぎりの別れなるらん（子僧・五七）

ここに記された妹とは、重之女と我々が呼んでいる女性であろうと推測されている。百首歌を綿密に構想し、その完成を目前に、重之女は志半ばにして亡くなったのではないか。そして、時をおかずに詠草が家集として纏められたの

ではないか。

これらの想像は、先に触れた、いくつかの矛盾を解消することにもなる。つまり、緻密な歌材の配置や、歌材、歌語に対する鋭敏な意識がたしかに辿れる一方で、それが徹底されていない様子も随所に見えたからだ。まさにそれは、重之女百首が、緻密な設計図のもとに構成され、詠み出されたものの、結局完成をみなかったことを物語っているのではないだろうか。

おわりに

最後に、次の二つの可能性を提示しておきたい。一つは、この未完の百首歌を含む詠草が、没後、時をおかずして家集の形態に纏められ、一部の人々にはかなり早い段階で享受された可能性。そして二つ目は、冷泉家時雨亭文庫蔵『重之女集』がその書写状況などから十一世紀成立がほぼ確実と考えられるばかりでなく、内容面から見ても、現存の『重之女集』は原初形態をかなり忠実に伝えている可能性である。

重之女百首に対する現在までの評価はさほど高いものではなかった。だが、この百首の中で重之女が試みた様々な工夫の痕を辿ることはできそうだ。しかもそれらが、結果的に、和泉式部、相模の百首歌を成立させる誘引として、様々に働いたことも確かだろう。百首歌の世界、特に女性が詠じた百首歌の世界を領導したという点においても、重之女の果たした役割は小さくない。

注

1 島田良二「初期百首歌の形態について」(『平安文学研究』31 一九六三年一二月/『平安前期私家集の研究』桜楓社 一九六八年)

2 代表的な論文としては、滝澤貞夫「曾禰好忠私見」(『言語と文芸』一九六八年六月/『王朝和歌と歌語』笠間書院 二〇〇〇年)、武内はる恵「初期百首と相模走湯百首」(『人間文化研究年報』6 一九八三年三月)、久保木寿子「初期百首と私家集――好忠百首を中心に――」(『王朝私家集の成立と展開』風間書房 一九九二年)・「初期定数歌の歌ことば」(『平安文学論究』7 風間書房 二〇〇三年)、金子英世「『源順百首』の特質と初期百首の展開」(『三田国文』19 一九九三年一二月)・「『千穎集』の位置――初期百首との関係を中心に」(『和歌文学研究』64 一九九七年一一月)、井上由紀「『相模集』「初事歌群」の一考察――三つの初期百首歌からの影響について」(『筑紫語文』6 一九九七年一一月)、松本真奈美「始発期の初期定数歌――好忠百首から毎月集へ」(『尚絅女学院短期大学研究報告』46 一九九九年一二月)、近藤みゆき「古今風の継承と革新――初期定数歌論」(『古今和歌集研究集成』3 風間書房 二〇〇四年/『古代後期和歌文学の研究』風間書房 二〇〇五年)などがあり、注釈書としては、目加田さくを『源重之集・子の僧の集・重之女集全釈』(風間書房 一九八八年)がある。

3 渦巻(小林)恵「重之女の歌風について――百首歌を中心に――」(『小山工業高等専門学校』19 一九八七年三月)

4 林マリヤ「初期百首における恋歌――好忠・和泉式部・重之女を中心に」(『武蔵野女子大学紀要』31-1 一九九六年三月)

5 田中登「重之女集 解題」(冷泉家時雨亭叢書十四『平安私家集一』朝日新聞社 一九九三年)

6 久保木寿子「和泉式部百首恋歌群の考察」(『国文学研究』69 一九八〇年六月)・『和泉式部百首全釈』風間書房 二〇〇四年)

7 近藤みゆき「逢恋・不逢恋から思へ――題詠恋歌の女たち――」(『国文学〈特集・恋歌――古典世界の――〉』学燈

社　一九九六年一〇月／『古代後期和歌文学の研究』風間書房　二〇〇五年）

8　金子英世「初期百首の季節詠――その趣向と性格について――」（「国語と国文学」一九九三年八月）

9　北村杏子「初期百首の形成とその性格」（「平安文学研究」65　一九八一年六月）

10　注8に同じ。

11　川村晃生・松本真奈美『恵慶集全釈』（貴重本刊行会　二〇〇六年）では「人の垣根」ではなく、「比良の高嶺」（二一四）の本文を採用している。これによれば、先行するのは好忠詠のみとなる。

12　鈴木日出男「悲秋の詩歌――万葉と古今の間――」（「上代文学」40　一九七八年四月／『古代和歌史論』東京大学出版会　一九九〇年）

13　川村晃生『摂関期和歌史の研究』（三弥井書店　一九九一年）・「廃園の風景」（『新古今集と漢文学』汲古書店　一九九二年）

14　近藤みゆき「隠者文学としての和歌の系譜」（『王朝和歌を学ぶ人のために』世界思想社　一九九七年／『古代後期和歌文学の研究』風間書房　二〇〇五年）

15　注8、注2近藤論文に同じ。

16　川村晃生「歌人たちの夏――暑気と涼気と――」（「芸文研究」55　一九九〇年三月／『摂関期和歌史の研究』三弥井書店　一九九一年）。注8に同じ。

17　近藤みゆき「「見渡せば」と「眺望」詩――拾遺集時代の漢詩文受容に関する一問題として――」（『古今集と漢文学』汲古書店　一九九二年／『古代後期和歌文学の研究』風間書房　二〇〇五年）

18　平田喜信「和泉式部百首の成立」（「大妻国文」1　一九七一年三月／『平安中期和歌考論』新典社　一九九三年）、久保木寿子『和泉式部百首全釈』（風間書房　二〇〇四年）、井上由紀「『相模集』「初事歌群」の一考察――三つの初

期百首歌からの影響について――」（「筑紫語文」6　一九九七年一一月）、近藤みゆき『古代後期和歌文学の研究』（風間書房　二〇〇五年）など。

19　平田喜信「和泉式部日記と続集日次詠歌群」（『和歌と中世文学』東京教育大中世文学談話会　一九七七年／『平安中期和歌考論』新典社　一九九三年）、注2武内論文、近藤みゆき「〈レトリックの検討〉和泉式部を例として・象徴の方法――手習の世界と和泉式部続集日次詠歌群――」（「国文学」一九九四年一一月／『古代後期和歌文学の研究』風間書房　二〇〇五年）など。

20　渦巻恵「『重之の子の僧の集』の性格」（埼玉短期大学「研究紀要」10　二〇〇一年三月）

21　吉田幸一「和泉式部の娘時代とその詠作（上）」（「平安文学研究」70　一九八三年一二月）、小松登美「和泉式部百首歌群小考」（「跡見学園短期大学紀要」23　一九八七年三月／『和泉式部の研究』笠間書院　一九九五年）など。

〔付記〕

「水」の例については、夏部にはなく、秋部に一首あるのみで、従来の季節の詠とはいい難い。「風の音」の用例とはやや性格を異にする。

〔関連論考〕

近藤みゆき「『恵慶百首』試論――N―gram 分析によって見た「返し」の特徴と成立時期の推定――」（『古筆と和歌』笠間書院　二〇〇八年／『王朝和歌研究の方法』笠間書院　二〇一五年）

渦巻恵「初期百首伝播の様相――女百首を中心に」（『古筆と和歌』笠間書院　二〇〇八年）

渦巻恵・武田早苗『重之女集 重之子僧集新注（新注和歌文学叢書）』（青簡舎　二〇一五年）

(四)『重之女集』の成立

はじめに

歌人、源重之の娘として生を受けたものの、いかなる人生を歩んだのか、ほとんど不詳の女性がいる。だが、この女性を「重之女」と呼び慣わして、その存在が現代まで語り継がれているのは、彼女が小さな家集を遺したからである。『重之女集』と名づけられた、この集のほぼ八割は、「百首歌」[1]と呼ばれる連作が占めている。そのため、いわゆる初期百首の側からの言及は多い[2]。だが、家集自体について論じられたのは、鈴木栄子氏[3]、渦巻恵氏[4]、林マリヤ氏[5]で、他には、諸本の解題[6]などで触れられた程度であった。そこで、この百首歌と呼ばれている連作の編纂意識について本書第二部第二章(三)でも私見を述べた。しかしながら、家集全体については、ほとんど触れることができなかった。そこで、本節では、『重之女集』と呼ばれる家集と、その周縁について考察を加えてみたい。

一　重之とその子女

重之女の生涯は、ほとんど辿れない。手がかりは、父である重之関連の資料と、これも本名は分からないが、「重之子僧」と呼ばれている兄弟が遺した集[7]に求めざるをえない。ここでは手始めに、先学の驥尾[8]に付して重之の子女について整理してみたい。

「重之子僧集」と呼ばれている集は、現在、集の体を成しておらず、わずかにその断簡から、原形を推測するしか方法がない。断簡の一葉に次のような贈答が見える。

田舎に侍るはらからを別れて、京に上る又の日いひつかはす

門出せし昨日涙はつきにしを今日さへ袖の濡れまさるかな（子僧・五五）

わづらふ妹を見て、吉野山よりいひつかはす

あくるまの命も知らぬよのなかにあひみしことやかぎりなるらん（子僧・五六）

今はかぎりなりなどいひ侍りて、かへし

命をばさらにもいはじ悲しきはこれやかぎりの別れなるらん（子僧・五七）

ここで「わづらふ妹」とされた人物が、いわゆる「重之女」と呼ばれる女性であろうと推測されている。父重之の事跡も詳らかでないことも多いが、『三十六人歌仙伝』によれば、安和二年（九六九）に相模権介、貞元元年（九七六）年に相模権守となって下向したらしい。いずれの折かはわからないが、

京より下るに、田子の浦にて、むすめ

いそぎゆくたびの心やかよふらんたたぬ日ぞなき田子の浦波（重之・九三）

という一首があり、下向の際、家集を残した女性、重之女を伴ったようだ。

重之の親子関係は、かなり密接なものであったことが平田喜信氏[9]により論じられている。重之には子が複数あり、前掲の詞書にも「田舎に侍るはらから」（子僧・五五）と見えたが、『重之集』にも、

　おのが子どもの、京にも田舎にもあれば
人のよはつゆなりけりと知りぬればおやこのみちに心おかなん（重之・一五三）
とある。
　ところで、重之の子の中には不幸な目にあった者もいた。
　相模守重之の子、陸奥の国に母君のもとにありけるが、人
に殺されたりければ、母のかなしびの歌どももよめるを見て
　いひやる
ここに恋ひかしこに偲ぶよよながら夢路ならではいかがあひみむ（安法・一二五）
先立てばふぢの衣をたちかさね死出の山ぢはつゆけかるらん（安法・一二六）
と、『安法法師集』がその事情を詳細に伝えている。『重之集』に見える次の五首、
　陸奥の国にて、子のかくれたるに
我がためと思ひおきけん墨染めはおのがけぶりの色にぞありける（重之・二一〇）
言の葉にいひおくこともなかりけり忍草にはねをのみぞなく（重之・二一一）
なよ竹のおのがこのよを知らずしておほし立てつと思ひけるかな（重之・二一二）
さもこそは人におとれる我ならめおのが子にさへおくれぬるかな（重之・二一三）
嘆きてもいひても今はかひなきに蓮の上の玉とだになれ（重之・二一四）
も、同じ折であろう。事情が事情なだけに、周囲でも大きな話題となったものか、『能宣集』『恵慶集』にも、本文的

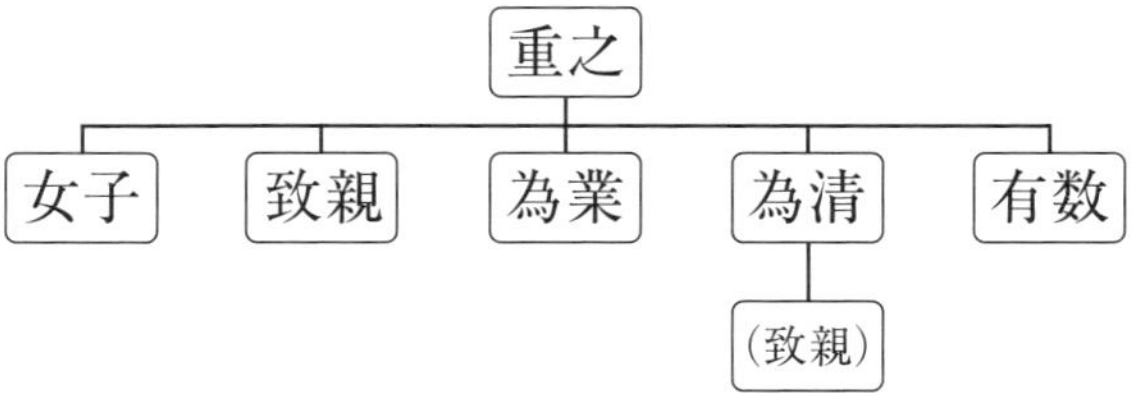

にはやや不審はあるものの、同時期と推測できる歌が見える。

重之が陸奥国にとまりはべりけるに、子の失せはべりける
こひて、歌どもよみて侍りしを見て、かきつけはべし
都ぢにおくれし人は死出の山君より先に越えむとや見し（能宣・三二〇）

重之、子におくれて、悲しぶと聞きて、つかはす
契りあらばまたはこのよにむまるともおもがはりしてみも忘れなむ（恵慶・一三八）

この事故について、重之の相模権守任官以後の貞元元年（九七六）[10]とするものや、「永延以後」[11]との言及もあるが、詳細は一切分からない。だが、詞書からは、重之が在京の折であり、歌中の「おほし立てつ」からすれば、亡くなった「子」は稚児ではなく、ある程度の年齢であったと推測されよう。

『尊卑分脈』をもとに、一部の過誤を訂正すると、上図のように重之に五名の子女があったこととなる。このうち、致親については、重之の孫、すなわち為清の息として記されるが、『全釈』にも指摘があるように重之の息とするのが適当であろう。煩雑だが、『重之集』からその証左を辿っておきたい。まず次のような贈答が見える。

二月ばかり、陸奥国に、臨時の祭に、雪にぬれこうじたる、
かちなるをのこ、小鶴の池を過ぐるほどに、ここはいづこ
ぞと問へば、小鶴の池の堤と言へば、

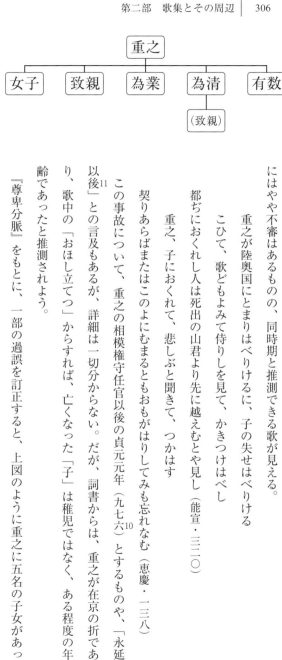

心やりによめといへば　　　　　　致親

千歳経るこつるの池しかはらねば親のよはゐを思ひこそやれ（重之・一四五）

翁

千歳をばひなにてのみや過ぐすらんこつるの池と聞きて久しき（重之・一四六）

詞書から、重之は陸奥にいて、致親と同席していた折の詠歌と分かる。致親は「詠め」と作歌を促され、「小鶴の池」からの連想の関連ではあるものの、「親のよはゐ」と詠じている。これを見ても二人の関係は親子ということになるだろう。他にも、『重之集』には子らに和歌指導をしている場が見え、そこにも致親の名がある。

波の声に夢覚むといふ題を、為清と致親とによませて、翁

ことはる

春　　　　　　　　　　　　　　為清

夢にだにこひしき人をみるべきに波の声にぞ驚かれぬる（重之・一二七）

致親

浦近みぬるかとすれば白波のよるおとにこそ夢覚めにけれ（重之・一二八）

これを悪しとて　　　　　　　　翁

恋しさは夢にのみこそ慰さむれつらきは波の声にざりける（重之・一二九）

為清と致親とに歌を詠ませ、翁がそれに評を加えている。ここで為清と致親は同等に扱われている。また、次のような贈答も見える。

世の中のはかなきを見て、子に会ひ、致親に、雪降る日

沖つ瀬にたえずうづまく淡雪のうきよつくすとみるやいつまで（重之・一五六）

返し　致親

雲居よりうづまきおつるたきつ瀬のゆきとみえつつ千代をこそふれ（重之・一五七）

詞書を辿れば、子と会って歌を詠みかけたものであり、その相手は致親となっている。これらからしても、致親は重之の息と見て間違いないであろう。この致親を、出家した、いわゆる重之子僧ではないか[12]との見方もある。ところで、『重之集』には、「法師」とのみ記される人物が二度登場する。

法師の色好むを憎しとて

つねならぬ山の桜に心いれて山の桜をいひなはなちそ（重之・一四四）

法師の事好むが、歌の返しを心おそくすれば

くちなしや君が園にはしげるらん色めくなるをいらへせじとや（重之・一九三）

又、法師に

ゆくさきをおもふ涙のしるべにて蓮の池をたえぬばかりぞ（重之・一九四）

又

花をのみ春の宮にて折りしかば思ひいで《（ママ）》て鶯ぞなく（重之・一九五）

いにしへのこひしき人もみえぬには花のゆかりにあひみつるかな（重之・一九六）

『重之集』は人物名をわりとよく記す歌集である。その中で、単に「法師」とあるのはこの二箇所のみで、「色好む」

「事好む」と似通った形容がなされているのも目を引く。[13] しかも、「憎しとて」「心おそくすれば」など、重之が優位に立った物言いをしていること、一四四番歌の詞書にあった「色めく」が一九三番歌でも歌中に用いられていること、一九五・一九六番歌では昔の思い出が詠まれていることなどからすると、「法師」は、息子で僧となった、いわゆる「重之子僧」の可能性もありそうだ。次の詠、

親の忌に籠りはべるに、夢によう見え侍り
鐘の声たづぬるごとにしでの山ここには道のしるべなりける（子僧・二九）

では、親の忌とあり、これを『全釈』に倣って父重之逝去に伴う忌と見れば、この時すでに出家していたと思しい。「重之子僧集」の序文によれば、彼が家集を纏めたのは出家後である。在俗時に作歌指導をし、出家後も和歌を愛した子僧を、出家したのにと、からかいながらも、温かい目で父、重之が見守っていた可能性は高い。

二　序文の作者

ところで、「重之子僧集」と呼ばれる断簡には、次のような序文も見える。

世を背きて、さるべきところどころ籠り行ふ念ずのひまひまに、ひとりごち、またあひかたらふ人のいひすするることにつけても、過ぎにし方を思ひ出で、行く末を思ひやりつつ、年月の変はる折々、春は花に心をあくがらし、夏は時鳥の声を寝覚めに聞き、秋は紅葉の深き山に心を入れ、冬は氷の鏡に向ひて雪の山を見るごとに、老いの涙を止めがたければ、書きつくる水茎のあとも今はつつましくなむ

「世を背きて」と始まったこの序は、彼自身が記したと見て、特に問題はない。これとほぼ同文の箇所（傍線部）を

持つ序が、『重之女集』の百首冒頭に掲げられている。

昔より今に、歌といふ物多かれば、これを、歌の数にはあらねど、四季の歌とこそいふべかめれ、春は花に心をあくがらし、夏は時鳥の声を寝覚めて聞く、秋は紅葉の深き山に心を入れ、冬は古めきたる重之がむすめのいひおきたる事なれば、世にめづらしきことあらしのみ寒くなりつつ、恋の道もとぢられたるにやあらむ、逢はで思ふなるべし

両序は、この同文の箇所ばかりに目がいくが、ここでは先に、波線部の「重之がむすめのいひおきたる事なれば」に、注意したい。平田氏[14]は、ここに重之女の「自己認識」を見る。これを受けた渦巻氏[15]は、好忠百首の「名を好忠」、千顯百首の「名千顯」、さらに『賀茂保憲女集』の「賀茂氏なる女」など序中に名が掲げられている例を挙げ、それらの影響を受けた可能性を指摘。さらに、『重之女集』の序自体が書写過程で誤写された可能性も提示された。だが、本書第二部第二章㈢で考察したように、『重之女集』には他撰の可能性が見出せる。詳細はそれに譲るが、重之女は、百首をかなり明確な構成意識のもとに詠み進めながら、未完のまま没し、それを核に纏められたのが『重之女集』であるという結論に至った。

そこで、ここでは、重之女百首の序を付したのは誰かについて検討してみたい。というのも、序中の「いひおきたる事」というくだりを素直に読めば、重之女が「言い遺したこと」となり、序の作者は本人でない方がふさわしいからだ。さらに、「四季の歌とこそいふべかめれ」や、「恋の道もとぢられたるにやあらむ、逢はで思ふなるべし」という、「重之子僧集」の序文にはみられなかった、もって回った物言い方も気になる。これも、重之女本人でないからこそとも読みうるのではないだろうか。

本書第二部第二章㈢では、序の傍線部の表現、つまり両者の序に共通する部分が、重之女百首歌中の和歌と表現を共有していたことも指摘した。このことは、一見、本人以外が序を記したと考えると矛盾するようでもある。だが、百首歌があれば、本人でなくとも歌中の表現を利用して序を付すことはできる。

また、「歌の数にはあらねど」「古めきたる」「世にめづらしきことあらじ」という謙辞も、重之女本人だからとも読める。だが、これについては、もう一人、同様に書き得る人物がいる。すなわち、「重之がむすめ」の残した百首歌を熟知しており、その価値を認めて歌集に纏めようとしながらも、賞賛ではなく謙辞を込めて、百首歌の表現を利用しながら序文を綴るにふさわしい立場の人物である。それは、同文を有する序を持つ集の作者、重之女の兄、重之子僧だ。重之子僧は、前掲した贈答からも、「女」より長命であったと思しい。

父重之が子女達に和歌を指導し、「表現を彫琢し、歌心を共有しようとする」[16]親子の場があったことについては、すでに論じられている。そのような家族の有り様からしても、「僧」が妹の遺した歌稿を纏めようとすることは、十分にあり得るだろう。そして、だからこそ、彼は、自己の家集を纏めるに際しても、妹のために記した序の一部を借用したと見ることもできるのではないだろうか。

三　重之女百首歌の成立と『重之女集』の成立

ところで、重之女が百首歌を詠んだのはいつ頃のことであろうか。周縁に徴証は得られなかったので、その手がかりを、百首歌の内部に求めてみよう。手始めに秋部冒頭にある、

今日までは夏とか聞きしうちつけにつけつけにこそ風もきこゆれ（重之女・秋・二三五）

に注目してみたい。秋の歌でありながら「今日までは夏」というのは、少々解せないからだ。本来夏部の末尾にあったが何らかの事情で秋部冒頭に移動してしまったとも考えうるが、安易に伝存中の過失を想定することは憚られる。しかも「今日までは夏とか聞きし」は、秋と言ってしまっても良いのだが今日までは夏とも言えるのだというような言い回しとなっている。そこで、これをいわゆる二元的四季感[17]の矛盾に着目した詠と解してみたい。つまり、暦の上では七月を迎えたが、いまだ立秋とはなっていないことを背景に詠じたと解したいのである。とすれば、ふさわしいのは、七月初旬。ただし、七日となると七夕で、当百首歌でも、二番目には、七夕詠が置かれている。そこで、七月五日までに立秋を迎えていない年、つまり遅くても七月六日が立秋の年の詠と仮定したい。試しに、重之女が生存していたと思しい十世紀半ばから該当する年を立秋の日とともに挙げてみよう。[18]ただし、重之女百首歌成立の上限を、父重之の百首歌成立の下限、康保四年（九六七）[19]として、これ以後、長保元年（九九九）[20]にかけての間とした。すると、次のようになる。

安和元年（九六八）　七月五日
天延元年（九七三）　七月一日
貞元元年（九七六）　七月三日
永観二年（九八四）　七月二日
永延元年（九八七）　七月五日
正暦三年（九九二）　七月一日
長徳元年（九九五）　七月四日

このうち、七月一日が立秋である天延元年と正暦三年は、暦日と節気が一致していることから除外できるものの、まだ候補は複数あり、いずれとも決めがたい。

そこで、次に、秋部末尾の

紅葉見て秋は暮らしつ神無月今は時雨になぐさまぬかな（重之女・秋・五二）

について考えてみたい。当歌も秋部にありながら、「神無月」とあり、疑義があるからだ。これも同じく暦日と節気の間のずれと考え、十月初旬に立冬を迎える年を探してみた。

天延元年（九七三）　十月四日
天元四年（九八一）　十月二日
＊永観二年（九八四）　十月五日
正暦三年（九九二）　十月三日

前掲と重なるのは＊印を付した永観二年のみとなる。もちろん、百首歌は、実生活に即して詠まれるものではない。だが、『古今集』巻頭歌を挙げるまでもなく、平安時代には、二元的四季感が生活の場で様々に意識されていたことも確かである。しかも、重之女の百首歌詠出が推測される時期に、同様の年は他に見出せなかった。とすれば、このような有り様を面白いと感じ、詠作に活かしたこともありうるのではないだろうか。いや、むしろ、そうとでも考えなければ、前掲二首、つまり秋部の冒頭歌と末尾歌は解釈し難い。

では、重之女が永観二年（九八四）頃に百首歌を詠じていたとすると、いわゆる初期百首やそれに連なる作品との関係はどのようなものになるだろう。好忠・順・恵慶らの百首歌[21]はすでに成立していた。父重之の百首詠出は、応和元年（九六一）から康保四年（九六七）の間と推定されており[22]、重之女が百首歌を詠じるまで二十年程度を経ていたこととなる。正確な生年は分からないものの、如上の想定からすると、「女」が父とほぼ同年代に、同じく百首詠作を試みたこととなり、妥当な時期といえよう。

では仮に、重之女百首歌の成立を永観二年（九八四）頃とした場合、家集が編纂された時期はいつかということになる。が、これこそ証左に乏しく、雲をつかむような話である。だが、和泉式部百首歌に先行することは確かであろう。さらに、和泉式部百首には、正暦四年（九九三）五月五日帯刀陣歌合からの影響が窺える[23]。そのため、和泉百首の成立はこれ以後、長保二年（一〇〇〇）頃よりも前までの間と考えられている[24]。そして本書第二部第二章㈢でも触れたように、詠出の際、百首歌のみでなく、現在の『重之女集』に近いもの、つまり家集として纏められたものを目にしていたと思しい[25]。とすれば、この正暦四年が『重之女集』成立の目安ともなりそうだ。これは、重之女百首歌の序中にあった「古めきたる」という語とも打ち合う。序中の「古めきたる」は、「重之のむすめ」に掛かるとも、また、「言いおきたる事」に掛かるとも理解できるが、先に推測したように、家集編纂時に重之子僧が付したとするならば、没してから少なくとも十年程度は経ているとみなければならない。正暦四年はその点からしても支障を来さない。

また、ちょうどこの頃、成立が想定されるのが、『賀茂保憲女集』である。長徳四年（九九八）成立説を支持したいが、正暦四年（九九三）説もある[26]。いずれにしろ、『重之女集』と近い時期に成立したことになる。両者にさほど影響関係が見出せないのも、成立時期が接していたからと見ることもできそうだ。

四　『重之女集』と『和泉式部集』

ところで、本書第二部第二章㈢では、和泉式部が参照した重之女百首は、現行と同じく、各部が二十首に満ちていなかった可能性についても述べた。詳しいことは省くが、その証左として、次のように、重之女百首春部末尾の四首と、和泉式部百首春部末尾の四首の歌材が一致していることが挙げられている[27]。

重之女百首		和泉式部百首
16　駒	↓	17　（春）駒
17　山吹の花	↓	18　山吹の花
18　岩躑躅	↓	19　岩躑躅
19　藤	↓	20　藤

四つの歌材は、時系列的な決まりがあるわけではないにも関わらず、両者は配列までも一致する。これは、和泉式部が、重之女百首春部末尾にあった四首の、歌材・配列を継承したからに違いない。

とはいうものの、和泉式部は、百首歌のみを参照したのではなく、家集として纏められたスタイルで見たはずだ。なぜなら、『和泉式部日記』中の「宮」、すなわち敦道親王の和歌にも重之女詠からの影響が窺え、ごく内輪で享受されたというよりも、ある程度纏った形で流布していたと想定できるからだ。

ところで、本書第二部第二章㈢では考慮しなかったもうひとつの徴証が、すでに平田氏により論じられていた。それは、両者の家集巻末歌の類似である。

ながからぬ命まつ間の程ばかりうきことしげく嘆かずもがな（重之女・一一五）

ありはてぬ命まつまの程ばかりいとかく物を思はずもがな（続集・六四七）

これらと、『古今集』の平定文歌（九六五）、『伊勢集』所収歌（一六八）、さらには、

ありはてぬ命待つ間のほどばかり憂きことしげく嘆かずもがな（大和・二二七）

と類似する意義についてはすでに論じられている。[28]これも詳細は先学の御論に譲り、「ありはてぬ」詠を含む『大和物語』一四二段自体を虚構の産物とした高橋正治氏の見方に従いたい。[29]

ところで、『大和物語』一四二段で当該歌を詠じたのは、両親に結婚を勧められながらも、頑なに独身を通して二九歳で亡くなった女性である。「司解けて侍りにける時よめる」という詞書を持つ定文歌や、初句と五句が異なる『伊勢集』歌よりは、この『大和物語』所載歌に、自身の境遇に通じる要素を重之女が見出して、興味を持ったと見るのがふさわしい。とすれば、重之女自身が詠み溜めた歌稿や家集草稿の段階で末尾に置いたという推測も捨てきれない。『大和物語』、あるいはそこに属する歌語りについては、和泉式部も関心を寄せていた痕跡も窺え、[30]興味深い問題をはらむが、本稿ではこの程度の推測に留めたい。

さて、先に掲出した重之女と和泉式部の家集巻末歌の類似は何を意味するのだろうか。平田氏は、「和泉がこの歌を巻末（もしくは歌群末）に据えるとき、『重之女集』の巻末歌がふと思い起こされたかもしれない」[31]と慎重な発言に留めているが、だからこそ和泉式部は百首歌単独でなく、『重之女集』を見たということになる。もちろん、先に、『重之女集』を纏めたのが重之子僧と仮定した立場からすると、巻末歌としたのは、「重之女」自身であるとの断定はできない。が、少なくとも巻末に「ながからぬ」詠が置かれた集を和泉式部が見たことまでは想定してもよいであろう。

ところで、『重之女集』は、『重之集』に見えた一首（九三番歌）や、「重之子僧集」にある一連の贈答（五五番歌〜五七番歌）を所収してはおらず、重之女の全歌集とはなっていない。家集全体を見渡すと、配列が整然としていることが分かる。構成は、

百首　九〇首
月次詠（一月〜十月の年中行事）　一一首
題詠（服する日・別）　三首
贈歌（ある少将世を背き給ふと聞きて）　一首
詞書のない歌　一〇首

で、全一一五首。家集末尾の「詞書のない歌」十首の分類を私に試みると、春歌五首、夏歌二首で、最後尾の三首中一首（一一三番）は恋歌とも読みうるが一括して雑歌とすることもできそうだ。いずれにしろ、配列の意識は窺える。特に、春歌五首の内、次の三首は、

花しらぬ雲吹き散らす風あらみしづ心なき春の夕暮（重之女・一〇七）
思ひ知る人だにあらば語らばやかかりて春の暮はありきや（重之女・一〇八）
身のうきをつねは知らぬにあらねどもなぐさめがたき春の夕暮（重之女・一〇九）

と、「春の暮」が共通しており、意図的な配列と思しい。百首歌自体、かなり高い編纂意識を辿れたことからすれば、重之女自身が整理した反故、あるいは家集草稿の類があったのかもしれない。

藤岡忠美氏[32]は、現在正集、続集と呼び倣わされている和泉式部の家集が、もと一体であったとする。とすれば、も

ともとの『和泉式部集』は、冒頭に百首歌を、巻末に「あり果てぬ」歌を置くという構成であったことになる。『和泉式部集』自体は基本的に他撰であるとされるものの、その元になった歌群編纂には本人の意図が反映しているという。『重之女集』もまた規模的には小さいものの、家集形成については、『和泉式部集』に通ずるものがあるのではないだろうか。

おわりに

『重之女集』について、様々な推測を述べてみた。それを纏めてみると、ほぼ以下の四点となる。

一、『重之女集』完成には重之子僧が関与したが、本人の意思がかなり反映していると思しい。重之女が歌稿、家集草稿などを遺しており、それらがそのまま利用された可能性が高い。

一、百首の序文は重之子僧が付したものではないか。

一、百首歌成立は永観二年（九八四）頃であり、それから十年程度を経た十世紀末頃（ただし、和泉式部百首成立前）が家集成立時期と思しい。

一、和泉式部が見たのは『重之女集』であり、それは、現在と同じく、序を持つ未完の百首歌が冒頭に、末尾に「ながからぬ」詠を置いたものであった。

重之女については、名が示すように、出仕の経験もなく、その生涯は謎に包まれている。だが、この家集により、和歌の世界に確かな足跡を残した。これにより、和泉式部や相模という平安時代を代表する女性歌人たちに大きな影響を与えたことは紛れもない事実である。「うきことしげく嘆かずもがな」と願った生涯が、けっして無駄ではなかったことを『重之女集』は物語っている。

注

1　重之女百首と通称されているものは、現存九十首であり、未完とする立場からすれば、「百首歌」と称することに抵抗もあるが、無用の混乱を避けるために、通例に従った。

2　初期百首、初期定数歌に関する代表的なものとして、島田良二「初期百首歌の形態について」（「平安文学研究」31　一九六三年一二月／『平安前期私家集の研究』桜楓社　一九六八年）、滝澤貞夫「曾禰好忠私見」（「言語と文芸」一九六八年六月／『王朝和歌と歌語』笠間書院　二〇〇〇年）、武内はる恵「初期百首と相模走湯百首」（「人間文化研究年報」6　一九八三年三月）、久保木寿子「初期百首と私家集——好忠百首を中心に——」（『王朝私家集の成立と展開』風間書房　一九九二年）・「初期定数歌の歌ことば」（『平安文学論究』17　風間書房　二〇〇三年）、金子英世「「源順百首」の特質と初期百首の展開」（「三田国文」19　一九九三年一二月）・「『千穎集』の位置——初期百首との関係を中心に」（「和歌文学研究」64　一九九七年一一月）、井上由紀「『相模集』「初事歌群」の一考察——三つの初期百首歌からの影響について」（「筑紫語文」6　一九九七年一一月）、松本真奈美「始発期の初期定数歌——好忠百首から毎月集へ」（「尚絅女学院短期大学研究報告」46　一九九九年一二月）、近藤みゆき『古代後期和歌文学の研究』（風間書房　二〇〇五年）などがある。昭和末年までの成果は、目加田さくを『源重之集・子の僧の集・重之女集全釈』（風間書房　一九八八年）に纏められている。

3　鈴木栄子「『重之女集』と『重之の子の僧の集』の考察」（「跡見学園国語科紀要」15　一九六七年三月）

4　渦巻（小林）恵「重之女の歌風について——百首歌を中心に——」（「小山工業高等専門学校」19　一九八七年三月）

5　林マリヤ「初期百首における恋歌――好忠・和泉式部・重之女を中心に」(「武蔵野女子大学紀要」31―1　一九九六年三月)

6　『私家集大成』(明治書院)『新編国歌大観』(角川書店)『新編私家集大成CD-ROM版』(日本文学Web図書館)の解題など。

7　現在は古筆切からその存在を想定するほかない。鈴木一雄「針切本重之の子の僧の集」(「墨美」40　一九五四年一二月)、目加田さくを『源重之集・子の僧の集・重之女集全釈』(風間書房　一九八八年)、『私家集大成』(平田喜信担当・明治書院)、『新編国歌大観』私家集編3(久保木哲夫担当・角川書店)、『新編私家集大成CD-ROM版』(新藤協三担当・日本文学Web図書館)などで集成され、もとは家集であったとする。「重之子僧集」と呼び慣わされており、本稿もこれに倣った。

8　目加田さくを『源重之集・子の僧の集・重之女集全釈』(風間書房　一九八八年)。以後『全釈』とするのはすべてこれによる。平田喜信①「「もの思へば」「もの思ふ」考――和泉式部集の連作・定数歌における自己表現」(『王朝和歌と史的展開』笠間書院　一九九七年)②「「重之の子の僧の集」と「重之女集」」(「小論」14　二〇〇〇年九月／『平安朝文学 表現の位相』新典社　二〇〇二年)

9　注8平田②

10　川村晃生・松本真奈美『恵慶集全釈』(貴重本刊行会　二〇〇六年)

11　犬養廉・後藤祥子・平野由紀子「安法法師集」(『平安私家集』岩波書店　一九九四年)

12　注8『全釈』

13　注8『全釈』の一九三番歌「参考」の項に、「この法師も一四四の色このむ法師と同一人かもしれない」と示唆的な指摘がある。

14　注8平田②

15　渦巻恵「「重之の子の僧の集」の性格」（「埼玉短期大学研究紀要」10　二〇〇一年三月）

16　注8平田②

17　代表的なものとして田中新一『平安朝に見る二元的四季感』（風間書房　一九九〇年）がある。

18　『古代中世暦』（日外アソシエーツ　二〇〇六年）による。

19　松本真奈美「重之百首と毎月集」（「国語と国文学」69-10　一九九二年一〇月）

20　長保元年としたのは、後に述べるように、和泉式部百首の成立以前とみたため。

21　久保木寿子『和泉式部百首全釈』（風間書房　二〇〇四年）が初期百首、初期定数歌の成立年時について先行研究を纏めている。近藤みゆき「『恵慶百首』試論――*N-gram*分析によって見た「返し」の特徴と、成立時期の確定――」（『古筆と和歌』笠間書院　二〇〇八年／『王朝和歌研究の方法』笠間書院　二〇一五年）

22　注19に同じ。

23　平田喜信「和泉式部百首の成立」（「大妻国文」1　一九七〇年三月／『平安中期和歌考論』新典社　一九九三年）

24　吉田幸一「和泉式部の娘時代とその詠草（上）」（「平安文学研究」70　一九八三年一一月）

25　注21久保木『全釈』

26　詳細は拙稿「解説　賀茂保憲女集」（『賀茂保憲女集／赤染衛門集／清少納言集／紫式部集／藤三位集』（明治書院　二〇〇〇年）に譲る。

27　注23に同じ。

28　今井源衛『大和物語評釈』下巻（笠間書院　二〇〇〇年）、渦巻恵「『和泉式部日記』成立試論――「源重之女集」「子の僧集」との関連をめぐって」（「日本語と日本文学」46　二〇〇八年二月）など。

29　高橋正治「大和物語の位相」(『国語と国文学』一九五六年九月)
30　拙著『日本の作家100人 和泉式部』(勉誠出版　二〇〇六年)
31　注8平田①
32　藤岡忠美「和泉式部集の成立」(『国語と国文学』一九五一年五月/『平安和歌史論　三代集時代の基調』桜楓社　一九六六年)

〔付記〕
本稿脱稿後、渦巻恵・武田早苗『重之女集 重之子僧集新注(新注和歌文学叢書)』(青簡舎　二〇一五年)を上梓した。そこでは、「重之子僧集」の和歌配列について、先行研究とは異なる試案を提示したが、本論旨とは関わらないことから、無用の混乱を避けるため、従来の歌番号に従った。

〔関連論考〕
渦巻恵「初期百首伝播の様相――女百首を中心に」(『古筆と和歌』笠間書院　二〇〇八年)
徳原茂実「源重之集」(和歌文学大系52『三十六歌仙集(二)』明治書院　二〇一二年)

㈤『源氏物語』の「田舎」と明石君・玉鬘・浮舟

はじめに

『源氏物語』の女君たちは、周囲の人々により生活の場を移した、あるいは移された者が多い[1]。中でも北山滞在中の祖母の元から連れてこられた若紫、明石から上京した明石君などは住空間のみならず、周囲を取り巻く環境も大きく変化した。一方、生活の場が移ったことで、男君との出会いがあった女君もいる。玉鬘、浮舟がその代表格であろう。二人が育ったのは、筑紫と陸奥・常陸と、都からすると逆方向で、その文化的な評価にはかなりの差があった。だが、『源氏物語』では、明石君、玉鬘、浮舟の物語が語られる折に、「田舎」に関わる語（田舎・田舎人・田舎ぶなどを含む）が頻繁に見えており、程度の差はあるものの、これらの女君たちが成育した地は「田舎」と認識されていたらしい。一方、「田舎」と関わりのある語としては「山里」もあるが、『源氏物語』の「山里」についてはすでに先学の論考が重ねられており[2]、つぶさに眺めると、「田舎」が「山里」と似通った意味で用いられることがあっても、「山里」がすべて「田舎」ではない。また、「田舎人」と似た意味を持つ「山がつ」[3]についても、すでに論じられており、詳細はそれらに譲りたい。「田舎」と意味的に重なるとも考えられる「鄙」[4]については、十例が見出せる。古歌の一節を用いた「鄙の別れ」の用例が二例ある他、末摘花自身とその周囲について二例、近江君に一例、さらに玉鬘の存在を光源氏が花散里に告げる折に一例、左近少将に一例、浮舟の心について一例、常陸介に二例である。ほとんどが一度きりの使用で、本稿で取り上げる「田舎」と関連した語と一部相通じる用い方が見えるものの、末摘花や近江君に対しては「鄙」のみが用いられる。これに対し、明石君、玉鬘、浮舟の周辺では「田舎」に関連する語は用いられるものの、「鄙」の語はほとんど見出せない。しかも「田舎」に関連する語の意味するところは、明石君・玉鬘・浮舟、それぞれの女君によって異なっている。そこで、本稿では、「田舎」「田舎人」「田舎ぶ」など、「田舎」の付く語を糸口に、周囲の環境と女君たちがどのように関わっているかについて考えてみたい。

一　「田舎」とその関連語

『源氏物語』において「田舎」「田舎人」「田舎ぶ」など「田舎」の付く語が多数用いられるのは、当然のことながら地方が意識された折である。手始めにそれら全五十例を整理すると表Iのようになる。さらにその用例を通覧してみると、大きく三分類できる。一つ目は、光源氏が須磨に下向し、明石君とのいきさつが語られる中で、二つ目は、玉鬘の物語において、そして三つ目は八宮がいた宇治、特に浮舟周辺に見出せる。言い換えれば、明石君、玉鬘、浮舟の物語において、これらの語が散見されるのである。

ところで、「田舎」が意識された場合は、「都」「京」という語が使用されることも多く、326頁表IIに纏めたごとくである。ついでに「田舎」に関連する語と一部重複して用いられる「山里」「山がつ」「鄙」についても、用例数のみ掲出した。

さて、最初に「田舎」が『源氏物語』に見えるのは、帚木巻で、冒頭で挙げた三人の女君とは無関係である。光源

表Ⅰ　「田舎」に関連する語全用例一覧

	巻名	用例	新全集
用例1	帚木Ⅰ	1田舎家だつ	①巻93頁
用例2	夕顔Ⅱ	1田舎にまかりて	①巻140頁
用例3		2田舎の通ひ	①巻155頁
用例4	若紫Ⅰ	1田舎びたらむ	①巻204頁
用例5	須磨Ⅲ	1田舎人なりとて	②巻211頁
用例6		2田舎びもてなし	②巻213頁
用例7		3田舎わざにしなして	②巻213頁
用例8	明石Ⅲ	1田舎の民	②巻245頁
用例9		2田舎びてはべる袂	②巻249頁
用例10		3田舎人	②巻253頁
用例11	澪標Ⅰ	1田舎人	②巻303頁
用例12	蓬生Ⅰ	1田舎など	②巻335頁
用例13	関屋Ⅰ	1田舎びず	②巻360頁
用例14	松風Ⅰ	1田舎びにけるここち	②巻399頁
用例15	薄雲Ⅰ	1田舎びたるここちどもは	②巻434頁
用例16	玉鬘XV	1田舎人ども	③巻92頁
用例17		2田舎びたること	③巻97頁
用例18		3田舎びたり	③巻98頁
用例19		4田舎びたる掻練	③巻107頁
用例20		5田舎びたる人	③巻110頁
用例21		6田舎人	③巻111頁
用例22		7田舎びにけれな	③巻111頁
用例23		8田舎人	③巻116頁
用例24		9田舎び	③巻117頁
用例25		10田舎びたる目	③巻123頁
用例26		11田舎びたらむもの	③巻124頁
用例27		12田舎びず	③巻128頁
用例28		13田舎びたり	③巻133頁
用例29		14田舎び	③巻133頁
用例30		15田舎びたること	③巻134頁
用例31	胡蝶Ⅰ	1田舎びたまへりしなごり	③巻178頁
用例32	常夏Ⅰ	1田舎の隈	③巻232頁
用例33	橋姫Ⅰ	1田舎びたる山がつども	⑤巻127頁
用例34	椎本Ⅰ	1田舎びたる人々	⑤巻212頁
用例35	総角Ⅰ	1田舎びたらむ	⑤巻273頁
用例36	宿木Ⅲ	1田舎人	⑤巻396頁
用例37		2田舎びたる	⑤巻487頁
用例38		3田舎びたる人ども	⑤巻495頁
用例39	東屋Ⅴ	1田舎びたる心	⑥巻19頁
用例40		2田舎びたる	⑥巻46頁
用例41		3田舎びたる	⑥巻88頁
用例42		4田舎びたる	⑥巻98頁
用例43		5田舎びたるされ心	⑥巻99頁
用例44	浮舟Ⅱ	1田舎びたるあたり	⑥巻174頁
用例45		2田舎人ども	⑥巻181頁
用例46	蜻蛉Ⅱ	1田舎人ども	⑥巻212頁
用例47		2田舎人ども	⑥巻233頁
用例48	手習Ⅱ	1田舎人	⑥巻291頁
用例49		2田舎人のむすめ	⑥巻346頁
用例50	夢浮橋Ⅰ	1田舎びにたりや	⑥巻383頁

＊巻名下のローマ数字は巻別用例数。
＊用例冒頭の数字は巻別の通し番号。

表Ⅱ

巻数	巻名	語彙					
		田舎	都	京	山里	山がつ	鄙
2	帚木	1			1	1	
4	夕顔	2			1	1	
5	若紫	1	2	7	1	1	
6	末摘花				1		2
9	葵					1	
10	賢木					1	
12	須磨	3	10	6	1	5	
13	明石	3	10	10		1	
14	澪標	1		4			
15	蓬生	1	3	1			1
16	関屋	1		2			
17	絵合				1	1	
18	松風	1	3	1	4	2	
19	薄雲	1			3		
20	朝顔				1	1	
21	少女				3	1	
22	玉鬘	15	5	10	2	3	2
24	胡蝶	1					
26	常夏	1		1		3	1
30	藤袴				1		
34	若菜上		2	4			
35	若菜下		1				
36	柏木				1		
37	横笛				1		
39	夕霧		1		4	1	
45	橋姫	1	2	3	4	2	
46	椎本	1	1		5	2	
47	総角	1	1	9	10	1	
48	早蕨			1	3		
49	宿木	3		4	10	1	
50	東屋	5		2	1		3
51	浮舟	2	1	12	3	2	
52	蜻蛉	2		6	1	1	1
53	手習	2	2	2	11		
54	夢浮橋	1		2	1	1	
合計		50	44	87	75	33	10

氏が方違えに紀伊守邸に赴いた際、その風情が、

《用例1》田舎家だつ柴垣して……。（帚木①93）

と描かれている。わざわざ田舎びた風情に仕立てたのは、むしろ風流であると考えたからに違いない。後のことになるが、須磨巻で頭中将が、

《用例6》山がつめきて、聴色の黄がちなるに、青鈍の狩衣、指貫、うちやつれて、ことさらに田舎びもてなしたまへるしもいみじう、見るに笑まれてきよらなり。（須磨②213）

《用例7》碁、双六の盤、調度、弾棊の具など、田舎わざにしなして、念誦の具、行ひ勤めたまひけりと見えたり。（須磨②213）

と光源氏の生活ぶりを見ているのも、「田舎び」た風情、「田舎わざ」に情趣を見出していたからであろう。「田舎」めいたものを風流だと捉えるこれらに対し、この他はすべて、「田舎」が都よりも劣ったものという認識の上に立って用いられている。蓬生巻で末摘花の叔母が一緒に大宰府へと誘う折に、

《用例12》田舎などはむつかしきものと思しやるらめど……。（蓬生②335）

と述べているのが、当時の都人の一般的な感想であろう。次のように「田舎びず」と否定語とともに用いられた例も見える。

《用例13》田舎びずよしありて、斎宮の御下り、何ぞやうのをりの物見車思し出でらる。（関屋②360）

だが、このように、上京する空蟬一行が常陸に染まらずに戻ってきたさまを賞賛するのは、「田舎」を否定的に捉えているからに相違ない。

夕顔巻の二例は、その後に出てくるものに比べると、単純に場所を表す語としてのみ用いているようにも見える。一例は、光源氏に命じられた惟光が大弐乳母の隣家の様子を調べ、

《用例2》「揚名介なる人の家になんはべりける。男は田舎にまかりて、妻なん若く事好みて、はらからなど宮仕人にて来通ふと申す。くはしきことは、下人のえ知りはべらぬにやあらむ」と聞こゆ。（夕顔①140）

と、報告している中にある。もう一例は、夕顔と契った源氏が、翌朝、隣近所の賤男たちの会話を聞く、その中に、

《用例3》「今年こそなりはひにも頼むところすくなく、田舎の通ひも思ひかけねば、いと心細けれ。北殿こそ、

聞きたまふや」など……。（夕顔①155）

と見える。夕顔の身を寄せていた界隈が、都でも中心部でないことと関連して用いられており、いずれも夕顔自身とは無関係のようだ。だが、この用例が夕顔巻にあるのは意味がありそうだ。これについては後に触れたい。

二　明石君と「田舎」

次に、「田舎」が見出せるのは若紫巻である。これ以降は、前節で掲出したものを除くと、先の三人の女君たちと関連したところで用いられている。最初は明石君に関して「田舎」の語が見出せる。

光源氏は「瘧病」のために北山に赴いた折、明石入道とその娘の噂を供人たちから聞く。そこで、

《用例4》「いで、なにしに。さいふとも田舎びたらむ。幼くよりさる所に生ひ出でて、古めいたる親にのみ従ひたらむは」（若紫①204）

とあるのが、後の明石君である。実際はどうであれ、明石君が「田舎びたらむ」という評価とともに物語に登場してくるのは注意したい。噂話をしている供人が、明石という地を田舎と感じ、そこで育った姫君を「田舎び」ていると評するのは、当時の常識的な見方であろう。後に、その地での生活を選んだ明石入道自身が、光源氏に対して、

《用例8》みづからかく田舎の民となりにてはべり。（明石②245）

と述べてもいる。これが源氏に対する謙遜からのみ出たものでないことは、明石入道が北の方に娘を源氏と結婚させたいと告げた折にも、

《用例5》おのれかかる田舎人なりとて、おぼし棄てじ。（須磨②211）

とあったことからも分かる。

明石君に代わって源氏に贈る文でも、入道は、

《用例9》「いとかしこきは、田舎びてはべる袂に、つつみあまりぬるにや、……。（明石②249）

と、娘が自分で返事をしたためないのは「田舎び」ているからだと書いた。また、松風巻の冒頭でも、

《用例14》にはかにまばゆき人中いとはしたなく、田舎びにける心地も静かなるまじきを、……。（松風②399）

と、娘を大井川にあった邸に一旦住まわせる理由を述べる。本音はどうであれ、明石入道は自らを「田舎の民」「田舎人」と標榜するだけでなく、娘をもそう評する。だが、明石君自身にそのような意識はない。はじめての逢瀬を持つべく源氏に呼ばれると、自分から出向くことを嫌がる。なぜなら、

《用例10》いと口惜しき際の田舎人こそ、仮に下りたる人のうちとけ言につきて、さやうに軽らかに語らふわざをもすなれ、……。（明石②253）

と、「田舎人」ならそのような誘いに軽々しくのるだろうけれどと、思っているからだ。つまり、裏を返せば、自分は「田舎人」ではないと認識している証拠である。明石君がいかに「身のほど」意識の強い女性であったかは言を俟たないが、一方で、誇り高き「名門の血」の自負もあった。だからこそ、自らを「田舎人」とは区別し、そうやすやすと源氏と関係をもつことはできないというのである。

澪標巻冒頭の住吉詣の折にも、

《用例11》すべて見し人々ひきかへ華やかに、何ごと思ふらむと見えてうち散りたるに、若やかなる上達部、殿上人の我も我もと思ひいどみ、馬、鞍などまで飾りをととのへ磨きたまへるは、いみじき見物に、田

舎人も思へり。（澪標②304）

と見えるが、ここでの「田舎人」が直接意味するのは、明石君自身というよりは、仕えている女房や従者達であろう。また、薄雲巻で明石姫君が二条院に連れてこられた際に、

《用例15》暗うおはし着きて、御車寄するより、はなやかにけはひことなるを、田舎びたる心地どもははしたなくてやまじらはむと思ひつれど、……。（薄雲②434）

とあるのも、明石姫君がそのような人々に付き従われていたということだ。だがこれも姫君自身の問題というよりは、従者をやった側、つまり母である明石君がそのような人々に囲まれていたからでもあろう。「田舎人」に囲まれ、周囲からも同類とみなされる明石君だが、あくまで本人にその意識はない。これ以後、明石君の周囲で「田舎」という語が用いられることはない。「田舎」という環境で育っても、それに染まらない女君として最初に登場する明石君は、この後六条院に迎えられる。

三　玉鬘と「田舎」[6]

「田舎」に関連する語が頻出するのは、玉鬘巻で、十五例にのぼる。この巻は、源氏が夕顔を偲び、その遺児に思いを馳せるところから始まっている。これに続き、夕顔の乳母子である右近が「故君ものしたまはましかば、明石の御方ばかりのおぼえには劣りたまはざらまし」（玉鬘③87）と心中思っていることが紹介されるのは、注意したい。つまり、これは、明石君と肩を並べる人物として夕顔が意識されているからだ。この思いは、源氏も共有しており、後にではあるが、「世にあらましかば、北の町にものする人の列には、などか見ざらまし」（玉鬘③126）と述べてもい

る。この、忘れられない夕顔を思い起こし、生きていたら明石君程度にはお世話したかったという源氏の気持ちが、玉鬘を物語の中に呼び込む。先に見たように、夕顔は「田舎」と行き来する人々が住むところにおり、明石君も「田舎」と認識されるところに暮らしていた。つまり、「田舎」に関連する語が二人の周囲で使用されていた。そればかりではなく、「田舎」に関連する語は、夕顔の遺児玉鬘周辺へも引き継がれた。

玉鬘巻には多数「田舎」に関連する語が見出せるが、夕顔がそうであったように、玉鬘自身が「田舎ぶ」という評と直接関わるのは、源氏が胡蝶巻で一度言及する以外にはない。その危惧については何度か語られるものの、結局、「田舎び」てはいなかったと安堵へと向かうのだ。ここで、この巻で用いられた「田舎」に関連する語について順を追ってみてみよう。

玉鬘巻冒頭では乳母一家の筑紫下向[7]の顛末が語られた後、十六年余りが経過して、

《用例16》すいたる田舎人ども、心かけ消息がるいと多かり。（玉鬘③92）

と、成長した玉鬘の評判を聞きつけて求婚する「田舎人ども」がまず紹介される。そしてその中から、彼らの代表として、大夫監[8]が登場した。大夫監はかなり強引な求婚を続け、婚姻の日取りまで決定しようとする。困り果てた乳母は、

《用例17》田舎びたることを言ひのがる。（玉鬘③97）

と、「田舎び」た理由で拒否をする。この一文は、大夫監自身を「田舎ぶ」と評するよりも、さらに彼が「田舎人」であることを効果的に印象付けている。つまり、都人である乳母側の論理は通用せず、「田舎」という別次元の論理がこの地を支配していることを証し立て、その代表が大夫監であることが再確認されるからだ。だが、それでも大夫

監は懲りずに、帰り際に求婚の和歌を詠む。恐ろしく思った乳母がやっとのことで返歌し、その意味を娘たちが解いて聞かせると、

《用例18》……なにがしら田舎びたりといふ名こそはべれ、口惜しき民にははべらず。都の人とても何ばかりかあらむ。みな知りてはべり。な思し侮りそ」（玉鬘③98）

と述べる。ここで「都の人」について言及するのは、大夫監が都人に対抗意識を持っているからであろう。「な思し侮りそ」と脅しにも似た発言をすること自体、侮られていると感じている大夫監がいるからだ。玉鬘巻では、大夫監が「田舎」を体現している。ここでは、「田舎人」大夫監対「都人」乳母一家という構図で、筑紫の物語が描かれているのを確認しておきたい。

玉鬘が強引な求婚を受けたことから、豊後介らは上京を決意する。ようやく都に着いた一行は、石清水八幡宮に参詣の後、長谷寺詣でに向かい、その途次、紫上付の女房となっていた夕顔の乳母子・右近と再会する。そこでは、夕顔の侍女で、豊後介一行と行動を共にしていた三条が、

《用例19》田舎びたる掻練に衣など着て、いといたうふとりにけり。（玉鬘③107）

と評される。さらに御堂にて右近が、

《用例20》……田舎びたる人をば、かやうの所には、よからぬ生者どもの、侮らはしうするも、かたじけなきことなり」（玉鬘③110）

と述べてもいる。また、長谷寺の参詣者を、

《用例21》国々より、田舎人多くまうでたりけり。（玉鬘③111）

と見るのも、一行がそのような人々にしぜんと目が向くからでもあろう。さらに、この参詣者を見た三条自身の言動に対し、右近が、

《用例22》いと、いたくこそ田舎びにけれな。（玉鬘③111）

と評す。この時点で、玉鬘はもちろん、豊後介も「田舎ぶ」と評されることはない。だが、三条という侍女を「田舎び」ていると繰り返し評することにより、豊後介一行もかなり「田舎び」ていたであろうと感じるように仕組まれている。

一方、

《用例23》……あないみじや。田舎人にておはしまさましよ」（玉鬘③116）

《用例24》容貌はいとかくめでたくきよげながら、田舎びこちごちしうおはせましかば、いかに玉の瑕ならまし、……。（玉鬘③116）

と、玉鬘が「田舎び」ず、「田舎人」とならなかったことについて、右近が繰り返し安堵している。玉鬘は「田舎」である筑紫に連れて行かれたものの、「田舎び」ることはなく成長した。筑紫を離れる折、右近との再会の折、玉鬘が歌を詠んだことはそれを裏付ける。

というのも、玉鬘巻においては特に、和歌が詠めることが、[9]「田舎人」ではない証ともなっているからだ。筑紫へ向かう折、舟人たちは舟唄を歌うものの、和歌を詠むことはない。その直後に乳母の娘たちが和歌を詠んでいるのとは対照的だ。また、成長した玉鬘に「田舎人ども」が求愛のために「消息がる」（玉鬘③92）ものの、そこに和歌があったかどうかは言及されない。大夫監も良い香りをたきしめ、唐製の料紙で文を寄越すが、「言葉ぞいとたみたり

ける」（玉鬘③95）という代物で、和歌の有無には触れられない。その後、大夫監は乳母のもとに押しかけて直接求愛をするが、その帰り際に「歌詠ままほしかりければ」（玉鬘③97）と思い、「君にもし心たがはば松浦なる鏡の神をかけて誓はむ」（玉鬘③97）という一首を詠むものの、「世づかずうひうひしや」（玉鬘③97）と評されてしまう。馴れないことをして、それを押し隠そうとして逆に浮き足立っている大夫監が諧謔味をもって描かれている。これらから推すと、これまでの懸想文にも和歌は無かったのではないだろうか。さらに、乳母が恐る恐る返歌をすると、「まてや、こはいかに仰せらるる」（玉鬘③98）と言い、理解できなかったことを露呈する。

大夫監から逃れるべく、豊後介らは上京を決意する。筑紫下向の折に詠まれた乳母の娘たちの和歌二首と呼応するように、筑紫からの船出後、二首の和歌が置かれる。それは、娘の一人である兵部君と、玉鬘が詠んだものであった。筑紫に残ることを決意し、見送る立場の姉娘の歌は置かれなかった。筑紫において「田舎び」ずに成長した玉鬘が和歌を詠み、本来和歌が詠めたにも関わらず、筑紫に残ることを決意した姉娘に和歌を詠ませなかったのも意味ありげだ。さらに、上京後、右近が玉鬘と再会を果たした折、立派に成長したことを確認したのも、源氏が玉鬘の引き取りを決めた後、本当の意味で安堵したのも、玉鬘の歌を目にした折であった。

このように「田舎び」ず、和歌も詠じられるほどに成長した玉鬘であったが、源氏からの文に、

《用例26》いとこよなく田舎びたらむものをと恥づかしく思いたり。（玉鬘③124）

と、自分の字はひどく「田舎び」ているだろうから恥ずかしいと思っている一文がある。直接は筆跡についてだが、もちろんそれだけにとどまらず、玉鬘が自分自身に抱いている危惧でもある。後の常夏巻でのことだが、源氏に和琴を弾くように勧められた玉鬘は、手さえ触れない。それは、

《用例32》さる田舎の隈にて、ほのかに京人と名のりける古大君女の教へきこえければ、ひが事にもやとつつましくて手触れたまはず。（常夏③232）

とあるように、「田舎の隈」で教えを受けたからだという。これが六条院入りして一年近くも経過した頃であるのは注意したい。つまり、その時までも玉鬘は「田舎」育ちであるという思いをずっと引きずっていたことになる。もちろん、いずれも第三者により玉鬘自身が「田舎び」ていると評されたものではない。むしろ、これらは玉鬘自身が抱いている憂慮であり、この点が前節で触れた明石君とは決定的に異なっている。

さて、源氏のもとに玉鬘が引き取られることが決まると、

《用例25》田舎びたる目どもには、ましてめづらしきまでなむ思ひける。（玉鬘③123）

《用例28》心の限りつくしたりし御住まひなりしかど、あさましう田舎びたりしも、たとしへなくぞ思ひくらべらるるや。（玉鬘③132）

《用例29》年ごろ田舎び沈みたりし心地に、にはかになごりもなく、いかでか、仮にても立ち出で見るべきよすがなくおぼえし大殿の内を、朝夕に出で入りならし、人を従へ、事行ふ身となれるは、いみじき面目と思ひけり。（玉鬘③133）

と、「田舎び」た筑紫の住まいや豊後介の思いが語られる。六条院の有り様を目の当たりにして、いかに「田舎び」ていたかを自覚するのである。玉鬘に付き従う女房たちの装束についても、

《用例27》御車三つばかりして、人の姿どもなど、右近あれば、田舎びずしたてたり。（玉鬘③128）

とあるのも、豊後介らが「田舎び」ている裏返しでもあろう。筑紫にあっては大夫監を筆頭とした筑紫の人たちを、

そして、上京後は、豊後介一行の、特に三条を「田舎ぶ」とするものの、玉鬘自身がそう評されることはない。つまり、田舎で育ちながらも環境に左右されず、恵まれた美質を開花させた玉鬘は、その名のとおり、「玉」のように美しかった。[10]

だからこそ、六条院入りに際して問題なのは外側、つまり衣のみであった。再会が秋頃にも関わらず、

人知れず目とどめて見るに、中にうつくしげなる後手のいといたうやつれて、四月の単衣めくものに着こめたまへる髪のすきかげ、いとあたらしくめでたく見ゆ。（玉鬘③109）

と、右近の前にはじめて登場する玉鬘は「四月の単衣めくもの」を着ていた。これは、「四月二十日のほどに日取りて来むとするほどに、かくて逃ぐるなりけり」（玉鬘③99）というのと呼応する。つまり、衣は筑紫を出立した時のままなのだ。ここから玉鬘、ひいては豊後介一行の経済状況までもが即座に明らかになる。しかし、そのような玉鬘を右近は「いとあたらしくめでたく」見るのである。玉鬘にとって問題は季節外れの衣のみであり、その内質はまったく「田舎び」てはいない。いや、「四月の単衣」自体のセンスはさほど悪くはなかったのかもしれない。問題はあくまで季節外れにあったのだから。

源氏も玉鬘の衣が「田舎び」ているだろうと、危惧していた節が窺える。それは、十月に玉鬘が源氏のもとに引き取られた後、年末に女君たちに正月の衣装が配られるに先立ち、

《用例30》かかりとも田舎びたることなどやと山がつの方に侮り推しはかりきこえたまひて、調じたるも奉りたまふついでに、……。（玉鬘③134）[11]

とあるからだ。後の衣配りで玉鬘に用意されるのは「山吹の花の細長」（玉鬘③135）である。が、「田舎び」た衣を

纏っているのではないかと懸念した源氏は、前もって、準備した衣を玉鬘の許へ届けさせる。このことは、環境に左右されない玉鬘という人物を象徴的に表してもいる。そして、玉鬘と衣、すなわち、人物とその人物が身に纏う衣との関係がクローズアップされたことで、物語は、年末の衣配りへと導かれていく。

この後、胡蝶巻で、

《用例31》撫子の細長に、このころの花の色なる御小袿、あはひけ近ういまめきて、もてなしなども、さはいへど、田舎びたまへりしなごりこそ、ただありにおほどかなる方にのみは見えたまひけれ、人のありさまを見知りたまふままに、いとさまよう、なよびかに、化粧なども心してもてつけたまへれば、いとど飽かぬところなく、はなやかにうつくしげなり。他人と見なさむは、いと口惜しかべう思さる。（胡蝶③178）

と、突如、玉鬘に「田舎びたまへりしなごり」があったと語られる。玉鬘自身が「田舎び」と他者から評されたことはここ以外一度もない。玉鬘は筑紫ではもちろん、上京した頃も裳着こそはすませてはいなかったものの、すでに立派な女君であり、その美質も非の打ちどころがないと表現されてもいた。『源氏物語』中でも取り分け多様にその美質が語られることはすでに指摘がある。[13]当該箇所は、源氏の心中とも解しうる部分であり、玉鬘を絶賛していることからすれば、六条院に引き取られた頃と比較して、さらに美質が勝ったとするには、唯一のマイナス要因とでもいうべき筑紫育ちを持ち出す以外に方法はなかったからに違いない。

筑紫に下向した幼児の折でさえも「ただ今から気高くきよらなる御さま」（玉鬘③89）と評された玉鬘は、環境に左右されずに成長した。それ故に六条院にも引き取られ、さらに源氏とも危うい関係に陥りそうでありながら、結局親子として全うする。そして真木柱巻で、突如髭黒大将と結婚したことが明かされ、その後物語は、髭黒の家庭内騒動へと転じていく。最終的に玉鬘は髭黒の北の方の座に収まるのだが、その時点で「さすらひ」の姫君と評される玉鬘の「さすらひ」[14]が終了したのか否か、意見の別れるところでもあろう。だが、日向一雅氏[15]のように、玉鬘の「さすらひ」は竹河巻まで続くとする見方もある。確かに、周囲からは「田舎び」てはいないと評される玉鬘だが、彼女自身、その危惧を抱いていたのは先に見たとおりである。玉鬘は第三者から見れば、環境に左右されない女君であったものの、本人はそれを受け入れず、影響されているのではないかと憂慮し、それを必死に隠そうとしてもいた。身体的「さすらひ」にとどまらず、精神的な「さすらひ」を抱えている女君と玉鬘が評される由縁でもあろう。他者から、多様なそして豊饒な語で形容されようとも、玉鬘自身はそれを是認しない。つまり、玉鬘が抱えている「内面的苦悩[16]」を、周囲が取り除くことは不可能なのだ。それは、玉鬘という女君自身が持っている本性とも言うべきものであるからだ。

四　「田舎」と浮舟

「田舎」に関連する語と関わる最後の女君は浮舟[17]である。第三部に入り、宇治十帖と呼ばれる最後の十帖では、宇治[18]が物語中に頻繁に登場するようになり、「田舎」に関連する語も多数使用される。だが、その用いられ方はこれまでとは異なっている。もちろん、これまでも「田舎」に関連する語は女君自身というよりも、いわゆる端役の人々に用いられてきた。だが、端役ではあるものの、大夫監にしろ、三条や豊後介にしろ、固有の呼称が与えられてもいた。これに対し、宇治十帖では、個別の呼称さえも与えられない人々に「田舎」の語が被せられることが多い。宇治十帖が端役の人々の活躍を語ることについてはすでに多数の御論[19]があり繰り返さないが、それらの人々、特に宇治で生活する下層の人々たちに「田舎」に関連する語が被せられるのは重要だ。これも順を追ってみてみよう。

宇治十帖の冒頭、橋姫巻に最初の用例が見える。

《用例33》いとど、山重なれる御住み処に尋ね参る人なし。あやしき下衆など、田舎びたる山がつどものみ、まれに馴れ参り仕うまつる。（橋姫⑤127）

八宮の半生が紹介され、宇治に移り住んだところで、宇治には「田舎び」た山がつばかりが住んでいると語られる。ついで、八宮が亡くなり、薫が大君を邸に迎えようと申し出をしに宇治へと赴いたところにも、

《用例34》日暮れぬれば、近き所どころに御庄など仕うまつる人々に、御秣とりにやりける、君も知りたまはぬに、田舎びたる人々、おどろおどろしく引き連れ参りたるを、あやしうはしたなきわざかなと御覧ずれど、老人に紛らはしたまひつ。（椎本⑤212）

とある。また、宿木巻で、薫と中君が語り合う折、亡くなった光源氏の女房たちについて、

《用例36》かの御あたりの人は、上下心浅き人なくこそはべりけれ、方々集ひものせられける人々も、みな所どころあかれ散りつつ、おのおの思ひ離るる住まひをしたまふめりしに、はかなきほどの女房などは、まして心をさめんかたなくおぼえけるままに、ものおぼえぬ心にまかせつつ山、林に入りまじり、すずろなる田舎人になりなど、あはれにまどひ散るこそ多くはべりけれ。（宿木⑤396）

とある。ここでの「田舎人」は、宇治の地と直接関わってはいない。ではなぜここで、わざわざ亡き光源氏の、しかも女房についての言及がなされたのだろうか。それは、光源氏亡き後、薫が所有する荘園のある宇治にも、住み着い

た女房たちがいたことを推測させるためではないか。宇治十帖では、薫の宇治の荘園に仕えているらしい名も無き下層の人々が物語の展開に重要な役割を担っている。少し後のことになるが、右近により、

《用例45》ものの心得ぬ田舎人どもの、宿直人にてかはりがはりさぶらへば、おのが番にあたりていささかなることもあらせじなど、過ちもしはべりなむ。（浮舟⑥181）

という懸念が表明されるのも、薫が宇治に絶大な権力を持っていること、そして時には彼自身の意向をも超えて大きな力として作用しかねないことを暗示している。[20]

この他にも、

《用例38》田舎びたる人どもに、忍びやつれたる歩きも見えじとて口かためつれど、いかがあらむ、下衆どもは隠れあらじかし。（宿木⑤495）

《用例41》「庄の者どもの田舎びたる召し出でつつ、つけよ」とのたまふ。（東屋⑥88）

などと、宇治で生活している人々が、「田舎」の語で修飾されて登場する。また、宇治が「田舎び」ていることで安心していた薫は、浮舟と匂宮の関係を知り愕然として、

《用例44》田舎びたるあたりにて、かうやうの筋の紛れはえしもあらじ、と思ひけるこそ幼けれ、……。（浮舟⑥174）

と心の中で思う。宇治は「田舎」であり、だから大丈夫だと高をくっていた薫はものの見事に裏切られた。なぜ「田舎」だから大丈夫と思っていたのかは語られないが、薫の息のかかった人々が多数住んでいるところという安心感もあったからであろう。「田舎」である「宇治」が物語を領導していることがよく分かる。

宇治が「田舎」であり、「田舎人」が多数いるのは、浮舟入水後も変わらない。

《用例46》いとはかなくて、煙ははてぬ。田舎人どもは、なかなか、かかることをことごとしくしなし、言忌など深くするものなりければ、……。（蜻蛉⑥212）

《用例47》田舎人どもの、あやしきさまにとりなしきこゆることどもはべりしを、……。（蜻蛉⑥233）

《用例48》いかで、さる田舎人の住むあたりに、かかる人落ちあぶれけん、……。（手習⑥291）

《用例50》いとこの世遠く、田舎びにたりや。（夢浮橋⑥383）

と、浮舟失踪後の宇治でも、また浮舟が身を寄せた小野[21]でも、繰り返し「田舎」が登場する。いずれの地も「田舎」の論理により支配されているのだ。

前にも述べたように、明石君、玉鬘の周囲で用いられた「田舎」に関連する語の多くは、女君の周囲にいる、端役ではあるものの固有の呼称を与えられた人物に用いられていた。これに対し、夕顔巻では、一見主筋とは無縁であるかのような人々の「田舎」との関わりが語られていた。浮舟物語が夕顔物語に類似しており、浮舟が夕顔の面影を担っていることについては[22]、すでに論じられており、これもまた繰り返さない。だが、夕顔巻の用例を増幅させたように、宇治十帖では、名もなき人々が「田舎」と関連する語で評されて物語の中に多数点在しており、「田舎」という語が二人の女君を取り巻く環境の共通性を浮かび上がらせる。

ところで、宇治十帖では、浮舟の周囲の人物[23]、義父の常陸介、母の中将君、義姉の中君について、いずれも一度ずつ「田舎」と関連する語が用いられる。最初は、中君が匂宮を初めて迎えた折、次のように見える。

《用例35》何ごとも世の人に似ずあやしく田舎びたらむかし、はかなき御答へにても言ひ出でん方なく包みたまへり。（総角⑤273）

中君が自分自身は「田舎び」てはいないかと危惧しているのだ。もちろん、これ自体は、都人しかも匂宮という身分の人を宇治の地で迎えた立場からすれば当然の感情でもあろう。だが、薫と対峙した大君については見られない、「田舎びたらむかし」という憂慮を中君が抱いた点は見逃せない。次に、浮舟の義父・常陸介について語られる箇所にも見える。

《用例39》事好みしたるほどよりは、あやしう荒らかに田舎びたる心ぞつきたりける。（東屋⑥19）

『源氏物語』中で、外見や行動ではなく、「田舎び」た「心」と称されるのは、この常陸介ただ一人である。これは、後に触れるように、浮舟について「田舎びたるされ心」を持っていないと語られることとも呼応しており、留意すべきであろう。常陸介の妻で、浮舟の縁談のことで夫に愛想を尽かした浮舟の母・中将君も、

《用例40》女君の御前に出で来て、いみじくめでたてまつれば、田舎びたると思して笑ひたまふ。（東屋⑥46）

と、中君の前では「田舎び」た人物と見える。中将君についてはこればかりでなく、

いたく肥え過ぎにたるなむ常陸殿とは見えける。（東屋⑥49）

と揶揄され、

「常陸殿のまかでさせたまふ」と申す。若やかなる御前ども、「殿こそあざやかなれ」と笑ひあへるを聞くも、げにこよなの身のほどやと悲しく思ふ。（東屋⑥58）

と、匂宮の前駆けを勤める若者たちからも嘲笑されている。「田舎」に関連する語を用いられているのはそれぞれ一度きりだが、このように、浮舟に最も近い人達が「田舎び」た人物として語られていることもまた注意しておきたい。

さて、肝心の浮舟だが、物語に本格的に登場してくる東屋巻の直前の、宿木巻の末尾付近で、初瀬詣での帰途、薫と出くわす折に、

《用例37》女車のことごとしきさまにはあらぬ一つ、荒ましき東男の腰に物負へるあまた具して、下人も数多く頼もしげなるけしきにて、橋より今渡り来る見ゆ。田舎びたるものかなと見たまひつつ、殿はまづ入りたまひて、御前どもはまだたち騒ぎたるほどに、この車もこの宮をさして来るなりけりと見ゆ。（宿木⑤487）

と見られる。「田舎び」たる人々につき従われているものの、本人が直接「田舎び」と評されているのではない点は、玉鬘にも通じる。[24]だが、浮舟の場合は、次の東屋巻で、薫によって、

《用例42》女の御装束など、色々によくと思ひてし重ねたれど、すこし田舎びたることもうちまじりてぞ、昔のいと萎えばみたりし御姿のあてになまめかしかりしのみ思ひ出でられて。髪の裾のをかしげさなどは、こまごまとあてなり、宮の御髪のいみじくめでたきにも劣るまじかりけり、と見たまふ。（東屋⑥98）

と見られている。もちろん、先にふれたように、

《用例43》田舎びたるされ心もてつけて、品々しからず、はやりかならましかばしも、形代不用ならまし、と思ひなほしたまふ。（東屋⑥99）

とあって、「田舎びたるされ心」を持っていないと否定されてはいる。だがこれに先立ち、中君とはじめて対面した折には、

いとものつつましくて、また鄙びたる心に、答へきこえむこともなくて……（東屋⑥72）

と、「鄙びたる心」により、なかなか応答ができない浮舟の様子が描かれてもいた。また、入水後に助けられ、出家を果たした後に、僧都が明石中宮に対し、浮舟について語った際には、

《用例49》まことにやむごとなき人ならば、何か、隠れもはべらじをや。田舎人のむすめも、さるさましたるこそはべらめ。竜のなかより仏生まれたまはずはこそはべらめ、ただ人にては、いと罪軽きさまの人になんはべりける」など聞こえたまふ。（手習⑥346）

とある。浮舟がいかに美しくとも、本当に高貴な人の娘であるならば、隠すことはできないはずであり、やはり「田舎人のむすめ」なのかもしれないというのだ。これらからすると、先に触れた玉鬘の衣が単に外側の問題のみを意味していたのとは異なり、「少し田舎びたることもうちまじ」っていたという衣についての薫の評言は、浮舟という女君自身の本質[25]と関わるものでもあったことが推測される。

以上からすると、宇治十帖で繰り返し用いられる「田舎」に関連する語は、結局のところ浮舟という女君に収斂される。つまり、浮舟は「田舎人」が仕える八宮の娘として生を受け、「田舎び」た常陸介と中将君のもとで生育された。さらに、「田舎」である宇治へ連れて行かれ、宮を迎えた折「田舎び」てはいなかと危惧する中君の許へと身を寄せる。そして、これらからの影響を多分に受けた浮舟は、当然のことながら「田舎び」ている。宇治十帖は、先に見たように、「田舎び」た点景人物たちが繰り返し描かれていた。それは、明石君や玉鬘が「田舎」にあってもその影響を受けずに成長したのとは異なり、「田舎び」た環境から影響を受けたのが浮舟という女君だからでもあろう。

おわりに

浮舟はあくまで大君の「形代」として登場しており、橋本ゆかり氏[26]によれば「抱かれる女」でもある。薫が許する「人形」である浮舟は、自身の足でその意志により移動することはできず、他者により「抱かれる」ことで移される。つまり、常陸から都へ、そして宇治、さらに小野へも、自身の意向ではなく他者により移動させられ、その先で周囲から与えられた環境に影響されて生きている。宇治十帖が点景人物の「田舎」びた様子を繰り返し描くのは、そのような環境に置かれる、また置かれた浮舟という女君を描くための一つの手法でもあった。

さらに思い返せば、浮舟がこの物語に呼び込まれたのは、中君が自身に言い寄る薫から逃れるためであった。真に大君の「形代」であるならば、結婚拒否の姿勢を継承し、男性たちの誘惑を拒むということもありえただろう。だが、浮舟は、薫、匂宮を受け入れてしまい、二人の男性の間で悩む。これは、同じく二人の男性との間で悩んだ中君の傍らに身を寄せたからでもあろう。

また、鈴木日出男氏[27]が説かれたように、浮舟の物語は伝承説話型の再構成でもある。入水に先立ち、右近により姉の逸話が語られたり、「昔は、懸想ずる人のありさまのいづれとなきに思ひわづらひてだにこそ、身を投ぐるためしもありけれ」（浮舟⑥184）と浮舟自身が昔語りを想起したりもする。そして、これらの逸話に導かれるように、浮舟は入水する。入水も浮舟の言葉を借りれば、「いときよげなる男」（手習⑥296）によるものであった。つまり、入水も浮舟の意志のみに起因するものではなく、すでに用意されてもいた。右近が語り、自身が昔語りを思い出したことで、浮舟を取り巻く環境に入水という要素が組み込まれてしまったのだ。

だが、入水はしたものの死には至らず、浮舟は横川僧都に助けられる。浮舟の名[28]からすれば、他者により川に流された舟は、他者により岸に辿り着くのもまたごくしぜんなことであろう。そして昏迷から覚醒すると浮舟は出家を望む。一見、強い決心で出家を果たしたようにも見えるが、ここでもまた浮舟は環境に左右される。つまり、助けたのが横川僧都であり、蘇生して小野での暮らしの世話をしたのが僧都の妹尼であるからだ。出家者たちが取り巻く環境に身をおくことになった浮舟が再びこの世で生きるためには、彼女自身が出家者となるしか道はない。だからと言って、浮舟が生半可な気持ちで出家を懇請した訳ではない。現に僧都は思いとどまらそうとするものの、あまりにも熱心な浮舟の懇請に負けて出家を助けるのだから。

では、この後、浮舟は、物語は、どうなっていくのであろうか。薫が浮舟の存命を知り、手紙を小君に託すものの、返事を貰えずに帰参したところで物語は終わっている。だがこのことも、浮舟という女君が環境に左右される人物であることからすると、当然の帰結であったのかもしれない。浮舟が主体的に動かない女君であれば、物語は環境を整えてこの「人形」を動かし続けなければならない。「人形」である浮舟の登場により、具体的な状況を、取り巻く環境を、すべて提示し整え続けなければ、物語が前に進まなくなったのではないだろうか。

注

1　環境の変化した女性として、松田豊子「東育ちの姫君――「あづま」から「みやこ」へ――」(『源氏物語講座4　京と宇治の物語』勉誠社　一九九二年／『源氏物語の地名映像』風間書房　一九九四年所収)は、玉鬘、明石君、近江君、浮舟を挙げる。

2　『源氏物語』の山里については多数の論考があり、さまざまな角度から論じられてきた。本稿ではこれらにふれることはできないので、題名に山里を付した近年の代表的な論を以下に掲出するにとどめる。安藤亨子「源氏物語における山里と山里の人々」（『和洋女子大学紀要』19　一九七五年一〇月／『物語そして枕草子』おうふう　二〇〇二年）、今井源衛「宇治の山里」（『講座 源氏物語の世界』8　有斐閣　一九八三年）、今西祐一郎「山里」（『国文学』28-16　一九八三年一二月）、森一郎「山里の人々」（『講座 源氏物語の世界』9　有斐閣　一九八四年）、津本信博「京と鄙の往還」（『論集平安文学1　文学空間としての平安京』一九九四年一〇月）、三谷邦明『源氏物語の言説』（翰林書房　二〇〇二年）・「宇治・小野――源氏物語の「山里」空間」（『源氏物語研究集成』10　風間書房　二〇〇二年）、斎藤由紀子「源氏物語宇治十帖における「山里」」（『国文目白』42　二〇〇三年二月）、金秀美「『源氏物語』における須磨の《山里》の空間――日・中の文学空間の投影をめぐって」（『交錯する古代』11　勉誠出版　二〇〇四年一月／『源氏物語の空間表現論』武蔵野書院　二〇〇八年）、橋本ゆかり「〈山里の女〉と〈思ひ寄らぬ隅なき男〉と――『源氏物語』の語りの場、その生成と揺らぎ――」（『日本文学』611　二〇〇四年五月／『源氏物語の〈記憶〉』翰林書房　二〇〇八年）など。

3　上坂信男「海人と山がつと」（『源氏物語　その心象序説』笠間書院　一九七七年）、根元智治「須磨の生活――山賤としての光源氏――」（『王朝文学史稿』21　一九九六年三月）、津島昭宏「光源氏と山がつ――玉鬘との関わりにふれて」（『物語文学論究』11　二〇〇一年一二月／『源氏物語における周縁的世界の研究　光源氏と周辺人物の交渉』國學院大学研究叢書　二〇〇六年）、岡田ひろみ「〈山がつ〉めく光源氏――須磨流離の姿」（『詞林』35　二〇〇四年四月）

4　関根賢司「都と鄙――源氏物語のトポス」（『源氏物語講座5　時代と習俗』勉誠社　一九九一年／『源氏物語　宇治十帖の企て』おうふう　二〇〇五年）では、「鄙」と「田舎」とを区別せずに論じているものの、本稿も多くの示唆を受けた。

5　明石君の「身のほど」意識については、鈴木日出男「明石の君と光源氏」（『源氏物語虚構論』東京大学出版会二〇〇三年）、「名門の血」の意識については、阿部秋生「明石の君の物語の構造」（『源氏物語研究序説』東京大学出版会　一九五九年）が詳細に論じている。その後の多数の明石君論については、『人物で読む『源氏物語』第十二巻――明石君』（勉誠出版　二〇〇六年）が纏めている。

6　当節は、「玉鬘巻における「田舎ぶ」」（『源氏物語の鑑賞と基礎知識⑫玉鬘』至文堂　二〇〇〇年）と重複する部分がある。

7　秋澤亙「松浦なる玉鬘――その舞台設定の意義をめぐって」（『國學院雑誌』97-12　一九九六年一二月／『源氏物語の準拠と諸相』おうふう　二〇〇七年）

8　石原昭平「大夫の監」（『講座　源氏物語の世界』5　有斐閣　一九八一年）、葛綿正一「大夫監と常陸介をめぐって――源氏物語における語りの問題」（『新潟大学国語国文学会誌』32　一九八九年三月）、秋澤亙「大夫監の世界――『源氏物語』端役論序説」（『論集平安文学5　平安文学の想像力』二〇〇〇年五月／『源氏物語の準拠と諸相』おうふう　二〇〇七年）

9　玉鬘巻の和歌については、吉見健夫「『源氏物語』作中和歌の表現と方法――玉鬘巻の和歌をめぐって」（『和歌文学研究』69　一九九四年一一月）が詳細に論じている。

10　玉鬘の「玉」の意味については、「玉鬘の「玉」の意味するもの」（『源氏物語の鑑賞と基礎知識　⑫玉鬘』至文堂　二〇〇〇年）で述べたことがある。

11　私見により、読点を改めた。

12　倉田実「玉鬘の裳着――養女となる次第」（『詞林』35　二〇〇四年四月／『王朝摂関期の養女たち』翰林書房　二〇〇四年）

13　森一郎「玉鬘物語の構想について」（『国語国文』一九六二年三月／『源氏物語の方法』桜楓社　一九六九年）

14 長谷川政春「さすらいの女君」（『講座 源氏物語の世界5』有斐閣　一九八一年／『物語史の風景』若草書房　一九九七年）

15 日向一雅「玉鬘物語の流離の構造」（「中古文学」一九八九年／『源氏物語の王権と流離』新典社　一九八九年）・「流離する姫君・玉鬘」（『源氏物語作中人物論集』勉誠社　一九九三年／『源氏物語の準拠と話型』至文堂　一九九九年）

16 秋山虔「玉鬘をめぐって――源氏物語ノオトより――」（「文学」12　一九五〇年一二月／『源氏物語の世界』東京大学出版会　一九六四年）

17 浮舟についての論も多いが、秋山虔「浮舟をめぐっての試論」（「国語と国文学」一九五二年三月／『源氏物語の世界』東京大学出版会　一九六四年）、長谷川政春「浮舟」（『源氏物語必携Ⅱ』学燈社　一九八二年／『物語史の風景』若草書房　一九九七年）、原岡文子「境界の女君浮舟」（「人物造型からみた「源氏物語」」至文堂　一九九八年五月／『源氏物語の人物と表現――その両義的展開』翰林書房　二〇〇三年）などが代表的。

18 中嶋朋恵「宇治の世界――橋姫巻――」（『源氏物語講座4　京と宇治の物語』勉誠社　一九九二年）、大軒史子「源氏物語「宇治」の風土」（「青山学院女子短期大学総合文化研究所年報」2　一九九四年一二月）、藤本勝義「宇治十帖の引用と風土」（『源氏物語の鑑賞と基礎知識25　浮舟』至文堂　二〇〇二年）

19 秋山虔「浮舟をめぐっての試論」（『源氏物語の世界』東京大学出版会　一九六四年）、野村精一「貴族文学と民衆――げすをめぐって」（「日本文学」一九五七年七月／『源氏物語の創造』桜楓社　一九六九年）の後、個別にまた多岐にわたり論じられている。

20 川島絹江「近き御荘の預り」（『源氏物語の鑑賞と基礎知識⑥東屋』至文堂　一九九九年）、石埜敬子「この大将殿の御庄の人々」（『源氏物語の鑑賞と基礎知識25浮舟』至文堂　二〇〇二年）

21 山本利達「小野と都」（『講座 源氏物語の世界』9　有斐閣　一九八四年）、鷲山茂雄「横川の僧都と小野の人々――

手習巻――」（『源氏物語講座4　京と宇治の物語』勉誠社　一九九二年）、福嶋昭治「源氏物語の二つの小野」（『平安文学論究十三』風間書房　一九九八年）、笹川博司「物語最後の舞台――横川往還の道と小野――」（『源氏物語の新研究　宇治十帖を考える』新典社　二〇〇九年）など多様に論じられている。

22　夕顔が、浮舟と密接な関わりのあることは、鈴木一雄「浮舟登場の意義（その1）」（『源氏物語の鑑賞と基礎知識⑥東屋』至文堂　一九九九年）が先行論文を整理しながら詳細に論じている。また、森田直美「夕顔・明石君・浮舟の象徴色「白」に関する試論」（『日本女子大学大学院文学研究科紀要』14　二〇〇八年三月／『平安朝文学における色彩表現の研究』風間書房　二〇一一年）が色を手がかりに論じている。

23　浮舟を取り巻く家族については、秋山虔「常陸介と左近少将」（『講座 源氏物語の世界』9　有斐閣　一九八四年）、武者小路辰子「中将の君」（『講座 源氏物語の世界』9　有斐閣　一九八四年）、後藤祥子「常陸介と中将の君」（『源氏物語講座4　京と宇治の物語』勉誠社　一九九二年）、岡部明日香「浮舟物語における常陸介一家――その「事好み」の意義と侍従の君の役割――」（『源氏物語の新研究　宇治十帖を考える』新典社　二〇〇九年）など。

24　玉鬘と浮舟については、白崎ちか子「浮舟物語についての一考察――玉鬘物語との関連性を中心として」（「語文」七〇　一九八八年三月）、坂本共展「玉鬘と浮舟」（『論集平安文学1　文学空間としての平安京』（一九九四年一〇月）が詳細に論じている。

25　三田村雅子「浮舟物語の〈衣〉――贈与と放棄をめぐって――」（『新講 源氏物語を学ぶ人のために』世界思想社　一九九五年／『源氏物語 感覚の論理』有精堂　一九九六年）

26　橋本ゆかり「抗う浮舟物語――抱かれ、臥すしぐさと身体から」（「源氏研究」2　一九九七年四月／『源氏物語の〈記憶〉』翰林書房　二〇〇八年）、鈴木日出男「浮舟物語試論」（「文学」一九七六年三月）

27　鈴木日出男「浮舟物語試論」（「文学」一九七六年三月）

28 小町谷照彦「「うき舟」考」(「むらさき」28 一九九一年一二月/『源氏物語の歌ことば表現』東京大学出版会 一九八四年)、渡辺秀夫『詩歌の森』(大修館書店 一九九五年)

〔関連論考〕

◎玉鬘・玉鬘巻
室伏信助監修・上原作和編集『人物で詠む源氏物語 玉鬘』(勉誠出版 二〇〇六年)
◎『源氏物語』と田舎
木村茂光「王朝文学にみられる「田舎」について」(『源氏物語の環境 研究と資料』19 武蔵野書院 二〇一一年)
◎『源氏物語』と玉鬘と和歌
徳岡涼「玉鬘巻の筑紫下向と上洛の歌について」(「国語国文学研究」47 二〇一二年二月)
有田祐子「『源氏物語』の衣装論――「玉鬘」・「初音」巻を通して」「成蹊国文」45 二〇一二年三月)
小野真樹「『源氏物語』玉鬘巻と和歌リテラシー」(「日本文学論究」74 二〇一五年三月)
古川瑞紀「玉鬘の和歌と人物像――知性と零落の物語展開」(「熊本県立大学国文研究」60 二〇一五年六月)
◎『源氏物語』とさすらい
阿部好臣「さすらう源氏物語(光源氏と玉鬘)(上)」(「語文」134 二〇〇九年六月/『物語文学組成論I 源氏物語』笠間書院 二〇一一年)
阿部好臣「さすらう源氏物語(光源氏と玉鬘)(下)」(「語文」135 二〇〇九年一二月/『物語文学組成論I 源氏物語』笠間書院 二〇一一年)

㈥　小式部内侍「大江山」歌の背景

はじめに

小式部内侍が、かの和泉式部の娘であることは、よく知られた事実である。それは、母娘二代にわたり、貴顕の人との奔放な恋が世に喧伝されたこととも関連するだろうが、その基底に、両者の歌人としての活躍があることは、いうまでもない。特に、娘・小式部内侍に先立たれた折、母・和泉式部によって詠われた絶唱、

　内侍のうせたるころ、雪の降りてきえぬれば

などてきみむなしき空にきえにけんあは雪だにもふればふるよに（正集・四七三）

（宮より、露おきたるからきぬまゐらせよ、経のへうしにせむ、とめしたるに、

　むすびつけたる）

とどめおきてたれをあはれと思ひけんこはまさるらんこはまさりけり（正集・四七六）

　内侍もうせてのち、人のもとに

ひきかくるなみだにいとどおぼほれてあまのかりける物もいはれず（正集・五〇六）

小田のなかつかさの、内侍君侍りけむたき物すこしとこひたるに

夢ばかりあはせたき物なかりけりけぶりとなりてのぼりにしかば（正集・五三五）

内侍なくなりてつぎのとし、七月われいける文に名のかかれたるを

もろともにこけの下にはくちずしてうづまれぬなをみるぞ悲しき（正集・五三六）

所謂小式部内侍挽歌と称される歌々は、今でも多くの人の涙を誘わずにはおかない。

ところで、和泉式部はもちろん、娘、小式部内侍の和歌も、『百人一首』に採入されていることは、これもまた周知のことであろう。『百人一首』に先立ち、入集した第五勅撰集、『金葉集』（二度本・三度本）では、当歌を、次のような詞書とともに伝えている。

和泉式部保昌にぐして丹後にはべりけるころ、都に歌合侍りけるに、小式部内侍うたよみにとられて侍りけるを定頼卿つぼねのかたにまうできて、歌はいかがせさせ給ふ、丹後へ人はつかはしてけんや、つかひまうでこずや、いかに心もとなくおぼすらんなど、たはぶれて立ちけるをひきとどめてよめる　小式部内侍

大江山いくののみちのとほければふみもまだ見ず天の橋立（金葉二・雑上・五五〇）

ここでは、四句目を「ふみもまだ見ず」とするが、『百人一首』では、

大江山いくののみちのとほければまだふみも見ず天の橋立（百人一首・六〇）

として収められ、こちらの方が慣れ親しまれた表現となっている。ところで、この小式部内侍の代表歌とも言うべき

当歌は、『俊頼髄脳』で、当意即妙の詠みぶりが評価されて論じられたり、その興味深い詠歌事情により、『袋草紙』、また『十訓抄』『古今著聞集』などにも、格好の歌話として繰り返し収められたりもしている。しかしながら、なぜ小式部内侍がこのような歌を詠じたのか、あるいは詠じることが可能だったのかなどというこの和歌が詠まれた背景については必ずしも明らかではないようだ。当歌の醸成されたその背景を探ることで、この和歌についても、もう少し明らかになることがあるのではないだろうか。そこで、小式部内侍の周辺の事情から、この歌が詠出されていく背景を探ってみたい。

一　「大江山」歌をどう読むか

『百人一首』には研究書も多く、そのすべてにふれることはできないが、「大江山」歌の解釈に限って言えば、さほど大きな見解の相違は見出せない。例えば、石田吉貞氏は、[1]鑑賞の欄で、以下のように述べている。少々長いが、引用してみたい。

作者が名だたる和泉式部の娘であったこと、美貌、年少、歌がうまいという評判、詠んだ前後の事情、そうしたものと、この才気に溢れた歌とがよくマッチしたところに、この歌の名歌となった理由がある。歌だけから言えば、うまいことは非常にうまいが、しかしこのような歌は、怜悧さや才気の外はあまり考えられないといった種類の歌である。だからこの『百人一首』の撰者定家も『顕註密勘』五で、「小式部内侍、和泉式部が一子、かたちすがた世にすぐれて、又いく野の道のとよみけむ、時のおぼえ人のさま、さこそは侍りけめ」といって、和泉式部の子であること、容貌がすぐれていたこと、その時の人のさまをあげているのであって、この歌そのものについては、何もいっていないのであるし、『無名草子』も「時につけてはいとめでたかりけりとこそ推し量られ」とだけいっているのである。あの頃の人のよく使った「殿中鼓動」という大げさな言葉があてはまる、そして、かわいい、きれいな歌話によって引き立てられている歌である。しかし考えてみれば、このような臨機応変の歌に、才気の歌以外のものを望むのは、もともと無理と言うべきかも知れない。

石田氏の見解は、この歌に対する代表的な論調であり、現在でも根幹はさほど揺るがないであろう。この他にも、例えば鈴木知太郎氏[2]は「当意即妙の歌才をこそ称すべきでこれに深い陰えいや複雑な内容を求めるのは、いささか酷に過ぎるとも言えぬことはない」としているし、『新体系』も脚注[3]に、「定頼の詰問に、即答した歌だが、地名を三か所も詠みこみ、懸詞の用法にもすぐれた、即興的機知の利いた歌」と記す。つまり、掛詞を用いた巧みさと、その即興性が当該歌に対する評価のかなりの部分を担っていると言うことができるだろう。もちろん、ここで、それ自体に疑義を挟むつもりはない。「大江山[4]」「生野」「天の橋立」と、丹後やそこに至る道程の地名を意識的に用い、さらに掛詞、縁語を多用しながら即興的に詠んだわけで、確かにいずれの要素をとっても驚嘆させられるばかりである。そのためか、上手、巧みではあるが、それ以上の魅力は感じられないとでも言うような評価が多く、この歌に対する鑑賞にさほど熱っぽさが見られないのも事実である。

しかしながら、この歌の背景を探ってみると、そこにいたるまでに、関係者の間に交わされたやりとりがいくつか存在することが知られる。そして、それらを紡ぎあわせると、興味深い状況が浮かび上がってきそうでもある。例えば、『定頼集』に次のような一首が見える。

　式部、保昌がめになりて、丹後になりたるに、行きやせまし、

いかがせましといふと聞きてやり給ひける

行きゆかずきかまほしきをいづかたにふみさだむらんあしうらの山（定頼・七二）

この歌について柏木由夫氏は、[5]「歌中に「踏み」と小式部の歌と同じ表現があり、どちらも丹後の「足卜山」と「天の橋立」に行くことを詠む点で、時期的にも重なるため注意される。小式部はこの定頼詠を意識しつつ「大江山」の詠を成したのだろうか」と、解された。もちろん、この小式部内侍の詠と定頼詠との直接的な影響関係を証し立てるものはないが、柏木氏のご指摘にあるように、両者とも結句に地名を置き、掛詞として「ふみ」を用いている点になんらかの関連性を見出すこともあながち不可能ではないようだ。さらに、この詞書を信じるならば、和泉式部はなんらかの事情で丹後下向をためらっていたらしい。この間の事情について、久保木寿子氏が[6]、『和泉式部集』の次の贈答歌、

土門の所にきたる客人に、しのびてとらせし

ありけりとさのの舟橋みつるよりものうくなりぬよさのわたりは（正集・四六一）

こまやかなる人のふみをみて

みはゆけどとどまりぬるはさきにたつなみだをもどく心なるべし（正集・四六二）

を挙げて、「このころ秘かに想いを寄せる人があったものか、下向をためらう気持ちが強かったようだ」と解された。さらに、前掲の『定頼集』の一首（定頼・七二）についても、「三・四句の「いづ方に踏み定むらん」は、和泉式部の二股の恋の行方に興味津々というところ」とされている。和泉式部がどこまで真剣に恋をしていたかはさておき、この贈答を、夫・藤原保昌以外の人物と秘かに文のやりとりをした折のものとする解釈もあながち間違いとは言い難い。もちろん、歌中に「よさのわたり」とあるからといって、保昌と関わる丹後下向と即断することに危惧がないわけではないが、

『和泉式部集』のこの歌の周辺は、丹後下向前後のやりとりが一括して所載されている。このことからすれば、この贈答も保昌の丹後守赴任と関わった、和泉式部の丹後下向に先だって交わされたものと推測するのがごく自然であろう。

ところで、この恋愛めいた一事だけが和泉式部に下向をためらわせた唯一の要因とすることはできない。実は当該歌群には、次のような一首も見出せるからだ。

大輔の命婦に、とまる人よく教へとて

別れ行くこころを思へ我が身をも人のうへをもしる人ぞしる（正集・四五九）

これについて増田繁夫氏[7]は、「小式部は、すでに五年前には道長の三男の教通の子を産んでいて、女房としての立場も困難なことの多いころだった。それで大輔の命婦に親代りを依頼したのである。女房として貴人の子を産む立場のつらさは、和泉式部自身が経験したことであり、恐らくこの小式部のことが第一に心配で丹後下向をためらっていたのではなかろうか」という見方を示されている。これに対し、小式部内侍の生没年が確定できないことから、当時もっと年少であったという推測もあるが、いずれにしろ、和泉式部が自分自身の恋愛沙汰とは別に、母親として、娘小式部内侍を都に残すことを不安に感じていた可能性もまた捨てきれない。和泉式部が下向を躊躇した要因を一つに絞ることにはさほど意味がないとするならば、娘小式部内侍の存在が（その年齢に関わらず）後ろ髪引かれる要素の一つであったとしてもおかしくはないであろう。

つまり、和泉式部は藤原保昌と再婚後、夫の国守着任により、丹後下向の話が持ち上がる。この折、和泉式部は同道をためらう思いがあったようだ。その理由を世間が、都で親しく文を交わす男性の存在によるものと噂したか、娘小式部内侍に対する母親らしい愛情と忖度したかは分からないが、いずれにしろ、下向を躊躇する彼女の思いは、親族間にとどまる内密のものではなく、第三者の口の端に上るほど広く知られたものとなっていたらしい。そしてそれは定頼の耳にも届いたに違いない。そこで、和泉式部の心中を確かめるべく、前掲の一首、「ゆきゆかず」を定頼は彼女自身に直接贈った。これに対し、和泉式部がどう答えたかの資料は現在見出せないが、結局、彼女は丹後下向を決意し、娘の後見を大輔命婦に依頼した。大輔命婦については、伊藤博氏[8]が詳細に論じられているので、いまは繰り返さないが、和泉式部が丹後下向に際し、小式部内侍を心配していたことは「別れ行く」の一首が雄弁に物語っている。そのような娘に対する危惧の念、和泉式部の、母としての思いもまた、おそらく、多くの人の知るところであったのではないだろうか。そして、当然のことながら、これもまた、定頼の耳にも届いていたに違いない。

二　「天の橋立」をめぐって

ところで、従来ほとんど問題にされてこなかったが、『和泉式部集』の、丹後関連の歌群には、次のような贈答が見出せるのである。

　　丹後にくだるに、宮より、きぬ、扇給はせたるに、
　　天の橋立かかせ給ひて
秋ぎりの隔つる天の橋立をいかなるひまに人わたるらん（正集・四五七）
　　御返し
おもひたつ空こそなけれみちもなくきりわたるなる天の橋立（正集・四五八）

詞書にある「宮」とは、当時和泉式部が仕えていた藤原彰子である。丹後下向を決意した和泉式部に、彰子が餞別の

品々とともに、丹後の名所「天の橋立」を描かせた料紙に、「天の橋立」を詠み込んだ和歌を書き付けて賜わせた。これに対し、和泉式部も結句に「天の橋立」を詠み込んで応えている。一見変哲もないやりとりのようだが、両者が「天の橋立」をめぐる贈答を交わしていたことはもっと注目されるべきであろう。なぜなら、現在残る「天の橋立」を詠み込んだ和歌は、そう多くはないからだ。

「天の橋立」の名は、すでに『丹後国風土記』逸文に[9]

郡家《こほりのみやけ》の東北《うしとら》の隅の方に速石《はやし》の里あり。この里の海に長大《とほしろ》き前《さき》あり。先つ名をば天椅立《あまのはしたて》といひ、後の名を久志《くし》浜といふ。然云ふは国生みたまひし大神伊射奈芸の命、天《あめ》に通行《かよ》はむとして椅を作り立てたまふ。故《かれ》、天の椅立と云ふ。

とあるものの、和歌に詠じられた現存初例は、

音に聞く天の橋立たてて及ばぬこひも我はするかな（伊勢・四〇六）

の一首であり、この他で、和泉詠に先立つものとしては、

（永観元年、一条の藤大納言の家の寝殿の障子に、国国の名あるところを、ゑにかけるに、つくる歌）

天の橋立

みつ塩ものぼりかねてぞかへるらし名にさへ高き天の橋立（順・二六二）

（一条の太政大臣の家の障子のゑ、国々の名ある所々をかかせ侍りて、

人人歌よみてつけよと侍りしかば、詠みてたてまつりし）

天の橋立

与謝の海の天の橋立見わたせばかたがたなみをわくるしめかも（能宣・一九五）
天の橋立はべるところに、あまの侍るに
たがためにわたりそめけむ与謝の海のうらによをふる天の橋立（能宣・二三〇）
（秋）
うちわたしきしべはなみにくづるとも我が名はつきじ天の橋立（好忠・一八六）
円融院の御まへの日、めしなくてまゐりたりとて、さいなまれて又の日、たてまつりける
与謝の海のうちとのはらにうらさびてうきよをわたる天の橋立（好忠・四七五）
のわずかに五首が見出せるにすぎない。和泉式部と時代を接する歌人たちの家集の詞書に目を移しても、
ある僧の、みなづきのゐかかせたるうちはに、天の橋立のかたかきて、旅人とおりゐてあま人にものいひたる所に
橋立の松の緑はいくそしほそむとか語る与謝のあま人（輔親・一七）
人の家に、天の橋立のかたをかきて、海のほどに家あるを、ここなんみづからの柴の庵、とかきつけたりし所に
海近き柴のいほりの柴の戸は人ならねどもなみやたつらん（伊勢大輔・一四七）
など数例である。これらからすると、古来、丹後の景勝地として名高く、屏風、障子など絵に描かれたり、大中臣輔親のように、それを模した庭園などを造ったりすることはあっても、歌人達が頻繁に、和歌に詠み込んだ名所ではな

かったことが窺える。だからこそ、現在でも多くの注釈書、事典類が、「天の橋立」を和歌史上に不動のものとしたとして、小式部内侍詠を挙げることにもなるのだろう。

さて、再度、先の彰子と和泉式部の贈答に戻ってみたい。和泉式部はためらう気持ちはあったものの結局は丹後へ下向することを決断する。そこで、彰子は彼の国の景勝地として名高い「天の橋立」を詠み込んで餞別の歌とした。おそらくこの折の贈答は、娘小式部内侍の耳にも入っていたに違いないし、これを契機に小式部内侍が丹後の歌枕として「天の橋立」を再認識したということも充分あり得ることであろう。そしてそうであるならば、母和泉式部の下向に際し、その地を「天の橋立」という名に代表させて捉えていたとしてもそう不自然ではないことにもなる。

三　「大江山」歌が詠出された場

母和泉式部は、小式部内侍の後見を同僚女房に託すほど、彼女の行く末を心配しながら丹後に下ったらしい。その娘が、歌合に歌人として招聘された[10]。さぞや母和泉式部は心配であろう。一方、心配の種である娘は、偉大な歌人である母を頼って、早速手紙でも出して相談したに違いない。以上のようなことを定頼だけでなく、同時代の人々が考えても不思議でない状況があったことは、前掲のいくつかの和歌から辿れそうである。

そして、定頼は、今度はそのことを小式部内侍本人にぶつけてみた。すると、彼女が即興的に詠んだ和歌は、以前、和泉式部が丹後下向をためらっていた折に定頼自身が詠み贈った歌を髣髴とさせたばかりでなく、藤原彰子と和泉式部とが別れに際し交わした贈答に用いられた丹後の景勝地「天の橋立」をも詠み込んだものであった。定頼が小式部内侍の返歌に驚いたのは、技巧的に勝れた一首を即興的に詠じたためばかりでなく、母和泉式部との交流の中で、彼自身も、このような事情を熟知していたからではないだろうか。

さらに想像を重ねれば、あるいは、定頼が小式部内侍に母との連絡の有無を尋ねたのは、この一回きりではなかったかもしれない。小式部内侍歌に「まだふみもみず」とあることが、そのような想像も可能にする。「まだ」は、「いまだ」の転として用いられだした語で、『日本国語大辞典』[11]によれば、「否定語を伴って、一つの事態がその時点までになお実現していないさまをあらわす」とある。とするならば、「まだふみもみず」と詠んだ小式部内侍に対し、それ以前にも定頼が何らかの問いかけ、あるいは類似の問いを繰り返していた可能性もまた否定できないからだ。

幾度か同様の問いを定頼から発せられ、母親の心配の種である娘としてのレッテルを貼られた彼女が、起死回生の一首として、前もって練りに練った和歌を用意した。その一首がこの「大江山」歌であったとしたら……、このような妄想を掻き立てるのである。しかし、『和泉式部集』『定頼集』の何首かの和歌を重ね合わせると、これをまったく荒唐無稽なものと切り捨てるわけにはいかないのではないだろうか。

やや方向は違うが、萩谷朴氏[12]は、和泉詠の「別れゆく」と、『定頼集』の「行き行かず」の和歌から、「和泉式部の決断に迷っているのを調戯《からか》った事実とを、かみあわせて虚構した架空の説話であるかも知れない」と想像し、高橋貢氏[13]も説話生成の観点からこれを支持された。三木紀人氏[14]は、「定頼は、打てばひびくような小式部の応酬を充分予期して、人々の陰口を利用してあえて引き立て役を買って出たということにもなってくる」と見ている。さらに吉海直人氏[15]は、「その定頼と小式部が愛人関係にあったとすると（母である和泉式部とも交流あり）、それこそ楽屋落ちの感は否めないのだが、自ら二枚目のピエロ役を見事に演じた定頼の心をも高く評価したい気がする」とも述べている。

いずれにも、この逸話に虚構の要素を見出そうとする方向性が見出される。この逸話にできすぎの感があることは否めない。しかし、和泉式部の丹後下向時から、この逸話が説話集に採録されるまでに約九〇年ほどの猶予があるとしても、あれだけ人口に膾炙した逸話を生み出した源に火種がないとは考えがたく、萩谷氏のようにまったくの虚構とすることは賛同しかねる。また、三木氏、吉海氏のように、定頼擁護の立場からのみ考えるのもいささか不公平にも感じられる。もちろん、以上縷々述べてきた試解も、あくまで推測の域を出ないし、小式部内侍があらかじめ和歌を用意していたと考えるのはいささか勘ぐりすぎかもしれない。しかし、少なくとも、小式部内侍が「大江山」歌を詠じる時期の直前に、しかも母親である和泉式部と、藤原彰子とが、「天の橋立」という語を詠み交わしていたことは事実であり、これを無視することはできない。さらに、これらの事情を定頼が知っていた可能性は高く、彼の驚きは、従来推測されてきたよりも数段勝っていたのではないかと考えられる。藤原定頼は、政治の世界では落伍者の烙印を押されながら、女房社会を比較的自由気儘に闊歩し、多彩な人脈を持っていたようで、和泉式部と彰子との間に交わされた、晴的な性格を帯びたこの贈答を知らないはずはないからだ。だからといって、「大江山」歌詠出のシュチュエーション自体が、定頼、小式部内侍、二人の共謀であることを否定できるわけではないが。

おわりに

紫式部、赤染衛門、和泉式部、伊勢大輔ら、当時の錚々たる女房たちを集めながら、定子サロンにまったく及ばなかったと評される彰子サロン。しかしながら、もし、以上のような想像が成り立ち得るとするならば、この一首を彰子サロンの咲かせた、ささやかな一輪の花として位置付けることができるかもしれない。即興性や機知的な側面にばかり目が注がれがちであった「大江山」歌だが、小式部内侍が和泉式部の娘であり、彰子サロンに身をおいていたからこそ詠み得た一首と見ることで、歌人としての小式部内侍、ひいては彰子サロン自体についても、従来とはやや異なる展望が拓けるのではないかという予感を抱かせるからである。

注

1　石田吉貞『百人一首詳解』（有精堂　一九五六年）
2　鈴木知太郎『小倉百人一首』（桜楓社　一九六五年）
3　川村晃生・柏木由夫『金葉和歌集』（新編日本古典文学大系　岩波書店　一九八九年）
4　地名が京都からの道順に並べられていたとすると、歌中の「おおえやま」は、丹後国の「大江山」ではなく、丹波国「大枝山」となる。
5　柏木由夫「藤原定頼年譜考――その前半生について――」（『平安時代の和歌と物語』桜楓社　一九八三年／『平安時代後期和歌論』風間書房　二〇〇〇年）
6　久保木寿子『実存を見つめる和泉式部』（新典社　二〇〇〇年）
7　増田繁夫『冥き道　評伝和泉式部』（世界思想社　一九八七年）
8　伊藤博「和泉式部と大輔命婦」（『和泉式部日記研究』笠間書院　一九九四年）
9　植垣節也『風土記』（新編日本古典文学全集　小学館　一九九七年）
10　ただし、この時期に小式部内侍の出詠した歌合が催された、あるいは歌合に招聘されことを裏付ける文献はいまのところ報告されていない。
11　『日本国語大辞典』⑫第二版（小学館　二〇〇一年）

12　萩谷朴『平安朝歌合大成 増補新訂』（同朋社出版　一九九五年）
13　高橋貢「鑑賞　説話文学――小式部内侍『大江山いくのの道の遠ければ』歌をめぐって――」（『並木の里』56　二〇〇二年六月）
14　三木紀人「亜流の世代のアイドル――小式部」（『国文学』20-16　一九七五年一二月）
15　吉海直人『百人一首の新研究 定家の再解釈論』（和泉書院　二〇〇一年）

〔関連論考〕
新井幸恵「小式部内侍攷――「大江山」詠歌を巡って」（『東洋大学大学院紀要（文学研究科）』39　二〇〇三年二月）
吉野樹紀「歌語「大江山」の和歌史的展開」（『沖縄国際大学日本語日本文学研究』9-1　二〇〇四年一二月）
兼築信行「小式部内侍の「大江山」の歌について」（『赤羽淑先生退職記念論文集』二〇〇五年）
小山順子「小式部内侍「大江山生野の道の」考――歌枕の機能、解釈、享受――」（『京都大学国文学論叢』17　二〇〇七年三月）
安道百合子「「まだふみもみず」考――小式部内侍「大江山」歌説話教材の要点――」（『日本文学研究』（梅光学院大学）47　二〇一二年一月）
久下裕利「小式部内侍と定頼――『百人一首』秘話――」（『物語絵・歌仙絵を読む』武蔵野書院　二〇一四年）
糸井通浩「百人一首を味わう【一九】――大江山いくのの道の遠ければまだふみも見ず天橋立　小式部内侍」（『日本語学』36-9　470号　二〇一七年八月）
桜井宏徳・中西智子・福家俊幸『藤原彰子の文化圏と文学世界』（武蔵野書院　二〇一八年）

(七)『雫ににごる』と先行作品

はじめに

山岸徳平氏[1]によって紹介された『雫ににごる』は、鎌倉期に作られたと目される物語である。前半部が大きく欠けており、さらに現存部分にも錯簡が想定されることから、その全貌はなかなか明らかにされ難かった。しかし近年、その欠落部分の想定や錯簡の処理についての案が相次いで提示され[2]、新たな伝本も報告された[3]。また室城秀之氏[4]によって全文に現代語訳が施され、ようやく物語の内容に分け入って論じられる段階に入ったように思われる。そこで、本稿では、先学の御論をもとに、この物語と先行作品の関わりについて考えてみたい。

一　『雫ににごる』と『源氏物語』

この物語も多くの擬古物語と同様、先行作品の影響を濃厚に受けている。特に内侍督葬送時の場面が、『源氏物語』桐壺巻の更衣のそれと酷似していることは、早く山岸徳平氏、小木喬氏がご指摘になり、これらを受けた沢田正子氏[5]が、語句の類似に至るまで詳細な検討を加えられた。この葬送場面については、沢田氏の御論に譲り繰り返さないが、これ以外にも桐壺巻を意識した表現は見出せそうである。そこで、沢田氏の御論に導かれつつ、さらに検討を加えてみよう。

例えば、沢田氏が「玄宗と楊貴妃の物語の介入」とされたのは、火葬された内侍督の亡骸が、自分の手紙により、ようやく燃えたことを聞いた帝が、

かの、幻が言づけ聞かせ給ひけん御心も、限りあれば、まさらせ給はじ。（雫・一七頁五行目）

と思う場面を指していると思われるが、ここは直接「長恨歌」を引用したのではなく、桐壺巻経由であることは明らかである。室城氏は前掲のように、「かの、幻」とされ、「かの」と「幻」の間に読点を打たれた。おそらく、「かの」は「御心」に掛かるとのお考えであろうと推測されるが、ここは「かの」が「幻」にも掛かると考える方がよりしぜんではないか。なぜなら「幻」は「長恨歌」自体には見えない語で、桐壺巻で楊貴妃の魂を尋ねあてた道士をそう表現したのを受けたものであるからだ。つまり、

尋ねゆく幻もがなつてにても魂のありかをそこと知るべく（源氏・六）

絵に書ける楊貴妃の容貌は、いみじき絵師といへども、筆限りありければ、いとにほひすくなし。（源氏・三五頁）

この桐壺帝が詠じた和歌中の「幻」をも意識して『雫ににごる』は、「かの幻」と言ったものだと考えられるからである。しかも直後には桐壺巻で更衣の死前後に頻出する「限り」の語を用いており、桐壺巻摂取をより明確に印象づけるものとなっている。

また、

何につけても、めでたき、人の御ありさまにぞありける。（雫・一九頁一一行目）

げにめでたかりしありさま、世の中の人、このごろ、あはれなる沙汰にぞしける。（雫・二〇頁一七行目）

と世間の人が、没後に内侍督を繰り返し「めでたし」と思い出す場面は、桐壺更衣が没した後の、

もの思ひ知りたまふは、様、容貌などのめでたかりしこと、心ばせのなだらかにめやすく、憎みがたかりしこと

など、今ぞおぼし出づる。（源氏・二五頁）

を踏まえたものであろう。

この他、桐壺巻で多様された藤原兼輔歌「人の親の心は闇にあらねども子を思ふ道に惑ひぬるかな」（後撰・雑一・一一〇二）を想起させる表現も、

なほ、この御心の闇に迷ひぬべく……（雫・一七頁一六行目）

思ひ捨てつる世も、心の闇は苦しかりけり。（雫・二一頁五行目）

と、二箇所指摘できる。

さらに、内侍督没後、帝は、

一の宮に言づけ奉りて、こちたきまで御訪ひあり。（雫・一九頁九行目）

と、若宮にかこつけて弔問の使者を送るが、桐壺巻でも、

一の宮を見たてまつらせたまふにも、若宮の御恋しさのみ思ほしいでつつ、親しき女房、御乳母などを遣はしつつありさまをきこしめす。（源氏・二六頁）

とある。

このように、『雫ににごる』は桐壺巻を意識し、下敷きにしている様が見てとれるが、それだけではなく、桐壺巻で書かれてはいないものの、現在でも一つの解釈として提示されているのと同方向の叙述や、桐壺巻を陰画として用

いたのではないかと想像される箇所もある。

例えば、内侍督の亡骸を火葬にするものの、燃えないのは思い残すこと、つまり御子に対する心残りがあるからだろうと周囲が帝に言上する場面、

「思ひ置くことあるにこそ」と申す。「いかさまにも、一の御子の御ことにてこそはあるらめ」と思せば、忍びやかに、御心知りの人、このよしを奏し給ふに、あるかなきかにて大殿籠れるに、参りて、このよしを申すに、泣く泣く、「いかなるべきことぞ」と仰せらるるに、「御文などの候ふべきにこそ」と申すに、「この世にて、ありし返り言をだに言はずなりにしに、うれしきついでに言ふべきにこそ」と、あはれに悲しくて、泣く泣く書かせ給ふ。（雫・一五頁一三行目）

がある。これは意識が混濁した様の桐壺更衣を描写した、

息も絶えつつ、聞こえまほしげなることはありげなれど……（源氏・一二三頁）

以下書かれなかった部分に相当する。つまり桐壺更衣が死を前に言い残したかったのは、若宮のこと、さらに踏み込んで立太子のこととする解釈が提出されており、少なくとも『雫ににごる』の作者も同様の解釈に立ち、この部分を書いたことが想像される。

また、内侍督の手紙に生前、帝が返事をしないことは、桐壺更衣が詠じた歌「かぎりとて」に対する帝の返歌がないことと照応している。ところが『雫ににごる』では内侍督没後、帝が返事を書くのである。これも先の例と同様に、桐壺更衣に対する返歌があってしかるべきと、『雫ににごる』の作者が考えた結果であろう。つまり、

尋ねゆく幻もがなつてにても魂のありかをそこと知るべく（源氏・六）

を、桐壺帝の返歌にあたると考え、更衣の歌とで贈答歌の趣きを読み取ろうとするのと同方向の解釈をここに見出すことができるのである。

また、内侍督が産んだ若宮を周囲が急いで参内させようとする記述は、

三位、「暮れぬ」と急ぎ給へば、……（雫・八頁六行目）

「暮れぬべし」とて、宰相の中将……（雫・九頁一二行目）

と、二箇所見出される。時間帯はほぼ同じに設定されているものの、桐壺巻では、

「今日はじむべき祈祷ども、さるべき人々うけたまはれる、今宵より」と、聞こえ急がせば、わりなく思ほしながら、まかでさせたまふ。（源氏・一六頁）

と、死に行く者が退出を急いでおり、『雫ににごる』ではまったく逆の構図となっている。また、

内侍督は、「ただ世に長らへん」と、さらにおぼえねば、…（中略）…おのづから、「生かばや」とも、心をも得て、神仏を念じ給はばやあらん、ただ深くのみ思し入れば、頼み少なし。（雫・九頁一五行目）

と内侍督は生への意欲がまったくないが、これも、

限りとて別るる道の恋しきにいかまほしきは命なりけり（源氏・一）

と生への執着を詠った桐壺更衣像とは対照的である。

このように『雫ににごる』の、特に帝と内侍督においては、桐壺巻の所謂壺前栽と呼ばれる部分を十分に咀嚼して構想された様が見て取れるのである。それは単に桐壺巻で用いられた語句を使うというにとどまらない。桐壺巻を縦横無尽に操っており、作者の思い入れの強さが窺われる。つまり『雫ににごる』の作者はこの物語を構想する段階

で、桐壺巻を自分なりに用いて物語を創作しようと意図したのであろうと想像されるのである。そして『雫ににごる』はまさにそれを体現したものとなっている。

ところで、沢田氏は「『源氏物語』の冒頭の一部のみからヒントを得て小さくまとめられているのではなく、他の巻々からも有形、無形の影響を蒙っていることがわかる」とされた。そして、中納言と内侍督については、「不倫という設定からすれば柏木と女三宮の物語が相当し、許されるはずのない一途な恋に憔悴し、わが身をいたづらにする中納言の姿は柏木に重ねることもできよう」と述べられ、また「薫と大君の物語にも響き合う面」が多いことから、「ささやかな短編の中に大長編の物語が種々合成された形で組み入れられていることがわかる」と結論付けられている。

そこで、『源氏物語』の他の巻からの影響をも見てみることとしよう。『雫ににごる』には、若宮を見ながら宰相乳母や宰相中将が悔しく思う次のような場面がある。

「ありしままにて、かかる御ことのおはせましかば、いかばかりめでたからまし」と思ふにも、中納言殿ぞうらめしき。（雫・八頁一八行目）

これは、柏木巻で女三宮が産気づいたと知らされた源氏が宮の殿へ渡るところで、

御心のうちは、あな口惜しや、思ひまずる方なくて見たてまつらましかば、めづらしくうれしからまし、と思せど、……。（源氏・二九八頁）

と残念に思う反実仮想の構文をも意識したものであろうか。

また、内侍督が、死んでしまいたいと思って薬湯も口にしない次の場面は、

人々に、「御湯など参り、よくまもり奉れ」など言ひ置きて、…（中略）…「ただ世に長らへん」と、さらにおぼえねば、湯をだに参らず。…（中略）…おのづから、「生かばや」とも心をも得て、神仏を念じ給はばやあらん、ただ深くのみ思し入れば、頼み少なし。（雫・九頁一〇行目）

柏木巻の、

宮は、さばかりひはづなる御さまにて、いとむくつけう、ならはぬことの恐ろしう思されけるに、御湯などもきこしめさず、身の心憂きことをかかるにつけても思し入れば、さはれ、このついでにも死なばやとおぼす。

（源氏・三〇〇頁）

という女三宮の様子とも通じる。あるいは、

夜もすがら人をそそのかして、御湯などまゐらせたてまつりたまへど、つゆばかりまゐるけしきもなし。

（源氏・三一九頁）

と、薫を拒み続けた大君の様とも重なる。沢田氏は内侍督が「延命を神仏にたよることもせず次第に弱ってゆくが、これは薫の愛を拒み続け死を願う大君の心情そのままである」として、総角巻の次の場面を挙げられた。

みづからも、たひらかにあらむと、仏を念じたまはばこそあらめ、なほかかるついでにいかで亡せなむ、……

（源氏・三二三頁）

この他にも、沢田氏は内侍督が中納言に死を目前に声を聞かせるのは、「薫に看取られて世を去ろうとする時の大君の心内にそのまま通うもの」とされ、さらに薄雲巻で、臨終間際の藤壺が光源氏に抱いた一念にも通じると述べられた。先の桐壺巻受容に比べると、その密着度にはやや開きがあるものの、中納言と内侍督については、柏木と女三

宮、もしくは薫と大君からの影響をも見ることができるのである。

二　『雫ににごる』と『海人の刈藻』

次に、『海人の刈藻』との関係について見てみたい。『海人の刈藻』は、『無名草子』によって批判された即身成仏の場面があるが、この『雫ににごる』がそれを受容していることについては、早く小木喬氏が「同じ即身成仏を取り入れたのは、『海女の刈藻』をまねたものと思われる。その成仏の場面の描写には、類似の文句はないが、『刈藻』の方は、場面の描き方が、ゆつたりと詳細で、この方は、剃髪してすぐ成仏という、いかにもあわたゞしい、たゞ事件の叙述だけに終わつている」と述べられ、次いで三谷邦明氏も[6]「法華経を誦読しながら院の肉体が消えて即身成仏を遂げたという『海人の刈藻』物語に似た場面」があるとされたが、この二つの物語の関係は、単に「似た」というにとどまらない。語句的類似から見ても、『雫ににごる』の作者は、『海人の刈藻』の本文を手元に置いて、それを参照しつつ書いたか、『海人の刈藻』のその部分を諳んじていたとしか思われないのである。現存の『海人の刈藻』にみえる即身成仏の場面は次のようなものである。

　山には、聖もろともに立ち出でて、花を眺めたまひて、聖、

　　後の世も隔てはあらじ法の花咲くや昔の契りなるらん

と申し給へば、入道の君、

　　この世より契り置きてぞ法の花宝樹の上も隔てあらじな

などのたまひて、[a]しばしありて入り給ひて、障子引き立て[b]念誦し給ひけるが、聖[a]少しうち休み給ひけるに、夢と

もなくて、二十五の菩薩立ち翔りて、紫雲たなびきて、[c]音楽しきりに[d]聞ゆ。

聖、[e]怪しくて、耳をそばだてて聞き給へば、中納言入道の声にて、「まことに御恩海山まで。ただ今折を得て安養世界へ迎へられ奉るなり。『同じくはもろともに』と思ひ奉れども、限りあれば、いま六年ありて御迎へに参らん。そのほど、御念仏怠らで待たせ給へ」とのたまふと思へば、三月十五日、有明の鐘の声ほのかにて、[f]かうばしき香満ち満ちたるに、おどろきて、[g]障子引き開けて見給へば、[h]骸だにもなく、[i]はや紫雲に移り給ひぬ。

聖、名残悲しくて、「おうおう」と泣き給ふに、なりつぎもあわてて見奉りて、泣くこと限りなし。紫雲のうちの御ありさま、うつくしく[j]尊きこと限りぞなき。（刈藻・一九三頁・三行目）

これに対し、『雫ににごる』は、

御髪下ろさせ給へれば、人にも見えさせ給はで、仏の御前に[b´]御経読ませ給ふ。日も暮れたれども、山の座主は、あまり悲しくおぼえ給へば、[a´]しばしやすらひて、うち泣きて候ひ給ふに、四の巻の法師品になりて「一偈一句、乃至一念随喜」と、ゆるかにうち上げて読ませ給ふ御声、[i´]雲の上に澄み上ると聞こゆるに、やうやう御声の遠くなるやうにて、音もせさせ給はず。「念仏せさせ給ふにや」と思ふに、[f´]香ばしき香満ち満ちて、空に、えも言はずめでたき[c´]楽の声、かすかに[d´]聞こゆ。山の座主、[e´]あやしさに、「これは聞こし召すにや」と申し給ふ。異音もせさせ給はず。なほあやしくて、[g´]御障子を引き開けて見させ給ふに、さらにおはしまさず。なほ、「いかなることぞ」と、ここかしこ見奉るに、おはしまさず。摂政殿は、泣き惚れて、片隅に居給へるに、「かうかう」とのたまへば、ものもおぼえ給はず。「いかでか、さることのあらむ」と、皆人あきれ惑ひたり。「果ては、[h´]軀をだにとどめずならせ給ひぬる、めづらかにこそ。即身成仏といふことありと聞け、まだ見聞かざりつることを。さにこ

そおはすめれ」と、めでたう尊きものから、あへなしとも疎かなり。（雫・二九頁三行目）

とする。即身成仏を書けば、芳しい香や、妙なる楽の音が描かれるのは当然とも言えるが、両者は、その構想だけでなく、表現語彙に至るまで、あまりにも似過ぎてはいまいか。特に、ここで注目したいのは、両作品にある障子に関連する記載である。『海人の刈藻』では中納言入道の声がし、聖が驚いて「障子引き開けて見給」う箇所があるが、これは先に中納言入道が「障子引き立て」たと書かれていることに照応したものであり、作品内部における矛盾はない。ところが『雫ににごる』の聖が「御障子を引き開けて見させ給ふに」とする必然性はまったくない。何故なら、『雫ににごる』ではこれ以前に障子を閉めたという記載がないからである。つまり、この障子の記述は、『雫ににごる』の即身成仏の場面が独自に構成されたものでないことを如実に物語るものとなっている。換言すれば『雫ににごる』の即身成仏の場面は『海人の刈藻』のそれをなぞる形で書かれたのであり、この障子の記述は、『海人の刈藻』に依拠しすぎた『雫ににごる』作者の勇み足とも言い得るのである。

ところで現存の『海人の刈藻』は改作本とされ、その成立について樋口芳麻呂氏[7]は『新千載集』成立後まもない頃と推定されている。が、前掲のごとく、『雫ににごる』との対比からは、少なくともこの即身成仏の場面については、現存『海人の刈藻』が、改作以前の記載をそのまま継承していると考えてよいように思われる。もちろん『無名草子』が批判していることから原作の『海人の刈藻』にも即身成仏の場面があったことは知られていたが、『雫ににごる』との対比によりそれが現存本とほぼ同じ記述であることが確認された。そしてこのことは、『海人の刈藻』の「改作者は筋を改めることにはあまり関心がな」いとされた妹尾好信氏[8]のご指摘をも裏付けるものとなっている。

三　『雫ににごる』と先行和歌

最後に、先行和歌との関わりを、今まで指摘がなされていないものについて幾つか見ておきたい。

内侍督が、中納言との噂を気に病んで、

「靡きにけり」と、内裏の聞かせ給はん恥づかしさなどにも……（雫・一一頁一八行目）

という場面の、「靡きにけり」は、『実方集』の、

小弁、こと人にものいふとききて

うら風になびきにけりな里のあまのたくものけぶり心よわさは（実方・一五七）

を意識しているのではないか。『実方集』の歌は詞書にあるように、小弁に他に恋人がいるらしいという、第三者の存在を噂で聞いて詠んだものであり、『雫ににごる』の帝と内侍督、中納言の置かれた状況と一致する。

また、

帝は、「常ならぬ世」と深く思し取りつれば、何ごとも数ならず。（雫・二二頁一行目）

は、丁度錯簡部分にあたり、意味が取りにくいところだが、帝は、内侍督の火葬の様を聞いた後、「かばかり、憂きことを見る見る、世にありて、何にかはせん」と出家を決意しているところからして、『拾遺集』哀傷部に所収された藤原為頼の「世の中にあらましかばと思ふ人なきがおほくも成りにけるかな」（拾遺・哀傷・一二九九）に対する藤原公任の返歌、

常ならぬ世はうき身こそ悲しけれそのかずにだにいらじと思へば（拾遺・哀傷・一三〇〇）

を引いたものであろうと推測される。「何ごとも数ならず」の記述は分かりにくいが、室城氏は「世俗的なことには、まったく関心がなくなっておしまいになる」と訳されている。「何ごとも思ひよらず」ぐらいの方が分かりやすいのだが、ここで「数」という語が用いられたのは、この公任歌を意識したためであろう。

内侍督没後、

過ぎにし方の恋しく悲しければ……（雫・二二頁三行目）

と中納言の心情が記されるが、これは『伊勢物語』七段に見える、

いとどしく過ぎ行く方の恋しきにうらやましくもかへる浪かな（伊勢物語・八）

を踏まえて、還らない内侍督を暗示し、次に「御乳母の宰相召し出でて」と続くのは、内侍督の代わりに乳母の宰相が召し出されるという文脈であろうか。あるいは、同じく『伊勢物語』を踏んだ和歌で、『夜の寝覚』で、寝覚の上が昔を思い箏を弾きよせて詠じた、

いまのごと過ぎにし方の恋しくはながらへましやかかる憂き世に（寝覚・五五頁）

を意識したものであろうか。もしくは、両者を重層的に想起させようと意図したものとも考えられよう。

中納言が、内侍督の死を悼み、

誰にも、憂しとのみ思はれ聞こえにしかば、つゆのあはれも情けもかけ給ふべしとは思はねど……（雫・二二頁四行目）

と自己の心情を吐露するが、これは『源氏物語』帚木巻の、

山がつの垣ほ荒るともをりをりにあはれはかけよ撫子の露（源氏・一四）

あたりを想起させる。

帝譲位後、出家直前の院が、

『なくてぞ人の』と申すことも、思し知ることも侍りなん。（雫・一二六頁一六行目）

と、女院に言う場面がある。この「なくてぞ人の」は、

ある時はありのすさみに憎かりきなくてぞ人は恋しかりける 9

を引いたものであろう。ただしこの歌は現存の歌集には見えず、『源氏物語』桐壺巻で上の女房達が桐壺更衣を恋い偲ぶ様子、

「なくてぞ」とは、かかるをりにやと見えたり。（源氏・一二五頁）

に『源氏釈』が注した歌として著名なものである。今ここで注意したいのは、『雫ににごる』が「なくてぞ」ではなく、「なくてぞ人の」としたところである。「人は」ではないが、「人」までを引いていることからすると、『雫ににごる』の作者が桐壺巻の記述に留まらず、『源氏釈』が指摘したこの和歌自体を知っていたということになる。つまり、『雫ににごる』成立時には既に、この歌が有名であったたか、平安末期には成立していたと目される『源氏釈』を作者がなんらかの形で見ていたと推測せざるをえないこととなる。この「ある時は」の歌は、いまだその出所自体明らかにされてはおらず、『雫ににごる』よりも先に成立したと目される『源氏釈』の創作とする可能性もまったくないわけではない。しかし、

あるときはありのすさびにかたらはでこひしきものと別れてぞしる（古今六帖・二八〇五）

があり、この歌との関係も無視できない。もちろん『源氏物語』が引いたのは『古今六帖』的な本文によるものでな

いことは明らかではあるものの、やはり『源氏釈』のまったくの創作とすることはためらわれるのである。そして、この引歌の記載は、現在『源氏釈』からのみ知られ得る当該歌が、少なくとも『雫ににごる』成立時点では享受されていたことを裏付けることとなり注目されるのである。

おわりに

以上、『雫ににごる』が『源氏物語』『海人の刈藻』などをもとに書かれたものであることを中心に述べてきた。また、先行の和歌を引歌したものやその表現に依拠したものなどは、細部を辿ればこれ以外にも指摘できそうであるが、今は主なものにとどめておいた。このように先行の作品をなぞることは、『雫ににごる』のみにとどまらず、擬古物語と言われる作品群全体にかなり色濃く認められる傾向である。つまり、当時、物語を書くということは先行作品を如何に受容してみせるかということと大きく関わっていたのであり、『雫ににごる』もこの様相を如実に表わしている作品の一つと言える。しかし、現存部分で見るかぎり作品としての完成度は低く、先行作品を生かすところにまでは到達しておらず、いわば類似・模倣・踏襲などの段階に留まっていると言えよう。そしてこれが『雫ににごる』の作者の力量の限界であったのだろう。だが本稿でいくつか指摘したように、先行作品の理解、読解を助けるという観点からはかなり注目すべき部分も多い作品であり、欠落部を埋める古筆、断簡などのさらなる発見が望まれるのである。

注

1　山岸徳平「ある逸名の物語とその本文」(『文学語学』28　一九六三年六月／山岸徳平著作集3『物語随筆文学研究』有精堂　一九七二年)。以下、山岸氏の引用はすべてこれによる。

2　小木喬「しづくに濁る物語考」(『国語と国文学』一九六九年六月／『散逸物語の研究　平安鎌倉時代編』笠間書院一九七三年)。以下、小木氏の引用論文はすべてこれによる。樋口芳麻呂『平安・鎌倉時代散逸物語の研究』(ひたく書房　一九八二年)、田邉サヨコ「『雫に濁る』物語錯簡考」(『国語の研究』22　一九九五年九月)

3　阿部秋生・前田裕子「雫に濁る物語　一冊」(実践女子大学文芸資料研究所「年報」2　一九八三年三月)、日下幸男「聖護院本『しづくに濁る物語』《翻刻》――伝為相筆本の道晃親王の臨写本――」(『王朝文学研究誌』4　一九九四年三月)

4　室城秀之校訂・訳注『中世王朝物語全集11　雫ににごる』(笠間書院　一九九五年)

5　沢田正子「しづくに濁る物語」(『体系物語文学史第四巻　物語文学の系譜Ⅱ　鎌倉物語Ⅰ』有精堂　一九八九年)。以下、沢田氏の引用はすべてこれによる。

6　三谷邦明「物語の視界50選　しづくににごる」(『解釈と鑑賞』一九八一年一一月)

7　樋口芳麻呂『平安鎌倉時代散逸物語の研究』(ひたく書房　一九八二年)

8　妹尾好信校訂・訳注『中世王朝物語全集2　海人の刈藻』(笠間書院　一九九五年)

9　『源氏釈』の本文は、池田龜鑑編著『源氏物語大成』第十三冊(中央公論社　一九八五年)による。

〔関連論考〕

勝山幸人「『滴に濁る物語』の敬語について」(『人文論集』(静岡大学)57-2　二〇〇七年一月)

北島優子「『雫に濁る』の結末――「めでたし」をめぐって」(『日本文芸論叢』24　二〇一五年三月)

あとがき

本書は他力本願によりなったと言っても過言ではない。何故ならここに収めた稿のほとんどが、ご依頼をいただいたことが契機となり、文章化できたものだからである。

もともと卒業論文で『後拾遺和歌集』を選んだこと自体も、大学三年生のゼミの教材であったことに端を発していた。そして卒業論文、修士論文をもとにした口頭発表などを重ねるうちに、学界の先生方から、場やテーマを与えていただけるようになった。思い起こせば、和歌文学会例会での最初の口頭発表直後、「和歌文学研究に」と声を掛けてくださったのは、井上宗雄先生である。口頭発表のことしか頭になかったものだから、活字化の話に驚いてすぐ指導教官の平田喜信先生に報告した。すると、実は「横浜国大国語研究」に掲載することをお考えであったとお聞きしたのだが。井上先生には、早稲田大学大学院で特例により一年間学ばせていただいた折にも、ご指導を賜った。

先生方から少しずつ頂戴したお仕事は、ある時は著書であったり、ある時は代役であったりもした。広告を見て面白そうだと思い、刊行されたらぜひ注文をと能天気に構えていたら、依頼を受けたこともある。多数の辞典・事典の項目執筆も、また非常勤講師として大学の教壇に立つ機会も与えられた。

久保田淳先生から私家集の注釈をという御話を頂戴した折には、本当に天地がひっくり返るかと思った。先般岩波文庫となって刊行された『後拾遺和歌集』のもととなった新日本古典文学大系『後拾遺和歌集』の、平田先生のお仕事ぶりを目の当たりにしていて、和歌集の注釈は到底できないと思っていたからだ。だがこの時近くでそのお姿に接し、そしてまた少々のお手伝いを賜ったこともあり、どうにか注釈というものにも挑めるようになった。

ご依頼は、今考えても力不足と思われるものも多かった。だが、この間、お断りしたのは、記憶している限りでは個人的な事情による二度だけである。集中して多くの依頼を受け、多数をお断りになったという研究者もあまたいらっしゃる中、そのタイミングの良さは驚くべきものでもあった。途切れることもなく、そうかといってさほど重なることもなかった。神仏を信仰している訳ではないが、どこかで誰かが非力さを勘案し、状況判断を下しているのではないかとさえ思われるほどだ。

和泉式部に関わったのも、元はと言えば、『論集和泉式部』（笠間書院　一九九五年）の文献整理のお手伝いが縁である。そのお蔭で志村有弘先生に声を掛けていただき、『日本の作家一〇〇人　人と文学　和泉式部』（勉誠出版　二〇〇六年）となった。その後本書掲載の幾つかへも連なっている。また、『源重之女集』に関連するものは、学生時代から長年親交のある渦巻恵氏が熱心に共に注釈をと誘ってくださったことがきっかけだ。シンポジウムに呼んでくださったり、講演する機会を与えてくださったりしたことで纏まったものもある。一見自主的に選び取ったように見えるものも、場を与えられて、困った挙句にどうにか捻り出したというのが本当のところである。抜き刷りをお送りすると、多様な作品をとお褒めくださる方や、手を広げすぎではと戒めてくださる方もあるものの、実は主体的にそうしていた訳ではないのだ。レポートや課題に取り組む学生よろしく、ご下命を受けると小心者のさがで締め切りにだけは間に合わせようと、躍起になって書き上げたにすぎない。取り上げたのが作品の冒頭部ばかりだというご指摘も、最終的に作品全体を視野に入れて論じることができていないせいでもあろう。『後拾遺和歌集』を配列的な観点から眺めたのが出発点だったが、本書を編んでみて、いまだそこから抜け出せていないことも痛感した。

最後に唯一良いところをあげれば、新しい物が好きということか。多くのご依頼はこちらの視野の狭さとは無縁で、新しい風を頭の中に吹き込んでくれた。目新しい玩具を目の前に置かれた子供のように、脈絡など気にせずに簡単に飛び付くものだから、結局書架も部屋もいつまで経っても片付かない……。

生来の怠惰は治らない。だが、ひとえに場や機会を、ご助言をそしてお導きをくださった諸先生方、諸先学のお蔭で、現在に至っている。お一人お一人のお名前は挙げえないが、衷心から御礼を申し上げます。

そして、新元号となった今年。百周年という節目をお迎えになった武蔵野書院からこうして刊行することができるのも、十年前、創立90周年記念論文集に秋山虔先生が執筆の機会を与えてくださったご縁による。温かい励ましの言葉とともに、とても丁寧にそして迅速に、編集・校正などに力を尽くしてくださった社長の前田智彦氏には心からの謝意を表したい。

令和元年十月　　新しい一歩を踏み出すために

武　田　早　苗

初出一覧

第一部　和泉式部攷

第一章　『和泉式部日記』考

㈠『和泉式部日記』冒頭部試論
「『和泉式部日記』冒頭部二首についての一私見」
（「相模女子大学紀要」61　一九九八（平成一〇）年三月）

㈡「女」が恋心を意識した時
「『和泉式部日記』冒頭部から「待たましも」歌までを読む」
（「日記文学研究誌」13　二〇一一（平成二三）年七月）

㈢「女」の境遇
「『和泉式部日記』における「女」の境遇についての試論――「御夜歩き」を端緒として――」
（「相模国文」45　二〇一八（平成三〇）年三月）

㈣「宮」の和歌の特性
「『和泉式部日記』の「宮」の和歌について」
（「相模国文」21　一九九四（平成六）年三月）

第二章　『和泉式部集』考

㈠　和泉式部百首「恋」歌群
「和泉式部百首「恋」歌群についての一考察」
（「小論」6　一九八八（昭和六三）年三月）

㈡　「佐野の舟橋」詠
読む「和泉式部「佐野の舟橋」詠をめぐって」
（「日本文学」二〇〇五年12月号　二〇〇五（平成一七）年一二月）

㈢　『和泉式部続集』五十首和歌をめぐって
「和泉式部続集五十首和歌をめぐって――和泉式部日記と五十首和歌と――」
（「相模女子大学紀要」68　二〇〇五（平成一七）年三月）

㈣　『和泉式部続集』日次詠歌群をめぐって
「和泉式部続集日次詠歌群をめぐって――和泉式部日記と日次詠歌群と――」
（「和歌文学研究」90　二〇〇五（平成一七）年六月）

㈤　和泉式部の恋・小式部内侍の恋
「和泉式部の恋・小式部内侍の恋――「かたらふ人おほかりなどいはれける女」とは誰か――」
（『王朝の歌人たちを考える――交遊の空間』久下裕利編著　武蔵野書院　二〇一三（平成二五）年四月）

第二部　歌集とその周辺

第一章　『古今集』とその周縁

㈠　唐草装飾本『小町集』の位置

「『小町集』管見——唐草装飾本小町集の位置——」

（『王朝女流文学の新展望』伊藤博・宮崎荘平編著 竹林舎　二〇〇三（平成一五）年五月）

㈡　『古今集』にみる僧正遍昭

「『古今集』にみる僧正遍昭」

（『平安文学史論考』秋山虔編著　武蔵野書院　二〇〇九（平成二一）年一二月）

㈢　『古今集』四季部の歌枕

「古今集四季部の歌枕から」

（「紀事」34　二〇一〇（平成二二）年三月）

㈣　『古今集』旋頭歌から『源氏物語』へ

「古今集旋頭歌から源氏物語へ——夕顔と玉鬘とをつなぐもの——」

（「横浜国大国語研究」19　二〇〇一（平成一三）年三月）

第二章　日記・家集・物語の周縁

㈠　『蜻蛉日記』求婚時贈答歌を読む

研究余滴「『蜻蛉日記』上巻、求婚時の和歌をめぐって」

（「むらさき」51　二〇一四（平成二六）年一二月）

㈡ 『蜻蛉日記』「移ろひたる菊」の意味するもの
「「移ろひたる菊」の意味するもの――「うつろひたる菊にさしたり（蜻蛉日記）」私見――」
（『和歌　解釈のパラダイム』鈴木淳・柏木由夫編著　笠間書院　一九九八（平成一〇）年一一月）

㈢ 重之女百首歌の編纂意識
「重之女百首試論――編纂意識を中心に」（「和歌文学研究」97　二〇〇八（平成二〇）年一二月）

㈣ 『重之女集』の成立
「重之女集とその周縁」（「文学・語学」197　二〇一〇（平成二二）年七月）

㈤ 『源氏物語』の「田舎」と明石君・玉鬘・浮舟
「『源氏物語』の「田舎」と女君たち――明石君・玉鬘・浮舟を取り巻く環境という視点から――」
（『古代文学論叢　第十九輯』武蔵野書院　二〇一一（平成二三）年一一月）

㈥ 小式部内侍「大江山」歌の背景
「小式部内侍「大江山」歌の背景」（「相模国文」30　二〇〇三（平成一五）年三月）

㈦ 『雫ににごる』と先行作品
「『雫ににごる』と先行作品について」（「相模国文」24　一九九七（平成九）年三月）

I 人名索引

＊引用部分・表・注などの人名は採らなかった。

Ⅱ 書名索引

Ⅲ　主要語彙索引

◆著者紹介
武田早苗（たけだ・さなえ）

神奈川県生。横浜国立大学卒業。横浜国立大学大学院修士課程修了。
東京家政学院中学・高等学校教諭を経て、現在相模女子大学学芸学部教授。
〔単著〕日本の作家 100 人『和泉式部――人と文学』（勉誠出版　2006 年）
　　　コレクション日本歌人選 09『相模』（笠間書院　2011 年）
　　　『後拾遺和歌集攷』（青簡舎　2019 年）
〔共著〕和歌文学大系 20『賀茂保憲女集／赤染衛門集／清少納言集／紫式部集／藤三位集』（明治書院　2000 年）
　　　新注和歌文学叢書 17『重之女集 重之子僧集 新注』（青簡舎　2015 年）

平安中期和歌文学攷

2019 年 12 月 15 日 初版第 1 刷発行

著　　者：武田早苗
発 行 者：前田智彦
発 行 所：武蔵野書院
〒101-0054
東京都千代田区神田錦町 3-11 電話 03-3291-4859　FAX 03-3291-4839

印　　刷：三美印刷㈱
製　　本：㈲佐久間紙工製本所

ISBN 978-4-8386-0725-9 Printed in Japan